DER GEFÄHRLICHE HERZOG

DIE UNBERÜHRBAREN

DARCY BURKE

Translated by
PETRA GORSCHBOTH

Zealous Quill Press

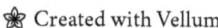

DER GEFÄHRLICHE HERZOG

Nachdem er seinen Gegner in einem Duell getötet hat, ist Lionel Maitland, Marquess von Axbridge, unter dem Namen »Der gefährliche Herzog« bekannt. Von Schuldgefühlen geplagt, schirmt er sich mit einer sorglosen Haltung ab. Als jedoch ein *anderer* Mann in einem *weiteren* Duell durch ihn zu Tode kommt, ist er unrettbar verdammt, auch wenn es nicht seine Schuld war. Den Namen eines Toten zu beschmutzen, weigert er sich jedoch – vor allem, wenn dieser eine untadelige Witwe zurücklässt, die keinen noch größeren Skandal verdient hat.

Verwitwet und mittellos muss Lady Emmaline Townsend den Mann heiraten, den ihre Eltern für sie wählen oder unsympathische Verwandte um Unterstützung bitten. Ihr bleibt als einziger Ausweg nur, den Mann um Hilfe zu bitten, den zu hassen sie geschworen hat, der ihr alles schuldet, wonach sie verlangt … der ihren Mann getötet hat. Sie schließen einen Teufelspakt, während ihre Leiden-schaft direkt unter der Oberfläche brodelt. Doch die beiden werden von den Verfehlungen des Verblichenen heimgesucht, die sie verfolgen und ihre Chance auf die Liebe bedrohen.

Für Urgroßmutter Elsie
eine brillante, erstaunliche Frau, die mit ihrem Lächeln und
ihrer Wärme den Himmel erleuchtete.

CHAPTER 1

London, Juli 1817

»Will er das wirklich durchführen?«, fragte Lionel Maitland, Marquess von Axbridge seinen Freund und Sekundanten, Sebastian Westgate, Herzog von Clare.

West presste die Lippen zu einem grimmigen Strich aufeinander. »Anscheinend. Ich habe versucht, ihn über seinen Sekundanten zur Vernunft zu bringen, aber laut Chalmers will er davon nichts wissen. Es ist ihm todernst, sich zu duellieren.«

»Todernst? Hat er genau diese Worte benutzt?« Lionel schüttelte den Kopf. »Er ist ein hitzköpfiger Dummkopf. Schließlich habe *ich* ihn herausgefordert, und nun biete ich ihm die Möglichkeit, die Angelegenheit zu bereinigen.«

»Er beharrt darauf, dass deine Anschuldigung unbegründet ist.«

Lionel fluchte lasterhaft. »Das ist sie nicht.«

West zog die Augenbraue hoch. »Natürlich nicht. Ich vertraue auf dein Wort.«

Lionel holte tief Luft, um seinen Zorn zu besänftigen. »Wollte Townsend wirklich nicht einwilligen, diese ganze Angelegenheit zu beenden und zu begraben? Das wäre doch das Beste für ihn.«

»Das wird er nicht.« Aus zusammengekniffenen Augen warf West einen Blick über die Schulter auf Townsend und seinen Sekundanten, Chalmers. »Vermutlich braucht er das Geld. Deine einzige Chance, ihn zu besänftigen, besteht meiner Meinung nach darin, ihn zu bezahlen.« Er stieß einen Atemzug aus. »Oder ihn umzubringen.«

Lionel kroch ein kalter Schauer über das Rückgrat. »Ich habe nicht die Absicht, das eine oder das andere zu tun. Ich hatte ihn erschrecken wollen. Welches Spatzenhirn nimmt solch eine Herausforderung von mir an?« In der Vergangenheit hatte Lionel bereits zwei Duelle ausgetragen und Letzteres der beiden hatte zum Tod seines Gegners geführt. Es war alarmierend, sich ein drittes Mal in dieser Situation wiederzufinden. Die Fortsetzung des Benehmens, das Townsend an den Tag legte, konnte er allerdings nicht länger ungehindert hinnehmen.

West hüstelte. »In der Tat.«

Er warf West einen entschuldigenden Blick zu. »Ich muss mich noch einmal entschuldigen, dich aus deinem Bett gerissen zu haben, um mir als mein Sekundant zur Seite zu stehen. Sicherlich wird die Herzogin mich umbringen, sollte ich heute überleben.«

West brachte ein halbes Lächeln zustande. »Möglicherweise. Im Augenblick hat sie mit unserer Tochter allerdings alle Hände voll zu tun.« Er wurde ernst. »Vermutlich sollten wir diese Sache hier hinter uns bringen.«

Lionel stieß die Luft aus. »Wenn wir müssen.«

Er wartete, während West und Chalmers die zwanzig

Schritte abmaßen und die Stelle markierten. Auf diese Weise konnten weder Lionel noch Townsend die Länge ihrer Schritte zu ihrem Vorteil verkürzen. Es würde auch bedeuten, dass sie sich nicht früher umdrehen und feuern konnten.

Nachdem er die Pistolen überprüft hatte, trat West mit der geladenen Waffe auf ihn zu. »Alles ist bereit. Was hast du vor?«

In seinem ersten Duell hatte Lionel in seiner Position als Herausforderer seine Unzufriedenheit erklärt, als auf den ersten Schusswechsel folgend kein Blut geflossen war. Der zweite Schusswechsel hatte das bewirkt – jedenfalls bei einem von ihnen. Er hatte seinen Gegner am Arm getroffen.

Sein zweites Duell war weitaus schlimmer ausgegangen. Lionel blinzelte und verbannte die Erinnerung aus seinen Gedanken. Das würde heute nicht passieren.

»Ich werde über seine Schulter hinweg schießen, aber nah genug, um ihn zu Tode zu erschrecken.« Er zog eine Grimasse, legte seinen Frack ab und überreichte West das Kleidungsstück. »Das hoffe ich jedenfalls.«

West nahm den Frack im Austausch gegen die Waffe. »Viel Glück.«

Lionel begab sich zu der Stelle, welche die Sekundanten als Ausgangspunkt markiert hatten. Townsend, die Lippen gekräuselt, erwartete ihn dort. Trotz dieser Zurschaustellung von Tapferkeit mangelte es ihm an jeglicher Gesichtsfarbe, die auch nur ein Minimum an Selbstvertrauen bewiesen hätte.

»Ihnen bleibt noch immer die Gelegenheit, diese Sache ohne den Einsatz von Waffen zu regeln«, bot Lionel an.

Die braunen Augen des Viscounts, der einige Zentimeter kleiner als Lionel war, schienen düster umwölkt und in Aufruhr. Der Mann war für sein aufbrausendes Temperament bekannt. »Unsere Sekundanten haben die Angelegenheit bereits besprochen. Machen wir also weiter.«

Lionel baute sich vor ihm auf und nutzte seine volle Größe, um den Mann einzuschüchtern. »Townsend, seien Sie kein Narr. Sie müssen lediglich Ihre Handlungen im Hinblick auf unsere beiderseitige Bekannte einstellen, und diese ganze Affäre wird beigelegt sein.«

»Wie ich bereits gesagt habe, bin ich dessen nicht schuldig, was Sie mir zu Last legen. Meine Ehre steht auf dem Spiel, und ich werde sie verteidigen.«

Dass die Ehre des Mannes auf dem Spiel stand, stritt Lionel nicht ab. Er hatte sich allerdings für einen Weg entschieden, der sie vollends in Trümmer legen würde. »Denken Sie wenigstens an Ihre Viscountess.«

»Ich denke an sie. Lassen Sie uns jetzt zur Tat schreiten.« Er wandte sich um und präsentierte seinen Rücken.

Lionel drehte sich um und schloss die Finger fest um die Pistole in seiner Hand. Chalmers begann, zu zählen, und mit jeder Zahl tat Lionel einen gemessenen Schritt. Als der Abstand zwischen ihm und Townsend immer größer wurde, fing sein Herz an, schneller zu schlagen. Er verdrängte die Bilder, die seinen Verstand zu überschwemmen drohten – an die beiden Male, da er dies in der Vergangenheit schon einmal getan hatte.

Wie zum Teufel war er wieder hier gelandet?

Weil du mehr Ehrgefühl als Verstand hast.

Die Stimme seines Vaters drang in sein Bewusstsein. Obwohl dieser die Worte nie ausgesprochen hatte, konnte sich Lionel nur zu gut vorstellen, wie er genau das tat. Wenn er noch am Leben wäre.

Nachdem Lionel fast versäumt hatte, den nächsten Schritt zu tun, riss er sich zusammen.

»Achtzehn.«

Beinahe geschafft.

Lionel straffte die Schultern, lockerte sie dann wieder und zwang sich, zu entspannen. Ein gemessener Schuss erforderte einen ruhigen Körper und einen noch ruhigeren Verstand.

»Neunzehn.«

Kurz schloss er die Augen und sagte im Stillen ein Gebet auf.

Dem Geräusch eines Schusses folgte ein sengender Schmerz in seiner linken Schulter. Er drehte sich um, hob den Arm und zielte.

Er feuerte.

Townsend stürzte zu Boden, und Chalmers eilte ihm zur Hilfe.

»Gott, du blutest«, stellte West fest und nahm Lionel die Pistole aus der Hand.

Während er sein Ziel für den Schuss anvisiert hatte, war der Schmerz für einen Moment verschwunden gewesen. Er hatte dem Bastard über die Schulter schießen wollen. Bis Townsend vor Erreichen der zwanzig Schritte geschossen hatte. Daraufhin hatte Lionel seine Taktik geändert – und gezielt, um den Mann außer Gefecht zu setzen, sollte dieser noch weitere dumme Absichten im Sinn haben.

Doch in letzter Sekunde hatte Townsend sich gerührt … und im Gegensatz zu Lionels Absicht, ihm mit dem Schuss lediglich das Bein zu streifen, traf ihn die Kugel direkt in den Oberschenkel. Statt einer oberflächlichen Wunde war diese hier weitaus zerstörerischer.

Der flammende Schmerz kehrte zurück, und Lionel zuckte zusammen, als er seinen linken Arm vorsichtig bewegte. »Wo ist der Arzt?«

»Hier, Mylord.« Der Mann trat an seine Seite und presste unverzüglich eine Kompresse auf Lionels Schulter.

Lionel unterdrückte einen Fluch und sein Herz pochte

wild. »Das ist nicht der Rede wert. Gehen Sie und sehen Sie nach Townsend.«

Der Arzt runzelte die Stirn. »Das ist nicht einfach eine Bagatelle, Mylord. Ich muss herausfinden, ob die Kugel in Ihnen feststeckt. Und es besteht immer die Gefahr einer Infektion.«

»Das ist mir bewusst.« Er hatte seinerzeit befürchtet, dass der erste Mann, den er angeschossen hatte, sich eine Infektion zuziehen würde, aber das war Gott sei Dank nicht geschehen. Er betete um dasselbe Glück für diesen Trottel, der sich nun vor Schmerzen am gegenüberliegenden Rand des Feldes wand. »Die Kugel ist nicht eingedrungen. Es war ein Streifschuss. Kümmern Sie sich um Townsend.«

Der Arzt wies West an, die Kompresse auf die Wunde zu drücken.

»Presse nicht so verflucht fest«, beschwerte Lionel sich. Über den Verbleib der Kugel war er sich nicht ganz im Klaren, doch ihm lag daran, dass der Arzt sich zuerst um Townsend kümmerte.

»Das ist der Sinn dieser Sache – den Blutfluss zu stoppen.« West schüttelte den Kopf. »Man könnte meinen, du hättest noch nie an einem Duell teilgenommen.«

Lionel starrte ihn an. »Ich bin dabei bisher noch nie angeschossen worden.«

»Das ist vermutlich wahr.« Er richtete den Blick über das Feld hinweg, auf den Arzt, der neben Townsend kniete. »Was ist aus deinem Plan geworden, ihn nur zu erschrecken?«

»Als Townsend bei neunzehn schoss, habe ich den Plan fallenlassen.«

Mit düsterem Blick drehte West sich wieder zu ihm um. »Das ist verständlich. Er hat sich wie ein Schurke benommen.«

»Angesichts des Temperaments des Mannes und seines offensichtlichen Mangels an Ehrgefühl hätte ich eigentlich nicht überrascht sein sollen. Dieser verfluchte Narr.« Er fing an, auf ihn zuzugehen.

»Was machst du denn?«, West hatte zu kämpfen, seine Hand auf Lionels Schulter zu pressen und gleichzeitig mit ihm Schritt zu halten.

Lionel mahlte mit den Zähnen, während er auf den Mann am Boden zustrebte. Just in dem Moment, als sie ihn erreichten, setzte sich Chalmers in Bewegung und rannte davon.

Für einen Moment hob der Arzt den Blick zu Lionels Schulter. »Ich habe Chalmers zu meiner Kutsche geschickt, damit er die Trage herbeischafft. Townsend wird operiert werden müssen, um die Kugel herauszubekommen. Sie werden wohl zumindest ein paar Stiche benötigen. Schicken Sie einen Diener, um meinen Kollegen zu holen.«

»Ich werde mich darum kümmern«, erklärte West. »Hier.« Er übergab die blutbefleckte Kompresse an Lionel, ehe er sich auf den Weg zu Lionels Kutsche machte.

Lionel starrte auf Townsend herab, dessen Augen fest geschlossen waren. Seine Gesichtszüge waren angespannt und vom Schmerz gezeichnet, und mit einer Hand hielt er sein Bein knapp über der Wunde gepackt, auf die der Arzt eine Kompresse hielt. Der Blutfluss war dunkel, aber langsam.

»Townsend«, sagte Lionel. »Machen Sie die Augen auf.«

Die Augenlider des Viscounts flatterten, ehe er zu ihm aufsah. »Kommen Sie etwa, um sich an meinem Anblick zu weiden?«

»Nein. Ich bin gekommen, um zu erfahren, warum Sie zu früh geschossen haben. Für einen Mann, der so sehr darauf bedacht ist, seine Ehre zu verteidigen, war in Ihrem Benehmen kein Funken davon zu bemerken.«

Abermals fielen Townsend die Augen zu und er stöhnte. »Ich hatte gedacht, es wäre schon zwanzig.«

Es schien, als kämen diesem Mann die Lügen ebenso leicht über die Lippen, wie die Atemluft. »Zur Wahrheit unterhalten Sie wohl keine sehr enge Beziehung, oder?«, wollte Lionel wissen.

Townsend riss die Augen auf und wütend sah er zu Lionel hinauf. »Sie abscheulicher Hurensohn, sie beleidigen einen Mann sogar noch, wenn er schon am Boden liegt.«

Chalmers traf mit zwei Dienern und der Trage ein. Der Arzt wies sie an, sie neben Townsend abzusetzen. »Wir werden Sie jetzt bewegen, Mylord«, kündigte der Arzt an. Er nickte den Dienern zu, die den Verletzten auf die Trage betteten.

Townsend stöhnte und sämtliche, noch verbliebene Farbe entwich aus seinem Gesicht.

Das Blut des Teufels. Lionel mochte weder den Mann noch seine Prinzipien, aber dass er stürbe, wollte er auch nicht. Er nahm die Kompresse in die linke Hand und hielt den Arzt mit der rechten an der Schulter fest, bevor dieser davoneilen konnte.

»Er wird doch wieder in Ordnung kommen, oder?«, erkundigte Lionel sich beinahe flüsternd.

Der Arzt zuckte die Schultern. »Das ist im Augenblick schwer zu sagen, aber solange keine Infektion auftritt, sollte er sich wieder erholen. Er mag vielleicht leicht hinken, aber bis ich weiß, wo die Kugel steckt, werde ich das nicht genau sagen können.«

Lionel durchbohrte ihn mit einem starren Blick. »Sie werden mich benachrichtigen, sobald Sie Neuigkeiten haben.«

»Sehr wohl, Mylord. Wir müssen jetzt aufbrechen.«

Lionel ließ den Mann los und sah zu, wie der Viscount vom Feld getragen wurde. Chalmers hielt inne und starrte Lionel an. »Sie sollten besser dafür beten, dass er nicht stirbt.«

»Haben Sie nichts zu seinem heutigen Verhalten zu sagen? Sie haben gezählt – und Sie haben die zwanzig nicht erreicht.«

Chalmers, ein junger Bursche, dem seine zu große Unerfahrenheit wie ein Makel anhaftete, bedachte Lionel mit einem Blick, als sei dieser verrückt. »Habe ich das nicht?«

Lionel schnappte den Mann am Ärmel, als er sich umdrehen wollte. Er grinste den Dandy spöttisch an. »Passen Sie auf, Chalmers. Verbreiten Sie keine falschen Informationen. Genau das – oder genauer gesagt die Drohung, das zu tun – hat Ihren Freund überhaupt in diese missliche Lage gebracht.«

Chalmers öffnete die grauen Augen weit, aber er sagte kein Wort mehr, ehe er davonstürmte. Lionel ließ die Hand sinken und sah ihm nach.

»Bist du bereit zu gehen?«, fragte West hinter ihm. »Ich habe einen der Diener geschickt, den anderen Arzt zu holen.«

Als Lionel sich umdrehte, fühlte er sich plötzlich benommen. Er strebte auf seine Kutsche zu, als er ins Straucheln geriet.

Eilig war West an seiner Seite und stützte ihn mit seinem Gewicht, als sie auf die Kutsche zugingen. »Du solltest doch die Kompresse auf deine Wunde drücken.«

Lionel grunzte zur Antwort.

Kurze Zeit später erreichten sie sein Stadthaus in der Brook Street. Gleich nach ihnen traf der Arzt ein und stellte fest, dass in der Tat noch eine Kugel in Lionels

Schulter steckte. Glücklicherweise ließ sie sich recht einfach entfernen – vor allem, nachdem er Lionel eine Dosis Laudanum verabreichte. Die Stiche zum Verschließen der Wunde erforderten allerdings ein wenig Whiskey.

Als die Operation endlich vorüber war, spürte er absolut nichts mehr. Bis auf eine stetig zunehmende Reue und einen beginnenden Selbsthass.

Nein, schlage diesen Gedankengang nicht ein.

Townsend würde gesund werden. Er würde diese Sache überleben und wahrscheinlich versuchen, seine Schikanen gegen Marianne fortzusetzen.

Lionel streckte die Hand nach dem Whiskeyglas auf dem Nachttisch neben sich aus, nur um festzustellen, dass es leer war. »Hennings!«

Mit besorgter Miene, die sein Gesicht mittleren Alters zeichnete, eilte sein Kammerdiener ins Zimmer. »Geht es Euch gut?«

»Mein Glas ist leer.«

Hennings stieß die Luft aus, und seine Schultern hingen herab. »Ich verstehe. Nun, ich wage zu behaupten, dass Ihr genug hattet.«

Lionel starrte ihn an. »Weisen Sie mich nicht zurecht. Ich bin angeschossen worden.«

»Natürlich.« Er nahm das Glas und stellte es auf den Tisch zurück, ehe er den Dekanter ergriff. Er schenkte den Inhalt aus. »Und nun ist er geleert, also müsst Ihr Euch damit begnügen.«

Als Lionel das Glas von seinem Kammerdiener entgegennahm, schnaubte er. »Als ob ich nicht noch mehr Spirituosen im Haus hätte. Aber egal. Dass ich dieses Glas schaffe, ehe ich ohnmächtig werde, möchte ich bezweifeln.«

Hennings drehte sich zum Gehen um.

»Hennings, Sie müssen mich wecken, sobald wir Nachricht von Townsend bekommen. Ich erwarte Neuigkeiten von seinem Arzt, der mich über seinen Zustand informieren soll.«

»Sehr wohl, Mylord«, entgegnete Hennings.

Lionel nahm einen Schluck und stellte dann das Glas wieder ab. Er ließ sich zurück in die Kissen fallen und drehte seinen Rumpf so, dass die Hauptlast seines Körpergewichts auf der rechten Schulter lag. Einen Moment später gab er sich der Schwärze hin, die ihn überkam.

Nun fielen von allen Seiten Bilder seiner Opponenten über ihn her, die sich mit ihm duelliert hatten. Ihre Körper waren verrenkt und blutig, die Münder in qualvollen Schreien aufgerissen. Mit einem Ruck wachte er auf und von seiner Schulter strahlten glühende Schmerzen aus, die ihn daran erinnerten, warum er diesen Alptraum hatte.

Blinzelnd öffnete er die Augen und schob sich in eine sitzende Position empor. Das Zimmer war dunkel, doch zwischen den Vorhängen stahl sich ein klein wenig Licht hinein.

Er schob die Bettdecke zurück und schwang die Beine aus dem Bett. Als er sich erhob, hämmerte sein Kopf – vielleicht hatte er letztendlich doch zu viel Whiskey getrunken. Sein Hausmantel lag am Fußende des Bettes. Er griff danach und hatte zu kämpfen, den Ärmel des Kleidungsstücks über seinen verwundeten Arm zu ziehen, wobei er bei der Anstrengung vor Schmerzen zuckte und fluchte.

Nachdem er diese Herausforderung endlich gemeistert hatte, zog er das Kleidungsstück vollständig an und band die Schärpe um seine Taille. Langsamen Schrittes begab er sich zum Klingelzug und läutete nach Hennings.

Der Kammerdiener eilte herein und schien ebenso beunruhigt wie zuvor. »Ist alles in Ordnung, Mylord?«

»Ich leide an Kopfschmerzen, was Sie nicht überraschen sollte, und ersparen Sie mir Ihre Bestürzung. Ich bin am Verhungern.«

Hennings nickte. »Ich lasse Euch sofort eine Mahlzeit hinaufbringen.«

»Gibt es etwas Neues über Townsend?«

Hennings Gesicht wurde aschfahl. Lionel streckte die Hand nach dem Bettpfosten aus und fühlte sich plötzlich schwindlig. Innerlich war er ganz aufgewühlt, und der Boden unter seinen Füßen schien zu schwanken.

»Leider ist er seiner Verletzung erlegen«, antwortete Hennings vorsichtig.

Verdammt.

Da seine Beine ihm einfach den Dienst verweigerten und sein Gewicht nicht tragen wollten, ließ Lionel sich halb auf das Fußende des Bettes sinken. »Wie ist es um seine Frau bestellt?«

»Im Sendschreiben hat darüber nichts gestanden.«

Wie sollte es ihr schon gehen? Sie stand wahrscheinlich unter Schock. War schmerzerfüllt vor Kummer. Am Boden zerstört. Lionel wünschte, er hätte nicht auf Townsends Fehlverhalten reagiert und seinen ursprünglichen Plan beibehalten, ihn lediglich mit einer haarscharf vorbeifliegenden Kugel zu erschrecken. Doch andererseits war er angeschossen worden und hatte den Mann außer Gefecht setzen wollen, damit er nicht mehr imstande war, weiteren Schaden anzurichten. Es hatte sich um ein Abwehrmanöver gehandelt, doch das linderte Lionels Schuld nicht.

Er klammerte sich an den Bettpfosten, bis seine Knöchel weiß waren. »Packen Sie meine Sachen. Wir werden morgen in aller Frühe abreisen.« Anschließend sandte er eine Nachricht an West, mit der er ihn über seine Absicht, aus London abzureisen informierte und ihm auftrug, dafür zu sorgen, dass niemand etwas von Townsends vorzeitigem Schuss erfahren sollte. Chalmers, dieser Idiot, würde nichts sagen. Es war schlimm genug, dass Lady Townsend ihres Mannes beraubt worden war – sie musste darüber hinaus nicht auch noch erfahren, dass dieser ein Schurke gewesen ist.

Es sei denn, sie wusste es bereits. Doch das ging Lionel nichts an.

Noch einmal würde er sich aus eigenem Antrieb in die Verbannung begeben, bis er abermals für die feine Gesellschaft annehmbar war. Und in Anbetracht seiner Vorliebe, Menschen das Leben zu nehmen, musste er akzeptieren, dass dies eventuell niemals wieder der Fall sein würde.

»Dürfte ich dagegenhalten, dass Sie sich vielleicht ein paar Tage erholen sollten, bevor wir abreisen?«, gab Hennings mit sorgenvoller Stimme zurück. »Es wird keinen Unterschied machen.«

Dass er wegen des Verbrechens zur Rechenschaft gezogen würde, bezweifelte Lionel. Obwohl es illegal war, wurden Duelle von Männern ihres Standes als Ehrensache akzeptiert. Obwohl selten, war der Tod dabei nicht unbekannt. Beim letzten Mal hatte Lionel ein Jahr in Dublin verlebt. Bei seiner Rückkehr war er von einigen mit Vorsicht begrüßt worden … und von manch anderen mit ein wenig Angst und Ehrfurcht. Er hatte hart arbeiten müssen, um allen zu zeigen, was für ein sympathischer, heiterer Kerl – und kein Mörder – er doch im Grunde war.

»Ich werde sehen, wie ich mich fühle«, antwortete Lionel. Mehr würde er nicht versprechen. So schnell wie möglich wollte er fliehen. Es war nicht so, dass er Erleichterung finden würde – diese Sache würde ihn für immer heimsuchen.

Hennings nickte und verließ das Zimmer. Beim letzten Mal, als Lionel England verlassen hatte, hatte dieser ihn ohne Murren begleitet. Er war ein vertrauenswürdiger und treuer Kammerdiener, der bis zum Tod seines Vaters vor acht Jahren in dessen Dienst gestanden hatte. Lionel hatte ihn als eine Art Ersatz behalten, wie eine dauerhafte, lebendige Erinnerung an den Menschen, den er auf dieser Welt am meisten geliebt hatte. Der Mensch, der über Lionels Taten entsetzt wäre.

Und dennoch hätte er Lionel auch ermutigt, Marianne zu verteidigen. In Wahrheit war dies der treibende Grund für Lionel gewesen – diese Gewissheit, dass sein Vater es genauso getan hätte.

Sein Vater hätte allerdings niemanden getötet. Und ganz sicher nicht *zweimal*. Lionel erhob sich und der brennende Schmerz in seiner Schulter durchfuhr ihn. Verglichen mit der Qual seiner Reue war er jedoch nichtig.

∾

*L*ady Emmaline Townsend starrte auf den Stapel von Beileidsschreiben. Ihr fehlte jeglicher Antrieb, auch nur eines davon zu lesen. In den vergangenen beiden Tagen hatte sie die meiste Zeit damit verbracht, bei ihrem verstorbenen Mann Geoffrey zu wachen. Glücklicherweise war er gestern Abend in die Kirche transportiert worden, denn er hatte angefangen, ziemlich gräulich zu riechen.

Anstatt Gefühle wie Zorn, Verzweiflung oder Schuld zu verspüren – wie es wohl angebracht wäre – fühlte sie nichts. Abgesehen von einer dumpfen Leere, welche die Dienerschaft mit Sorgen erfüllte und die ihrer Mutter Angst machte.

»Du musst *irgendetwas* fühlen«, hatte ihre Mutter gestern Abend gemeint, als Emmalines Vater und Mr. Fuller, Geoffreys Sekretär, den Leichnam zur Beerdigung begleitet hatten.

Ja, das *sollte* sie, doch sie tat es nicht. Und war das nicht besser so?

Als Emmaline den Kopf umwandte, erblickte sie sich selbst im Spiegel, der an der Wand hing. Sie war blass – auch das hatte ihre Mutter bemerkt – was durch das schwarze Bombasin Gewebe ihres Kleides noch hervorgehoben wurde.

»Lady Townsend?« Der Butler, normalerweise ein zwiespältiger Kerl, der Emmaline in den letzten beiden Tagen mehr Aufmerksamkeit gewidmet hatte als in dem beinahe ganzen Jahr, seit sie hier lebte, trat leise in den Salon.

»Ja, Purney?«

»Ihr habt einen Besucher. Ich habe ihn informiert, dass Ihr niemanden empfangen würdet, doch er ist sehr hartnäckig.«

Er. Die einzigen Männer, von denen sie sich vorstellen konnte, dass sie ihr einen Besuch abstatteten, waren ihr Vater, Mr. Fuller oder Geoffreys Schneider, Mullens, der anscheinend ein Freund war. Tief besorgt hatte er Geoffrey nach dem Duell einen Besuch an seinem Krankenbett abgestattet.

Mit einem Wink ihrer Hand gab sie ihre Einwilligung und ihr Blick schweifte zum Haufen der Sendschreiben auf dem kleinen Schreibpult. »Führen Sie ihn herein.«

Eine Minute später vernahm sie eine unbekannte Stimme.

»Guten Tag, Lady Townsend. Darf ich Ihnen mein tief empfundenes Beileid aussprechen?«

Kaum neugierig, wer sie besuchen könnte, wandte sie sich auf ihrem Stuhl um und war begierig, ihn fortzuschicken. Doch sobald sie sich herumgedreht hatte, schien es, als sei ein Damm in ihrem Inneren geborsten und eine Kaskade von Gefühlen sprudelte daraus hervor.

Jäh sprang sie vom Stuhl auf und stürzte mit zwei langen Schritten auf ihn zu. »*Sie.*«

»Ja, ich.« Der Marquess von Axbridge zuckte nicht zurück. In Wahrheit starrte er sie an und seine blauen Augen waren klar und durchdringend.

»Sie besitzen die einzigartige Dreistigkeit, hier zu erscheinen?«

Der Marquess verneigte sich tief vor ihr. »Ich bitte Sie um Verzeihung.« Noch einmal sah er sie an. »Und um Ihre Vergebung.«

Die Rage wallte in ihr auf und es war großartig, etwas zu fühlen. »Weder das eine noch das andere werden Sie je bekommen.«

»Das ist vollkommen verständlich.« Sein Tonfall war angespannt und gemäßigt. Seine kühle Zurückhaltung ärgerte sie.

Mit schmalen Augen sah sie ihn an. »Ich bin sehr erfreut über Ihre Zustimmung in dieser Frage.«

»Ich würde nie darum bitten und dies auch gar nicht erwarten.«

»Und doch bitten Sie mich um Vergebung. Es scheint kaum eine Rolle zu spielen – doch außer meinem unsterblichen Hass werden Sie von mir gar nichts bekommen.«

»Den ich auch verdiene. Dennoch möchte ich mich dafür entschuldigen, was geschehen ist.«

»Entschuldigen? Es ist nicht so, als wären Sie mir beim Tanzen auf den Fuß getreten oder als hätten Sie ein Glas Ratafia auf meinem Kleid verschüttet. *Sie haben meinen Mann getötet.*«

Jetzt fuhr er zusammen. Sein Auge zuckte nervös und seine Lippen waren so fest aufeinandergepresst, dass sie ganz weiß waren. Und trotz allem war er immer noch unglaublich attraktiv. Das schien kaum gerecht.

Er tat einen Schritt auf sie zu. Sie wich nicht vor ihm

zurück, doch ihr Körper war angespannt. Sie ballte die Hände zu festen Fäusten. Ihr Rückgrat war so gerade und steif, dass sie eine Fahne an ihrer Schulter hätte hissen können.

»Ich bin nicht gekommen, um Ausreden zu erfinden, aber nehmen Sie bitte zur Kenntnis, dass ich guten Grund hatte, Genugtuung zu verlangen. Ich war voller Hoffnung gewesen, dass die Sache hätte beigelegt werden können, ehe wir zu den Waffen griffen, doch das hat er verweigert.«

Sie starrte ihn mit offenem Mund an. »Versuchen Sie etwa, meinen Mann für Ihre Taten verantwortlich zu machen?«

Sein Kiefer spannte sich an und er stieß die Luft aus. »Nein. Ich bin gekommen, um Ihnen mein Beileid auszusprechen, Sie um Verzeihung zu bitten, mich zu entschuldigen und jegliche Hilfe anzubieten, derer Sie je bedürfen – jemals.«

Er wollte ihr *helfen*? Sie starrte ihn an und der Zorn in ihr geriet ins Stocken. »Von Ihnen würde ich niemals etwas annehmen und Sie auch nicht darum bitten.«

»Ich habe ganz bestimmt Verständnis dafür, dass Sie nichts von mir wollen, doch ich würde Ihnen sehr gern helfen, falls dies doch einmal vonnöten sein sollte.«

»Sie haben schon genug angerichtet, denke ich.« Der Zorn wütete überall in ihrem Inneren und sie wollte um sich schlagen. Sie *musste* es. »Da fällt mir tatsächlich eine Sache ein, die ich mir von Ihnen wünschen würde.« Sie tat einen Schritt auf ihn zu und ihre Lippen kräuselten sich. »Ich würde es zu schätzen wissen, wenn Sie für den Rest Ihres Lebens unglücklich wären. Das Wissen, dass Sie sich bis an Ihr Lebensende in Schuld und Qual suhlen werden, würde mir großes Vergnügen bereiten.« Sie starrte ihn mit einem langen und eindringlichen Blick an.

»Das kann ich tun«, entgegnete er leise, ohne den

geringsten Anflug von Ironie. »Es wird Sie freuen zu erfahren, dass ich bereits auf dem besten Weg dorthin bin. Und ich werde Sie nicht mit meiner Anwesenheit belästigen. Ich verlasse England noch heute.«

»Gut.«

»Mein Angebot wird allerdings für immer bestehen bleiben, ob Sie es nun nutzen oder nicht. Falls Sie etwas brauchen, wenden Sie sich bitte an meinen Mittelsmann.« Er hielt ihr eine Karte hin.

Sie wollte nichts von ihm annehmen. »Ersticken Sie daran«, spie sie aus.

Er zog seine Hand zurück und ließ sie wieder an seiner Seite sinken. »Nochmals mein tiefstes Beileid, Lady Townsend.« Er drehte sich um und verließ das Zimmer mit sicheren Schritten und geraden Schultern.

Verdammt soll er sein.

Verdammt soll er sein.

Ihr Herz pochte wild. Sie zwang sich, tief Luft zu holen. Die Farben im Zimmer schienen lebendiger zu werden, der Duft der Blumen intensiver. Sie hatten Geoffreys Leichnam in den letzten beiden Tagen umgeben und den Geruch seines verrottenden Kadavers verscheucht.

Unvermittelt gaben ihre Beine nach, doch sie stürzte nicht. Er war wirklich gegangen. Sie fühlte sich von Traurigkeit durchdrungen und diese Emotion stimmte sie froh. Es war gut, wieder zu fühlen, zu reagieren. Dafür hatte sie Axbridge zu danken, vermutete sie.

Nein. Ihm würde sie für gar nichts danken.

Mit der Traurigkeit ging noch etwas anderes einher ... etwas, das sie beschämte. Erleichterung wallte in ihrer Brust auf. Ja, Geoffrey war gegangen – und mit ihm die Probleme ihrer jungen Ehe.

Sie schloss die Augen und schalt sich selbst. Letztendlich hätte sich alles zum Guten gewendet. Er wäre ruhiger und weniger temperamentvoll geworden. Sie hatte gehofft, dass der Mann, in den sie sich verliebt hatte, irgendwo unter dem aufbrausenden Hitzkopf versteckt war, zu dem er sich entwickelt hatte.

Und dennoch hatte sie angefangen, die Hoffnung zu verlieren. Mit jeder Nacht, die er nicht nach Hause kam und jedes Mal, wenn er sie wegen einer eingebildeten Nichtigkeit beschimpfte, war ein kleines Stück ihres Glaubens zerstört worden.

Vielleicht hat Axbridge dir einen Gefallen getan.

Sie riss die Augen auf und fauchte in das leere Zimmer. »Das hat er *nicht*.« Allerdings hatte er ihre Fähigkeit, etwas zu empfinden, wiederhergestellt. Und wenn sie ihm auch das nicht zubilligte, war sie nun doch bereit, sich mit Dingen auseinanderzusetzen, die angegangen werden mussten.

Wie beispielsweise eine Zusammenkunft mit Geoffreys Sekretär, um ihre Angelegenheiten zu regeln. Sie stolzierte aus dem Zimmer und bat den Butler, nach Mr. Fuller zu schicken.

Eine Stunde später erwartete sie den Sekretär in Geoffreys Arbeitszimmer. Sie saß hinter seinem kleinen Schreibtisch, der unglaublich aufgeräumt war. Da ihr Mann mit seinen persönlichen Dingen stets ein wenig in Unordnung war, fand sie das sonderbar.

Mr. Fuller trat mit einem Stoß Papiere ein. Er war ein schmächtiger Mann mit einer Drahtgestellbrille und einem dunklen, welligen Haarschopf. »Guten Tag, Mylady.«

»Guten Tag. Bitte, nehmen Sie Platz.« Mit einer Handbewegung deutete sie auf den Stuhl auf der gegenüberliegenden Seite des Schreibtisches. »Was haben Sie mitgebracht?«

Sein Blick wandelte sich und wurde vorsichtig, als er die Dokumente auf den Schreibtisch legte. Er sank auf den

Stuhl und rückte die Brille auf seinem Nasenrücken zurecht. »Das sind die ausstehenden Rechnungen seiner Lordschaft.«

Angesichts des eindrucksvollen Stapels machte Emmaline große Augen. »Dies alles?«

Er nickte nur einmal und sah sie mitfühlend an. »Leider ja.«

»Meine Güte. Nun, vermutlich ist genügend vorhanden, um alles zu regeln.«

Er zuckte zusammen. »Unglücklicherweise ist das nicht der Fall.«

Zum Teufel, was sagen Sie da.

Sie sprach diese Worte nicht aus, doch sie hallten in ihrem Kopf nach.

»Ich werde mit seinen Gläubigern sprechen, Mylady, und hoffentlich zu einer Art von Übereinkunft mit ihnen gelangen. Zumindest für die Begleichung der Beerdigungskosten ist gesorgt.«

Das hatte sie nicht gewusst. »Ich werde meinem Vater für seine Großherzigkeit meinen Dank aussprechen.«

»Es war nicht Euer Vater, Mylady, sondern Lord Axbridge.«

Er war für Geoffreys Beerdigung aufgekommen? Die Wut, die er vorhin in ihr hervorgerufen hatte, wallte erneut in ihr auf, bis sie sich zu einer heißen, turbulenten Masse in ihrem Inneren ballte. »Er ist ein Schurke.«

»Das mag eventuell der Fall sein, Mylady, aber dennoch ist seine Großzügigkeit ein Segen.«

Es war ein verdammtes Sakrileg. Er nahm ihrem Mann das Leben und dann besaß er die Unverfrorenheit, für seine Beerdigung zu bezahlen. Sie hatte sein Angebot auf Hilfe verweigert, und dennoch hatte er ihr geholfen. Wie sehr sie sich doch wünschte, ihm in einem Duell auf dem Feld gegenübertreten zu können. Zuerst müsste sie lernen, wie man eine Pistole abfeuerte. Ihre Freundin Ivy hatte eine Freundin – Lady Dartford – die schießen konnte. Vielleicht würde sie Emmaline in der Schießkunst unterweisen …

»Mylady?« Mr. Fullers sanft hervorgebrachte Anfrage unterbrach sie in ihren Überlegungen.

»Was?«

»Ich habe gerade erwähnt, dass der Mietvertrag für das Stadthaus zum Monatsende abläuft. Wo werdet Ihr danach wohnen?«

Emmaline hatte den Mietvertrag einfach verlängern wollen, doch da nun Schulden und Geldmangel im Spiel waren … Sie würde mit ihren Eltern sprechen müssen. Sie verkrampfte sich innerlich vor Beklemmung. Seit sie mit Geoffrey durchgebrannt war, ist ihr Verhältnis zu ihnen besonders angespannt gewesen. Er hatte um ihre Hand angehalten, und mit Verweis auf sein Temperament und seine Unreife hatte ihr Vater ihn abgelehnt. Emmalines Flucht mit ihm nach Gretna Green hatte eine Bresche zwischen ihnen geschlagen, die noch längst nicht wieder verheilt war. Jetzt, da Geoffrey nicht mehr lebte, war es in der Tat noch schlimmer geworden, denn anstatt Emmaline Trost zu spenden, hatten sie ihr den Fehler vor Augen gehalten, ihn überhaupt geheiratet zu haben.

Und jetzt wäre sie auf ihre Unterstützung angewiesen.

»Mylady?«, meldete sich Mr. Fuller noch einmal.

Sie richtete sich auf und ließ nicht zu, sich angesichts der Herausforderungen, denen sie sich derzeit gegenüber sah, geschlagen zu geben. »Ich werde mit meinen Eltern sprechen. Es wäre sehr hilfreich, wenn Sie die Schulden in einzelnen Posten in einer Liste aufführen könnten.«

»Das wird unverzüglich geschehen, Mylady.« Er sammelte seine Papiere zusammen und erhob sich.

Nachdem er sich ungelenk vor ihr verbeugt hatte, ging er davon.

Emmaline schaute sich in dem spärlich eingerichteten Arbeitszimmer um und stellte fest, dass einige Einrichtungsgegenstände fehlten – ein Gemälde, sonstiger Nippes. Es hatte den Anschein, als hätte Geoffrey Objekte veräußert, während sie völlig ahnungslos gewesen war.

Die Frustration und Wut loderten in ihr auf. Möglicherweise ging es ihr besser, wenn sie nichts fühlte.

Verdammt sollt Ihr sein, Axbridge.

Die Wahrheit war allerdings, dass sie besser dran wäre, wenn der Marquess nie existiert hätte. Dann hätte sie immer noch Geoffrey. Mitsamt den finanziellen Problemen, für die er wohl selbst gesorgt hatte. Obwohl sie sich diesen nun sowieso gegenüber sah.

Was für ein Wirrwarr.

Plötzlich lachte sie auf. Schon lange hatte sie ihr eigenes Leben führen wollen, weitab vom Joch ihrer Eltern. Bei ihrer Entscheidung, mit Geoffrey durchzubrennen, war diese Sehnsucht von größtem Belang gewesen, und gleichbedeutend mit der Liebe, die sie für ihn empfunden hatte.

Und hier war sie nun angelangt – angesichts ihres finanziellen Ruins stand ihre Unabhängigkeit auf dem Spiel.

Ich verdamme Sie in die Hölle, Axbridge.

CHAPTER 2

*L*ionel ließ sich hinter dem Schreitisch aus massiver Eiche in seinem Arbeitszimmer nieder. Nach beinahe acht Monaten Abwesenheit war es ein sonderbares Gefühl, wieder hier zu sein. Seine selbstauferlegte Verbannung hatte ihn – wie auch nach diesem ersten Duell mit tödlichem Ausgang für seinen Opponenten vor vier Jahren – nach Irland geführt. Genau wie beim letzten Mal hatte er seine Sünden mit Alkohol ertränkt und im Bett von Deirdre MacBride Vergessen gesucht, wobei der Schwerpunkt auf dem Alkohol gelegen hatte.

Nun war es an der Zeit, zum wahren Leben zurückzukehren – zu den Verpflichtungen, die seine Aufmerksamkeit erforderten. Um sie beim Namen zu nennen, handelte es sich hierbei um die Betreuung von Lady Emmaline Townsend.

Sein Butler, Tulk, ein außergewöhnlich großgewachsener Mann, der Lionel im Alter zwei Jahre voraus war, trat in die Tür. »Ich bitte um Verzeihung, Mylord, aber seine Hoheit, der Herzog von Clare ist eingetroffen.«

»Führen Sie ihn herein.« Lionel war gestern angekommen und hatte seinem engsten Freund sogleich eine Nachricht geschickt. Da waren noch andere, die er über seine Ankunft in Kenntnis setzen sollte, doch da er sich nicht besonders auf die Erledigung dieser Aufgabe freute, konnte sie warten.

Der Herzog trat ins Zimmer, mit diesem rätselhaften Lächeln im Gesicht, das die weiblichen Herzen im Sturm eroberte. »Willkommen zurück. Du nimmst mir das hoffentlich nicht übel, aber ich bin erstaunt, dich hier zu sehen. Ich hätte erwartet, dass du wenigstens bis zum Sommer in Irland weilst.« Er verstummte kurz und sein Blick huschte zur Seite. »Wie beim letzten Mal.«

Beim letzten Mal, als Lionel jemanden in einem Duell getötet hatte. Immer, wenn er daran zurückdachte, oder sich das jüngste Duell in Erinnerung rief, war es wie ein Messer, das in seinen Eingeweiden herumgedreht wurde. Duelle waren zur Wahrung der Ehre und der Würde gedacht. Ja, es war möglich, dabei den Tod zu finden, doch es schien eine schreckliche Art, auf diese Weise aus dem Leben zu scheiden. »Meine Anwesenheit wurde erbeten.«

Überrascht hob West eine Augenbraue, als er sich vor Lionels Schreibtisch auf einem Stuhl niederließ. »Tatsächlich? Es muss sich schon um etwas sehr Wichtiges handeln, um dich von Mrs. MacBride wegzulocken.«

Kurz dachte Lionel an seine Geliebte in Dublin, an ihr üppiges, dunkles Haar und die weichen, einladenden Arme. Er hatte ihren Trost geschätzt, aber die Schuld hatte ihn überwältigt, und in der Winterszeit hatte er aufgehört, sie in ihrem Bett aufzusuchen. Auf eine gewisse Weise war seine Rückkehr nach London eine Erleichterung. Allerdings rieb sie auf eine andere Art auch Salz in die Wunde, unter der er verdientermaßen bis in alle Ewigkeit leiden würde.

»Ich war für meine Rückkehr bereit«, antwortete Lionel. »Berichte mir, auf welchen Empfang ich mich einzustellen habe. Bin ich eine Persona non grata?«

Nachdenklich legte West den Kopf schief. »Wir befinden uns erst am Beginn der Saison, also ist das schwer zu sagen. Vermutlich wirst du das in den nächsten Tagen herausfinden, wenn die Einladungen eingehen.«

»*Wenn* sie eingehen.« Lionel machte sich keine Illusionen. Und zum Teil – zu einem bedeutenden Teil – glaubte er auch nicht, etwas anderes als Verachtung und Misstrauen verdient zu haben. Er wappnete sich, die nächste Frage zu stellen. Aber sie musste gestellt werden. »Was weißt du über Lady Townsend?«

West stieß die Luft aus und seine Hände legten sich angespannt um die Armlehnen des Stuhls, ehe er Lionel mit einem prüfenden Blick fixierte. »Du willst natürlich die Wahrheit wissen.«

»Nichts anderes.« Wests Frau war eine Freundin von Lady Townsend, soviel wusste Lionel. Die beiden hatten sich auf einer Hausparty angefreundet, als Lady Townsend noch Miss Forth-Hodges war. Lionel hatte an dieser Party teilgenommen, doch der attraktiven Blondine, die mit dem hitzköpfigen Viscount Townsend durchgebrannt war, hatte er nur wenig Aufmerksamkeit geschenkt.

»Sie lebt bei ihren Eltern und wie erwartet ist sie in Trauer. Sie geht nicht aus, aber Ivy hat sie natürlich besucht. Sie spielt gerne mit Leah.«

»Wie geht es deiner Tochter?«

Wests Gesichtsausdruck konnte am treffendsten mit der Beschreibung liebeskrank umschrieben werden. »Sie übertrifft alles, was ich mir je hätte vorstellen können.«

Seinen Freund so glücklich zu sehen, wärmte Lionel das zerrüttete Herz. Sein Wandel von einem Schürzenjäger zu einem glücklichen Ehemann war sicherlich als Wunder zu betrachten. Vielleicht könnte Lionel auf einen ähnlichen Übergang hoffen. War der Wunsch vermessen, sich eines Tages von einem Mörder zu einem Ehemann und Vater wandeln zu können?

Ja.

Mit den Fingerspitzen klopfte West auf die Armlehne. »Du bist wohl auf deinen schlechten Ruf vorbereitet? Mehr denn je wirst du jetzt ›Der gefährliche Herzog‹ genannt werden.«

Ach ja, das war der alberne Spitzname, der ihm aufgrund seines Rufs als Duellant verliehen worden war. »Das ist besser als ›Der tödliche Herzog‹.« Er fuhr zusammen.

West runzelte die Stirn. »Hoffentlich marterst du dich nicht selbst. Du hast Townsend reichlich Gelegenheit gegeben, den Griff zu den Waffen zu umgehen. Und er hat zuerst geschossen.« West musterte ihn einen Augenblick. »Nicht, dass das jemand wüsste.«

West hatte keine Frage gestellt, doch seine Feststellung barg auch eine Herausforderung.

»Dir ist bewusst, warum niemand das wissen darf?« Lionel war sich sicher, seinem Freund vertrauen zu können, doch die Bedeutsamkeit dieses Geheimnisses konnte nicht unterbewertet werden.

»Du verfügst über mehr Ehre in deinem kleinen Finger, als die meisten Männer je haben werden. Deshalb solltest du nicht zu hart über dich urteilen.«

Angesichts dessen, was er getan hatte – was er Lady Townsend genommen hatte – war Lionel sich nicht sicher, ob das überhaupt möglich wäre. »Obwohl ich deine Besorgnis zu schätzen weiß, möchte ich dich bitten, solange von Ratschlägen abzusehen, bis du die gleichen Erfahrungen gemacht hast, wie ich.«

Widerstrebend antwortete West mit einem Nicken. »Auch wenn dir meine Meinung egal ist, denke ich nicht geringer von dir. Und wahrscheinlich ist es so das Beste. »Er setzte ein selbstironisches Lächeln auf. »Ich hätte genauso gehandelt – und eine Freundin beschützt. Du bist ein besserer Mann, als du dir selbst eingestehen willst, und ich bitte dich in aller Freundschaft, keine Versuche zu unternehmen, meine diesbezügliche Meinung zu ändern.«

Mit Wests Antwort auf seine Frage nach Townsends Witwe war Lionel nicht ganz zufrieden. »Wir sind von unserem Thema abgekommen. Was weißt du noch über Lady Townsend? Geht es ihr gut?«

»Ivy macht sich Sorgen um sie. Sie hofft, dass ihre Trauerzeit bald zu Ende geht und hat ihre Freundin ermutigt, wenigstens minimal an der Saison teilzunehmen. Du scheinst schrecklich besorgt um sie.«

Das stachelte Lionels Wut auf sich selbst noch zusätzlich an. »So wie es mir gebührt.« Er holte tief Luft und vertraute seinem Freund an: »Sie ist diejenige, die um meine Anwesenheit gebeten hat.«

»*Zum Teufel nochmal.* Sie hat dir geschrieben?«

Lionel nickte. Er hatte ihre kurze, knapp gefasste Botschaft in Erinnerung behalten.

Axbridge,

die Zeit ist gekommen, Ihre Schuld zu begleichen, wie Sie angeboten hatten. Ich erwarte Ihre schnellstmögliche Rückkehr nach London. Informieren Sie mich, sobald Sie angekommen sind, und ich werde Ihnen weitere Anweisungen zukommen lassen.

Lady Townsend

Schon am nächsten Tag nach Erhalt des Schreibens hatte er die Überfahrt gebucht und hier war er nun. Es war von größter Bedeutung für ihn, das Versprechen zu erfüllen, das er ihr gegeben hatte. Er schuldete ihr, was immer sie von ihm verlangte – und wahrscheinlich noch viel mehr.

»Was hat sie gesagt?«, bohrte West.

Lionel sah von seinem Schreibtisch auf. Er hatte West und auch sonst niemandem von dem Versprechen erzählt, das er ihr gegeben hatte. Es schien eine private Sache zwischen ihnen zu sein. »Nichts, eigentlich. Sie hat mich nur um meine Anwesenheit gebeten.«

»Nun, jetzt bin ich verdammt neugierig. Und die Klatschbasen werden daran einen Festschmaus haben.«

Lionel runzelte die Stirn. »Ich bezweifle sehr, dass sie irgendjemandem von ihrer Bitte erzählt hat, und ich werde das ganz bestimmt nicht tun. Muss ich dich wirklich auffordern, deinen Mund zu halten?«

West versteifte sich und schien beleidigt. »Hast du mich jemals als jemanden gekannt, der Gerüchte verbreitet?«

»Nein.«

Für einen langen Moment sah West ihn prüfend an.

»Was?«, fragte Lionel verdrießlich.

»Du bist straffer aufgespult als eine neue Uhr. Beim letzten Mal warst du nicht so.«

»Damals hatte ich auch nur das Leben eines einzelnen Opponenten auf dem Gewissen.« Eine Eiseskälte kroch Lionel über das Rückgrat. »Jeder Einzelne fordert seinen Tribut.«

»Ich kann nicht sagen, ob du da nicht einen ziemlich düsteren Sinn für Humor an den Tag legst«, gab West zurück.

Um ehrlich zu sein, konnte Lionel das auch nicht. Beim letzten Mal hatte er das getan, weil es die Dinge damals erträglicher gemacht hat. Das und Deirdres kompetente Zuwendung. Sie hatte ihn gepflegt, als er am Abgrund der Verzweiflung gestanden hatte. Diesmal war er jedoch zu weit gegangen, als dass sie ihn hätte erreichen können.

Lionel winkte abweisend. »In all dem lässt sich nicht der geringste Humor finden.«

»Nein«, entgegnete West langsam und zog das Wort in die Länge. »Aber du kannst den Rest deines Lebens nicht unter einer Dunstglocke aus Selbsthass verbringen.«

»Kann ich nicht?« Lionel lachte, aber auch dies geschah ohne Humor. »Ich kann nur sagen, dass ich nie wieder ein weiteres Duell ausfechten werde.« Er könnte es nicht.

West erhob sich und nickte. »Gönne dir Erholung, wo du kannst, mein Freund. Es wird viele Menschen geben, die dich, ohne einen Beitrag deinerseits, beleidigen werden. Trage deinen Kopf mit Würde und Anstand hoch. Dein Vater würde nichts anderes von dir erwarten.« Lange verweilte sein Blick auf Lionel, ehe er sich umdrehte und ging.

Sein Vater. Hatte West ihn wirklich erwähnen müssen? Natürlich hatte er das. Er wusste, wie nah sie sich gestanden hatten, und unter welcher Verzweiflung Lionel bei seinem Tod gelitten hatte.

Was zu seinem ersten Duell geführt hatte. Sein Vater war an einem apoplektischen Anfall gestorben, den er am Spieltisch erlitten hatte, nachdem er von Lord Babcock des Betrugs beschuldigt worden war. Lionel hatte keine Zeit verstreichen lassen, ihn zu einem Duell herauszufordern. Ironischerweise war er der einzige Opponent gewesen, den Lionel hatte töten wollen.

Mit zweiundzwanzig Jahren war er durch das plötzliche Ableben seines Vaters vollkommen ausgehöhlt worden. Wut und Trauer hatten ihn übermannt. Er hatte sich mit Babcock duelliert, den Mann am Arm verwundet und ihn für den Rest seines Lebens unbrauchbar gemacht. Ein paar Jahre später war Babcock an einem Fieber gestorben.

Der Verlust seines Vaters belastete ihn noch immer – und wahrscheinlich bis in alle Ewigkeit – doch Lionel war froh, dass er nicht hier war, um Zeuge der Übertretungen seines Sohnes zu werden. Vielleicht hätte er gewollt, dass Lionel den Kopf hoch erhoben trug, doch dass er stolz darauf gewesen wäre, wie die Dinge sich entwickelt hatten, mochte Lionel nicht glauben.

Lionel schüttelte die rätselhaften Gedanken ab, zog einen Bogen Pergament aus seinem Schreibtisch hervor und tauchte seine Feder in die Tinte.

Sehr geehrte Lady Townsend,
Ich bin nach London zurückgekehrt und erwarte Ihre Anweisungen. Bitte informieren Sie mich nach Belieben.
Ihr
Axbridge

*E*r starrte auf die Notiz, die sogar noch kürzer als ihre war. Allerdings klang sie auch weniger schroff. Er überlegte, noch eine Entschuldigung anzufügen, doch sie hatte bei ihrem letzten Treffen deutlich gemacht, nie eine von ihm zu akzeptieren. Eine Wiederholung könnte sie demnach als Beleidigung auffassen und das würde er nicht wagen.

Es hatte ihn bis ins Innerste schockiert, dass sie ihm überhaupt geschrieben hatte. Nie hätte er erwartet, von ihr zu hören – so viel hatte sie gesagt. In der Tat fragte er sich, wie er ihr für den Rest ihrer Leben aus dem Weg gehen könnte. An dieser Strategie musste er noch arbeiten.

Nachdem er erledigt hatte, was immer sie von ihm verlangte, würde er ihr den einzigen Gefallen tun, den sie akzeptieren *würde*, ... und sich um jeden Preis von ihr fernhalten.

Unzählige Male hatte er sie vor seinem inneren Auge so gesehen, wie sie an jenem Tag gewesen war. Blass und kalt, ihre schmale Figur in Schwarz gehüllt. Außer ihrer Augen, die der Farbe des Himmels im Hochsommer glichen, hatte es nicht einen einzigen Farbtupfer an ihr gegeben. Allerdings hatte es ihnen an Glanz und dem Strahlen jenes Blau gemangelt. Möglicherweise durch ihre Trauer verursacht, wirkte die Farbe dumpf.

Und das war alles seine Schuld.

Reiß dich zusammen, Mann! Du kannst ihr in diesem Gemütszustand nicht gegenübertreten – sie wird deinen Trübsinn oder die Schwermut, die du wie einen nassen Umhang trägst, nicht zu schätzen wissen. Schüttle sie zumindest aus Gründen deines Erscheinungsbilds ab.

Ja, das könnte er tun. Das hatte er früher schon einmal geschafft. Er wusste, wie man sich erholte, wenn man einen Mann ermordet hatte. Man tat einfach so, als würde man davon nicht heimgesucht werden. Und wenn man dann mitten in der Nacht von seinen Alpträumen geweckt wurde, schrie man im Stillen.

Und, Stück für Stück, fing man an, sich normal zu fühlen. Aus dem flammenden Schmerz wurde ein dumpfer Schmerz, und man konnte ihn sogar für gewisse Zeitabschnitte in den Tiefen seines Geistes vergraben, wo all die qualvollen Erinnerungen bis in alle Ewigkeit lauerten.

Er faltete den Briefbogen und frankierte den Umschlag, ehe er sich mit der Absicht erhob, ihn Tulk zu übergeben. Er fand den Butler in der Halle und wies ihn an, das Schreiben unverzüglich überbringen zu lassen.

Neugierig, zu erfahren, wie er der Witwe Townsend

helfen könnte, kehrte Lionel in sein Arbeitszimmer zurück und gestand sich ein, dass dies keinen Beitrag zur Linderung seiner Schuld leisten würde.

$\sim$

*E*mmaline drehte sich vor dem Spiegel in ihrem Zimmer. Die dunkelviolette Seide war eine willkommene Abwechslung zu dem Schwarz und Grau, das sie in den letzten acht Monaten getragen hatte. Das Gold ihres Eherings schimmerte im Lampenlicht. Mit erhobener Hand beschwor sie das Bild von Geoffrey herauf, als er diesen bei ihrer Eheschließung auf Gretna Green auf ihren Finger geschoben hatte.

Das war der glücklichste Tag ihres Lebens gewesen. Das wusste sie, weil sie es ihm gesagt hatte. Als sie sich bemühte, die Emotionen wachzurufen, die Freude nachzufühlen, die sie erfüllt hatte, war sie einfach nicht imstande dazu. Sie zog den Ring von ihrem Finger und legte ihn auf ihren Frisiertisch. Sie war bereit, voranzuschreiten, und das bedeutete, ihn hinter sich zu lassen.

Durch die Gedanken an Geoffrey fühlte sie sich kalt und leer. Und all das war *seine* Schuld. Heute Abend würde sie ihn sehen, diesen Schurken. Endlich konnte sie ihm die öffentliche Schande antun, die er verdient hatte. Beim Tilney-Ball würden alle Augen auf sie gerichtet sein, wenn sie ihn in aller Öffentlichkeit schnitt.

Die Gedanken an Axbridge, schienen hitzige und wütende Gefühle in ihr hervorzurufen.

In diesem Moment rauschte ihre Mutter ins Zimmer und Emmaline schickte ihre Zofe hinaus.

»Du siehst hübsch aus.« Der Blick ihrer Mutter wanderte kritisch über Emmaline hinweg. »Es ist schön, dich wieder in Farbe gekleidet zu sehen, auch wenn sie so dunkel ist. Dein Vater und ich waren sehr erfreut, als du erklärt hast, dich wieder hinaus zu wagen.«

Erleichtert wäre wahrscheinlich ein treffenderes Wort. In den letzten beiden Monaten war ihre Mutter ihr mit dem Wunsch auf die Nerven gegangen, dass sie und Vater sich von Emmaline wünschten, an der Saison teilzunehmen. Sie sollte einen neuen Mann finden, wünschten sie sich.

Emmaline nahm einen Handschuh und zog ihn über ihre – nun schmucklose – linke Hand. »Ich gestehe ein, mich zu freuen, wieder hinaus zu können.« Sie glaubte nicht, noch länger ertragen zu können, hier mit ihren Eltern eingesperrt zu sein. Als sie über den Winter nicht in der Stadt, sondern auf ihrem Landgut – das weitaus größer als ihr Londoner Stadthaus war – gelebt hatten, schien es besser gewesen zu sein, doch nun spürte sie die Erwartungshaltung und anhaltende Enttäuschung ihrer Eltern wie eine Bürde, die auf ihren Schultern lastete.

»Ausgezeichnet. Komm, dein Vater und ich möchten uns auf dem Weg zum Ball mit dir unterhalten.«

Emmaline prickelte es im Nacken. Als ihre Mutter aus dem Zimmer schwebte, zog sie ihren anderen Handschuh an. Auf ihrem Weg nach unten und zur wartenden Kutsche hinaus wappnete Emmaline sich innerlich.

Sie saß mit dem Rücken zur Fahrtrichtung und wartete darauf, dass ihre Eltern das Wort ergriffen.

Auf seinem Platz ihr gegenüber räusperte sich ihr Vater. »Wie du unterrichtet bist, würden deine Mutter und ich dich gerne wieder verheiratet sehen.«

»Ja. Zum schnellstmöglichen Zeitpunkt nehme ich wohl an.« Emmaline hätte ihren sarkastischen Ton bedauern sollen, doch das tat sie nicht.

Ihre Mutter lächelte strahlend, als hätte sie die Bitterkeit aus Emmalines Stimme nicht herausgehört. »Wie es der Zufall will, haben wir den perfekten Verehrer im Sinn.«

Emmaline erstickte ein Stöhnen. Ihre Eltern hatten jahrelang versucht, sie mit verschiedenen Herren zusammen zu bringen, doch leider hatte Emmaline keinen unter ihnen geliebt. Dann hatte sie Geoffrey kennengelernt und ihn *hatte* sie geliebt. Allerdings war er für ihre Eltern nicht gut genug gewesen.

»Aha. Kenne ich diesen Gentleman?«

»Du kennst ihn in der Tat. Es ist Sir Duncan Thayer.«

Emmaline hustete und verschluckte sich praktisch an ihrem eigenen Speichel.

Ihre Mutter runzelte die Stirn. »Ist alles in Ordnung, meine Liebe?«

Ach du meine Güte, nein! Sie war ... sie war sich nicht sicher, was sie war, aber nichts war auch nur annähernd »in Ordnung«. Sir Duncan war mindestens zwanzig Jahre älter als sie. Er besaß eine Tochter, die Emmaline altersmäßig sehr nahe kam – mehr als einmal hatten sie Höflichkeiten ausgetauscht. Abgesehen von seinem Alter war er mit seiner hakenförmigen Nase, hervorstehenden Vorderzähnen und einem eher übelriechenden Atem, wenn den Gerüchten Glauben geschenkt werden konnte, entsetzlich unattraktiv. Am schlimmsten war allerdings seine lüsterne Natur. Jedes Mal, wenn sie ihn getroffen hatte, hatte er sie angesehen, als würde sie keine Kleidung tragen. Und das hatte er *im Beisein* seiner Tochter getan. Emmaline unterdrückte ein Schaudern.

»Sir Duncan ist niemand, den ich heiraten möchte«, erklärte Emmaline und fuhr sich mit der Hand über den Rock, als könne sie damit das Gefühl des Unbehagens fortwischen, das beim Gedanken an ihn in ihr aufstieg.

»Deine Wünsche werden in dieser Angelegenheit dieses Mal keinen Einfluss haben«, gab ihr Vater mit Nachdruck zu verstehen. »Wir haben uns bemüht, einen Mann für dich zu finden, der für uns alle akzeptabel ist, und du bist mit einem verschwenderischen Tunichtgut durchgebrannt.«

Emmaline mahlte mit den Zähnen. »Es ist überaus nett von dir, so über die Toten zu sprechen.«

»Ich sage die Wahrheit, und das weißt du.«

Ja, das *wusste* sie, wodurch es nur noch beunruhigender war, sie zu hören.

»Bitte sei vernünftig«, bat ihre Mutter mit leiser, flehentlicher Stimme. »Sir Duncan ist wohlhabend und er wird sehr gut für dich sorgen.«

Das war für sie natürlich von allergrößter Bedeutung, da Geoffrey sie mittellos und obendrein verschuldet zurückgelassen hatte. Ihre Eltern hatten einige der Verbindlichkeiten beglichen, doch es gab noch andere, die erfüllt werden mussten.

»Er ist hässlich und alt und macht mir eine Gänsehaut.«

»Ja, er ist nicht der attraktivste Mann, das ist wahr, doch für sein Alter ist er immer noch ziemlich robust«, argumentierte ihre Mutter. »Du magst seine Tochter recht gern.«

Emmaline musste eingestehen, dass Judith nett war. »Ich heirate doch nicht seine Tochter.«

»Sei nicht vorlaut«, warnte ihr Vater. »Einerlei, dies ist eine irrelevante Diskussion. Es ist alles arrangiert. Sir Duncan hat bereits eine Einigung versprochen, welche die Übernahme von Townsends restlichen Schulden einschließt, und das Aufgebot wird an diesem Sonntag bekanntgegeben.«

»Was?« Emmaline rutschte praktisch von der Sitzbank, als ihr Körper sich in Gelee verwandelte. »Das kannst du nicht machen.«

»Das habe ich bereits. Heute Abend wirst du mit ihm tanzen, damit er mit der Brautwerbung beginnen kann, und morgen kommt er dann ins Haus, um uns seinen Respekt zu erweisen und den Ehevertrag zu unterzeichnen.«

Die Kutsche kam zu einem kurzen Halt, aber Emmaline fühlte sich, als wäre sie noch immer in Bewegung und würde kopfüber in einen dunklen Abgrund stürzen, aus dem es kein Entrinnen gab. Sie sah ihre Mutter an, die nicht einmal den Anstand hatte, ihren Blick zu erwidern.

Mehrere Minuten vergingen, während die Kutsche langsam in der Warteschlange vorankam. Das Schweigen verdichtete sich, bis Emmaline überzeugt war, daran zu ersticken. Als die Tür sich endlich öffnete, war sie für die kühle Luft dankbar.

Sobald sie ausgestiegen waren, blieb ihre Mutter stehen, um ihre Hand zu umfassen. »Es wird alles gut, Liebes. Du wirst sehen. Sir Duncan ist sehr begeistert von dir. Wird es nicht schön sein, einen Mann zu haben, der dich verehrt?«

»Geoffrey hat mich verehrt«, entgegnete sie leise. Doch sie selbst glaubte ihren eigenen Worten nicht. Die meiste Zeit hatte er mit Glücksspielen vertan – und vielleicht sogar mit anderen Frauen. Sie war sich bei Letzterem nicht ganz sicher gewesen, aber sie hatte angefangen, Verdacht zu schöpfen. Wenn er mit Emmaline zusammen gewesen war, hatte er sich angespannt und gereizt verhalten. Es war, als hätte der Mann, mit dem sie durchgebrannt war, nie existiert.

»Bist du bereit?«, fragte ihre Mutter, die Emmaline scheinbar nicht gehört hatte. Sie erwartete wohl auch keine Antwort, als sie sich umdrehte und den Arm ihres Mannes nahm.

Emmaline folgte ihnen die Stufen hinauf und fühlte sich, als würde sie auf ihren Henker zugehen.

Und es blieb keine Zeit, einen Plan auszuhecken, um der Intrige ihres Vaters zu entkommen.

Im Ballsaal angekommen, brachte Emmaline so viel Distanz wie möglich zwischen sich und ihre Eltern. Ihr Vater zog sich in das Spielzimmer zurück, während ihre Mutter sich zu einer Gruppe von Frauen mittleren Alters gesellte, unter denen einige immer wieder Blicke zu Emmaline hinüberwarfen. Wenn sie ein Pfund für jeden neugierigen Blick und jedes abschätzende Starren bekäme, hätte sie genügend Geld, Geoffreys Schulden zu begleichen und könnte ihren Eltern verkünden, dass sie ihre Eheinträge nehmen sollten und ...

Eine angespannte Stille breitete sich im Ballsaal aus. War die Zeit schon gekommen? Emmaline hatte nicht aufgepasst. Sie war zu sehr von ihrem neuen Problem gefesselt.

Problem? Das war eine Untertreibung. Es war eine vollkommene Katastrophe.

»Der Marquess von Axbridge.« Die Ankündigung des Majordomus schallte durch den Ballsaal. Emmaline drehte sich um und beäugte ihn, als er die Treppe hinabstieg.

In elegantem Schwarz und klarem Weiß gekleidet, war er überaus attraktiv. Eine dunkelgraue Weste weckte bei ihr den Eindruck, dass er in Trauer war. Wie konnte er es wagen?

Sein blondes Haar war zurückgekämmt und gab damit seine aristokratischen Züge frei – eine geringfügig zu lange, gerade Nase, einen kräftigen, kantigen Kiefer und Lippen, die für die Sünde gemacht waren. Sie schalt sich im Stillen. Es war ihr egal, *wofür* seine Lippen gemacht waren.

Das war der Moment, den sie geplant hatte, die Stunde

ihrer Rache. Auf halbem Wege die Treppe hinab hielt er inne und ließ den suchenden Blick über den Ballsaal schweifen, bis er schließlich bei ihr angelangt war. Obwohl er wahrscheinlich dreißig Schritte von ihr entfernt war, spürte sie die Last seines Blicks wie einen Umhang, den sie verzweifelt abstreifen wollte.

Ein allgemeines Murmeln durchbrach die Stille, doch alle Augen waren auf ihn gerichtet – und auf sie. Eine Schneise bildete sich in der Menge, als die Menschen zur Seite wichen, um dem Marquess einen direkten Zugang zu Emmaline zu ermöglichen. Oh ja, genau das hatte sie sich erhofft.

Er vollendete seinen Abstieg die Treppe hinunter und schritt auf sie zu. Er schien nur langsam voranzukommen oder vielleicht lag es auch einfach nur daran, dass sie jeden Moment davon auskostete.

Im Augenwinkel nahm sie eine Bewegung links von sich wahr. Sir Duncan, der etwa auf halbem Wege den improvisierten Gang hinunter stand, beugte sich vor und reckte seinen Kopf aus der Menschenreihe heraus. Er wandte sich um und als er Emmaline ansah, teilten sich seine Lippen zu einem grausigen Lächeln.

Heiliger Himmel.

Der Tanz sollte gleich beginnen, und es würde ein Walzer sein. Bestimmt würde Sir Duncan sie auffordern.

Sie blinzelte und konzentrierte sich erneut auf Axbridge. Er war unglaublich attraktiv, aber nach dem Anblick von Sir Duncan war er geradezu spektakulär. Er kam vor ihr zum Stehen und vollführte die tiefste Verbeugung, die sie je erlebt hatte.

»Mylady«, murmelte er.

Jetzt.

Jetzt war der Moment gekommen.

Warum zeigte sie ihm nicht die kalte Schulter?

»Tanzen Sie mit mir«, flüsterte sie mit leiser und gebieterischer Stimme.

»Natürlich.«

Er bot ihr seinen Arm, und sie legte die Hand auf die dunkle Wolle seines Fracks. Als sie sich auf den Weg zur Tanzfläche begaben, nahmen die Leute ihre Unterhaltungen wieder auf. Zunächst war es ein verstreutes, dumpfes Flüstern, doch dann wuchs der Klang zu einem Summen, das unharmonisch an ihr Ohr drang.

Sie nahmen ihren Platz ein, und andere mühten sich, zu ihnen zu stoßen. Es war, als hätten alle vergessen, dass dies ein Ball war ... und kein Schauspiel.

Doch war nicht sie es gewesen, die dieses Schauspiel in Szene gesetzt hatte?

In der Tat. Allerdings verlief die Sache nicht nach Plan. *Ganz und gar nicht.*

Er legte ihr die Hand an die Taille, und für einen Moment stand sie einfach dort und hielt den Blick geradeaus gerichtet, was bedeutete, dass sie auf seine Krawatte starrte. Es war eine sehr hübsche Krawatte, blendend weiß und meisterhaft gebunden.

Die Musik setzte ein und er nahm ihre Hand. Sein Griff war fest und warm, obwohl die Handschuhe ihre Haut trennten. Sie legte die andere Hand an seine Schulter, und sie fingen an, sich zu bewegen.

»Das haben Sie dann also gewollt«, fragte er. »Einen Tanz?«

»Nein, ich hatte Sie in aller Öffentlichkeit schneiden wollen.« Sie schlug die Augen zu ihm auf.

»Doch das haben Sie nicht getan.« Mit eleganter Präzision führt er sie über den Tanzboden. »Warum nicht?«

Sie blickte über den Ballsaal hinweg. Diejenigen, die nicht tanzten, starrten sie beide an und hatten die Köpfe zusammengesteckt, während sie redeten. Wieder verband sich ihr Blick mit Sir Duncan. Auch er tanzte nicht. Er stand dort mit ihrer Mutter, die ziemlich lebhaft redete.

Verdammt sei dies alles.

Emmaline sah wieder zu ihrem Partner auf und überlegte keine Sekunde, ehe ihr die Worte über die Lippen sprudelten. »Weil Sie mich heiraten müssen.«

CHAPTER 3

$\mathcal{L}$ ionel bemühte sich sehr um die Wahrung seiner Gelassenheit, doch da war einfach nichts zu machen. Er geriet ins Stolpern, und nur durch ihre Geistesgegenwart und Anmut hielt sie ihn aufrecht. Ihre Hand bewegte sich über seine Schulter bis zum Ansatz seines Bizepses, und sie packte zu, während die andere sich mit entschlossenem Griff um seine spannte, um damit ihren Fall zuvorzukommen.

Er fasste sie recht fest um die Taille – eigentlich zu fest, um des Anstands willen. Und alle sahen ihnen zu.

Verdammt, verdammt noch mal.

»Ich bitte um Verzeihung?«, fragte er, sobald er von ihrer sicheren Balance überzeugt war. Er hatte zu kämpfen, sich gleichzeitig auf ihre unglaubliche Unterhaltung und den Walzer zu konzentrieren.

»Das möchte ich lieber nicht hier besprechen«, gab sie brüsk zurück und hielt den Blick starr über seine Schulter gerichtet. »Ich muss unter vier Augen mit Ihnen reden.«

Unter vier Augen. Natürlich. Angesichts der Absurdität, die all dem anhaftete, musste er ein Lachen unterdrücken. »Unter Berücksichtigung all der Aufmerksamkeit, die auf uns gerichtet ist, mag sich dies als schwierig erweisen. Ich werde Sie morgen aufsuchen.«

Daraufhin sah sie aus ihren intensiv blauen Augen zu ihm auf. So anders als an jenem Tag vor acht Monaten. »Nein. Es soll heute Abend geschehen. Es muss heute Abend passieren.«

Er versuchte, zu überlegen. Doch dies erwies sich als verdammt schwer. Sie hatte ihn ins Meer gestürzt und nun schwamm er gegen die Wellen an, während er versuchte, das Ufer zu erreichen, wo er einen Sinn in den Geschehnissen finden könnte. Sie erwartete von ihm – *ihm* – sie zu heiraten. Es ergab einfach keinen Sinn.

Er holte tief Luft und erntete eine Nase voll Lavendelduft für seine Anstrengung. Lavendel und noch etwas anderes. Etwas, das wahrscheinlich einzigartig an Lady Townsend war. Und das war etwas, wovon er träumen würde.

Sie fühlte sich auch in seinen Armen gut an. Unter anderen Umständen hätte er sie mit anderen Augen betrachtet, vielleicht mit Interesse. Ihr Daumen drückte in seine Hand und löste einen Ruck bewusster Wahrnehmung aus, der sich über seinen Arm zog. Ganz bestimmt mit Interesse.

Das Denken war nicht nur schwer. Es war beinahe unmöglich.

»Der Tanz wird bald enden«, erklärte sie. »Kennen Sie sich im Haus der Tilneys aus? Wo können wir uns treffen?«

Er riss sich aus dem Nebel von Schock und Faszination los. »Wir müssen eine Weile warten. Mindestens bis nach Mitternacht.« Vor einigen Jahren hatte er sich zu einem kurzen Rendezvous mit einer Frau in einer Wäschekammer im zweiten Stock getroffen. »Im zweiten Stockwerk gibt es eine Kammer, wo die Wäsche aufbewahrt wird. Sie befindet sich im nordwestlichen Bereich einer der Dienstbotengänge. Werden Sie das finden können?«

Sie sah ihn mit zusammengekniffenen Augen an. »Ich bin keine dumme Gans.«

»Dass sie das wären, habe ich nicht gesagt. Ich habe bloß gefragt, ob Sie das finden können.« Er wurde nicht ärgerlich auf sie. Das geringe Maß an Geduld, das sie für ihn aufbrachte, war verständlich. Möglicherweise hatte sie genau wie ihr verstorbener Mann allerdings auch von Natur aus ein aufbrausendes Temperament.

Denke jetzt nicht über ihn nach.

Und wie sollte er Townsend aus seinen Gedanken verbannen, wenn er die Witwe des Mannes in den Armen hielt? Noch besser war allerdings die Frage, wie er es möglichst vermeiden könnte, in die Finsternis seiner Schuld und Reue zu taumeln, wenn er mit ihr *verheiratet* wäre?

Glücklicherweise neigte sich die Musik dem Ende zu.

»Ich treffe Sie um ein Uhr dort«, entgegnete sie. »Verspäten Sie sich nicht.«

Sie müssten sich bei ihrem Treffen kurz fassen, damit ihre Abwesenheit nicht bemerkt würde. »Gegen Mitternacht werde ich allen sagen, dass ich gehen werde. Die Leute werden glauben, ich hätte den Ball verlassen.«

Der Tanz war beendet. Unter ihren Lidern blinzelte sie zu ihm auf, während sie die Lippe leicht kräuselte. »Das ist kaum erforderlich. Sie müssen mich sofort heiraten, verstehen Sie. Falls die Leute uns zusammen sehen, wird es keinen Skandal geben. Außerdem bin ich kein unerfahrenes, unverheiratetes junges Mädchen.«

Er war zu nichts anderem mehr imstande, als sie bei ihren Worten nicht mit offenem Mund anzustarren. Sie befanden sich mitten auf der Tanzfläche. Während alle ihre gespannten Blicke auf sie gerichtet hatten. »Wir können das hier nicht besprechen. Ich treffe Sie in der Wäschekammer.«

Er geleitete sie von der Tanzfläche und brachte es fertig, aus dem Ballsaal zu verschwinden, ohne ein Wort mit irgendjemandem gewechselt zu haben. Auf direktem Weg begab er sich ins Spielzimmer, wo er so schnell wie möglich ein Glas Whiskey austrank.

Einige Herren sahen in seine Richtung, doch sie näherten sich ihm nicht. Dann trat West ein und marschierte direkt auf ihn zu. »Du hast für Aufsehen gesorgt, habe ich gehört«, sagte er.

Lionel strebte auf eine ruhige Ecke des Zimmers zu und West folgte ihm. »Im Ballsaal? Ja, nun, im Hinblick auf das, was sich als Nächstes ereignen wird, sollte dies bald verblassen.«

West starrte ihn an. »Wovon zum Teufel redest du da?«

Unverzüglich bedauerte Lionel, überhaupt etwas gesagt zu haben. Wie auch immer ihre Pläne aussehen mochten, war es nicht gerechtfertigt, sie zunichte zu machen. »Schon gut. Ich glaube, es ist an der Zeit, mich zu verabschieden.« Er würde sich einfach früher auf den Weg zur Kammer machen und dort auf sie warten.

»Das musst du nicht. Wir könnten eine Runde Karten spielen.«

Das könnten sie, doch er war viel zu aufgeregt. »Beim nächsten Mal.«

»Geht es dir gut?«, erkundigte West sich. »Du scheinst ... so abwesend.«

»Mir geht es gut. Wirklich. Genieße den Abend.«

Lionel verließ das Spielzimmer und schlug den Weg zur Vorderseite des Hauses ein. Anstatt jedoch zu gehen, bog er zur Dienstbotentreppe ab und erklomm die Stufen bis in den zweiten Stock. Er begab sich auf die Suche nach einer Lampe, die er in einem verwaisten Schlafzimmer fand, und anschließend machte er die Wäschekammer ausfindig, wo er dann auf sie wartete.

Nirgendwo gab es einen Platz zum Sitzen, also lehnte er sich einfach an das Regal mit den Stapeln von Wäsche und der Laterne, für die er darauf einen Abstellplatz hatte schaffen können. Ihm stand genügend Zeit zur Verfügung, um Lady Townsends Forderung zu bedenken.

Heirat.

Könnte er das tun? Natürlich hatte er die Absicht zu heiraten und er hatte sogar geglaubt, es könne in dieser Saison ernsthaft an der Zeit sein, sich nach einer Ehefrau umzuschauen. Doch das war vor dem Duell des vergangenen Sommers gewesen. Anschließend war alles anders geworden und er war ziemlich überzeugt, es nicht verdient zu haben, glücklich zu werden.

Allerdings musste das nicht bedeuten, dass er nicht heiraten konnte. Viele Menschen heirateten aus anderen Gründen als Glück. Lady Townsend und er könnten anscheinend zwei dieser Menschen sein.

Dass sie ihn aus purer Freude heiraten wollte, konnte er sich beim besten Willen nicht vorstellen. Genau genommen konnte er sich überhaupt nicht vorstellen, warum sie ihn heiraten wollte.

Endlich vernahm er das Geräusch von Schritten. Der Riegel klickte und die Tür öffnete sich. Geschwind trat Lady Townsend ein und schloss rasch die Tür hinter sich.

Sie sah sich in dem kleinen Raum um und positionierte sich so weit von ihm entfernt, wie nur möglich. Selbst das gestattete nur eine Distanz von etwas über einem Meter zwischen ihnen. »Es ist ziemlich eng.«

Er richtete sich zu voller Größe auf und stieß dabei an das Regal in seinem Rücken. »Aber es ist auch abgelegen.«

Sie reckte das Kinn. »Das ist es wohl, vermute ich mal.«

»Verzeihen Sie mir, aber ich habe mich bemüht, für Ihre Absicht, mich zu heiraten, einen Grund zu finden, doch dabei ist mir, fürchte ich, absolut nichts eingefallen.«

»Es ist ein verwegener Plan, das gestehe ich ein, aber ich bin am Ende meiner Weisheit. Ich bin für eine Ehe versprochen, die ich nicht eingehen will, und all das ist Ihre Schuld. Sie haben gelobt, *alles* zu tun, um mir zu helfen. Haben Sie das nicht so gemeint?«

»Natürlich habe ich das. Ich bin ein Ehrenmann, auf Gedeih und Verderb.« Anscheinend war es wohl des Öfteren zum Verderb.

Sie wandte den Blick von ihm ab und spannte ihren Kiefer an. Als sie erneut seinen Blick suchte, bestanden ihre Augen aus Feuer und Eis, und es war ein Gemisch aus heißem Zorn und kaltblütiger Entschlossenheit. »Für mich hat Ihre Ehre ganz bestimmt zum Verderb gereicht. Deshalb fordere ich Ihre Hilfe ein – Sie schulden mir etwas.«

»Das tue ich.«

»Ja, und ich hatte vorgehabt, für die Begleichung von Geoffreys Schulden Geld zu verlangen. *Nachdem* ich Sie öffentlich geschnitten hätte. Wozu ich nicht gekommen bin.« Sie verschränkte die Arme vor ihrer Brust, und er konnte buchstäblich spüren, wie ihre Frustration die kleine Kammer erfüllte. »Die Angelegenheiten entwickeln sich nicht so, wie ich sie geplant hatte.«

»Ich bedauere, dass die Dinge nicht gemäß ihren Wünschen verlaufen.« Seine Brust krampfte sich zusammen und er musste um Luft ringen. »Ihr Leben ist ganz und gar nicht so, wie Sie es erwartet haben, und das ist ganz allein meine Schuld«, erklärte er leise. »Ich werde Ihnen das erforderliche Geld geben, und auch alles andere, was Sie brauchen.«

»*Alles.* Ja, das haben Sie im vergangenen Sommer auch

gesagt.« Ihr Blick haftete an seinem. »Meine Eltern haben entschieden, dass ich jemanden heiraten soll, den ich nicht heiraten will. Sie haben die Angelegenheit bereits in Gang gesetzt. Stattdessen müssen Sie mich heiraten.«

»Vergeben Sie mir, Lady Townsend, doch ich kann einfach nicht begreifen, dass es jemanden geben soll, den Sie noch weniger als mich heiraten möchten.«

Sie lachte und es war ein dunkler, hohler Ton, bei dem sich seine Eingeweide zusammenkrampften. »Ja, ich kann verstehen, warum Sie so denken, und wenn wir eine echte Ehe führen würden, wäre das wahrscheinlich richtig. Um mich jedoch vor einer Ehe mit Sir Duncan zu retten, werden wir heiraten, und unsere Ehe wird eine absolute Zweckehe sein – für *meine Zwecke*. Ich werde unabhängig sein und kann tun und lassen, was ich will. Sie werden mir reichlich Nadelgeld zahlen, und es wird absolut keine Intimität geben.«

»Sie fordern von mir, einen Ehevertrag zu akzeptieren, in dem ich keine Kinder habe, nicht einmal einen Erben?«

Ihr eisiger Blick geriet noch nicht einmal ins Wanken. »Ja.«

Verdammter Mist. Wie konnte er dieser Forderung nur zustimmen? Er hatte eine Verantwortung gegenüber seinem Titel, seiner Familie. Ja, es gab jemanden – der Sohn seines Cousins zweiten Grades – der als Erbe in Frage käme, doch das war nicht der Punkt. Wäre sein Vater noch am Leben, wäre er beim Gedanken erschüttert, dass Lionel ihr Vermächtnis auf diese Weise aus den Händen geben würde.

Aber dennoch … er stand in ihrer Schuld. Er hatte es ihr versprochen. Und wenn er auch nichts anderes war, so war er doch ein Ehrenmann.

»Sie erbitten eine ganze Menge. Ich habe eine Verantwortung gegenüber meinem Titel.«

Sie blinzelte nicht. »Ich habe Sie bei DeBrett nachge-
schlagen – Sie haben einen Cousin.«

»Ich möchte Kinder haben«, hielt er dagegen.

»Dann nehmen Sie sich eine Geliebte, die sie Ihnen
verschafft.«

Bei Gott, sie war kalt, doch andererseits hatte er sie
wahrscheinlich dazu gemacht. Verschwommen erinnerte
er sich an die charmante, temperamentvolle junge Frau,
die sie bei dieser Hausparty gewesen war. Derzeit war
diese nirgends zu finden. »Wollen Sie keine Kinder
haben?«, erkundigte er sich.

Zum ersten Mal schien sie zu schwanken oder zumindest zu zögern. Sie wandte den Blick ab, doch als sie abermals den seinen suchte, war das Feuer zusammen mit der
Eiseskälte wieder darin zu sehen. »Im Moment nicht.
Wenn ich meine Meinung ändere, werde ich Sie natürlich
informieren.«

Er lehnte sich zurück an das Regal, und sein Körper
sackte ein wenig zusammen. Das war so absurd, dass es
beinahe unbegreiflich war. Er hatte ihren Mann getötet,
und jetzt wollte sie ihn heiraten?

Nur um sich vor etwas zu retten, was sie noch weniger
wollte, als an den Mörder ihres Mannes gebunden zu sein.

»Wenn Sie mir die Frage erlauben, was ist so falsch
daran, Sir Duncan zu heiraten?« Lionel kannte den Mann
nicht.

Ihr Gesichtsausdruck wandelte sich und drückte nun
einen intensiven Ekel aus. »Viele Dinge. Viele, viele Dinge.
Ich glaube nicht, dass Ihnen das wichtig sein sollte.« Sie
sah ihn mit schiefgelegtem Kopf an. »Sie haben Ihre Hilfe
angeboten, und ich habe sie darum gebeten. Sind Sie ein
Mann, der sein Wort hält?«

Jeder noch bestehende Zweifel oder Vorbehalt löste sich

unter dem Druck ihrer Frage in nichts auf. »Natürlich bin ich das.« Die Sache mit dem Erben beunruhigte ihn, aber nicht annähernd so sehr, wie die Tatsache, ihren Mann getötet zu haben und sie damit der Gefahr einer Eheschließung auszusetzen, die sie nicht wollte. »Die Dinge mit Sir Duncan seien bereits im Gange, sagten Sie. Was bedeutet das?«

»Meine Eltern haben über unsere Verbindung verhandelt, und morgen wird er kommen, um einen Ehevertrag zu unterzeichnen. Das Aufgebot wird am Sonntag bekanntgegeben.«

Kein Wunder, dass sie verzweifelt war. »Sie scheinen ihn wirklich nicht heiraten zu wollen, wenn Sie mich bitten, dies an seiner statt zu tun.«

Sie neigte den Kopf, doch sie sagte nichts.

»Wir werden schnell handeln müssen, wie es scheint. Sie erwecken den Eindruck, sehr organisiert zu sein. Haben Sie einen Plan?«

»Ähm, nein.«

Unverzüglich kam ihm Gretna Green in den Sinn, doch dorthin war sie bereits einmal durchgebrannt. Innerlich zuckte er zusammen und stieß sich abermals vom Regal ab, wobei er gleichzeitig die Schultern straffte. »Ich kann gleich morgen früh eine Sonderlizenz der Juristenvereinigung besorgen. Danach können wir jederzeit heiraten. Sagen Sie mir einfach, wann.«

Sie überlegte einen Moment und ihr Blick wurde ein wenig schmaler, als sie eines der Regale zu studieren schein. »Kommen Sie um die Mittagszeit zum Haus meiner Eltern. Besteht irgendeine Möglichkeit, die Zeremonie dann dort abzuhalten?«

»Ich werde einen Geistlichen finden müssen, doch das sollte kein Problem darstellen.« Noch heute Nacht würde er einen auftreiben, sobald sie hier fertig waren.

Ihre gesamte Erscheinung sackte ein wenig zusammen. Die Erleichterung war unübersehbar. »Das wird genügen.«

Diese geschäftsmäßige Vereinbarung entsprach ganz und gar nicht seinen Erwartungen, wie er sich seinen Heiratsantrag vorgestellt hatte. »Was werden Ihre Eltern dazu sagen, die Sie bereits Sir Duncan versprochen haben?«

Lady Townsend hatte ihre frühere, stoische Haltung wiedergewonnen. »Das ist mir egal. Ich heirate einen Marquess mit mehr als genügend Vermögen. Wenn sie das nicht zufriedenstellt, wird dies auch nichts anderes tun.«

Er konnte den Abscheu in ihrem Tonfall heraushören. Ihre Heirat mit Townsend hatte ihnen nicht zugesagt. Letztendlich war sie mit diesem Mann durchgebrannt. Es war ein romantischer Gedanke – aus Liebe auszureißen, um zu heiraten. Dass er sie dessen beraubt hatte, traf ihn bis ins Mark. Wie zum Teufel sollten sie miteinander auskommen?

»Wie stellen Sie sich das vor – das Voranschreiten unserer Ehe? Haben Sie die Absicht, mit mir zu leben?«

Blinzelnd sah sie ihn an. »Das habe ich noch nicht so ganz durchdacht. Für den Augenblick erwarte ich, dass Ihr Stadthaus hier in London entsprechend groß ist, um über eigene Räumlichkeiten für mich zu verfügen.«

»Sicherlich.«

»Dann sollte das genügen.«

Ja, diese ganze Sache war irgendwie gerade so genügend. Nicht mehr und nicht weniger als unbedingt erforderlich. »Macht Sie das … glücklich?«

Sie durchbohrte ihn mit einem dunklen, leeren Blick. »Nichts kann mich glücklich machen. Ich sollte wohl davon ausgehen, dass Sie sich dessen bewusst sind. Wir sehen uns heute Mittag.« Sie wandte sich ab, öffnete die Tür und ließ ihn allein in der Wäschekammer zurück.

Nichts machte sie glücklich. Nun, in dieser Hinsicht waren sie sich gleich.

$\sim$

*N*ach einer unruhigen Nacht fast ohne Schlaf, hatte Emmaline es fertiggebracht, eine Scheibe Toast und eine halbe Tasse Schokolade hinunterzuwürgen. Sie betrachtete sich im Spiegel. Wenigstens passten die violetten Schatten unter ihren Augen zu ihrem lavendelfarbenen Kleid.

Sie wandte sich ab und ihr Magen grummelte. Was um alles in der Welt hatte sie getan?

Noch nichts, doch die Alternative war grauenerregend. Sehr zur Freude ihrer Eltern hatte sie gestern Abend mit Sir Duncan getanzt. Er hatte seinen Enthusiasmus – um die Beschreibung ihrer Mutter auszuborgen – zum Ausdruck gebracht, ihr den Hof zu machen, und erklärt, sich unglaublich glücklich zu schätzen, eine weitere Gelegenheit zu erhalten, die Glückseligkeit der Ehe erleben zu dürfen. Doch dann war er fortgefahren und hatte ruiniert was ein vielleicht liebenswert ausgedrücktes Gefühl hätte sein können, indem er erklärte, wie sehr er sich auf eine Braut freute, die keine zimperliche Jungfrau mehr war. Er hatte gekichert und ihr zugezwinkert, als hätten sie einen Witz ausgetauscht. Anschließend hatte er im Detail seine Ausübung von sportlichen Aktivitäten geschildert. Zum Abschluss hatte er ihr noch seine ausgezeichnete körperliche Verfassung garantiert. Unfähig, eine passende Antwort zu finden, hatte sie ihn angestarrt.

Dann war ihr eingefallen, dass sie ihn gar nicht heiraten musste, da sie einen eigenen Plan hatte, um der Intrige ihrer Eltern zu entgehen. Allerdings musste sie dafür einen Mann heiraten, den zu hassen sie gelobt hatte.

Seit diesem Moment fürchtete sie, eine voreilige Entscheidung getroffen zu haben. *Noch eine* voreilige Entscheidung. Mit Geoffrey durchzubrennen war ihre erste gewesen, und obwohl sie dies nicht sofort bereut hatte, war sie mit der Zeit doch zu dem Punkt gelangt, ihre Handlungen in Frage zu stellen. Und zwar nur, weil Geoffrey sich nicht als der Mann herausstellte, für den sie ihn gehalten hatte. Bei Axbridge wusste sie, dass er ein Schurke und ein Mörder war. Er war genau der Mann, von dem jeder wusste, was er war – »Der gefährliche Herzog«.

Noch war es nicht zu spät. Sie musste ihn nicht heiraten. Doch dann würde sie Sir Duncan heiraten. Könnte sie nicht einfach weglaufen? Sicherlich konnte Axbridge ihre Flucht finanzieren.

Und wohin würde sie gehen? Sie müsste irgendwo neu anfangen, vollkommen allein. Nachdem sie die vergangenen acht Monate während ihrer Trauerzeit in relativer Isolation verlebt hatte, stand ihr nicht der Sinn danach. Die Ehe mit Axbridge bot ihr alles, was sie sich wünschte: eine respektable gesellschaftliche Position, eine angemessene finanzielle Unterstützung und die Möglichkeit, weiterhin in der ihr bekannten Welt zu leben.

Um was genau zu tun? Sie würde keine Kinder mit ihm haben. Das könnte sie nicht. Womit sollte sie dann also ihre Zeit verbringen?

Mit allem, wonach dir verdammt noch mal der Sinn steht! Hör auf mit dem Unsinn und geh nach unten!

In der Tat. Sie versteifte ihr Rückgrat und begab sich nach unten in den Salon. Ihre Mutter saß nahe den Fenstern und bestickte irgendetwas für eines ihrer Enkelkinder. Emmaline besaß vier weitaus ältere Geschwister, die alle verheiratet waren und Kinder hatten. Sie war ihren Eltern spät geboren worden, was für diese eine nicht gerade willkommene Überraschung gewesen war. In ihren jüngeren Jahren war sie meist ignoriert worden und hatte keinem ihrer Geschwister nahegestanden. Schon immer hatte sie das Gefühl gehabt, dass sie irgendwie den Anschluss an eine Familie verpasst hatte.

»Da bist du ja, meine Gute«, begrüßte ihre Mutter sie und schaute kurz von ihrer Handarbeit auf. »Hoffentlich hast du gut geschlafen.« Offensichtlich hatte sie die Schatten unter Emmalines Augen nicht entdeckt.

»Gut genug.«

»Dein Vater war so erfreut, als du gestern Abend mit Sir Duncan getanzt hast. Das wird eine ausgezeichnete Verbindung sein – du wirst schon sehen.« Dann hob sie den Kopf, und für einen winzigen Augenblick öffnete sie die Augen weit. »Meine Güte, ich hatte dich nach Axbridge fragen wollen. Warum um alles in der Welt hast du mit *ihm* getanzt?«

Als ihre Mutter gestern Nacht unmittelbar nach dem Einsteigen in die Kutsche eingeschlafen war, hatte Emmaline sich erleichtert gefühlt. Und ihr Vater hatte den Ball früher verlassen, um in seinen Club zu gehen. Das bedeutete, dass Emmaline jeglicher Art von Verhör über den Marquess entgangen war, und in dieser Frage etwas Ruhe genossen hatte.

Sie ließ sich neben ihrer Mutter nieder und richtete die Röcke um ihre Füße. »Weil er mich darum gebeten hat.«

Mutter starrte sie an. »Das ergibt keinen Sinn. Du kannst ihn nicht ausstehen.«

»Er fühlt sich schuldig.« So viel wenigstens war wahr. Das hatte er nicht nur gesagt, sondern sie hatte diesen Kummer auch in den Tiefen seiner Augen lauern sehen.

Ihre Mutter schnalzte mit der Zunge. »Es ist nicht deine Pflicht, seine Schuld zu mildern.«

»Nein, aber ich bin kein rachsüchtiger Mensch.« Beinahe wäre sie an den Worten erstickt. Sie hatte ihre

Rache auf jeden Fall geplant, oder wenigstens, ihm einen
Schlag zu versetzen, indem sie ihn gestern Abend öffentlich hatte schneiden wollen und damit ein Spektakel zu
inszenieren. Auch wenn sie ihn nicht öffentlich gedemütigt
hatte, *war* ihr die Inszenierung des Spektakels erfolgreich
gelungen. Und wahrscheinlich würde der Skandal, den
ihre Heirat nach sich zog, während der gesamten Saison in
den Kreisen der feinen Gesellschaft nachklingen.

Wäre es ein Skandal? Möglicherweise nicht im
wahrsten Sinne des Wortes, doch das Ereignis wäre in aller
Munde. Entweder würden Axbridge und sie gefeiert und
überall eingeladen oder zutiefst verunglimpft und geächtet
werden. Da er ein Marquess war und sich trotz seiner
mörderischen Vergangenheit immer noch einer ziemlichen Beliebtheit erfreute, bezweifelte sie, dass Letzteres
eintreten würde.

»Nun, ganz bestimmt war es das Hauptgesprächsthema
auf dem Ball gestern Abend«, sagte ihre Mutter. »Monate-
lang war Axbridge verschwunden und dann taucht er auf
und tanzt ausgerechnet mit dir. Das schien ziemlich dreist
zu sein. Doch andererseits vermute ich mal, dass so etwas
von ihm zu erwarten war. Hat er nicht einen dieser
albernen »Herzog-Spitznamen«?« Sie sah aus dem Fenster
und dann richtete sie sich auf. »Draußen steht eine
Kutsche. Es ist allerdings zu früh für Sir Duncans
Eintreffen.«

Emmalines Herzschlag beschleunigte sich. »Vielleicht
ist es nicht Sir Duncan. Vielleicht ist es ein anderer Gentleman, der uns einen Besuch abstattet.«

Die Lippen fest aufeinandergepresst, warf ihre Mutter
ihr einen zweifelnden Blick zu. Dann wurde ihr Ausdruck
sanfter und mitfühlend sympathisch »Sir Duncan ist nicht
unbedingt der Mann, den du gewählt hättest, das ist mir
bewusst, aber *als* du deine Wahl getroffen hast, war das,

wie wir beide wissen, nicht gerade das Klügste, was du hättest tun können. Du hast mit mir nicht über deine Ehe gesprochen, aber ich konnte deine zunehmende Verzweiflung mitansehen.«

Verzweiflung schien ein starkes Wort zu sein, aber sie wollte keine Haarspalterei betreiben. Nein, sie war nicht glücklich gewesen. Doch bedeutete das wirklich, nie wieder etwas für sich selbst auswählen zu können? Das war ein absurdes Argument.

»Hab Vertrauen, Emmaline«, ermutigte ihre Mutter sie munter. »Dein Vater und ich wollen nur das Beste für dich, und Sir Duncan wird es dir bieten.«

Offensichtlich stimmten ihre Definitionen vom »Besten« nicht überein.

Cutworth, ihr Butler, trat in die Türöffnung. »Der Marquess von Axbridge ist hier.«

»Führen Sie ihn herein und holen Sie bitte meinen Vater«, erklärte Emmaline, während sie sich erhob. Ihr Puls legte noch einmal an Tempo zu.

»Was ist hier los?« Ihre Mutter legte ihre Stickarbeit beiseite und stand auf. »Emmaline?«

Gelassenen Schrittes entfernte Emmaline sich von ihr und durchquerte das Zimmer, ohne zu antworten.

Einen Augenblick später trat ihr Vater in das Zimmer und unmittelbar dahinter folgten der Marquess und ein weiterer Herr – der Geistliche, wie Emmaline vermutete.

Axbridge verneigte sich und dann wandte er den Blick erst Emmalines Mutter zu und dann ihrem Vater. »Guten Tag, Mr. und Mrs. Forth-Hodges.« Er wandte sich an Emmaline und verneigte sich sogar noch tiefer. »Lady Townsend.«

»Lord Axbridge«, murmelte sie. Er sah genauso stattlich aus wie gestern Abend. *Er* hatte keine violetten Tränensäcke unter den Augen, der Schurke.

Ihr Vater legte die Stirn in tiefe Furchen, als er zuerst Axbridge und dann den Geistlichen fragend ansah. »Worum geht es hier?«

Axbridge zog ein Dokument aus der Innentasche seines Fracks. »Ich habe eine Sonderlizenz, die es Ihrer Tochter und mir erlaubt zu heiraten. Mr. Smithson hier wird die Zeremonie durchführen.«

Ihre Mutter drehte sich mit weit geöffneten Augen und vor Verblüffung offenstehendem Mund herum. »Was hast du getan?«

»Ja, Mädchen, was hast du getan?« Während ihre Mutter fassungslos klang, war ihr Vater offensichtlich verärgert.

»Ich habe mich entschieden, anstelle von Sir Duncan, den Marquess von Axbridge zu heiraten. Ich lasse mir nichts vorschreiben – ich bin eine Witwe mit eigenem Willen.«

»Du bist eine Witwe mit hohen Schulden«, entgegnete ihr Vater eisig. »Ist Axbridge sich dessen bewusst?«

»Das bin ich in der Tat, und es ist kein Problem.« Axbridges Ton war gemäßigt und herzlich – beinahe sympathisch, als würde er ständig in Salons schlendern und Vätern erklären, ihre Töchter unverzüglich zu heiraten.

Ihr Vater trat auf sie zu. »Wir haben eine Vereinbarung mit Sir Duncan getroffen.«

»Sie ist nicht formalisiert worden«, entgegnete Emmaline. »Mir steht frei, Axbridge zu heiraten, und das werde ich tun. Jetzt. Du bist herzlichst eingeladen zu bleiben und der Zeremonie beizuwohnen. Wenn nicht, werde ich Cutworth und meine Zofe um ihre Teilnahme bitten.«

Eilig durchquerte ihre Mutter das Zimmer und trat an ihre Seite. »Emmaline«, flüsterte sie. »Überlege dir, was du da tust. Dieser Mann hat deinen Mann getötet. Was für eine Art von Ehe wirst du mit ihm haben?«

»Eine, die auf klaren Absprachen basiert. Ich habe genau die Art von Ehe ausgehandelt, die ich haben will – und das könnte ich mit Sir Duncan nie machen.«

Ihre Mutter blinzelte sie an. »Du wirst dies ebenso bedauern, wie du die Heirat mit Lord Townsend bedauert hast.«

»Bedauern ist ein hartes Wort, Mutter. Wenn ich mit Sir Duncan so unglücklich wäre, wie es meiner Erwartung entspricht, würdest du es dann bedauern, mich zu der Heirat mit ihm gezwungen zu haben?« Emmaline wartete ihre Antwort nicht ab. Sie marschierte zu Axbridge und begrüßte Mr. Smithson. »Ich bin bereit, wann immer Sie wollen.«

»Ausgezeichnet«, erklärte Mr. Smithson. Er sah zu Emmalines unschlüssigem Vater.

Ihr Vater räusperte sich. »Kommen Sie, wir stellen uns vor dem Kamin auf.«

Hatte er nicht die Absicht, auch nur zu versuchen, sie aufzuhalten?

Sie nahmen ihre Positionen ein und Mr. Smithson klappte seine Bibel auf. Emmaline stand Axbridge gegenüber, und ihr Puls jagte sogar noch schneller. Sie hatte ein Gefühl, als sei sie die Treppen von drei Etagen auf einmal hinaufgelaufen.

Mit einem ruhigen, beinahe freundlichen Ausdruck sah er auf sie herab, denn er war wesentlich größer als sie. Die Schwermut war aus seinem Blick gewichen. War er vielleicht der Annahme, die Dinge zwischen ihnen seien geregelt, und diese Zeremonie würde irgendwie das schwere Unrecht wiedergutmachen, das er ihr angetan hatte? Sie hatte ein Leben lang Zeit, das herauszufinden. Und ihn von solchem Unsinn zu kurieren.

Mr. Smithson begann mit der Zeremonie. Natürlich hatte Emmaline all das schon einmal gehört. Wie anders das doch gewesen war. Sie war so überglücklich gewesen, als sie Geoffrey erwartungsvoll betrachtet hatte. Auf ihrer Reise nach Norden hatten sie sich an die Regeln des Anstands gehalten und das lag zum Teil auch daran, dass der Herzog von Clare sie eingeholt und dafür gesorgt hatte, dass ihre Eheschließung ohne Zwischenfälle stattfand. Trotz der Beteiligung ihres Mannes an dem Duell, das Geoffrey das Leben gekostet hatte, war Clares Frau eine ihrer engsten Freundinnen geworden.

Emmaline gab Clare nicht die Schuld. Er war ein Ehrenmann, wie er mit seinem Verhalten unter Beweis gestellt hatte, als sie mit Geoffrey durchgebrannt war. Er hatte nicht versucht, sie aufzuhalten. Er hatte im Gegenteil für ihre Sicherheit gesorgt und dafür, dass niemand etwas an ihrem Entschluss ändern konnte.

War Axbridge kein Ehrenmann? Er hatte Geoffrey wegen einer Ehrensache herausgefordert. Der genaue Anlass war ihr allerdings immer noch nicht klar. Geoffrey hatte es vor seinem Dahinscheiden lediglich geschafft, ihr ein paar Dinge zu sagen. Er hatte sich entschuldigt und versichert, dass sie Besseres verdient hatte. Dann hatte er Axbridge verflucht und ihm die Hölle gewünscht.

»Ich fordere von euch und nehme euch in die Pflicht, wie am jüngsten Tag des Gerichts zu antworten, wenn die Geheimnisse aller Herzen offenbart werden, dass ihr jetzt bekennen sollt, wenn einer von euch ein Hindernis kennt, warum ihr nicht rechtmäßig in der Ehe vereint sein sollt.«

Mr. Smithsons Rezitation durchbrach ihre Gedanken. *Die Geheimnisse aller Herzen sollen offenbart werden ...* Dass ihr Herz irgendwelche Geheimnisse barg, glaubte Emmaline nicht. Sie hatte Geoffrey offen und ohne Zögern geliebt. Vielleicht war die geheime Liebe besser. So erfuhr es niemand, wenn sie einem Schmerzen zufügte.

Nach einer kurzen Pause fuhr Mr. Smithson fort. Er wandte sich an Axbridge und forderte ihn auf, das Gelöbnis zu rezitieren, das sie beide binden würde. Nachdem er versprochen hatte, seinen Teil dazu beizutragen, wandte sich Mr. Smithson an Emmaline und stellte ihr die gleiche Frage. »Willst du diesen Mann zu deinem Gatten nehmen, um nach Gottes Willen im heiligen Stand der Ehe zu leben.« Er zögerte kaum, bevor er fortfuhr, doch Emmaline unterdrückte ein Gefühl der Blasphemie, da sie nicht die Absicht hatte, mit diesem Mann »zusammen« zu leben. »Willst du ihm gehorchen und ihm dienen, ihn lieben und ehren und durch Krankheit und Gesundheit begleiten; und allen anderen entsagen, und ihm bis an euer Lebensende die Treue halten?«

»Das werde ich.« Abermals kroch dieses unbehagliche Gefühl in ihr auf, doch rasch zuckte sie mit den Schultern. Das waren schöne Worte, und eine ganze Menge Menschen ignorierten sie. Sie war sich ganz und gar nicht sicher, ob Geoffrey ihr treu gewesen war.

Mr. Smithson fragte, wer sie Axbridge zur Eheschließung übergäbe, und ihr Vater antwortete in einem ruhigen und kraftvollen Tonfall: »Ich übergebe sie.« Er schien jeden Vorbehalt, den er vielleicht gehabt hatte, vollkommen überwunden zu haben.

Es war an der Zeit, dass sie beide das Gelübde ablegten. Mr. Smithson bedeutete Axbridge, Emmalines Hände in die seinen zu nehmen.

Seine Finger waren ebenso bloß wie die ihren und ihr ging auf, dass sie sich zum ersten Mal in direktem Hautkontakt berührten. Er fühlte sich warm und fest an, beinahe beruhigend. Sie wollte nicht von ihm beruhigt werden.

Axbridge sprach Mr. Smithson den Schwur nach und versprach, sie von diesem Tag an zu ehren, in guten wie in schlechten Zeiten und all diesen anderen Unsinn, einschließlich einander bis zum Tod zu lieben und zu ehren. Sein Blick war entschlossen, und beinahe hätte sie glauben können, dass er es ernst meinte.

Als sie an der Reihe war, sagte sie pflichtbewusst ihren Teil nach, doch dabei hielt sie den Blick starr auf sein Ohr gerichtet. Sobald sie fertig war, zog sie die Hände ruckartig weg.

Mr. Smithson zog einen Goldring aus seiner Tasche und legte ihn auf die geöffnete Bibel, die in seiner Handfläche ruhte. »Gesegnet sei dieser Ring und diese Ehe«, sagte er.

An diesen Teil hatte sie von Gretna Green keine Erinnerung.

Axbridge nahm den Ring auf und schob ihn ihr auf den Finger. »Mit diesem Ring nehme ich dich zur Frau.« Sein Blick bohrte sich in sie hinein. Die Düsternis war nicht zurückgekehrt, doch es lag eine Intensität darin, die sie verunsicherte. »Mit meinem Körper werde ich dich anbeten.« Von der Stelle aus, wo er sie berührt hatte, schoss ein Schauder ihren Arm hinauf. Sie war davon ausgegangen, dass sich die gesamte Angelegenheit wie eine Transaktion anhören würde und dennoch fühlte sie sich mit jedem Wort, das Axbridge aussprach, zu etwas verführt, mit dem sie weder gerechnet, noch dass sie es gewollt hatte: Erwartung. »Und mit all meinen irdischen Gütern ehre ich dich. Im Namen des Vaters und des Sohnes und des Heiligen Geistes, Amen.«

Er zog seine Hand zurück. Der Ring passte ihr perfekt. Sie konnte es kaum abwarten, ihn auszuziehen.

Einen Moment. Hatte sie das so geplant? Ein Tumult der Gefühle brauste in ihr auf.

Mr. Smithson erklärte sie zu Mann und Frau. Dann nahm die restliche Zeremonie ihren Lauf und verursachte ihr bereits Kopfschmerzen, als er ein Register für sie zur Unterschrift sowie eine Kopie des Eintrags vorlegte, den sie ebenfalls unterschrieb, und die für Emmaline zur Aufbewahrung vorgesehen war.

»Ich gratuliere Ihnen beiden von ganzem Herzen«, erklärte Mr. Smithson und lächelte zuerst Emmaline und dann Axbridge an.

Der Marquess wirkte ebenso ruhig und gelassen wie bei seiner Ankunft, wohingegen Emmaline kurz davor war zu platzen vor … wovor eigentlich? Besorgnis? Angst? Unbehagen? Es waren all diese Dinge und so vieles mehr.

»Vielen Dank«, entgegnete Axbridge. »Wenn Sie unten in der Halle auf mich warten würden, werde ich in Kürze nachkommen und Sie zur Kirche zurückbringen.«

Mr. Smithson nickte, bevor er allen einen guten Tag wünschte und sich entfernte.

»Das erfordert zumindest einen Toast«, erklärte ihr Vater.

Axbridge blickte sie kurz an und dann schüttelte er den Kopf. »Sie müssen sich nicht die Mühe machen.«

»Es kommt nicht jeden Tag vor, dass meine Tochter einen Marquess ehelicht.« Ihr Vater grinste sie an und sein Blick war voller Begeisterung. »Emmaline hat es besser getroffen als all ihre Schwestern.« Er rief nach Cutworth, der vor der Tür herumlungerte. »Bring den Wein.«

Der Butler verschwand mit Eifer. Emmaline bemerkte die Anspannung um Axbridges Mund – sie war nur geringfügig, trotzdem nahm sie sie wahr. Er wandte sich an Emmaline. »Möchtest du mich jetzt begleiten, oder soll ich später am Nachmittag meine Kutsche schicken?«

»Ich muss meine Sachen packen. Ich würde mich freuen, wenn du die Kutsche zurückschickst.«

»Jedes deiner Anliegen ist mein sehnlichster Wunsch.«

Sie sah ihn an und kniff die Augen dabei ein wenig zusammen. Musste er so reden? Vielleicht versuchte er bloß, ihre Eltern zu beeindrucken. Ha! Das hatte er anscheinend schon durch die schiere Natur seines Titels fertiggebracht.

»In diesem Fall stimme ich zu, dass wir nicht anstoßen müssen«, erklärte sie und bezog sich damit auf seinen Wunsch, all ihre Wünsche zu erfüllen. »Vater, du und Mutter könnt feiern, während ich meine Sachen packe. Ich bin überzeugt, ihr werdet erfreut sein, das Haus wieder für euch allein zu haben.«

Ihre Mutter schürzte die Lippen und blinzelte, ehe sie den Blick für einen Augenblick verengte. »Wir werden dich vermissen, Emmaline.«

»Du hast von mir erwartet, dass ich gehe – es ist bloß ein bisschen früher.« Emmaline verzog den Mund zu einem falschen Lächeln.

In dem kurzen Moment unbehaglicher Stille, der daraufhin folgte, sahen sich alle gegenseitig an. Axbridge hüstelte verhalten und wandte sich an Emmaline. »Wir sehen uns dann heute Nachmittag.« Er vollführte eine perfekte Verbeugung und erwies ihren Eltern anschließend die gleiche Ehre.

Als ihr Vater Axbridge die Hand schüttelte, runzelte er leicht die Stirn. »Sie wollen nicht auf ein Glas Wein bleiben?«

»Ich fürchte nein. Ich habe weitere Angelegenheiten zu regeln.«

Ihre Mutter verbarg ihr Missfallen nicht, als sie den Marquess buchstäblich anstarrte. »Ich wage zu behaupten, dass die Heirat mit unserer Tochter Ihre wichtigste Angelegenheit für heute sein sollte.«

Ihr Vater tätschelte ihr die Schulter. »Mach es dem

Mann nicht so schwer. Jetzt ist er unser Schwiegersohn.«
Mit einem breiten Lächeln wandte er sich an Emmalines
neuen Mann. »Willkommen in der Familie, Axbridge.
Dieses Mal hat Emmaline eine bessere Wahl getroffen,
wage ich zu behaupten. In der Tat könnte ich Ihnen
beinahe dankbar sein, dass Sie sie von dem Schurken
befreit haben, den sie sich zuerst ausgesucht hatte.« Ihr
Vater besaß die Taktlosigkeit, darüber auch noch zu
lachen.

Axbridge hatte allerdings genügend Anstand, nichts
dazu zu sagen. Als er sich zum Gehen wandte und an
Cutworth mit dem Tablett vorbeikam, war sein Gesicht
eine unbewegte Maske.

Emmaline sah ihren Vater böse an. »Und ich werde
dem Mörder meines Mannes dankbar sein, mich von
deinen Machenschaften erlöst zu haben.«

»*Ehemaliger* Ehemann, meine Liebe.« Ihr Vater
bedachte sie mit einem bedeutungsvollen, mit einem
Anflug von Zuneigung durchdrungenen Blick. Er war über
die Entwicklung der Dinge glücklich und sie war ziemlich
sicher, weder mit Worten noch Taten etwas daran ändern
zu können.

Emmaline unterdrückte ihre Wut und Enttäuschung
und raffte sich auf, das Zimmer zu verlassen.

Ihre Mutter holte sie gerade noch in der Tür ein. »Ich
wünsche mir wirklich, dass du glücklich bist, Emmaline.«
Ihr Ausdruck war zaghaft, fast sogar weich.

Dass ihre Mutter aufrichtig war und sie liebte, wusste
Emmaline – auch wenn sie häufig eine eher frustrierende
Art hatte, dies zu zeigen. »Axbridge wird mir die Selbst-
ständigkeit und gesellschaftliche Stellung bieten, die ich
benötige. Mit ihm werde ich weitaus glücklicher sein als
mit Sir Duncan.«

Sie verharrte für einen Augenblick, ehe sie sich

umdrehte und aus dem Zimmer ging. Es war lächerlich zu sagen, dass sie weitaus glücklicher sei, wenn sie bezweifelte das Glück überhaupt ins Spiel kam. Doch eventuell würde sie zufrieden sein.

Mit dem Mörder deines Mannes?

Als sie an der Treppe angekommen war, geriet ihr Schritt ins Wanken.

Was hatte sie getan?

CHAPTER 4

»**J**hr werdet noch eine Furche in den Boden laufen, Mylord«, bemerkte Tulk, der nahe der Haustür Wache stand.

Lionel hielt in seinen Schritten inne und blinzelte den Butler an. »Ihre Scharfsinnigkeit erstaunt mich.«

»So sollte es auch sein.« Er verfiel einen Augenblick in Schweigen, doch Lionel war auf weitere Ausführungen gefasst und wurde nicht enttäuscht. »Ihr seid recht nervös.«

Aufgeregt wäre eine bessere Beschreibung. »War ich vielleicht schon einmal verheiratet?«

»Es besteht kein Anlass, sarkastisch zu sein.«

Wenn nicht jetzt, wann dann? Für Zynismus schien der heutige Tag perfekt zu sein. Gerade eben hatte er eine Frau geheiratet, die ihn verachtete, und sie beide damit einem Leben der gegenseitigen Missachtung und akuten Unbehagens ausgeliefert. Lionel warf seinem Butler einen gereizten Blick zu. Er hatte Tulk und seinen Kammerdiener Hennings in die wahre Natur seiner Ehe eingeweiht. Dem übrigen Personal war einfach mitgeteilt worden, dass Lionel eine Frau gefunden und sie sofort geheiratet hatte.

Mitten in der Halle unterbrach Lionel seinen unruhigen Lauf. »Wie ist die Besprechung mit dem Personal vonstattengegangen? Hat niemand die Augenbrauen hochgezogen?«

Tulk unterdrückte ein Lachen. »Natürlich haben sie die Augenbrauen hochgezogen. Plötzlich seid Ihr verheiratet, und bald wird die Dienerschaft eine neue Herrin haben.« Einen Moment lang musterte er Lionel eingehend. »Sie unterstützen Euch von ganzem Herzen und wünschen sich, dass Ihr glücklich seid. Mrs. Wells ist begeistert, dass Ihr Euch eine Frau genommen habt. Die Tatsache, sie mit einer Sonderlizenz zu heiraten, fand sie ziemlich romantisch.«

Romantisch? Ja, Mrs. Wells, die Axbridges Haus während der vergangenen fünfundzwanzig Jahre führte, hatte ihn häufig gedrängt, eine Familie zu gründen, und dieses ... Arrangement würde sie verstimmen. Natürlich würde sie irgendwann die Wahrheit erfahren, doch für den Augenblick wollte Lionel herausfinden, wie dieses *Arrangement* sich weiterentwickeln würde.

Die Geräusche einer Kutsche auf der Straße ließen Lionels Puls schneller werden.

»Eure Braut, denke ich«, erklärte Tulk und marschierte zur Tür. Er öffnete sie weit, und Lionel trat auf die obere Stufe hinaus.

Einer der Lakaien von Emmalines Vater öffnete die Tür der Kutsche, und Lionel fragte sich, ob sie allein darinsaß. Vielleicht hatte ihre Mutter oder ihr Vater – oder beide – darauf bestanden, sie zu begleiten. Er konnte sich so etwas von ihrem Vater vorstellen. Er war auf eine ekelerregende Art erfreut darüber gewesen, einen Marquess als Schwiegersohn zu bekommen. Dass er auf die Gefühle seiner

Tochter keine Rücksicht nahm, war nur zu deutlich. Es sei denn, sie hätte ihnen erklärt, mit dieser Verbindung glücklich zu sein. Allerdings bezweifelte er das irgendwie. Sie hatte das Ganze wie eine Geschäftsabsprache klingen lassen, was es seiner Vermutung nach wohl auch war. Das Verhalten ihres Vaters hatte er dennoch als beleidigend empfunden, und worauf auch immer ihre Ehe beruhte, würde er niemandem gestatten, seine Marchionnes zu verunglimpfen.

Emmaline stieg aus der Kutsche und hob das Gesicht zum leicht bewölkten Himmel. Sie war außergewöhnlich hübsch und wies zarte, feminine Züge in einem verführerischen herzförmigen Gesicht auf, das von vereinzelten blonden Locken umrahmt war. Über ihren himmelblauen Augen wölbten sich blasse, schmale Augenbrauen und eine kleine, unaufdringliche Nase schwang sich zu den bogenförmigen rosa Lippen hinab. Ihr kühler Blick vermochte ihre Schönheit nicht zu beeinträchtigen. Durch ihn könnte sie in der Tat vielleicht noch attraktiver scheinen– sie war eine Frau, die er umwerben müsste. Und das waren die besten.

Ein Jammer, dass sie wahrscheinlich nicht zu umwerben war.

Er trat vor, um ihr entgegen zu gehen, doch sie zögerte. Er blieb stehen und wartete, bis sie sich ihm näherte. Langsam schritt sie die Treppe hinauf.

»Willkommen im Axbridge House.«

Sie sah zur Fassade auf, doch ihre Züge blieben unbewegt. Als ihr Blick auf seinen traf, war dieser reichlich frostig.

Er trat zur Seite und bedeutete ihr mit einer Geste, ihm ins Haus voranzugehen.

Tulk verneigte sich. »Guten Tag, Mylady. Wir freuen uns, Euch bei uns begrüßen zu dürfen.«

Lionel trat hinter ihr ein. »Das ist Tulk. Wie du bald feststellen wirst, ist er ein ausgezeichneter Butler. Zögere nicht, ihn um alles zu bitten, was du brauchst.«

Ganz offensichtlich über seine Körpergröße erstaunt, blinzelte sie zu ihm auf. »Vielen Dank.« Sie warf einen raschen Blick zur Kutsche zurück, aus der eine weitere Frau ausgestiegen war. »Das ist meine Kammerzofe, Lark. Ich gehe davon aus, dass Sie ein geeignetes Zimmer für sie vorbereitet haben.«

Tulk neigte den Kopf. »Natürlich, Mylady. Die Haushälterin, Mrs. Wells, wird in Kürze erscheinen, um sie hinzuführen.« Er ließ den Blick zum hinteren Bereich der Halle schweifen. »Da kommt sie schon.«

Lionel stellte die Haushälterin der neuen Dame des Hauses vor. Mrs. Wells begrüßte sie mit einem charmanten Enthusiasmus, doch Lady Townsend lächelte nicht einmal.

Nein, sie war nicht Lady Townsend. Lady Axbridge. Aber hatte er wirklich die Absicht, seine Frau als Lady Axbridge zu bezeichnen?

Emmaline.

Emma.

Em.

Eine Reihe von Kosenamen kam ihm in den Sinn. Sein Vater hatte seine Mutter »mein Herz« genannt. Ihr Tod – Lionel war damals neun Jahre alt gewesen – hatte Vater und Sohn noch enger zusammengeschweißt, als sie ihre überwältigende Trauer geteilt hatten. Bei der Erinnerung an seine Kindheit füllte sich Lionels Brust mit wohliger Wärme. Dieses Gefühl wurde allerdings schleunigst wieder zunichte gemacht, als ihm zu Bewusstsein kam, dass er nicht die gleiche Art von Familie haben würde. Nicht mit ... Emmaline.

»Kommen Sie, Lark«, meinte Mrs. Wells. »Ich zeige

Ihnen Lady Axbridges Räumlichkeiten und dann Ihr eigenes Zimmer.«

Lark, eine aufgeweckte Frau mit strahlend blauen Augen und vielleicht ein paar Jahre älter als Emmaline, warf ihrer Herrin einen fragenden Blick zu, die mit einem Nicken antwortete. Die beiden Dienstboten stiegen die Treppe hinauf.

Lionel wandte sich seiner neuen Frau zu. »Soll ich dich herumführen?«

Sie wich seinem Blick aus. »Danke, aber wenn Tulk oder Mrs. Wells zur Verfügung stehen, wäre mir das lieber.«

Er hatte nicht wirklich mit ihrem Auftauen gerechnet, aber wahrscheinlich hatte er wenigstens einen Anflug von Behaglichkeit erwartet. Zumindest war sie nicht feindselig. »Könnten wir uns einen Moment in meinem Arbeitszimmer unterhalten?«

In ihrem Blick flackerte kurz die Überraschung auf, als sie den seinen suchte. Sie nickte beinahe unmerklich.

Es wäre nur natürlich, ihr den Arm anzubieten, und tatsächlich setzte er zu dieser Geste an, doch dann hielt er sich zurück. »Wenn du mir einfach folgen willst«, forderte er sie stattdessen auf.

Er führte sie nach links und durchquerte den Salon, auf dem Weg zu seinem Arbeitszimmer, das den hinteren Winkel des Erdgeschosses einnahm. Es war nicht allzu groß, doch neben seinem Schreibtisch beherbergte es eine ansehnliche Bibliothek. Eine Sitzecke vor dem Kamin bot einen gemütlichen Platz zum Lesen. Er deutete auf das Sofa. »Möchtest du dich setzen?«

Sie ließ den Blick durch das Zimmer schweifen, doch wieder wusste er nicht, welchen Eindruck sie hatte. »Nein, danke. Was möchtest du besprechen?«

Lionel trat an das Feuer und lehnte sich gegen den

Kaminsims, wo er die Arme vor der Brust verschränkte. »Ich dachte, wir sollten uns über unsere Erwartungen austauschen.«

Sie trat zu einem der Bücherregale und überflog die Buchrücken. »Ich erwarte, dass unsere Interaktionen sich auf ein Minimum beschränken werden.«

»Beinhaltet das auch die Mahlzeiten? Ich frühstücke in meinem Wohnzimmer und nehme die anderen Mahlzeiten im Esszimmer ein.«

»Habe ich ein Wohnzimmer?«

»Im Augenblick nicht. Meine Eltern haben sich ein Schlafzimmer und ein Wohnzimmer geteilt.«

Mit hochgezogenen Augenbrauen drehte sie sich zu ihm um. »Ich werde überhaupt *nichts* mit dir teilen.«

Er versuchte, sich von ihrer Geringschätzung – die absolut erwartet gewesen war – nicht stören zu lassen. »Ich habe auch nicht geglaubt, dass du das tun würdest. Im ersten Stock gibt es ein zweites Schlafzimmer – meine Mutter hat es als Atelier zum Malen benutzt. Ich habe es als dein Schlafzimmer neu einrichten lassen.« Angesichts der Kürze ihrer Verbindung war das keine leichte Aufgabe. »Das Wohnzimmer liegt zwischen den Schlafzimmern – du kannst es gerne benutzen, wenn ich es nicht tue. Normalerweise nehme ich dort nur das Frühstück ein.«

»Das wird reichen, danke. Ich gehe davon aus, dass ich das Frühstück in meinem Schlafzimmer oder dem Esszimmer einnehmen könnte … und die anderen Mahlzeiten im Wohnzimmer.«

Noch immer hatte er keine Antwort auf seine erste Frage. »Also werden unsere minimalen Interaktionen keine Mahlzeiten beinhalten?«

»Das wäre mir lieber, ja.«

»Du hast wirklich die Absicht, unser gesamtes Leben getrennt zu verbringen?«

Für einen Moment bohrte sich ihr Blick in seinen. »Ja. Und das habe ich, glaube ich, auch deutlich gemacht.«

»Das hast du. Verzeih mir meine Hoffnung, dass wir wenigstens einen Weg zu einer Art Freundschaft finden könnten.«

»Ich werde dir nichts verzeihen. Ich glaube, auch *das* habe ich klargestellt.«

Ja, das hatte sie in der Tat, und er war ein Narr, irgendetwas anderes zu denken. Er stieß sich vom Kaminsims ab und ging zu seinem Schreibtisch hinüber, um sich dahinter aufzustellen. »Welche Summe brauchst du, um Townsends Schulden zu begleichen?«

»Heute Morgen habe ich an seinen Sekretär geschrieben und ihn gebeten, eine Aufstellung zu schicken. Sie sollte morgen eintreffen.«

Er nickte. »Ich werde mich darum kümmern. Ich werde dir auch ein vierteljährliches Einkommen zur Verfügung stellen. Zögere jedoch bitte nicht, mich zu fragen, falls du zusätzlichen Bedarf hast. Meine einzige Anforderung besteht darin, dich mit deiner Bitte direkt persönlich an mich zu wenden – das ist eine Interaktion, auf die ich bestehe.«

Für einen kurzen Moment kniff sie die Augen zusammen. »Ich verstehe.«

»Ich werde nicht geizig sein.« Er stieß die Luft aus und verabscheute die Spannung zwischen ihnen, doch er sah keine Möglichkeit, sie abzubauen. Zumindest nicht, ohne dass sie ihren Schutz auch nur ein winziges bisschen fallen ließe. »Es ist mein Wunsch, dass du dich sicher und umsorgt fühlst. Dein Seelenfrieden ist mir wichtig.«

»Wegen deiner Schuldgefühle.«

Sein Magen krampfte sich zusammen. »Ja. Aber auch, weil du das verdienst. Ich weiß, dass du in eine Ecke gedrängt worden bist und du dieses Arrangement als deinen einzigen Ausweg gewählt hast. Du sollst dich in keiner Weise gefangen fühlen.«

»Das ist ... sehr gütig von dir.« Ihre Stimme klang angespannt, als würde sie mit großer Mühe sprechen.

»Abgesehen davon ist dein Vater ein Scheißkerl. Ich verstehe, warum du jeder Intrige aus dem Wege gehen wolltest, die er sich ausgedacht hat.«

Sie machte große Augen und dann blinzelte sie. »Er ist kein Scheißkerl.«

Lionel schnaubte. »Dann ist er eben ein unsensibler Schuft.«

»Ich bin weder auf deine Sympathie noch dein Mitgefühl angewiesen. Ich möchte es auch nicht.«

»Du wirst es trotzdem haben.« In der Absicht, ihr seine Botschaft zu übermitteln, verband er seinen Blick mit ihrem. »Ich bin nicht dein Feind.«

Sie lachte, doch es klang hohl und ließ ihn zurückzucken. »Du bist ganz sicher nicht mein Freund.« Sie legte den Kopf schief und ihre Haube verrutschte dabei ein bisschen, sodass sie die Schleife unter ihrem Kinn festziehen musste. Als diese infolge ihrer Bemühungen nicht zu kooperieren schien, knüpfte sie die Schleife vollständig auf und zog das Accessoire mit einer Grimasse vom Kopf. »Darf ich mich entschuldigen?«

»Natürlich. Wir sehen uns dann ...« Wann? Irgendwann einmal im Vorübergehen? Oder würden sie beide die Tage verstreichen lassen, ohne sich zu sehen?

War das wirklich von Belang?

Er nahm hinter seinem Schreibtisch Platz und sah auf das Porträt, das über dem Kaminsims hing. Die Augen seines Vaters starrten ihn von oben an, und wenn Lionel intensiv genug hinsah, konnte er das Funkeln darin erkennen, das beinahe immer gegenwärtig gewesen war. Es waren acht Jahre vergangen und noch immer vermisste er seinen Vater jeden Tag. Ganz besonders jetzt mit seiner Ehe, aber auch aufgrund der Auswirkungen, die das Duell nach sich gezogen hatte.

In Lionels Hand setze ein Zittern ein. Er richtete seine Aufmerksamkeit auf diesen Körperteil, legte die flache Hand auf den Schreibtisch und breitete die rechte Hand darüber, damit das Zittern ein Ende nahm. Er holte mehrere Male tief Luft und widmete sich anschließend der Aufgabe, seinen Verstand zu klären.

Nach ein paar Minuten kam seine Muskulatur zur Ruhe und er war wieder still. Er fragte sich, ob er jemals in der Lage sein würde, diesen Momenten des Aufruhrs zu entgehen.

Nein, weil du sie verdient hast.

Das hatte er in der Tat.

~

Sie hatte die erste Nacht hinter sich gebracht.

Nach dem Frühstück hatte Emmaline an der Tür zum Wohnzimmer gelauscht, das an ihre und Axbridges Gemächer angrenzte. Sie hatte nichts hören können und dann endlich Lark gebeten, nachzusehen, ob es leer wäre, ehe sie sich aus dem Schutz ihres Schlafzimmers wagte.

Möglicherweise war das töricht. Solange sie zusammen unter einem Dach lebten, würde sie ihn sehen. Dieses Argument sprach perfekt dafür, warum sie eine neue Unterkunft nehmen sollte. Allerdings würde das Nadelgeld, das er ihr zugestand, nicht für die Kosten eines annehmbaren Hauses genügen, was bedeutete, ihn um mehr Geld bitten zu müssen.

Sie glaubte nicht, dass er sie abweisen würde. In Bezug

auf ihre Scheinheirat war sie mehr als deutlich gewesen. Was spielte es da für eine Rolle, wo sie wohnte?

In gewisser Weise war es allerdings von Belang, denn wenn sie woanders lebte, würden die Zungen nicht stillstehen, und ihr Ruf könnte eventuell beeinträchtigt werden. Einer der Gründe, der für ihre Heirat mit Axbridge gesprochen hatte, war die Sicherung ihrer gesellschaftlichen Position gewesen.

Den gesamten Morgen blieb sie für sich und nahm ein kleines Mittagessen im Wohnzimmer ein. Sie erkundigte sich weder nach Axbridge noch schien er nach ihr zu fragen. Als sie gerade darüber nachdachte, was sie mit ihrem Nachmittag anfangen sollte, trat Tulk ins Wohnzimmer und kündigte das Eintreffen ihrer Freundin Ivy, der Herzogin von Clare, an.

Über die willkommene Ablenkung erfreut, sprang Emmaline vom Stuhl auf. Sie straffte sich und sah zum Butler hinüber. »Wo sollte ich sie empfangen?«

»Wo immer Ihr wünscht, Mylady«, antwortete Tulk respektvoll. »Ich würde den Salon im Erdgeschoss vorschlagen.«

»Ja, natürlich. Ich komme sofort herunter.«

Er nickte und dann zog er sich zurück. Emmaline überprüfte ihr Erscheinungsbild im Spiegel und nachdem sie eine widerspenstige Haarlocke säuberlich festgesteckt hatte, folgte sie ihm nach. Als sie unten ankam, hatte er Ivy gerade in den Salon geführt.

Ivy übergab ihm Hut und Handschuhe, während ihr Blick zu Emmaline schweifte. »Lady Axbridge.« Die Betonung suggerierte keine Frage, doch die Neugier brannte in ihrem Blick.

Tulk wandte sich an Emmaline. »Soll ich Tee bringen?«

»Sicher. Vielen Dank, Tulk.« Emmaline wartete, bis er

gegangen war, ehe sie den Mund zum Sprechen öffnete. Allerdings brachte sie kein Wort heraus.

Ivys Kiefer erschlaffte, und schockiert blinzelte sie Emmaline an. »Was zum Teufel ist hier los?«

»Ja, ich kann mir vorstellen, dass du Fragen hast. Sollen wir uns setzen?« Sie trat an einen kleinen, runden Tisch mit vier Sesseln, der nahe bei den vorderen Fenstern stand, und setzte sich, sodass sie auf die Straße hinausblicken konnte.

Ivy nahm in einem Sessel neben ihrem Platz. »Abgesehen von Fragen habe ich Sorge. Bist du bei Verstand?«

»So ziemlich. Meine Eltern hatten mich mit Sir Duncan Thayer verheiraten wollen. Ich ... habe mit einem alternativen Plan aufgewartet.«

Ivy starrte sie an. »Indem du Axbridge heiratest?«

»Er war mit etwas schuldig.«

»Das bestreite ich ja nicht – und mir ist bekannt, dass er mehr als begierig ist, dir in jeder Hinsicht zu helfen. Aber eine Ehe? Du verabscheust ihn. Warum, um alles in der Welt, solltest du dich an ihn fesseln?« Ivy schürzte die Lippen. »Der Ehestand sollte nur nach ernsthafter Überlegung eingegangen werden – wenn überhaupt. Das sollte nicht auf die leichte Schulter genommen werden.«

Nachdem ein Gentleman Ivy die Ehe versprochen und sie verlassen hatte, hatte sie gelobt, niemals zu heiraten. Dass sie sich in den Herzog von Clare – auch »Der Herzog der Begierde« genannt – verliebte, und ihn heiratete, hatte sie bis ins Mark erschüttert. Und dennoch bereute sie den Entschluss nicht. »Glaube mir, ich habe das sehr ernst genommen. Ich habe weit mehr darüber nachgedacht als damals, als ich mit Geoffrey weggelaufen bin.«

In der Tat konnten die krassen Unterschiede ihrer beider Ehen nicht ausgeprägter sein.

»Daran zweifle ich nicht. Ich war zu jener Zeit bei dir.«

Damals waren sie Freundinnen geworden. »Und dein Ehegatte hatte dafür gesorgt, dass aus unserer verrückten Flucht nach Gretna Green kein Skandal entstanden ist. Ihr seid mir die besten Freunde gewesen – und dem steht auch Wests Teilnahme an dem Duell, das Geoffrey das Leben gekostet hat, nicht im Wege.«

Ivy zuckte zusammen. Nach dem Duell hatte Emmaline sie für einige Monate abgewiesen, doch Ivy hatte sich bemüht, ihre Unterstützung und Freundschaft demonstrativ unter Beweis zu stellen. Beinahe täglich hatte sie ihr geschrieben und sich dabei auf unverfänglichere Themen wie das Gedeihen und die Entwicklung ihrer kleinen Tochter konzentriert. Sie hatte Emmaline zu einem Besuch eingeladen – und ihr auch angeboten, das Baby zu einem Besuch bei ihr mitzubringen – in der Annahme, dass es sie aufmuntern würde. Schließlich hatte Emmaline nachgegeben, und Ivy hatte recht behalten. Es war wie Balsam für ihre Seele gewesen, Freundschaft und Licht zurück in ihr Leben zu lassen.

»Ich mache ihm keinen Vorwurf«, erklärte Emmaline leise. »Aber vergessen kann ich es auch nicht.«

»Ich weiß.« Ivy schenkte ihr ein trauriges Lächeln. »Deshalb kann ich immer noch nicht begreifen, warum du unter all den Menschen ausgerechnet Axbridge geheiratet hast. Bestimmt hättest du jemand anderen finden können.«

»Möglicherweise, aber ich war in einer Zwickmühle. Das Aufgebot für meine Heirat mit Sir Duncan sollte diesen Sonntag verlesen werden. Es blieb keine Zeit, sich zu verlieben.« Spöttisch bemerkte sie: »Nicht, dass ich das gewollt oder erwartet hätte. Du siehst ja, wo die Liebe mich hingeführt hat.«

Ivys Blick war voll des Mitgefühls. »Die Liebe kann tückisch sein. Sie hat mich auf einen dunklen Pfad geführt, wie du weißt. Aber sie hat mir auch das größte Glück beschert, das ich je erlebt habe. Das hätte auch für dich passieren können.«

Ihre unausgesprochenen Worte verfingen sich in Emmalines Gedankengang: *doch nun wird das nie passieren, denn mit Axbridge bist du jetzt gefangen.*

Hatte er nicht gesagt, er wolle nicht, dass sie sich gefangen fühlte?

Tulk trat mit dem Teetablett ein, das er auf dem Tisch vor ihnen abstellte. »Soll ich Euch einschenken, Mylady?«

»Nein, danke«, antwortete Emmaline. Sie schenkte Tulk ein zaghaftes Lächeln. Ihr ging auf, dass sie Distanz zu Axbridges Bediensteten wahrte, als wären sie »seine« Leute, und sie alles auseinanderhalten müsste. Es war ihr Wunsch, dass sie ein getrenntes Leben führten, jedoch seine Bediensteten waren sehr herzlich und zuvorkommend. In Wahrheit hatten sie mit keinem Anzeichen verraten, dass sie sich der Distanziertheit zwischen ihr und Axbridge bewusst waren. Und das *mussten* sie allerdings bemerkt haben. Oder würden es ziemlich schnell mitbekommen.

Der Butler erwiderte ihr Lächeln, ehe er sich zurückzog.

Blitzschnell streckte Ivy die Hand nach der Teekanne aus. »Ich schenke den Tee ein. Du redest. Warum Axbridge anstatt der Liebe?«

Weil die Liebe wehtat. »Wie ich schon gesagt habe, hatte ich nicht den Luxus, genügend Zeit zu haben. Axbridge zu wählen war praktisch. Er wird Geoffreys ausstehende Schulden begleichen und mich in Ruhe lassen. Ich bin eine Marchionnes und kann alles haben, was ich will und muss nicht die Aufmerksamkeit eines Ehemannes ertragen, den ich widerwärtig finde – so wie es mit Sir Duncan passiert wäre.«

»Widerwärtig?« Ivy beendete das Einschenken und

rührte den Zucker in ihre Tasse. »Ich bin nicht sehr vertraut mit ihm, aber hat er nicht eine Tochter in deinem Alter?«

»Ja.«

»Bestand das Problem darin – in seinem Alter?«

»Nicht ganz. Er war sehr begierig – wie hat er es noch einmal ausgedrückt? – eine Frau zu heiraten, die keine zimperliche Jungfrau wäre. Dann erging er sich in ziemlich ekelhaften Einzelheiten über seine körperlichen Attribute.«

Ivy erschauderte. »Ich verstehe, warum du es vorgezogen hast, ihn zu umgehen, aber sicherlich hätten wir einen besseren Bräutigam für dich finden können als Axbridge.« Sie nippte an ihrem Tee.

Emmaline gab etwas Zucker in ihre eigene Tasse und trank einen Schluck. »Ich würde dich ja um Vorschläge bitten, doch inzwischen spielt das wohl kaum noch eine Rolle. Wie gesagt, hatte ich keine Zeit, und Axbridge war zur Hand. Er hat meinen Bedingungen zugestimmt, und obwohl es zwar nicht ideal ist, wird die Situation dennoch annehmbar sein.« Vor allem, wenn dieser erste Tag eine Andeutung darauf war, wie sich die Dinge weiter entwickeln werden.

»Welche Art von Bedingungen?«, fragte Ivy.

»Abgesehen davon, sich um Geoffreys Schulden zu kümmern, wird er mir auch meine Unabhängigkeit gewähren.«

»Was bedeutet das genau?«

»Das Ganze ist eine reine Scheinehe. Es wird keine Intimität geben. Keine Kinder.«

Ivy erbleichte. »Das klingt nicht gerade nach einer besonders glücklichen Perspektive.« Sie stellte ihre Tasse ab und blickte auf Emmalines bloße linke Hand. »Du trägst keinen Ring.«

Sie hatte ihn gestern Abend abgenommen. Ihre Hand hatte sich nach dem Tragen von Geoffreys Ehering ziemlich entblößt angefühlt, ehe sie den Ring trug, den Axbridge ihr gestern angesteckt hatte.

»Hat Axbridge dir einen Ring gegeben?«, fragte Ivy.

Emmaline nickte. »Ich bevorzuge, ihn nicht zu tragen.«

Für einen Moment senkte Ivy den Blick. »Ich bin mir nicht sicher, ob du es besser hättest treffen können als mit Axbridge«, erklärte sie leise. »Soviel ich über ihn weiß, ist er ein gutherziger und ehrbarer Mann.«

Sie wagte es, ihn in Schutz zu nehmen? »Warum hat er dann meinen Mann getötet?«

»Er hat Geoffrey aus gutem Grund herausgefordert.«

Emmaline konnte nicht verhindern, dass sich die Wut in ihren Tonfall schlich. »Und der wäre?«

»Die Einzelheiten sind mit nicht bekannt, aber ich vertraue West, wenn er mir erklärt, dass Axbridge gute Gründe hatte. Er hätte ihm nicht als Sekundant gedient, wenn dem nicht so gewesen wäre. Vielleicht solltest du deinen Mann fragen, warum er Geoffrey herausgefordert hat.«

Ja, vielleicht sollte sie das tun. Während sie schon dabei war, würde sie ihn fragen, warum er sich überhaupt so gern duellierte. »Du weißt, dass Geoffrey nicht der erste Mann war, den er getötet hat.«

»Ja.« Ivy machte sich nicht die Mühe, ihre Grimasse zu verbergen. »Tatsächlich war dies sein drittes Duell. Beim ersten Mal hatte er seinen Gegner verwundet.«

Emmaline kam in den Sinn, dass sie »keine Duelle« in ihren Ehevertrag hätte aufnehmen sollen. Sie entschied, dass es nicht zu spät war, darum zu bitten. »Er ist eine Bedrohung«, flüsterte sie, ehe sie einen weiteren Schluck Tee trank.

Ivy streckte den Arm aus und berührte Emmaline an

der Hand. »Oh, Emmaline, ich mache mir solche Sorgen um dein Glück.«

Emmaline antwortete mit einem beruhigenden Lächeln. »Ich muss nicht glücklich sein. Zumindest nicht in der Ehe.« Vor Geoffreys Dahinscheiden hatte sie sich beinahe schon damit abgefunden.

»Dann musst du dir andere Beschäftigungen suchen.«

»Darüber habe ich nachgedacht«, erklärte Emmaline. »Ich fragte mich, ob Lucy mir vielleicht das Schießen beibringen könnte. Wenn ich schon ›Die gefährliche Herzogin‹ bin, sollte ich wenigstens wissen, wie man mit einer Pistole umgeht.«

Ivy lachte. »Bitte habe nicht das Gefühl, seinen Spitznamen annehmen zu müssen. Das habe ich mit Wests ganz bestimmt nicht getan.«

Die Unterhaltung nahm eine Wendung und drehte sich nun um die neuesten Possen von Ivy und Wests Tochter Leah, und die restliche Besuchszeit verging wie im Fluge. Sie kamen überein, sich bald wiederzusehen – wahrscheinlich zu einer Schießstunde unter Lucys Leitung.

Ivy nahm ihre Haube und die Handschuhe von einem Tisch nahe der Tür, wo Tulk sie abgelegt hatte. Als sie das Band unter ihrem Kinn zu einer Schleife knüpfte, erregte das Geräusch der Haustür Emmalines Aufmerksamkeit. Axbridge schlenderte durch die Halle und in den Salon.

Er verbeugte sich vor Ivy. »Guten Tag, Euer Gnaden.« Sein Blick schweifte zu Emmaline. »Mylady.«

»Guten Tag«, antwortete Ivy, während sie ihre Handschuhe anzog. »Ich bin gekommen, um meine Glückwünsche für eure Eheschließung zu überbringen. Du erinnerst dich vielleicht, dass deine neue Frau eine gute Freundin von mir ist.«

»Natürlich. Sie besitzt einen ausgezeichneten Geschmack, was ihre Freundinnen anbelangt.« Er blitzte sie beide mit einem Lächeln an, und für einen winzig kurzen Moment beschleunigte sich Emmalines Puls.

Ivy lachte. »West hat gefragt, ob er dich später im Club treffen würde.«

»Das wird er in der Tat. Bitte gib Leah eine Umarmung von Onkel Ax.«

Onkel Ax? Hatte er das Kind überhaupt kennengelernt? Emmaline verspürte einen Ausbruch von Wut. Oder Besitzgier. Oder beidem. »Ich wusste nicht, dass du Leah so nahestehst.«

»Sie ist hinreißend. Wie könnte man in ihr süßes Gesicht sehen und sich ihr nicht nahefühlen?« Er zwinkerte Ivy zu. Emmaline erinnerte sich an seine ziemlich kokette Art. Das zerrte noch zusätzlich an ihren bereits angespannten Nerven.

»Du bist sehr gütig«, antwortete Ivy. »Am besten gehe ich jetzt nach Hause zu ihr. Bis bald, ihr beiden.« Sie winkte ihnen beiden und ging hinaus.

Sobald sie allein waren, sah Emmaline Axbridge mit geschürzten Lippen an. »Wäre es zu viel verlangt, wenn du Ivy und ihre Familie in Ruhe lässt? Sie ist eine liebe Freundin von mir, und wenn ich zusehe, wie du sie umgarnst, wird mir übel.« Sie klang wie eine Schreckschraube, aber es war ihr egal. Er hatte das und noch Schlimmeres verdient.

»Ja, es wäre zu viel verlangt. West ist mein bester Freund und ich mag Ivy sehr gerne. Ich bin zuversichtlich, dass wir alle Freunde sein können.«

Sie zuckte zusammen. »Du und ich werden nie Freunde sein.«

Er verkrampfte sich und die Muskeln in seinem Kiefer und Nacken spannten sich an. »Vielleicht nicht, aber können wir nicht wenigstens freundlich sein?«

Emmaline verschränkte die Arme vor ihrer Brust und

sah ihn mit einem eisigen Blick an. »Und was genau meinst du damit?«

Er verneigte sich auf charmante Weise vor ihr. »Guten Tag, Lady Axbridge. Ich hoffe, du hast bislang einen schönen Tag gehabt. Heute Morgen bin ich zu einem Ausritt unterwegs gewesen und gerade habe ich eine Besprechung beendet. Hast du Pläne für heute Abend?« Er sah sie mit einem erwartungsvollen Blick an und ein *freundlicher* Ausdruck hellte sein Gesicht auf.

»Ich hatte einen sehr schönen Tag, bis du hier hereingeplatzt bist.« Was erwartete sie denn? Er *wohnte* hier. Sie hatte ihn *geheiratet*. Ihr Körper bebte, und sie versuchte, diese Begegnung so schnell wie möglich zu beenden. Doch zuerst musste sie noch etwas sagen. »Ich habe noch eine weitere Bedingung.«

Als er sich gegen den Türrahmen lehnte, umschattete sich sein Blick. »Du willst noch etwas anderes von mir?« Seine Stimme troff vor Unglauben.

Sie reckte ihr Kinn und sah ihm in die Augen. »Das will ich. Ich würde es vorziehen, wenn du dich nicht wieder duellierst. Ich glaube nicht, es ertragen zu können, wenn du jemand weiterem das Leben nimmst … oder ihn auch nur verwundest.«

Er schien in sich zusammenzufallen und sein Körper erschlaffte. In seinen Augen blitzten dunkle Gefühle auf, doch sie war nicht ganz sicher, was genau das war. »Das beabsichtige ich nicht. Auch ich könnte das nicht ertragen.«

Er stieß sich vom Türrahmen ab und stolzierte an ihr vorbei, wobei er einen weiten Bogen beschrieb, als er in sein Arbeitszimmer ging. Die Tür schloss sich mit einem Klicken, das in ihre Brust zu schneiden schien.

Sie war so lächerlich gewesen. Grässlich. Sie war grässlich lächerlich. Oder lächerlich grässlich?

Mit geschlossenen Augen massierte sie ihre Stirn. Das war eine Katastrophe. Die sie aus einer Notwendigkeit heraus erschaffen hatte. Sie hatte sein Geld gebraucht und seinen Schutz gewollt. Sie hatte auch seine Zustimmung eingefordert, die er ohne Zögern gegeben hatte. Für manche mochte er ... ein Held sein. Und dennoch vollbrachten Helden nicht solche Taten wie er.

Sie würde eine Möglichkeit finden müssen, um in dieser Ehe zu existieren, ohne sich in Wut und Verzweiflung hineinzusteigern. Im Moment bezweifelte sie, dass so etwas überhaupt möglich war.

CHAPTER 5

*S*päter am Abend marschierte Lionel in den Brook
´s Club und begab sich auf direktem Wege zu
Wests privatem Esszimmer im Obergeschoss, mit der
Absicht, sich ein anständiges Glas Whiskey zu gönnen.
Sein Zusammenstoß mit Emmaline hatte ihn tief erschüttert. Er war sehr bemüht, seine Qual tief in sich zu begraben, und meist war er damit erfolgreich. Doch als sie heute
das Duellieren angesprochen hatte, war sein Schutzpanzer
aus den Fugen geraten.

Er hatte ihre absurde Bitte, Ivy und West in Ruhe zu
lassen, zurückgewiesen. Das hätte er wahrscheinlich nicht
tun sollen, aber sie mussten verdammt noch mal einen Weg
finden, wenigstens freundlich zueinander zu sein. Er war
nicht sicher, wie lange er ihre Abscheu ertragen konnte.

Doch hatte er das nicht eigentlich verdient? Mit ihrer
anderen Bitte war sie auf direktem Wege zum Kern der
Dinge vorgedrungen. Weit von jeglicher Absurdität
entfernt, war sie mehr als berechtigt gewesen. Man könnte
sogar behaupten, dass diese Bitte eigentlich nicht in Worte

gefasst werden müsste, doch bei ihm war das wohl der Fall. Weil er ein Monster war.

»Ich würde es vorziehen, wenn du dich nicht wieder duellierst. Ich glaube nicht, es ertragen zu können, wenn du jemand weiterem das Leben nimmst ... oder auch nur verwundest.«

Und er hatte gemeint, was er ihr zur Antwort gegeben hatte. Auch er könnte das nicht ertragen.

Ja, das war Buße für seine Sünden. Sie könnte so abscheulich zu ihm sein, wie sie wollte, und er würde ihr geben, was immer sie verlangte.

»Guten Abend Ax«, wurde er von West begrüßt, als er in das Esszimmer trat.

Lionel ließ sich West gegenüber in einen Sessel nahe am Kamin fallen.

West erhob sich und läutete nach dem Dienstboten, der einen kurzen Moment später erschien. »Bringen Sie die Flasche und ein weiteres Glas«, wies West ihn an.

»Deine Fähigkeit, Gedanken zu lesen, sind so gut wie eh und je«, erklärte Lionel.

»Die brauche ich gar nicht. Du siehst aus, als wärst du von einer vierspännigen Kutsche überrollt worden. Oder so, als würdest du dir das vielleicht wünschen. Ich kann mich nicht entscheiden, was genau.«

Vielleicht hätte Lionel gelacht, wenn er sich nicht so elend gefühlt hätte.

»Ist deine Ehe nicht nach deinem Geschmack?«, erkundigte West sich mit einem aufreizend unbeschwerten Tonfall.

Lionel warf ihm einen sengenden Blick zu.

»Das ist sie wohl nicht, wie ich sehen kann«, bemerkte West. »Ivy erwähnte, dass die Situation heute Nachmittag etwas ... angespannt schien.«

»Was hat meine Frau ihr erzählt?«

West schnaubte. »Ivy und ich werden nicht die Rolle der Überbringer eurer Botschaften spielen.«

Der Dienstbote trat ein und schenkte für Lionel ein Glas Whiskey ein, ehe er die Flasche auf einem Tisch neben Wests Stuhl abstellte. Mit finsterem Blick nahm Lionel einen Schluck.

»Ich bedauere, dass die Angelegenheiten nicht so gut laufen, aber fasse Mut. Es ist der erste Tag.«

Der erste Tag eines Lebens voller Tage.

»Was hast du erwartet?«, wollte West wissen.

Lionel starrte in sein Glas und hielt es in die eine und die andere Richtung geneigt, während er zusah, wie die bernsteinfarbene Flüssigkeit sich hob und senkte. »Ich wäre zufrieden, wenn wir freundlich miteinander sein könnten.« Und hatte sie jemals etwas gesagt oder getan, was ihn zu dem Gedanken veranlassen könnte, dass das eine Möglichkeit wäre?

West schnaubte. »Freundlich. Zufrieden. Das klingt nach einer verdammten Geschäftsvereinbarung.«

»Das ist es.« Lionel nahm noch einen weiteren Schluck und begrüßte die Hitze, die in seiner Kehle brannte.

West schüttelte den Kopf. »Und du willst das?«

Nein, er wollte eine Frau finden, die er verehren konnte, wie sein Vater seine Mutter verehrt hatte. Er wünschte sich Kinder, für die er sorgen konnte. Stattdessen war er zu einem Mörder geworden, der nichts davon verdient hatte, und nun war er in einer Ehe – zu Recht – gefangen, die kalt und leer sein würde. Und sehr wahrscheinlich sehr, sehr lange andauerte.

»Meine Wünsche spielen keine Rolle.«

Spöttisch bemerkte West: »Wann bist du denn zu so einem verdammten Miesmacher geworden? Wenn du eine wahre Ehe mit ihr führen möchtest, wirst du es versuchen müssen.« Er nippte an seinem Whiskey, machte die Beine lang und schlug sie an den Knöcheln übereinander. »Du könntest sie immerhin verführen.«

Jetzt war es Lionel, der lachte. »Natürlich würde der Herzog der *Begierde* diesen Vorschlag machen. Ich bin allerdings der gefährliche Herzog.«

»Allmählich fange ich an, diesen Namen zu hassen«, entgegnete West. »Du bist kein schlechter Mensch.«

Ha, das soll er einmal meiner Frau erzählen. Er sah in die Flammen und fühlte sich so schrecklich wie bei seiner Ankunft.

»Vielleicht sollten wir auf unsere Pläne für den heutigen Abend verzichten.«

Pläne? Zum Teufel, es war ihm vollkommen entfallen, dass sie heute Abend echte *Pläne* hatten. Sie sollten sich mit dem Herzog von Kendal und einigen anderen Lords treffen, um die eine oder andere Gesetzesvorlage zu besprechen.

Lionel trank den Rest seines Whiskys in einem Zug. »Ich würde die Ablenkung begrüßen. Treffen wir uns in Kendals Räumlichkeiten?«

»In der Tat.« West trank aus und stellte sein Glas auf den Tisch. »Bist du sicher, dass du dich dazu bereit fühlst?«

»Ich habe dieser Verbindung mit dem vollen Wissen darüber zugestimmt, was sie bedeuten würde. Ich werde lernen, damit zurechtzukommen.« Das hoffte er zumindest.

West kniff die Augenbrauen zusammen, als er die Beine anzog und zur Sesselkante vorrutschte. »Ich bin mir bewusst, welchen Bedingungen du zugestimmt hast, und ehrlich gesagt, weiß ich nicht, wie du dich zu einem Leben im Zölibat verpflichten kannst. Es sei denn ... Hast du die Absicht, untreu zu sein?«

»Gilt es als Untreue, wenn deine Frau keine Erwartungen

an die Treue hat?« Allein diese Frage zu stellen, machte Lionel schon ganz krank. Das war nicht die Ehe, die er sich vorgestellt hatte. »Ich bin mir nicht sicher, ob ich dazu fähig bin.«

West nickte bedächtig. »So viel habe ich mir schon gedacht. Ein Leben ist allerdings eine sehr lange Zeit. Ich würde dir nicht übelnehmen, wenn du in Versuchung gerätst.«

»Die Worte eines wahren Herzogs der Begierde«, entgegnete Lionel trocken. Er zögerte, bevor er eine ernste Frage stellte: »Wenn Ivy dir erklären würde, dich nicht länger in ihrem Bett haben zu wollen, würdest du dich dann anderswo nach Trost umsehen?«

Wests Nasenlöcher flatterten. »Verdammt zur Hölle, so etwas will ich nicht einmal in Betracht ziehen. Ich liebe meine Frau mit meinem ganzen Sein. Ohne sie, ohne das, was uns verbindet ...« Er schauderte. »Lieber würde ich sterben, glaube ich.«

Lionel hegte ähnliche Gefühle, aber natürlich nicht die gleichen. Weil er in seine Frau nicht verliebt war. Und das war auch verdammt gut so.

~

*E*s waren zwei Nächte vergangen. Emmaline stand in ihrem Schlafzimmer, als ihre Zofe Lark ihr das Kleid schnürte.

Wenn sie weiterhin jeden Tag wie eine Gefängnisstrafe zählte, würde es sich genauso anfühlen ... wie eine Gefängnisstrafe.

Aber ist es das nicht?

Nein, eine Ehe mit Sir Duncan wäre weitaus abscheulicher gewesen. Er hätte Dinge erwartet, die zu geben sie nicht bereit gewesen wäre. Axbridge erwartete nichts.

Abgesehen von einer offensichtlich freundlichen Umgangsweise.

Emmaline wollte nicht darüber nachdenken, nett zu Axbridge zu sein. »Wie gefällt es dir hier, Lark?«

»Es gefällt mir gut, Mylady. Die Dienerschaft ist sehr herzlich. Mrs. Wells ist eine fröhliche Natur.«

Ja, die Haushälterin war sehr freundlich. Emmaline war geneigt, sie auf Abstand zu halten, doch sie war nicht sicher, ob sie das schaffen würde. Ihr ganzes Leben schon war sie mit Dienstboten befreundet. Sie waren ihre Spielkameraden und Vertrauten gewesen, und viele Male – wenn ihre Eltern fort waren – waren sie ihr eine Familie gewesen.

Emmaline drehte den Kopf, damit sie Lark halb ansehen konnte. »Hat dir jemand irgendwelche Fragen gestellt?«

Das Dienstmädchen beendete das Schnüren des Mieders ihres Kleides und trat zurück. »Nein, aber ich weiß, dass sie neugierig sind. Ich erwarte, dass Mrs. Wells den Mut aufbringen wird, um nachzufragen.«

Emmaline fuhr sich mit den Händen glättend über ihren Rock. »Dann sollten wir ihr sagen, was wir besprochen haben, dass Lord Axbridge und ich uns noch kennenlernen müssen.« Das würde ihre getrennten Schlafzimmer erklären, wenngleich diese Begründung auch nicht ausreichend berücksichtigte, warum sie keine Zeit miteinander verbrachten.

Lark, die einige Jahre älter als Emmaline war und ihr während ihrer Flucht, der gescheiterten Ehe und Geoffreys Tod beigestanden hatte, sah Emmaline mit schiefgelegtem Kopf an. »Es sieht allerdings nicht danach aus, wenn Ihr mir meine Worte verzeihen wollt. Es ist schwer, jemanden kennenzulernen, wenn man nicht mit ihm zusammen ist.

Vielleicht solltet Ihr eine oder zwei Mahlzeiten mit seiner Lordschaft einnehmen.«

Sie hatte ein stichhaltiges Argument. Außerdem wäre es ein Schritt in Richtung Freundlichkeit. Worüber um alles in der Welt würden sie sich unterhalten?

»Sie könnten auch in Erwägung ziehen, seinen Ring wieder anzulegen«, schlug Lark vor.

Emmaline sah auf ihre bloße Hand herab. Vielleicht sollte sie das tun. Es war nichts weiter als ein Schmuckstück. Es zu tragen hatte keinerlei Bedeutung. »Ich werde zum Frühstück nach unten gehen.«

Lark senkte den Kopf und machte sich daran, das Zimmer aufzuräumen, als Emmaline sich ins Esszimmer begab. Gestern Morgen hatte sie in ihrem Schlafzimmer gefrühstückt, doch sie hatte das Personal informiert, ihr Frühstück heute unten einnehmen zu wollen. Danach konnte sie entscheiden, welche Form ihr lieber war.

Als sie sich der Treppe näherte, begegnete sie Mrs. Wells, die ein Tablett trug – ein Frühstückstablett.

»Oh!« Die Haushälterin blieb stehen und riss kurz die Augen auf. »Ich dachte, Ihr würdet in Eurem Zimmer frühstücken. Habe ich das falsch verstanden?« Sie runzelte die Stirn unter ihrem Häubchen.

»Gestern Abend habe ich Tulk informiert, dass ich heute Morgen ins Esszimmer hinunterkommen würde. Möglicherweise ist es zu einem Missverständnis gekommen.«

Mrs. Wells lächelte. »Nun, dann bringen wir das einfach nach unten. Geht voran, Mylady.«

Emmaline schritt die Treppe hinunter.

»Hoffentlich macht es Euch nichts aus, wenn ich sage, wie glücklich wir sind, Euch hier zu haben«, erklärte Mrs. Wells.

Emmaline lächelte ihr über die Schulter zu. »Vielen Dank.«

»Wir sind einfach so erfreut, dass seine Lordschaft endlich seine Marchionnes gefunden hat.« Sie lachte. »Bald – so Gott will – wird es wohl auch Kinder geben.«

Auf der letzten Stufe geriet Emmaline beinahe ins Stolpern, und sie packte das Geländer, um das Gleichgewicht wiederzufinden. Vielleicht waren es aber auch nur die Worte der Haushälterin gewesen.

»Geht es Euch gut, Mylady?«, fragte Mrs. Wells.

Dem Esszimmer zugewandt antwortete Emmaline der Haushälterin mit einem beruhigenden Nicken. »Alles in Ordnung, vielen Dank.«

»Es war nicht meine Absicht, etwas Unangemessenes zu sagen«, entschuldigte sich Mrs. Wells und zuckte auf dem Weg ins Esszimmer leicht zusammen. »Ich bin einfach so überglücklich, dass ich mich kaum im Zaum halten kann, fürchte ich. Lord Axbridge hatte eine so enge, herzliche Beziehung zu seinem Vater. Er wird ein ausgezeichneter Vater sein.«

War dem so gewesen? Trotz ihrer Absicht, Axbridge zu verachten, war Emmalines Neugier geweckt. »Wie lange liegt der Tod seines Vaters zurück?«

»Acht Jahre.« Sie schüttelte den Kopf.

Sie betraten das Esszimmer, und Mrs. Wells stellte das Tablett auf den Tisch. Sie nahm die Kanne mit Schokolade und die anderen Dinge vom Tablett.

»Wie ist es passiert?«, fragte Emmaline.

»Es war ein Schlaganfall, fürchte ich.« Die Haushälterin wandte den Blick ab. »Es war sehr traurig.« Sie strich über ihre Schürze. «Kann ich Euch noch etwas anderes bringen?«

Emmaline fühlte, dass die Frau nicht weiter über die Angelegenheit sprechen wollte und machte ihr keinen

Vorwurf daraus. Die Dienstboten waren angehalten, keinen Tratsch zu verbreiten und Emmaline sollte sie nicht dazu ermutigen. »Nein, danke. Und ich weiß es wirklich zu würdigen, dass Sie mir von Lord Axbridge und seinem Vater erzählt haben. Das hilft mir, meinen Mann besser kennenzulernen.« Plötzlich schien die Ausrede, über die sie vorhin mit Lark gesprochen hatte, gar nicht mehr so sehr wie eine Ausrede. Emmaline kannte Axbridge nicht, und sie konnten unmöglich eine enge Beziehung haben. Ganz bestimmt nichts *Vertrautes.*

Mrs. Wells versank in einen kurzen Knicks. »Es war mir ein Vergnügen. Läutet einfach nach mir, wenn Ihr etwas braucht.«

Emmaline sah ihr nach, als sie davonging und schenkte sich eine Tasse Schokolade ein. Als sie die Tasse an die Lippen hob, landete ein kleines Fellknäul mit einem Satz auf dem Tisch und ließ sie aufspringen. Die Schokolade schwappte über den Tassenrand und bespritzte die Vorderseite ihres Kleides.

»Kätzchen!« Axbridges Stimme dröhnte von der Türöffnung. Er trat ins Zimmer und strebte raschen Schrittes auf den Tisch zu, auf den das Fellknäuel – ein schwarzes Kätzchen mit einem weißen Punkt auf der Nase und einem weißen V auf der Brust – gesprungen war.

Emmaline stellte ihre Tasse ab und sah zu, wie die Katze über den Tisch raste, auf den Boden sprang und mit einigen Sätzen aus dem Zimmer floh. Axbridge richtete den Blick auf ihr Kleid. »Das tut mir furchtbar leid.«

»Ich wusste nicht, dass du Haustiere hast.«

»Das hatte ich auch nicht, bis heute Morgen. Ich habe das Kätzchen auf meinem Ausritt im Hyde Park gefunden. Sie war allein und hat geweint.«

Emmalines Herz zog sich zusammen. Verdammt soll er

sein für seine Güte gegenüber Tieren. »Also hast du sie mit nach Hause genommen?«

»Ich konnte sie doch nicht dort lassen. Von Zeit zu Zeit sehe ich Katzen im Park, doch normalerweise laufen sie davon. Diese hier allerdings nicht. Sie ist buchstäblich auf mein Pferd *zu gerannt,* diese Irre.«

»Sie ist keine Irre. Sie ist ein Kätzchen. Und sie wusste eindeutig, dass du sie nicht zertrampeln würdest.« Ebenso, wie Emmaline wusste, dass er das nicht tun würde. Doch aus welchem Grund sollte sie so etwas von ihm denken, in Anbetracht dessen, was sie von ihm wusste?

Er blinzelte sie an und schien überrascht. Allerdings nicht mehr als sie selbst.

»Nun ja, jetzt habe ich eine Katze. Magst du Katzen?«

»Das tue ich in der Tat. Als ich jünger war, hatte ich einige. Eigentlich vermisse ich es, ein Haustier zu haben.« Sie fragte sich plötzlich, warum sie keines oder mehrere aufgenommen hatte – nach Geoffreys Ableben. Das hätte die Einsamkeit sicherlich gelindert.

»Dann sollte sie vielleicht dir gehören«, bot er an.

»Oh nein, das könnte ich nicht. Sie hat dich ausgewählt. Hat sie einen Namen?«

»Noch nicht. Ich bin für Vorschläge offen.«

Sie musterte seine Reitbekleidung – eine enganliegende Reithose, in Kombination mit einem flaschengrünen Frack. Seine Waden waren von blankgeputzten Hessen umschlossen. »Reitest du jeden Morgen?«

»Wann immer möglich. Reitest du?«

»Als ich ein Pferd hatte, ja.« Auch das vermisste sie.

»Was ist mit ihm passiert?«, fragte er und legte die Hände um die Rückenlehne von einem der Stühle am Tisch.

Sie wollte nicht an Pearl, ihre Stute, denken, die sie verzweifelt vermisste. »Ich hatte sie nach Geoffreys

Ableben verkaufen müssen.« Sie versuchte, ihren Kummer nicht in ihrem Tonfall durchklingen zu lassen, doch sie scheiterte. In diesem Moment kämpfte sie darum, sich in Erinnerung zu rufen, warum sie diesen Mann hasste, wo es doch eigentlich Geoffrey war, der ihr diesen Schmerz verursacht hatte.

»Ich werde dir ein neues kaufen«, sagte er leise.

»Das ist nicht notwendig.« Doch oh, wie gern sie das wollte.

»Trotzdem sollst du eines bekommen. Du bist eine erfahrene Reiterin, vermute ich?«

»Ich reite seit meinem vierten Lebensjahr.«

»Dann bist du eine versierte Reiterin, würde ich sagen.« Er sah sie an und der Blick aus seinen blauen Augen war abschätzend aber freundlich. Es war die längste Zeit, die sie in seiner Gesellschaft verbracht hatte, ohne ihre Abneigung gegen ihn in irgendeiner Weise zum Ausdruck zu bringen. Einem Mann, der einem Kätzchen Mitgefühl entgegenbrachte, so etwas anzutun, war schwer.

Also sagte sie nichts, und er bedachte sie mit einem einfachen Nicken, ehe er sich herumdrehte und das Zimmer verließ.

Erst als sie die Luft aus ihren Lungen stieß, bemerkte sie, dass sie den Atem angehalten hatte. Mit einer Serviette, die sie vom Tisch nahm, tupfte sie die Schokolade ab, die mittlerweile bis zu ihrem Mieder durchgedrungen war. Sie würde nach oben gehen und sich umziehen müssen, damit Lark den Fleck beseitigen könnte.

Nachdem sie ihr Frühstück beendet hatte, stand sie auf. Ihr Blick fiel auf einen schwarzen Flaum, der um eine der Zimmerecken flitzte und dessen langer, dunkler Schwanz an den Vorhängen entlangstreifte, die vor den Fenstern hingen.

Emmaline näherte sich dem Kätzchen vorsichtig und

sprach in leisen, beruhigenden Tönen auf das Tier ein. »Nun, guten Morgen, Kätzchen. Bist du nicht ein entzückendes kleines Ding?«

Die Katze hielt inne und ihr Schwanz zuckte leicht. Sie kuschelte sich in die Vorhänge.

Emmaline ging in die Hocke und streckte die Hand aus, damit das Kätzchen daran riechen konnte. Das Kätzchen drehte sich um und ließ sich von seinem rosa Näschen führen. Nach einem kurzen Schnuppern stieß sie mit dem Kopf gegen Emmalines Handfläche. Mit einem Lächeln streichelte Emmaline das weiche Fell und wurde sofort mit lautem Schnurren belohnt. Die Katze stieß ihren Kopf fester in Emmalines Hand und sie musste lachen. Es fühlte sich gut an.

Bald darauf saß Emmaline mit der Katze in ihrem Schoß auf dem Boden, während diese das lose Haar ihres schwarzen Fells auf dem schokoladenbefleckten Kleid hinterließ. Es war der glücklichste Moment seit Monaten.

Glücklich sein.

Konnte sie das wiederfinden? Sie hoffte es.

In diesem Moment erkannte sie, dass sie es versuchen musste. Sie hätte das Esszimmer einfach verlassen können, ohne sich der Katze zuzuwenden, doch das hatte sie nicht getan. Mit ihrem Leben müsste sie ebenso verfahren.

Sie war eine Marchionness, die sich um ihre Zukunft keine Sorgen machen musste. Die Welt lag vor ihr – sie musste bloß entscheiden, was sie als Nächstes tun wollte.

CHAPTER 6

*L*ionel nickte dem Dienstboten zu, als er spät an
diesem Abend in sein Stadthaus trat. Er war in
den Club gegangen, wo er den Abend mit West
und den Earls of Dartford und Sutton Karten gespielt
hatte. Auch der Earl of Knighton, den Lionel mehrmals
getroffen hatte, hatte sich für eine Weile ihrer Gesellschaft
angeschlossen. Mit seiner neuen Frau erwartete er die
baldige Geburt seines Kindes und mit ihm und den
anderen hatte die Aura des glückseligen Ehestands im
Zimmer beinahe ausgereicht, um Lionel zum Würgen zu
bringen. Das hatte er jedoch kompensiert, indem er sie
beim Spiel alle geschlagen und ihr Geld genommen hatte.

Entschlossen, noch ein letztes Glas Whiskey vor dem
Schlafengehen zu genießen, schlug er den Weg in sein
Arbeitszimmer ein, wäre jedoch beinahe über die Schwelle
gestolpert, als er Emmaline wahrnahm. Sie stand dort mit
dem Kätzchen in den Armen und hatte den Blick auf das
Bücherregal geheftet.

Er erzeugte ein kleines Geräusch, um seine Anwesenheit zu signalisieren, und brachte sie dazu, sich umzudre-

hen. Sie trug einen Morgenmantel, der sie vom Schlüsselbein bis zur Zehe bedeckte. Ihr blondes Haar war zu einem einzelnen Zopf geflochten, der ihr über die Schulter fiel. Im schwachen Licht der Wandleuchter und der Kohlen, die auf dem Rost heruntergebrannt waren, schimmerten ihre Augen wie Saphire.

»Ich habe dich nicht stören wollen. Wie ich sehe, hat sie dich erobert.« Mit einem Nicken deutete er auf das Kätzchen.

Emmaline tätschelte das Köpfchen der Katze. »Ja, sie ist mir kaum von der Seite gewichen, außer um für eine Weile in den Garten hinauszulaufen.«

War sie ... *nett* zu ihm? Sie war nicht kalt, und allein das war schon eine Verbesserung. »Ich bin froh, dass du eine Freundin hier hast.« Er wäre auch ihr Freund, wenn sie ihn lassen würde.

Freund.

Die Worte, die West ihm am vergangenen Abend zurückgeschleudert hatte, kamen sprunghaft in seinen Gedanken auf: zufrieden, freundlich. Und jetzt *Freund*. Das war vielleicht eine großartige Ehe. Doch unglücklicherweise hatte er alldem zugestimmt. Als sie das Zimmer jedoch nicht sofort verließ, verspürte er einen Anflug von Optimismus.

Sie ließ den Blick zurück zu dem Bücherregal schweifen. »Du könntest nicht vielleicht für mich an ein Buch gelangen? Ich bin wohl nicht groß genug, fürchte ich.«

»Aber sicher.« Er ging an ihr vorbei zum Bücherregal. »Welches?«

»Eine Verteidigung der Frauenrechte.«

Er zog die Augenbraue hoch, von ihrer Wahl fasziniert. »Hast du es schon einmal gelesen?«

»Ich habe es versucht, doch meine Mutter meinte, es sei Unsinn und hat es mir weggenommen.«

Er streckte die Hand aus und zog den Wälzer aus dem Regal. Als er sich umdrehte, um es ihr zu geben, hielt er inne, da sie die Hände wegen des Kätzchens bereits voll hatte. Sie schob das Geschöpf auf ihren linken Arm und streckte die rechte Hand aus. Er legte das Buch in ihre geöffnete Handfläche.

»Vielen Dank.«

Er nahm an, dass sie nun gehen würde, doch sie überraschte ihn erneut, indem sie sich zum Kaminsims drehte und den Kopf zu dem Porträt seines Vaters wandte. »Das ist dein Vater?«

»Ja.«

»Mrs. Wells hat mir erzählt, dass er vor einigen Jahren an einem Schlafanfall gestorben ist. Das muss schwierig gewesen sein.«

Jetzt war sie *tatsächlich* nett. Unsicher, wie er sich verhalten sollte, starrte er sie an, doch dies gefiel ihm weitaus mehr als all ihre anderen früheren Interaktionen, ihre Trauung eingeschlossen.

»Es war ein ziemlicher Schock gewesen«, gab Lionel zurück und kämpfte, um die Erinnerung daran ausreichend in Schach zu halten, denn er verabscheute diese Gedanken. Er konzentrierte sich auf das Porträt. Obwohl es ein gutes Abbild seines Vaters war, konnte es unmöglich seinen Geist erfassen – seine Intelligenz, seine Wärme, das Lachen, das immer direkt unter der Oberfläche brodelte, stets bereit hervorzubrechen und ein Zimmer zu erhellen. »Ich vermisse ihn noch immer. Er wird mir für immer fehlen, denke ich.«

Das Kätzchen wand sich und sprang ihr vom Arm, woraufhin es zum Kamin marschierte und sich davor auf den Teppich warf und sich zu säubern begann. »Dann war er also ein guter Vater?«, fragte Emmaline.

»Der allerbeste. Er – und meine Mutter – waren

weitaus mehr an meiner Erziehung beteiligt als die meisten Eltern, vermute ich. Nach meiner Geburt konnte meine Mutter keine weiteren Kinder mehr bekommen, also haben die beiden mich mit ihrer Aufmerksamkeit überschüttet.«

»Ich kann mir gar nicht vorstellen, wie das ist. Was haben sie getan?«

Er trat an seinen Schreibtisch, nahm auf der Kante Platz und streckte die Beine von sich. »So viele Dinge. Die Sommer haben wir auf Axbridge Hall in Wiltshire verbracht und sind immer nach Cornwall gereist, was einer ihrer Lieblingsorte war. Wir haben es geliebt, am Strand zu sitzen und das Meer zu beobachten. Mein Vater hat mir das Reiten und Jagen beigebracht, während meine Mutter mich im Lesen unterrichtet hat und darin, die Kunst zu würdigen.«

»Das klingt wundervoll.«

Er nahm eine gewisse Wehmut in ihren Worten wahr. Er verschränkte die Arme vor seiner Brust und sah sie interessiert an. »Deine Eltern waren nicht so?«

»Wie du schon gesagt hast, haben deine Eltern sich mehr als die meisten anderen engagiert. Ich würde gern behaupten, dass sie eine vollständige Anomalie waren, wenigstens meiner Erfahrung nach und der meiner Freundinnen.«

»Meiner Meinung nach habe ich davon profitiert, das einzige Kind zu sein.«

»Das habe ich bedauerlicherweise nicht, aber ich war auch nicht das einzige Kind. Meine Geschwister sind jedoch alle viel älter. Meine Eltern dachten, mit dem Kinderkriegen fertig zu sein und dann habe ich sie überrascht. Es wäre wohl eher eine Untertreibung, zu sagen, dass sie nicht begeistert waren, ein weiteres Kind zu bekommen, vor allem ein viertes Mädchen.«

»Haben sie dich schlecht behandelt?«

»Nein, das hätte erfordert, mir Aufmerksamkeit zu schenken, was sie selten taten. Sie fingen an, Interesse an mir zu zeigen, als ich in das heiratsfähige Alter kam, doch nur insoweit, wen ich heiraten könnte. All meine Schwestern sind recht gut verheiratet – eine sogar mit einem Viscount – doch in mich hatten sie große Hoffnungen gesetzt, besonders als ich die Aufmerksamkeit des Earl of Sutton auf mich zog. Nachdem das allerdings nicht in einer Verbindung fruchtete, haben sie mich als Belastung betrachtet.«

Lionel sah die Reaktion ihres Vaters auf ihre plötzliche Heirat genau als das, was sie war – die bestmögliche Lösung für ihn, seine Tochter loszuwerden und einen bedeutenden Schwiegersohn zu gewinnen. Er freute sich darauf, dem Mann einen angemessenen Dämpfer für die Art und Weise zu verpassen, wie er seine Tochter behandelte. »Es tut mir leid, das zu hören. Mir ist bewusst, dass dies nicht deine ideale Ehe ist.« Beinahe hätte er über den Gedanken gelacht, wie unzureichend diese Worte doch ihre Verbindung beschrieben. »Allerdings wird es besser sein, als bei deinen Eltern zu bleiben, das verspreche ich.«

»Ich hätte das nie tun dürfen. Ich wäre nun auf dem Weg zu meiner Hochzeit mit Sir Duncan Thayer.« Sie zuckte mit den Schultern. »Vielleicht wäre er gar nicht so furchtbar gewesen. Sicherlich wäre er netter gewesen als meine Eltern.«

Er fragte sich, ob ihn die Tatsache, dass sie ihn ausgewählt hatte, in einem noch schlechteren Licht dastehen ließ und kam zu dem Schluss, ihr dies, selbst wenn es so wäre, nicht verübeln zu können. Beim Anblick des Buches in ihrer Hand wusste er, dass sie die Entscheidungen in ihrem Leben selbst treffen wollte. »Was kann ich tun, um die Dinge für dich besser zu machen?«

Als sie ihren Blick mit seinem verband, konnte er erkennen, dass sie von seiner Frage leicht verwirrt war.

»Mir ist klar, dass ich dir – wenigstens ein bisschen – geholfen habe, indem ich dir meinen Namen verliehen und Townsends Schulden beglichen habe, doch da muss es noch mehr geben, was ich für dich tun kann.« Er streckte die verschränkten Arme aus, stieß sich vom Schreibtisch ab und trat auf sie zu, bis er so dicht vor ihr zum Stehen kam, wie er es wagte. Es blieben ein paar Meter Abstand zwischen ihnen. »Du hast gesagt, du kannst niemals glücklich sein. Ich weigere mich, das zu akzeptieren. Sag mir, was ich tun kann, damit dies geschieht.«

Sie sah ihn an, und er stellte fest, sich sehr gut daran gewöhnen zu können, wie sie ihm ohne die Wut oder Groll entgegensah, die sie ihm sonst mit ihrem Blick entgegenschleuderte. Ehrlich gesagt, könnte er sich sogar dabei ertappen, sich danach zu sehnen.

»Darüber habe ich heute tatsächlich nachgedacht«, sagte sie leise. »Mit Jade.«

»Jade?«

Ihr Blick fiel auf das Kätzchen, das sich vor dem Kamin zusammengerollt hatte. »Die Katze. Ihre Augen sind grün.«

»Ein ausgezeichneter Name. Bei welcher Entscheidung hat Jade dir geholfen?«

Sie ließ den Blick von ihm zu der Katze schweifen und er bedauerte den Verlust. »Ich bin mir noch nicht sicher«, gab sie zur Antwort.

»Nun, was auch immer es ist, wird es hoffentlich mehr hiervon sein. Ich genieße dies weitaus mehr als sich zu bekämpfen.«

Sie versteifte sich, und er wünschte, das Gesagte zurücknehmen zu können. Er hatte diesen Moment nicht ruinieren wollen. Sie holte tief Luft, woraufhin ihre Schultern sich hoben, ehe sie ihn abermals ansah. »Ja, diesbezüglich ... entschuldige ich mich für mein Verhalten von zuvor. Ich erwarte von dir nicht, deine Freundschaften wegen mir aufzugeben. Wir werden einfach eine Lösung finden ... sie zu teilen.«

»West und Ivy würden das sehr begrüßen. Ich weiß, dass sie uns beide mögen, und wenn sie sich entscheiden müssten, würden sie protestieren.«

Ein kaum wahrnehmbarer Anflug eines Lächelns umspielte ihre Lippen, doch sie unterdrückte ihn, noch ehe er Früchte tragen konnte. Verdammt, er würde alles geben, um sie lächeln zu sehen. Er versuchte, sich in Erinnerung zu rufen, wie es ausgesehen hatte, doch es wollte ihm nicht einfallen. Früher hatte er ihr einfach nicht sehr viel Aufmerksamkeit geschenkt. Das bedauerte er.

»Ja, das würden sie. Ich sollte nach oben gehen. Danke für deine Hilfe mit dem Buch.«

Er wollte nicht, dass sie ging. Ihm kam ein Grund in den Sinn, sich noch ein paar Minuten länger mit ihr zu erbitten. »Ehe du gehst, hast du die Flut von Einladungen gesehen, die heute eingetroffen sind?«

»Ja.« Ihre Augen funkelten humorvoll. Es war kein Lächeln, doch es grenzte so nahe daran, dass er darin schwelgen könnte. »Es sind so viele. Ist das für dich typisch?«

»Nein.« Schon gar nicht nach seiner Rückkehr aus seinem selbstgewählten Exil. Nach dem letzten Mal hatten die Leute sich vor ihm in Acht genommen – jemanden in einem Duell zu töten, brachte diese Reaktion mit sich – und die Einladungen waren zunächst spärlich eingegangen.

Dieses Mal gab es allerdings beinahe gar keine. Bis er Emmaline geheiratet hatte. Die Neugierde hatte der Rechtschaffenheit eindeutig Platz gemacht.

»Unsere Ehe hat eine Welle des Interesses ausgelöst«, erklärte er.

»Ja, das hat sie wohl, fürchte ich. Natürlich hatte ich mir schon gedacht, dass das passieren könnte, doch ich muss eingestehen, dass ich vor allem in Hinsicht auf unsere Vereinbarung nicht wirklich darüber nachgedacht habe, wie ich dies angehen sollte.«

Auch er hatte sich nicht viele Gedanken gemacht, doch andererseits hatte er kaum über ihre Ehe nachgedacht. Sie hatte ihn um seinen Schutz gebeten, und er hatte die Dinge ohne Berücksichtigung der gesellschaftlichen Folgen in Bewegung gesetzt. »Ich halte es für das Beste, den Tratsch zu ignorieren. Falls du an etwaigen Veranstaltungen teilnehmen möchtest, dann tue das.«

»Aber sollten wir nicht« – sie zögerte eine Sekunde, als würde sie erst Mut sammeln müssen, um weiterzusprechen – »zusammen gehen?«

»Um es gelinde auszudrücken, wäre es amüsant, die Gesichter der Leute zu beobachten, wenn wir Arm in Arm in den Ballsaal schlenderten.« Als er sich das Summen der Stimmen bei ihrem gemeinsamen Tanz in Erinnerung rief, grinste er. Dies würde die zehnfache Reaktion herbeiführen.

Sie legte den Kopf schief und musterte ihn verwirrt. »Du hast einen seltsamen Sinn für Humor.«

»Die feine Gesellschaft ist voller Dummköpfe und Idioten, und ich genieße, ihnen dabei zuzuschauen, wie sie sich genauso verhalten.«

»Das ist vermutlich besser, als sich von ihrem Benehmen ärgern zu lassen.«

»Genau.« Besorgt sah er sie an und kam ihr etwas näher. »Sie verärgern dich doch nicht, oder?«

»Kaum, aber andererseits habe ich mich in den letzten beiden Tagen auch versteckt. Vermutlich sollte ich ausgehen. Ich würde eigentlich sehr gern ausgehen. Ich habe die letzten Monate in Trauer verbracht. Ich bin – das klingt schrecklich – gelangweilt.«

Er lachte. »Natürlich bist du das. Wenn du ausgehst, wird sich das bessern, davon bin ich überzeugt. Wenn ich dich irgendwohin begleiten soll, musst du nur fragen.«

»Danke. Ich, ähm, werde darüber nachdenken.« Sie trat zur Seite und wandte sich halb zur Tür. »Und nun, gute Nacht. Nochmals vielen Dank für das Buch.«

Das Kätzchen sprang auf und lief ihr nach, als sie aus dem Zimmer ging.

»Vielen Dank für die Unterhaltung«, erklärte er.

Sie wandte sich nicht um, doch das war ihm egal. Der heutige Abend galt als uneingeschränkter Erfolg. Mit solch einer Ehe konnte er leben – keine Kämpfe, keine Feindseligkeit, keine Furcht vor einer freudlosen, einsamen Zukunft.

Allerdings hing das davon ab, wie man Einsamkeit definierte. Sie mochten sich zaghaft auf einen vorübergehenden Waffenstillstand zubewegen, doch das bedeutete längst nicht, dass sie Freunde werden würden, und ganz bestimmt rechnete er nicht damit, dass sie ein Liebespaar würden.

Wollte er das überhaupt? Gewiss war sie wunderschön, und körperlich fühlte er sich zu ihr hingezogen. Doch er hatte sich von vielen Frauen körperlich angezogen gefühlt. Allerdings war an ihr etwas anders. Oder vielleicht betrachtete er sie nur mit anderen Augen. Sie war keine Frau, mit der er flirten oder die er verführen konnte. Ihr Gespräch heute Abend, insbesondere die Enthüllungen über ihre Eltern, hatten ihn innerlich gerührt.

Warum? Weil er für die Zeitspanne ihrer Begegnung seine Schuld und den Schmerz vergessen hatte, unter dem er seit dem Tod ihres Mannes tagtäglich litt. Sie war wie

Balsam für seine Seele gewesen, und die Ironie darin zwang ihn beinahe in die Knie.

Das würde nicht reichen. Er hatte sich seine Folter verdient, und ganz sicher war er ihrer Güte nicht würdig. Aber er konnte sie auch nicht zurückweisen. Er war es ihr schuldig, alles anzunehmen, was sie ihm anbot, ob dies nun Wut, Traurigkeit, Euphorie oder irgendetwas dazwischen war. Seine Wünsche spielten keine Rolle. Sie hatten jegliche Wichtigkeit verloren, als er auf Townsend geschossen und ihn getötet hatte.

Solange sie ihr Glück fand, musste das genug sein.

~

$\mathscr{D}$ ie Kutsche rumpelte die Park Lane auf ihrem Weg zum Colne-Ball entlang. Emmaline setzte sich auf der Bank zurück und untätig hörte sie ihren beiden Begleiterinnen Ivy und Lucy – der Gräfin von Dartford und gleichzeitig eine von Ivys engsten Freundinnen – zu. Sie saßen Emmaline gegenüber und unterhielten sich über ihre Kinder. Sehr zu ihrem Leidwesen konnte Emmaline hingegen nicht aufhören, an ihren Ehemann zu denken.

In den vergangenen beiden Tagen hatte sie ihn kaum zu Gesicht bekommen, da sie den gestrigen Tag auf Lucys Landsitz außerhalb von London verbracht hatte, wo diese sie in der Schießkunst unterwiesen hatte. Ivy hatte Emmaline mit Leah begleitet, jedoch an der Sache nur als Zuschauerin teilgenommen.

Nach ihrer Begegnung in der Bibliothek hatte Emmaline sich doppelt so viel Mühe gegeben, Axbridge fernzubleiben. Die ganze Situation war viel zu *vertraulich* gewesen. Oder vielleicht spielte die Fantasie ihr auch einen Streich. Das erste Buch, das sie an jenem Abend aus dem

Bücherregal genommen hatte, war der ausgesprochen anschauliche Roman *Fanny Hill* gewesen. Sie hatte die Seiten durchgeblättert, und ihr Körper hatte zu kribbeln begonnen, als sie anfing, sich vorzustellen, wie sie einige der beschriebenen Dinge mit Axbridge tun würde, woraufhin sie das Buch buchstäblich wieder zurück ins Regal pfefferte. Dann hatte sie Jade aufgehoben, um sich abzulenken.

Vertraulich, in der Tat.

Dann war er auch noch ins Zimmer getreten und die Temperatur hatte sich um einige Grade erhöht. Sie hatten eine charmante und informative Unterhaltung geführt, woraufhin sie ihn weit weniger hasste. Wenn sie ihn überhaupt hasste. Er hatte sich herzlich und fürsorglich gezeigt, und war sogar geistreich gewesen. Nein, sie war sich ganz und gar nicht sicher, ob sie Hass auf ihn aufbringen könnte, und vor allem nicht mehr nach dem Traum, den sie später in der Nacht von ihm hatte.

Nach ihrem Abgang aus der Bibliothek, war sie nach oben gegangen, doch zum Lesen war sie nicht imstande gewesen. Sie war viel zu sehr davon eingenommen, in Gedanken um ihre Begegnung zu kreisen. Letztendlich war sie eingeschlafen, doch mit einem Ruck war sie von dem Kätzchen, das spielerisch ihre Füße attackierte, geweckt worden. Jade hatte den sinnlichsten Traum unterbrochen, den Emmaline je erlebt hatte. Er hatte mit Axbridge zu tun. Nackt. Und absolut prachtvoll.

»Emmaline?«

Lucys Stimme drang bruchstückhaft durch ihren Gedankennebel. Emmaline schüttelte den Kopf. »Was ist denn?«

»Ich habe gefragt, ob Axbridge später zum Ball kommen wird.«

»Ja.« Nachdem er sie neulich Abend ermutigt hatte,

sich aus dem Haus zu wagen, hatte Emmaline sich über die Einladungen Gedanken gemacht und Ivy eine Nachricht gesandt, mit der sie um Anregungen bat, an welchen Veranstaltungen sie teilnehmen sollte. Als Ivy den Colne-Ball vorschlug, erwähnte sie auch, dass Lucy und sie ebenfalls vorhatten, daran teilzunehmen, und sie bot ihr an, dass sie alle drei zusammen hingingen. Über die Gesellschaft erleichtert, hatte Emmaline dem Angebot zugestimmt und Axbridge mit einer kurzen Nachricht über ihre Absichten informiert. Er hatte ihr zurückgeschrieben und mitgeteilt, dass er ebenfalls teilnähme, aber erst später eintreffen würde.

»Bist du nervös?«, fragte Ivy mit gerunzelter Stirn.

»Ein bisschen.« Emmaline nahm dies zur Ausrede, da sie den beiden nicht sagen wollte, worüber sie *in Wahrheit* nachgedacht hatte.

Lucy sah sie mit einem warmherzigen Lächeln an. »Wir stehen dir direkt zur Seite. Und du weißt, dass keine von uns irgendwelche Widerwärtigkeiten dulden wird – und mir ist egal, wer auch immer der Urheber ist.«

»Vielen Dank. Eure Unterstützung weiß ich wirklich sehr zu würdigen.«

»Wir helfen gerne«, erklärte Ivy. »Möglicherweise sollte ich das nicht fragen, aber lässt der Umstand, dass Axbridge sich dort mit dir trifft, auf eine Besserung der Dinge zwischen euch schließen?«

»Wir sind an einem Punkt angelangt, wo die Höflichkeit vorherrscht. Ich habe nicht die *Absicht*, die Dinge darüber hinaus zu verbessern. Diese Verbindung ist weiterhin eine Vernunftehe, und das wird sie immer sein.« Wenn bloß die Tiefen ihres Verstandes, oder wo auch immer ihre Träume herrührten, das verstehen würden.

Ivy sah sie kummervoll an, während Lucy einfach nickte und antwortete: »Das *ist* eine Verbesserung. Es ist besser, gut miteinander auszukommen, auch wenn dies nie eine Verbindung aus Liebe werden wird.«

Emmaline war für ihre Bemerkung dankbar. »Danke.«

»Und ...«, setzte Lucy an, während sie Emmaline einen kurzen entschuldigenden Blick zuwarf, ehe der Schalk in ihren Augen aufblitzte. »Entschuldige bitte meine Unverblümtheit, aber wir sind Freundinnen, oder? Deine Vernunftehe besteht wenigstens mit einem gutaussehenden Mann, der den Ruf eines ausgezeichneten Liebhabers genießt. Obwohl also die Gefühle fehlen, könntest du vielleicht die körperlichen Aspekte auskosten.« Sie zwinkerte Emmaline zu und dann sah sie mit einem Grinsen zu Ivy.

Lucy ernüchterte, als Ivy das Lächeln nicht erwiderte.

»So etwas tun sie nicht«, erklärte Ivy und schoss Emmaline einen Blick zu, als müsse sie sich versichern, dass dies immer noch der Wahrheit entsprach.

Trotzdem ihre Träume für das Gegenteil sprachen, fühlte sie *keinen* Wunsch, mit ihrem Mann zu schlafen. »Nein, das tun wir nicht.«

Lucy machte große Augen. »Niemals? Das ist eine entsetzlich lange Zeit der Enthaltsamkeit.« Für einen Augenblick hob sie die Hand an den Mund und dann schüttelte sie den Kopf leicht hin und her. »Es tut mir schrecklich leid. Es gibt womöglich einen Grund, warum du diese Facette des Ehelebens nicht weiter verfolgen willst. Du warst ja bereits einmal verheiratet. Ich bin ziemlich unsensibel.«

Ausgerechnet das brachte Emmaline zum Kichern. »Nein, das bist du nicht. Du bist eine Freundin, und das ist eine merkwürdige Situation. Ich habe diese *Facette* meines Ehelebens sehr genossen.« Bis Geoffrey nach mehrere Monaten Fortbestand ihrer Verbindung aufgehört hatte, zu ihr zu kommen. Aus purer Notwendigkeit hatte sie sich mit den Methoden vertraut gemacht, sich selbst Vergnügen zu bereiten und das war ausreichend.

Ausreichend? ... fragte sie sich fordernd im Geiste. *Du bist mit einem Mann verheiratet, der dir sicher über das »Ausreichende« hinaus helfen könnte.*

Im Stillen befahl Emmaline ihrem Kopf, seine Ansichten für sich zu behalten.

Aber waren dies nicht eigentlich tatsächlich ihre Ansichten? Zur Hölle und dem Teufel noch mal, wenn sie nicht vorsichtig wäre, würde Axbridge sie verrückt machen.

Instinktiv reagierte ihr Körper und stieß sie damit auf die Erkenntnis, dass Geoffrey bei ihr nie solch ein Gefühl verursacht hatte. Axbridge ließ ihr Herz schneller schlagen, nur weil er das Zimmer betrat. Selbst wenn sie dies darauf zurückführen könnte, dass sie bei ihm stets auf der Hut war, schien es mehr als das. Ihre Körpertemperatur stieg ebenfalls an, als würde sie innerlich in Flammen stehen. Nach ihrem reichlich unanständigen Traum in der vergangenen Nacht war sie sich ziemlich sicher, dass es nicht an der Wut lag, sondern an etwas anderem, was sie überhaupt nicht in Betracht ziehen wollte. Nicht mit ihm.

Lucy zog ihren Handschuh zurecht, als die Kutsche zum Stehen kam. »Nun, wenn du den Entschluss fasst, dir von deiner Vernunftehe mehr zu wünschen, solltest du nicht zögern, es dir zu nehmen.«

Gestern hatte Emmaline es geschafft, einen Teil aus dem Buch über *die Verteidigung der Frauenrechte* zu lesen, und das hatte in ihr ein gewisses Gefühl der Hoffnung für ihre düstere Zukunft wachgerufen. Wollstonecraft hätte ihrer Vermutung nach Lucys Ratschläge befürwortet. »Ich werde das im Hinterkopf behalten.«

»Sind wir bereit, in die Schlacht zu ziehen?«, wollte Ivy wissen.

Ein Sturm von Angstgefühlen fegte über Emmaline hinweg, doch sie stampfte sie nieder. Ihr erster gesellschaftlicher Auftritt würde eine Herausforderung sein, doch mit ihren Freundinnen an ihrer Seite, war sie in der Lage, sich ihr zu stellen. »Ich bin bereit.«

Eine kurze Weile später traten sie in den Ballsaal. Unverzüglich wandten sich die Köpfe zu ihnen um und die Unterhaltungen schienen abzuebben, um dann plötzlich wieder ruckartig aufzuleben. Emmaline trug den Kopf hoch erhoben und gestattete Lucy, sie zu einem Trio aus drei Frauen anzuführen. Die älteste war Lady Satterfield, welche ein hohes gesellschaftliches Ansehen genoss. Sie begrüßte Emmaline herzlich.

»Guten Abend, Lady Axbridge. Wie entzückend Sie aussehen. Ich wünsche Ihnen viel Glück in Ihrer Ehe.«

Emmaline wusste, dass Lady Satterfields Schwiegertochter Nora, die Herzogin von Kendal – die zu Lady Satterfields Linken stand – eine gute Freundin Lucys und auch Lady Suttons war, die zu Lady Satterfields Rechten stand. Ob allerdings irgendeiner von ihnen der Umstand bekannt war, über den Ivy und Lucy Bescheid wussten … nämlich, dass ihre Ehe keine echte Ehe war, konnte Emmaline nicht sagen.

»Ja, herzlichen Glückwunsch«, wünschte Lady Sutton, deren Vorname Aquilla war. Emmaline war ihr bei einer Reihe von Ereignissen begegnet, doch die beiden hatten sich nie enger angefreundet. Wahrscheinlich hing dies damit zusammen, dass Emmaline die Frau war, die Aquillas Ehemann vor seiner Heirat mit Aquilla als Kandidatin in Betracht gezogen hatte. Über dieses Thema hatten sie nie gesprochen.

»Vielen Dank.«

Lady Satterfield sah sie mit ernster Miene an. »Die Leute könnten sich heute Abend auf eine ungehobelte Art vermessen verhalten und Sie nach Ihrer Ehe fragen. Vergessen Sie einfach nicht, zu lächeln und Spaß zu haben. Das wird sie vollkommen aus dem Konzept bringen.«

Emmaline lachte leise. »Ich weiß diesen Ratschlag sehr zu schätzen.«

»Ja, es ist ganz einfach so«, entgegnet Lady Satterfield zustimmend. Sie wandte sich Ivy zu. »Ich wollte dich nach der Wohltätigkeitsveranstaltung für das Waisenhaus fragen. Wie sind die Reaktionen?«

»Sie übertreffen tatsächlich meine Erwartungen. Ich weiß nicht, ob es daran liegt, dass die Leute wirklich helfen wollen, oder weil sie Mrs. Pascale gern singen hören möchten.«

Emmaline war sich nicht ganz sicher, worüber die beiden sich unterhielten. Sie wusste, dass Mrs. Pascale eine angesagte italienische Sopranistin war, die nach London gekommen war. »Organisierst du eine musikalische Veranstaltung?«

»In gewisser Weise, ja«, antwortete Ivy. »Es ist eine Benefizveranstaltung für das St. James´ Waisenhaus. Ihr Gebäude ist in einem schlimmen Zustand. Wir haben Einladungen ausgesandt und gebeten, mit mindestens fünfzig Pfund zu erscheinen, die an das Haus gespendet werden. Diejenigen, die mehr spenden oder eine jährliche Summe zur Verfügung stellen, werden die vorderen Plätze erhalten.«

»Was für eine großartige Idee.« Emmaline fiel auf, dass sie diese Einladung in dem Stapel von Axbridge nicht entdeckt hatte. »Hast du Axbridge und mir eine Einladung geschickt?«

»Ich habe sie geschickt, bevor ihr beide geheiratet hattet. Axbridge nimmt daran teil. Die Veranstaltung findet in zwei Wochen statt. Du solltest natürlich auch kommen.«

»Gibt es irgendetwas, das ich tun könnte, um zu helfen?« Emmaline wusste, dass Ivy dem Waisenhaus und auch einigen Armenhäusern half. Sie nutzte ihre Position und ihren Einfluss, um auf deren missliche Lage aufmerksam zu machen. Vielleicht wäre dies für Emmaline eine Möglichkeit, der sie ihre Zeit widmen könnte. Der Himmel wusste, dass sie eine Aufgabe brauchte.

»Würdest du gern ein Waisenhaus mit mir besuchen? Ich lese den Kindern vor oder lehre sie Dinge wie Lesen und Schreiben oder sogar Nähen.«

»Ich wäre sehr erfreut, vielen Dank.« Da sie wusste, dass sie keine eigenen Kinder haben würde, könnte sie diese Leere vielleicht auf diese Weise füllen. Ihr wurde die Brust eng, doch die Ankunft einer weiteren Freundin Lady Satterfields rettete sie davor, noch weiter in ihren Emotionen zu versinken.

Für einen Moment verfielen sie in eine nichtssagende Unterhaltung, ehe Lady Satterfield die Frau zu einem Rundgang mitnahm. Im Laufe der nächsten Stunde blieben die Leute immer wieder stehen, um Emmaline ihre Glückwünsche auszusprechen. Sie sahen Emmaline mit einem interessierten Ausdruck an, doch niemand war naseweis genug, ihr Fragen zu stellen. Irgendwann zogen Nora und Ivy sich in das Ruhezimmer zurück und Lucys Ehemann kam herbei, um seine Frau zum Tanz aufzufordern. Damit blieben Emmaline und Aquilla allein.

Emmaline sah die andere Frau von der Seite an. Sie war sehr hübsch, mit lebhaften blauen Augen und sanften braunen Locken, die ihr Gesicht umrahmten. Sie rückte näher an Emmaline heran.

»Ich habe sehr bedauert, von der Sache mit Ihrem ersten Ehemann zu erfahren«, erklärte Aquilla leise und sah sie dann entschuldigend an. »Ich habe ein Beileidsschreiben geschickt, doch seitdem habe ich Sie nicht mehr gesehen.«

Für einen Augenblick überrascht, konnte Emmaline ihre Sprache nicht finden.

»Was ziemlich merkwürdig scheint«, meinte Aquilla.

»Nun, nicht *merkwürdig*. Vielleicht unglücklich. Wir sollten Freundinnen sein, wie alle anderen. Aber ich verstehe, wenn Sie es vorziehen, das nicht zu sein.«

»Ich denke, wir sind Freundinnen.«

»Nein, ich meine *richtige Freundinnen*. Zum Beispiel würde ich heute liebend gern neben dir stehen – ich weiß, dass das nicht leicht sein kann. Die Leute sind neugierig und bilden sich schnell ein Urteil.« Sie rollte mit den Augen. »In vielen Fällen sind sie einfach schrecklich.«

Emmaline nickte. »Ich glaube, ich habe heute Abend ziemliches Glück gehabt.«

»Ja, sie haben sich gut benommen. Als sie dir gegenüberstanden.«

Emmaline lehnte sich näher zu ihr. »Hast du etwas gehört?« Aquilla war zuvor kurz weggegangen, um sich mit jemandem zu unterhalten.

»Oh, manchmal rede ich zu viel.« Aquilla zuckte zusammen. »Ich entschuldige mich. Es war nichts Schlimmes, sondern es ging nur um Spekulationen, warum du Lord Axbridge geheiratet hast. Es tut mir leid, dass ich mich eingemischt habe. Ich habe die Vermutung angestellt, dass ihr beide euch möglicherweise Hals über Kopf ineinander verliebt habt.«

Emmaline hob die Hand an ihren vor Unglauben offenstehenden Mund. »Das hast du nicht.«

»Doch, ja. Ich sage dir doch, ich rede zu viel.« Sie lachte. »Immerhin habe ich dem Tratsch der Leute ein Ende bereitet. Zumindest mir gegenüber. Ich bin sicher, es kursieren Gerüchte darüber, dass du und Axbridge ein Liebespaar seid.«

Könnte irgendetwas der Wahrheit noch ferner liegen? Bei diesem Gedanken musste Emmaline lächeln. »Vielen Dank. Du bist eine *Freundin*. Hoffentlich glaubst du nicht, dass ich irgendwelchen Groll gegen dich hege. Sutton und ich waren nicht füreinander bestimmt.«

»Vielen Dank. Es ist wirklich schön, das zu erfahren. Ich habe den Gedanken verabscheut, dass er dir vielleicht das Herz gebrochen hat, obwohl es nicht den Anschein hatte.«

»In Wahrheit hatten es mehr meine Eltern auf diese Verbindung angelegt als ich. Ich wollte mich verlieben.« Nun war es an ihr, Aquilla mit einem entschuldigenden Blick anzuschauen. »Ich habe mich nicht in Sutton verliebt.«

Aquilla lachte. »Oh, wie gut! Ich meine, es ist mir unverständlich, wie dir das *nicht passiert* ist, aber ich bin so überaus froh.« Ihre Augen funkelten fröhlich und Emmaline fühlte sich zum ersten Mal an diesem Abend wirklich wohl.

»Ich gehe davon aus, dass du dich in Townsend verliebt hattest? Weil du mit ihm durchgebrannt bist.«

»Ja.« Und einfach so schwand ihr Frohsinn dahin. »Zumindest hatte ich gedacht, verliebt zu sein.« Sie schüttelte den Kopf und wünschte, diese Worte zurücknehmen zu können. »Unwichtig. Jetzt ist das ohnehin nicht mehr von Bedeutung.«

Es schien, als wäre Aquilla im Begriff, sie noch etwas zu fragen, doch sie wurden von einem Raunen in der Menge unterbrochen. Emmaline wandte den Blick zur Seite und entdeckte Axbridge, der auf sie zukam. Ihr gesamter Körper spannte sich an und die Vorfreude wallte in ihr auf. Vorfreude?

Ja.

Es war das gleiche Gefühl wie letzte Woche, als sie ihre Begegnung mit der Absicht herbeigeführt hatte, ihn in aller Öffentlichkeit zu schneiden. Nein, es war nicht genau das Gleiche. Damals hatte sie sich voller Entrüstung und Frustration gefühlt. Heute Abend empfand sie etwas anderes. Und sie war nicht sicher, ob sie herausfinden wollte, was das war.

Er blieb vor ihr stehen und verbeugte sich tief. »Mylady. Würdest du gern mit mir tanzen?«

»Es ist mitten in einem Musikstück.« Es wollte ihr nichts anderes einfallen, was sie ihm entgegnen konnte.

»Dann können wir vielleicht bis zum Beginn des nächsten Tanzes ein wenig promenieren.«

Sie wollte nicht mit ihm promenieren. Er würde sie berühren. Die Hitze, die bereits in ihrem Inneren aufwallte, würde sich weiter entfalten. Doch wenn sie ihn abwies, würde das Aufmerksamkeit erregen. Das würde es jedoch ebenfalls, wenn sie mit ihm herumspazierte. Sämtliche ihrer Unternehmungen würden Aufmerksamkeit erregen. Sie musste lediglich entscheiden, welcher Art sie den Vorzug gab.

»Einverstanden.« Sie überließ ihm ihre Hand und sah zu Aquilla, deren Lippen zu einem kaum merklichen Lächeln geformt waren. »Bitte entschuldige uns.«

»Natürlich«, murmelte Aquilla.

Als Emmaline die Hand auf Axbridges Arm legte, kehrten Ivy und Lucy zurück. Keine der beiden sagte etwas, doch sie sahen zu, wie Emmaline mit ihrem Mann davonging.

»Wie ist dein Abend?«, erkundigte sich Axbridge, als er den Ballsaal mit ihr umrundete.

»Gut. Ich habe vor, zusammen mit Ivy das Waisenhaus aufzusuchen.«

»In der Tat? Wie großartig.«

War er bloß freundlich oder lag ihm wirklich etwas an der Sache? »Sie hat mir von der Benefizveranstaltung erzählt, die sie und Clare ausrichten werden. Wolltest du mich einladen, mitzukommen?«

»Um die Wahrheit zu sagen, hatte ich noch nicht darüber nachgedacht. Es tut mir leid.«

Während sie dahinschlenderten, drehten sich die Köpfe zu ihnen herum und die Unterhaltung ebbte zu einem Flüstern ab. »Was glaubst du, was sie reden?«, sinnierte sie laut und lenkte von ihrem Thema ab.

»Ich weiß, was sie sagen. Nämlich, dass ich ein glücklicher Halunke bin.«

Dagegen konnte sie nichts einwenden. Wie konnte sich jemand dreimal duellieren und unversehrt daraus hervorgehen, während seine Opponenten allesamt Schaden erlitten hatten? Obwohl die Neugier sie innerlich auffraß, verbiss sie sich diese Frage.

Dies war weder die richtige Zeit noch der richtige Ort, aber vielleicht würde sie ihn eines Tages fragen.

Für einen Augenblick gingen sie schweigend weiter, ehe er sich erkundigte: »Hat dich heute Abend niemand belästigt?«

»Nein, aber die Menschen wundern sich natürlich über uns. Lady Sutton hat irgendjemandem erzählt, dass wir uns unsterblich ineinander verliebt hätten.«

»Tatsächlich?« Leise und tief in ihrem Inneren polterte diese Rückfrage über sie hinweg, und fachte die bereits vorhandene Hitze in einem gefährlich hohen Maß an.

Sie wollte ihn auffordern, damit aufzuhören. Aber womit aufhören? Mit ihr zu sprechen? Sie zu berühren? Einfach zu existieren?

Emmaline kämpfte, um ihre Gedanken zu sammeln. »In Bezug auf den Musikabend, den Ivy und West ausrichten - daran würde ich gern teilnehmen. Was die anderen Veranstaltungen anbetrifft ... überlasse mir bitte eine Liste und ich werde dich informieren.«

»Das werde ich tun.« Unvermittelt führte er sie nach draußen auf eine dunkle Terrasse, die weit weniger bevölkert war.

»Was tust du?«, fragte sie.

»Du wirkst angespannt. Ich dachte, eine kurze Atempause würde dir guttun.«

Die kühle Nachtluft wehte über sie hinweg und sie musste eingestehen, dass es eine wunderbare Empfindung war, vor allem wegen der Gefühle, die er in ihr auslöste. Sie nahm ihre Hand von seinem Arm. Sie brauchte tatsächlich eine Atempause.

Als ihre Schritte sie bis an die Einfassung der Terrasse führten, blicke sie in den Garten hinaus. Er war nicht besonders groß, doch es gab einen beleuchteten Pfad und auch einige im Dunkeln liegende Stellen, wo Paare sich einen Moment – oder zwei – der Zweisamkeit stehlen konnten.

»Wäre es schrecklich, wenn ich nicht mit dir tanze?«, fragte sie.

Er blieb neben ihr stehen, aber er kam ihr nicht zu nahe. »Nein, aber das wird die Geschichte über unsere unsterbliche Verliebtheit nicht bestätigen.«

»Es kümmert mich nicht, was die Leute denken.«

»Ach nein? Das ist gut zu wissen. Mich schon, ehrlich gesagt.«

Sie blinzelte zu ihm hinüber und da der Wandleuchter hinter ihm hing, lag sein Gesicht im Schatten. »Ein Mann mit deinem Ruf kümmert sich darum, was die Leute denken?«

Er drehte sich um und sah sie an. »Welcher Ruf ist das?«

»Du bist *der gefährliche Herzog*. Das ist nicht gerade schmeichelhaft.«

Er zog eine Augenbraue hoch und zeigte damit einen Anflug von Humor. »Tatsächlich verleitet es mich zu der Ansicht, dass es mich irgendwie verführerisch macht.« Sein Ausdruck trübte sich und er blickte auf den Garten hinaus. »Doch ich stimme dir hinsichtlich deiner Beurteilung zu. Ich kann die Dinge allerdings nicht ändern, egal, wie sehr ich das vielleicht möchte.«

Bezog er sich damit speziell auf seine Duelle? »Und möchtest du das?«

Sein Blick bohrte sich in ihren. »Mit jedem Atemzug. An jedem einzelnen Tag.«

»Oh!« Ein Gentleman lachte, als er seine Dame an ihnen vorbeiführte. »Wir wollten das frisch vermählte Paar nicht stören.« Er zwinkere Axbridge zu und veranlasste Emmaline, die Augen zu verdrehen.

Axbridge sah die beiden mit einem freundlichen Lächeln an. »Bitte, machen Sie sich keine Sorgen.«

»Wirklich, *keine Sorge*«, murmelte Emmaline.

Abermals bot Axbridge ihr seinen Arm. »Ich glaube, es scheint dich doch zu kümmern, was die Leute denken.«

Sie umfasste seinen Arm. »Gut, ich werde mit dir tanzen. Es klingt ganz danach, als würde das nächste Stück gerade beginnen.«

Er führte sie in den Ballsaal zurück. »Es wird mir eine Ehre sein.«

Sie gesellten sich zu den Tänzern, die eine Reihe bildeten, und für die nächste halbe Stunde genoss Emmaline die Aufmerksamkeit eines erfahrenen Tänzers, charmanten Gesprächspartners und die neidischen Blicke verschiedener Frauen. Wussten sie denn nicht, was er war? Oder war es ihnen egal?

Jedes Mal, wenn er sie beim Tanzen berührte, musste

sie sich dieselbe Frage stellen. Ja, sie wusste, was er war und das hatte große Bedeutung für sie, aber ihren Körper interessierte es nicht. Ihr kam die Unterhaltung in den Sinn, die sie in der Kutsche mit Lucy und Ivy geführt hatte. *»Wenn du den Entschluss fasst, dir von deiner Vernunftehe mehr zu wünschen, solltest du nicht zögern, es dir zu nehmen.«*

Sie betrachtete ihn. Sein Körper füllte den dunkelblauen Anzug perfekt aus, während der Mund vor Vergnügen zu einem Lächeln geformt war. Er war ausnehmend gutaussehend und sie glaubte, ihre Neiderinnen zu verstehen, vor allem wenn sie dachten, dass er unsterblich in sie verliebt sei.

Was er allerdings nicht war.

Und du willst das auch nicht!

Gnädigerweise neigte der Tanz sich dem Ende zu und er führte sie von der Tanzfläche. »Ich werde nun gehen«, erklärte er. »Es sei denn, du würdest bevorzugen, dass ich bleibe.«

»Das tue ich nicht.« Trotz all der Lagen unterschiedlicher Kleidungsstücke, die ihre Finger von seinem Arm trennten, war sie sich seiner Hitze unter ihrer Hand viel zu sehr bewusst. »Aber ich danke dir für diesen Tanz.«

»Hast du es genossen? Du hast gelächelt. Ich weiß nicht, ob ich dich vorher schon einmal habe lächeln sehen.«

Sie antwortete nicht, doch sie blickte zu ihm auf, als sie ein paar Schritte von ihren Freundinnen entfernt stehenblieben. Er beobachtete sie eindringlich. »Versprich mir, dass du es wieder tun wirst«, flüsterte er, ehe er sich vorbeugte und ihr einen Kuss auf die Wange gab.

Es war schon so lange her, seit sie geküsst worden war. Es hätte eine keusche Berührung seiner Lippen auf ihrer Haut sein sollen, doch sie spürte es *überall*. Als das Begehren in ihr auflodderte, starrte sie ihn an. Das konnte nicht passieren. Nicht mit ihm.

Er löste ihre Hand von seinem Arm und verbeugte sich noch einmal. »Guten Abend, Mylady.«

Dann drehte er sich um und ging davon, während sie einfach dort stand und ihr Körper vor Begierde rauchte.

»Was für eine Frau heiratet den Mörder ihres Mannes?«, fragte eine Frau nicht weit entfernt.

»Es hat ganz sicher den Anschein, als seien sie ineinander verliebt«, kam zur Antwort.

»Ich kann es nicht glauben, aber warum sonst sollte sie ihn wohl heiraten?«

Ohne nachzudenken wirbelte Emmaline herum, um die beiden Frauen anzuschauen, die diese Unterhaltung in Hörweite führten. Die beiden starrten sie entsetzt an, offensichtlich nichtsahnend, bis es zu spät war, dass sie sich so laut unterhalten hatten, um gehört zu werden.

Weil ich bessergestellt bin.

Bin ich das?

Ja. Geoffrey hat dich in unüberwindbare Schulden gestürzt. Er war untreu gewesen. Er war nicht der Mann, für den du ihn gehalten hast.

Sie dachte an den Tag zurück, als Axbridge die Kosten für Geoffreys Beerdigung bezahlt hatte. Damals hatte sie ganz kurz gedacht, dass er ihr einen Gefallen getan hatte … Konnte das wahr sein?

Oh Gott. Sie konnte doch nicht froh über Geoffreys Tod sein. Aber erleichtert? Ja, sie war erleichtert – und damit war sie selbstsüchtig und abscheulich.

Und anscheinend auch die Art von Frau, die den Mörder ihres Ehemannes heiratete.

CHAPTER 7

*E*s war eine Woche vergangen, seit er sie zum ersten Mal hatte lächeln sehen und danach hatte er ihr Lächeln noch genau dreimal erblickt – jedes Mal, wenn sie in der Öffentlichkeit bei der einen oder anderen Veranstaltung waren und er sie aus der Ferne betrachtete. Nie war es für ihn bestimmt. Vielleicht wäre das heute anders.

Während er auf sie wartete, stellte er fest, dass er nervös war. Er lief auf dem Kopfsteinpflaster hin und her und immer wieder warf er einen Blick zu der Gasse, die auf die Straße führte. Endlich bog sie um die Ecke.

Sie schritt auf ihn zu und der Rock ihres Reitkleides flatterte beim Gehen um ihre Beine. Ihr Kostüm war makellos – und brandneu. Geschäftig hatte sie ihre Garderobe erneuert und er hatte jede Rechnung beglichen. Das war nicht nur ihre Vereinbarung, sondern er tat es auch gern. In dem satten Blau mit der filigranen Goldstickerei als Verzierung sah sie fantastisch aus. Doch es waren die Bluse und die Krawatte, die seine Aufmerksamkeit erregten. Sie waren leicht maskulin und dennoch ausgesprochen feminin. Ebenso wie ihr flotter Hut, ein schwarzer Zylinderhut, der einfach nur kleiner als ein Herrenhut war und von einem goldenen Band verziert wurde.

»Dein neuer Aufzug ist atemberaubend«, lobte er, als sie näherkam.

Mit einer Hand – von einem blauen Lederhandschuh umschlossen – strich sie über ihren Rock. »Ich war nicht sicher, ob dies mein Stil ist.«

»Es steht dir ausgezeichnet.«

Sie sah ihn erwartungsvoll, beinahe begierig, an. Er konnte nicht sagen, ob es Aufregung war, die dicht unter ihrem sorgfältig kontrollierten Äußeren köchelte, doch er hielt dies für möglich.

»Jetzt brauchst du nur noch ein Reitpferd.« Er drehte den Kopf, um dem Knecht zuzunicken, ehe er den Blick umgehend wieder auf sie heftete. »Hoffentlich magst du sie.« Er schwenkte herum, damit er sie beobachten konnte, als der Knecht das Tier herausführte.

Sie machte große Augen und ihr klappte der Unterkiefer herunter. »Wie?« Sie sagte kein weiteres Wort, als sie sich langsam auf das wunderschöne weiße Pferd zubewegte. »Pearl.«

Das Pferd wieherte leise und beschnupperte Emmaline, sobald sie näherkam. Emmaline legte dem Pferd die Arme um den Hals drückte ihr Gesicht an Pearls Kopf, während sie ihr Zärtlichkeiten zuflüsterte.

Lionel beobachtete die beiden und sein Herz barst vor Freude.

Als Emmaline den Kopf hob, hätte er schwören können, dass dort Tränen in ihren Augen waren, aber sie wandte ihre Aufmerksamkeit dem Pferd zu. »Wie hast du sie gefunden?«, fragte sie mit kratziger Stimme. »Ich habe nie erfahren, wer sie gekauft hat – Mr. Fuller hat sich um den Verkauf gekümmert.«

»Er hatte die Aufzeichnungen aufbewahrt.«

»Wie hast du es geschafft, sie zurückzubekommen?«
Sie sah ihn an, jedoch nur kurz.

»Für den richtigen Preis ist alles zu haben. Ich bin froh, euch vereint zu sehen.«

Daraufhin sah sie ihn an und ihre Augen waren von einem intensiveren Blau, als er es je zuvor bei ihr gesehen hatte. »Noch nie hat jemand so etwas für mich getan. Danke.«

Niemand? In Anbetracht dessen, was er über ihre Familie und ihren ehemaligen, nutzlosen Ehemann wusste, sollte ihn das nicht überraschen. Dennoch war er wütend, vor allem wenn er sich den Kummer ausmalte, den ihr der Verkauf des Tieres in erster Linie bereitet haben musste. »Das hast du verdient.«

Pearl stupste Emmaline mit einem leisen Wiehern an und zur Antwort streichelte diese ihr den Hals. »Einen Moment noch, Pearl.«

»Du gibst den Tieren gern die Namen kostbarer Juwelen«, bemerkte er, als er an ihr Kätzchen Jade dachte. Gelegentlich stattete die Katze ihm einen Besuch in seinem Arbeitszimmer ab, doch sie war ganz und gar Emmalines Haustier.

»Sie *sind* kostbar. Für mich.« Sie berührte ihn am Jackenaufschlag und sah ihn blinzelnd an. »Ich … ich kann dir nicht genug danken. Ich war so glücklich, ein Pferd zu bekommen, aber Pearl zurückzubekommen geht weit über das hinaus, was ich mir hätte vorstellen können.«

»Du hast gesagt, dass du glücklich bist.« Er staunte, wie weit sie schon gekommen war. »Das freut mich.« Ihre Lippen bogen sich zu einem geheimnisvollen Lächeln und sein Herz setzte aus. Dieses galt ihm und er würde für nächste Zeit davon zehren. »Mich auch.« Sie sah auf ihr Pferd zurück.

»Willst du ausreiten?«, fragte er.

»Ganz bestimmt.« Sie sah sich um. »Gibt es irgendwo einen Block zum Aufsteigen?«

»Ich kann dir hinaufhelfen.«

Sie zögerte, doch schließlich nickte sie.

Er trat hinter sie und fasste sie um die Taille. Sie war ihm so nahe. Er atmete ihren Duft ein. Es war Lavendel und irgendetwas anderes, das einzigartig an ihr war. Er wollte sie rückwärts an sich ziehen, um ihren Körper an seinem zu spüren. Doch das würde nicht passieren. Nicht jetzt und wahrscheinlich niemals.

Wahrscheinlich?

Woher nahm er bloß seine Hoffnung. Ganz bestimmt nicht von ihr. Ja, sie war ein bisschen aufgetaut, aber sie hatte ihm nicht die geringste Ermunterung gezeigt, dass sich an dem Hauptzweck ihrer Ehe etwas geändert hätte. Noch immer nahm sie weder die Mahlzeiten mit ihm ein und noch redete sie mit ihm, außer es war unumgänglich.

Doch vielleicht trat heute eine Wende ein. Vielleicht würde sie sich von ihm öfter zum Lächeln bringen lassen. Ihm kamen eintausend Möglichkeiten in den Sinn, wie er das gern versuchen würde.

»Bist du bereit?«, fragte er.

»Ja.« Sie stellte den Fuß in den Steigbügel und er hob sie hoch. Sie schwang ihr Bein in die Luft und setzte sich mit Leichtigkeit in den Sattel.

»Ich kann bereits sehen, dass du ziemlich versiert bist.« Liebend gern würde er mit ihr reiten, aber das würde er nicht tun, es sei denn, sie würde ihn einladen. »Einer der Pferdeknechte wird dich in den Park begleiten.«

Sie nahm die Zügel auf. »Vielen Dank.« Sie sah auf ihn herab und ihr Blick war nachdenklich. »Ich versuche zu verstehen, warum du das getan hast.«

Er zuckte die Schultern. »Warum sollte ich das nicht

tun? Du brauchtest ein Pferd und als ich erfahren habe, dass du eines besessen hast, habe ich sie einfach wiedergefunden.«

»Willst du damit sagen, dass das leichter war, als einfach zur Pferdeauktion zu gehen und ein Pferd zu kaufen?«

Leichtigkeit hatte damit nicht das Geringste zu tun. Wenn dem so wäre, *wäre* er einfach zur Pferdeauktion gegangen. »Ist das wirklich wichtig? Du hast dein Pferd zurück.«

»Ich wollte bloß ... ich wollte deutlich sein. An unserer Vereinbarung hat sich nichts geändert. Und ich erwarte von dir nicht, dass du mir Geschenke kaufst. Du schuldest mir keine Extravaganzen.«

Er sah sie finster an und wünschte, sie hätte das Pferd einfach angenommen und es dabei belassen. »Das ist keine Extravaganz. Sie ist dein Pferd. Sie ist dir zurückgegeben worden.« Er klang verärgert. Und das war er auch, aber nicht, weil sie das Pferd nicht annahm – denn das tat sie. Er war verärgert, weil sie ihm die Tatsache noch einmal in Erinnerung rief, dass sich an ihrer Ehe nichts geändert hatte. Das wusste er und hatte es sich in der Tat gerade selbst noch einmal im Stillen gesagt – aber es von ihr zu hören, rieb noch einmal an seinen Nerven.

Er benahm sich albern. Er holte tief Luft und trat einen Schritt zurück. »Genieße deinen Ritt.«

Sie lenkte Pearl aus den Stallungen und der Knecht folgte ihr. Er kehrte in sein Stadthaus zurück und war über sich selbst frustriert, weil er unrealistische Erwartungen hegte. Das Pferd hatte er nicht mit der Absicht angeschafft, sie zu umwerben. Er hatte nur einfach etwas Nettes für sie tun wollen. Etwas, das sie glücklich machen würde.

Und das hatte er auch geschafft, also worin bestand sein Problem?

Er stellte fest, dass er auf mehr hoffte. Er *wollte* mehr. Diese Vernunftehe kam seinen Wünschen nicht sehr entgegen.

Warum fühlte er sich zu ihr hingezogen? Es war nicht so, dass er sie bisher sehr gut kennengelernt hatte. Was er von ihr gesehen hatte, *rührte* allerdings an seinem Herzen. Sie wirkte einsam, als hätte sie nie ihren Platz gefunden. Vielleicht hatte sie das mit Townsend für eine gewisse Zeit, doch dann hatte Lionel es ihr genommen. Obwohl er also die Absicht hatte, ihre Miesere für sie zu erleichtern, hatte er das eigentlich nicht verdient.

Verdammt, er war ein totales Fiasko.

~

*E*mmaline schritt die Treppenstufen hinab und war nervös, weil sie zum ersten Mal, seit sie verheiratet waren, mit ihrem Ehemann frühstückte. Als sie unten ankam, blieb sie abrupt stehen. Axbridge wartete auf sie.

Er trug einen dunkelblauen Frack, eine braungelbe Reithose und makellose Reitstiefel und sah damit aus, als sei er gerade von seinem morgendlichen Ritt zurückgekehrt, was sicherlich auch der Fall war. Er sah zudem auch so gut aus, dass einem der Mund wässrig werden konnte. Obwohl sie ihm zunächst wegen ihrer Wut auf ihn aus dem Weg gegangen war, fing sie langsam an zu erkennen, dass dieses Verhalten nun mehr mit seiner zunehmenden Anziehungskraft zusammenhing.

»Guten Morgen«, begrüßte er sie. »Du siehst entzückend aus.« Sein Blick fiel auf ihr hellblaues Kleid. »Ich war überrascht – aber sehr erfreut – über deinen Wunsch, gemeinsam zu speisen. Sollen wir?« Er bot ihr seinen Arm.

Sie legte die Hand auf seinen Arm. Ganz leicht. Je weniger sie ihn berührte, desto besser.

Sie betraten das Speisezimmer und er setzte sie zu seiner Rechten. »Ich hatte darum gebeten, dass wir nahe beieinandersitzen würden. Ich hoffe, das ist in deinem Sinne.«

Nein, sie hätte es vorgezogen, am gegenüberliegenden Ende des Tisches zu sitzen, doch das wäre wohl nicht sinnvoll gewesen, nahm sie an. Sie hatte mit ihm speisen wollen, damit sie eine wichtige Angelegenheit – deren Besprechung mit ihm er von ihr *verlangte* – erörtern konnte.

Er rückte ihr den Stuhl zurecht, setzte sich und bedeutete dem Dienstboten, das Frühstück zu servieren, das auf der Anrichte vorbereitet war.

»Es wird dir hoffentlich nichts ausmachen, dass ich normalerweise ein schlichteres Frühstück bevorzuge. Dies ist in der Tat formeller als das, was ich sonst vor meinem Ausritt im oberen Wohnzimmer zu mir nehme.«

»Es macht mir überhaupt nichts aus.« Schlicht bedeutete wahrscheinlich, dass sie weniger Zeit miteinander verbringen würden.

Der Diener servierte ihnen kalten Schinken und Brötchen, wobei er Emmaline zuerst bediente.

Sie sah zu Axbridge hinüber. Sein blondes Haar glitzerte im Morgenlicht, das durch das Fenster in ihrem Rücken ins Zimmer fiel. »Ich möchte dir noch einmal für Pearl danken«, erklärte sie. »Es ist so wundervoll, sie zurückzuhaben.«

»Ich bin sehr erfreut, das zu hören. Vielleicht werde ich dich eines Tages beim Reiten sehen.«

Sie wusste, dass er jeden Morgen ausritt, und als er ihr Pearl gestern präsentiert hatte, hatte sie gespürt, dass er auf eine Einladung von ihr wartete, sie zu begleiten. Beinahe hätte sie es getan. In einem Augenblick der

Schwäche, die durch seine extreme Großherzigkeit hervorgerufen worden war.

Der Diener servierte ihr eine Tasse Schokolade und Axbridge Kaffee.

»Ich sehe, dass du meinen Ring wieder trägst.« Mit einem Nicken deutete Axbridge auf ihre linke Hand. Nachdem er solche Mühen auf sich genommen hatte, Pearl für sie zurückzubekommen, schien es nur das Richtige zu sein. Sie schob den Ring mit dem Daumen zurecht und konzentrierte sich auf das anstehende Thema. »Ich muss dich um eine weitere Geldsumme bitten, um eine von Geoffreys Schulden zurückzuzahlen. Sie war nicht in der Aufstellung enthalten, die sein Sekretär zur Verfügung gestellt hat.«

»Hast du eine Kopie der Rechnung?« Er nahm einen Bissen Schinken.

»Nein, habe ich nicht. Sein Schneider hat mir einen Brief geschickt und um die Geldmittel gebeten. Nach Geoffreys Tod hatte er mich nicht belästigen wollen – die beiden waren offensichtlich befreundet und er hat Geoffreys Dahinscheiden eher schlecht aufgenommen.« Sie bemerkte, dass aus Axbridges Gesicht ein wenig Farbe gewichen war, doch sie redete weiter. »Als er erfuhr, dass ich wieder geheiratet habe, hat er beschlossen, die ausstehende Schuld einzufordern. Er befindet sich in einer schlimmen finanziellen Situation.«

»Wieviel hat Townsend ihm geschuldet?« Axbridge trank einen Schluck Kaffee.

»Fünfzig Pfund.«

Axbridge hustete und stellte seine Tasse so abrupt ab, dass ein Teil der Flüssigkeit auf das Tischtuch spritzte. »Verzeih mir. Das scheint mir ziemlich viel für die Arbeit eines Schneiders.«

»Ja, das ist es wohl, vermute ich.«

Er sah sie an und dabei wurde sein Blick ein wenig schmaler. »Aber es gibt keine Rechnung?«

»Zweifelst du an dem Mann?«

»Ich habe gerne Belege.«

Das konnte sie verstehen. »Dann werde ich ihn darum bitten. In der Zwischenzeit will ich ihn nicht länger warten lassen – es sind Monate vergangen.«

Er wandte seine Aufmerksamkeit wieder seinem Teller zu. »Ich kann mich morgen darum kümmern, ihn zu bezahlen.«

Sie wurde gereizter. »Nein. Ich werde mich darum kümmern. Du musst mir nur das Geld geben. Ich habe dich darum gebeten, wie du gefordert hast, und du hast dich einverstanden erklärt, Geoffreys gesamte Schulden zu begleichen.«

»Ja, das habe ich.« Er trank einen weiteren Schluck Kaffee. »Ich werde das Geld am Morgen im Wohnzimmer hinterlegen. Es sei denn, dir wäre daran gelegen, wieder mit mir zu frühstücken, aber ich denke, die Antwort darauf kenne ich bereits.« Er klang verärgert. Gut, das war sie ebenfalls.

Während der nächsten Minuten aßen sie schweigend, ehe Axbridge fragte: »Wirst du später den Fortescue-Ball besuchen?« Die Frage war freundlich und vollkommen frei von irgendeiner Anspielung.

»Nein.« Sie hatte festgestellt, dass eine der Frauen, deren Gespräch sie auf dem Colne-Ball mitangehört hatte, Lady Fortescue gewesen war. Und Emmaline hegte keinen Wunsch, ihr in der nächsten Zeit wieder zu begegnen. Dieses Gespräch hatte ihre Gedanken während der letzten Woche beschäftigt, als sie darum kämpfte, zu akzeptieren, dass sie dank Axbridge von Schulden und auch von Geoffrey befreit war. Doch mit diesem Freiheitsgedanken gingen auch Traurigkeit und Bedauern einher. Sie hatte solche Hoffnung in ihre Ehe gesetzt. Wenn sie daran dachte, wie sehr sie in Geoffrey verliebt gewesen war, als sie durchgebrannt waren …

Sie wandte den Kopf Axbridge zu. »Warum hast du Geoffrey zu einem Duell herausgefordert?«

Axbridge hatte gerade von seinem Brötchen abgebissen. Er spülte den Bissen mit einem Schluck Kaffee herunter und nahm sich einen Moment für seine Antwort Zeit. »Es war eine Ehrensache.«

»Ich würde gern genau erfahren, was für eine Sache das war. Ich denke, ich habe ein Recht, das zu erfahren.«

Er lehnte sich auf seinem Stuhl zurück und sah sie an, doch er hielt keinen Augenkontakt. Er fühlte sich ganz offensichtlich nicht wohl in seiner Haut. Warum?

»Ich habe einen Freund geschützt.«

»Konnte er sich nicht selbst schützen?«

Mit seinem kalten Blick suchte er den ihren. »Nein. Bitte mich nicht, seine Identität preiszugeben, weil ich das nicht tun werde. Ebenso wenig wie ich den Grund offenlegen kann, warum ich deinen Ehemann herausgefordert habe.«

»Du glaubst nicht, dass ich ein Recht habe, das zu erfahren?«

»Nein, das glaube ich nicht.«

Die Wut flammte in ihr auf. »Du hast versprochen, mir zu geben, was immer ich mir wünsche. Ich möchte wissen, warum du meinen Ehemann herausgefordert hast.«

Mit stetem Blick sah er sie an und widersetzte sich ihr weiterhin. »Es ist nicht mein Recht, dieses Geheimnis preiszugeben.«

»Ich bin deine Frau.«

Er legte den Kopf schief und zog einen Mundwinkel nach oben. »Ich verstehe.« Er beugte sich zu ihr und stützte den Ellbogen auf den Tisch. »Willst du wirklich meine Frau sein?«

Sie starrte ihn an und glühender Zorn kochte in ihr auf. »Worum bittest du mich?«

Er zog sich zurück und lehnte sich abermals auf seinem Stuhl zurück. »Nichts. Wir haben eine Abmachung und du kannst nicht in einem fort weitere Dinge von mir verlangen. Wenn du mich jetzt entschuldigen möchtest.« Er erhob sich abrupt vom Tisch und verließ das Zimmer.

Sie starrte ihm nach und ihre verblassende Wut wurde von einem Gefühl der Bestürzung ersetzt. Was war gerade passiert? Wollte er eine echte Ehe?

Nun, dazu würde es nicht kommen.

Sie pickte auf ihrem Teller herum, doch sie aß nicht viel mehr. Nach einer Weile erhob sie sich. Als sie den Weg zum Salon einschlug, hörte sie Stimmen in der Eingangshalle. Leise schlich sie sich heran und erblickte Axbridges Rückseite. Tulk übergab ihm seinen Hut und hielt ihm die Tür auf, als er das Haus verließ.

Sie trat in die Eingangshalle. »Guten Morgen, Tulk.«

Der Butler drehte sich zu ihr um. »Guten Morgen, Mylady.«

»Wohin ist seine Lordschaft gegangen?«

»Aus.«

Würde niemand in diesem Haushalt ihr etwas Genaueres sagen? Die Frustration darüber ließ sie ihre Muskeln zusammenballen. Sie wandte sich ab und schlenderte durch den Salon zurück in sein Arbeitszimmer. Jade hatte sich vor dem Kamin – einem ihrer Lieblingsplätze – zusammengerollt, doch bei Emmalines Eintreten reckte sie den Kopf. Die Katze erhob sich und als sie sich streckte, bog sie den Rücken durch. Sie trottete zu Emmaline herüber und rieb sich an ihren Röcken.

Emmaline bückte sich und hob die Katze in ihre Arme,

um ihr den Rücken zu streicheln. Die Katze schnurrte und beruhigte sie. Mit der aufkommenden Gelassenheit ging Klarheit einher und sie zuckte hinsichtlich dessen zusammen, was sie im Speisezimmer gesagt hatte. *»Du hast versprochen, mir alles zu geben, was immer ich mir wünsche.«* Doch sie hatte ihm bisher gar nichts gegeben.

Er dagegen war jeder einzelnen ihrer Forderungen nachgekommen und darüber hinaus. Er hatte ihr geliebtes Pferd gefunden und wahrscheinlich eine anständige Summe für sie bezahlt. Nur um Emmaline glücklich zu machen.

Zum Teufel, vielleicht wünschte er sich *tatsächlich* eine echte Ehe.

Sie wünschte sich das allerdings *nicht*. Sie drehte sich um und erpicht darauf, den Spuren seiner Präsenz zu entgehen, marschierte sie aus dem Zimmer.

~

*E*r war ein Narr.

Frustration und Wut dröhnten durch Lionels Körper, als er die wenigen Häuserblocks zu Lady Richlands Haus zu Fuß zurücklegte. Vielleicht war es ein klein wenig zu früh für einen Besuch, doch sie würde ihm verzeihen.

Er hatte aus seinem Haus fliehen müssen, um einen Abstand zwischen sich und seine wutbringende Frau zu bringen. Genau in dem Moment, als er dachte, dass sich die Dinge zwischen ihnen bessern würden, hatte sie ihn daran erinnert, dass ihre Verbindung keine typische Ehe war.

Er lief die kurze Treppe zu der Tür hinauf, wo auf sein Klopfen umgehend geantwortet wurde. Der Butler führte ihn in das obere Wohnzimmer. Einige Augenblicke später rauschte seine Gastgeberin in das Zimmer. Ihr Haar war elegant frisiert und ihr taubengraues Kleid wogte um ihre Fußgelenke, als sie vor ihm stehenblieb. Sie lächelte ihn breit an. »Lionel. Es ist so schön, dich zu sehen.«

Er trat einen Schritt auf sie zu und küsste sie auf die Wange. »Ich freue mich auch dich zu sehen, Marianne. Es tut mir leid, dass ich nicht früher gekommen bin. Ich war, ähm, beschäftigt.«

»Mit Heiraten.« Sie sah ihn mit hochgezogener Augenbraue an. »Komm, setzen wir uns.« Sie ergriff seinen Arm und führte ihn zu einem Sofa in der Nähe der Fenster, die einen Blick auf die Straße darunter boten.

Gleichzeitig sanken sie in die Polster und sie schwenkte zu ihm herum. »Ich kann nicht glauben, dass du verheiratet bist. Und obendrein noch ausgerechnet mit Lady Townsend.«

Er lehnte sich auf dem Sofa zurück und legte seinen Arm um die Rückenlehne, als er den Oberkörper zu ihr drehte. »Ich kann es selbst kaum glauben.«

Ihre Augenbrauen schossen in die Höhe. »Tatsächlich?«

Statt einer komplizierten Antwort, hob er eine Schulter.

Marianne schüttelte den Kopf. »Ich kann beim besten Willen nicht nachvollziehen, wie das vonstattengegangen ist.«

»Es ist ein bisschen kompliziert. Ich vermute mal, dass die Gerüchte ungezügelt kursieren?«

Sie blinzelte und ganz kurz stießen ihre üppigen dunklen Wimpern an ihre porzellanene Haut. Sie war immer schön gewesen und mit den Jahren, die er sie kannte, war sie immer schöner geworden. »Der Klatsch ist ein heimtückischer Teil der Gesellschaft, obwohl ich ihn zu vermeiden versuche.«

Ja, das tat sie und das war überhaupt der Grund, warum

er Townsend herausgefordert hatte. »Du hast nicht von irgendjemand anderem etwas in Bezug auf Townsends Intrige gehört?«

»Nein, und weil so viel Zeit vergangen ist, erwarte ich das auch nicht. Ich habe nicht die geringste Ahnung, wie er an seine Informationen gekommen ist, und ich kann nur hoffen, dass er das Geheimnis mit ins Grab genommen hat.«

»Ich bin froh, dass du nicht weiter bedrängt wirst.« Und dennoch beunruhigte ihn die gesamte Situation. »Die Frage nach dem wie beschäftigt mich allerdings immer noch. Du hast mir erklärt, dass nur sehr wenige Leute Kenntnis haben von dem, was Townsend wusste. Ich würde sehr gern wissen, wie er es herausgefunden hat.«

»Ich gestehe ein, dass mir dies ebenfalls Sorge bereitet, aber was kann ich tun?« Resigniert hob sie eine Schulter und schüttelte den Kopf. »Wie ich gesagt habe, kann ich nur hoffen, dass das Geheimnis mit ihm gestorben ist.« Sie sah ihn scharf an. »Glaubst du, seine Frau, ähm, *deine* Frau weiß es?«

Weil sie ihre Frage, warum er Townsend herausgefordert hatte, einfach rundheraus hervorgebracht hatte, musste er davon ausgehen, dass sie es nicht wusste. »Ich bin ziemlich sicher, dass sie nichts weiß.« Und er bezweifelte, dass sie ihm helfen könnte, herauszufinden, woher Townsend sich seine Informationen beschafft hatte.

»Nun, vermutlich werden wir nie erfahren, wie er von meinem Geheimnis Wind bekommen hat. Ich sollte mich an die Hoffnung klammern, dass er es mit sich ins Grab genommen hat.«

Lionel zuckte bei ihren Worten zusammen. Wenn Townsend ihm nur zugehört und eingewilligt hätte, Marianne in Ruhe zu lassen.

Er schüttelte die Gedanken an Townsend und das Duell ab, ehe sie ihn noch in Melancholie stürzten.

»Wie kommst du zurecht?« Sein Blick senkte sich auf ihr Kleid. »Keine schwarze Trauerkleidung für dich?«

Sie antwortete mit einem unbeschwerten Lächeln, doch ihr Blick war von Traurigkeit getrübt. »Seit einiger Zeit nicht mehr. Es sind beinahe sechs Monate vergangen.« Mehrere Wochen, nachdem Lionel London verlassen hatte, war ihr Ehemann gestorben. »Es geht uns gut. Natürlich vermissen wir Harold, aber ich bin so froh, dass er keine Schmerzen mehr erleiden muss.«

Während des Hauptteils ihrer beinahe sechsjährigen Verbindung war ihr Ehemann von schlechter Gesundheit geplagt gewesen. Ihre Ehe war nicht aus Liebe zustande gekommen, doch es war eine beiderseitige Zuneigung daraus erwachsen.

»Ich bin ebenfalls erleichtert. Du brauchst nichts von mir?«

Sie schüttelte den Kopf. »Nicht im Augenblick. Du bist mehr als wundervoll gewesen. Wenn du bei Lord Townsend nicht eingegriffen hättest, wüsste ich nicht, was hätte passieren können. Ich hätte nicht bezahlen können, was er verlangte. Nicht ohne, dass Harold es herausgefunden hätte. Ich bedauere allerdings sehr, wie die Dinge sich entwickelt haben.« Sie rang die Hände in ihrem Schoß. »Townsends Tod lastet schwer auf dir, da bin ich sicher.«

Lionel spannte sich an. Er hasste dieses Thema. Doch Marianne kannte ihn seit sehr langer Zeit und hatte aus erster Hand miterlebt, wie das erste Duell ihn getroffen hatte. »Ich hatte nicht gewollt, dass das passiert.«

Wie schon tausende Male zuvor blitzte in seiner Erinnerung das Duell mit Townsend auf, aber er sagte ihr nichts darüber. Denn damit wäre es schwieriger für ihn, die Erinnerung in die hinteren Winkel seines Verstandes zu verbannen. Wenn er dazu je imstande wäre.

Ihre Miene wurde weicher und drückte nun Mitgefühl aus. »Natürlich hast du das nicht gewollt. Aber wie um alles in der Welt bist du dazu gekommen, seine Witwe zu heiraten?«

»Es ist eine Vernunftehe.« Er nahm die Überraschung in ihrem Blick wahr und fügte hinzu: »Auf ihre Bitte hin.« Es schien Emmaline gegenüber unfair, weiter ins Detail zu gehen. Tatsächlich sollte er überhaupt nichts gesagt haben. Sie hatten noch nicht besprochen, wie ihre Ehe dargestellt werden sollte, aber er konnte sich nicht vorstellen, für die feine Gesellschaft ein Schauspiel zu veranstalten, wenn sie es kaum ertragen konnte, im gleichen Raum mit ihm zu sein. »Bitte, das muss unter uns bleiben.«

»Natürlich. Also ist es eine geheime Vernunftehe?«

»Geheim ist vielleicht ein zu starkes Wort. Im Augenblick versuchen wir, uns aneinander zu gewöhnen.«

»Besteht die Chance, dass daraus mehr werden könnte?«, fragte Marianne. »Das kommt bei vielen Vernunftehen vor.«

Er widerstand dem Drang, aufzulachen, und zwar nicht aus Heiterkeit, sondern aus Unglauben. »Ganz bestimmt nicht.«

»Ich muss zugeben, es stimmt mich traurig, das zu hören. Du hast verdient, glücklich zu sein – und geliebt zu werden.« Sie berührte ihn an der Hand. »Du bist mir solch ein guter Freund gewesen. Wenn es etwas gibt, was ich tun kann, um dir zu helfen, wirst du mich hoffentlich darum bitten.«

Er drückte ihre Hand. »Das werde ich.«

»Mama!« Ein kleiner Junge mit hellblondem Haar und strahlend blauen Augen stürmte in das Wohnzimmer. Er blieb neben seiner Mutter stehen, klammerte sich an ihre Röcke und fixierte Lionel mit weit aufgerissenen Augen. »Wer sind Sie?«

»Ich bin ein Freund deiner Mutter.« Lionel griff in seine Jackentasche und zog einen kleinen Spielzeugsoldaten daraus hervor. Er hielt ihn dem Jungen auf der Handfläche hin. »Ich habe gehört, du hast eine Armee. Würdest du sie gern vergrößern?«

Der Junge formte den Mund zu einem O. »Er ist fantastisch.« Er nahm den Soldaten von Lionel und hielt ihn vor sein Gesicht, um seine filigranen Details zu studieren.

Das Kindermädchen des Jungen, eine junge Frau mit dunklem Haar und einer eher eindeutig gekrümmten Nase, betrat das Wohnzimmer und ihre Brauen waren besorgt zusammengezogen. »Ich entschuldige mich, Mylady. Er ist mir schon wieder aus dem Kinderzimmer entwischt, fürchte ich.«

Marianne schmunzelte. »Das ist schon in Ordnung. Wie es der Zufall will, hat Lord Axbridge ihm einen Soldaten mitgebracht, also ist sein Eindringen hier ein Glücksfall – und willkommen.«

Das Kindermädchen wirkte erleichtert und ihre Schultern entspannten sich ein wenig. Sie knickste vor Lionel. »Mylord.« Sie trat einen Schritt vor und nahm den jungen Richland an der Hand. »Nun komm, junger Mann, es geht zurück ins Kinderzimmer.

Der Junge stemmte die Füße in den Teppich und rührte sich nicht. »Mama, wann kommst du nach oben?«

Marianne zerzauste sein blondes Haar und drückte ihm einen Kuss auf die Stirn. »Bald, mein Liebling. Geh jetzt mit Deborah.« Sie lächelte ihn aufmunternd an und der Junge ging mit seinem Kindermädchen davon, doch nicht, ehe er einen langen, geplagten Seufzer ausgestoßen hatte.

Oh, wieder ein Kind sein zu dürfen – mit solch einfachen Sorgen.

»Ist es unangenehm für dich, dass er blondes Haar und blaue Augen hat?«, fragte Marianne leise. »Wie du.«

»Nein. Abgesehen davon besteht keine Ähnlichkeit.« Aber es hatte für Townsend gereicht, zu drohen, allen zu erzählen, dass Lionel der Vater des Jungen sei. Sie hätten darüber lachen können, wenn Lionel und Marianne nicht vor Jahren eine Affäre gehabt hätten. Und wenn der Junge in Wahrheit Richlands Sohn gewesen wäre … was er allerdings nicht war.

»Ich werde dir deinen Schutz nie vergessen. Du hattest keinen Grund, mir zu helfen. Aber ich hatte niemand anderen, an den ich mich wenden konnte. Du bist ein unbeschreiblich ehrenhafter Mann.«

Ja, das war er und eines Tages könnte es ihn das Leben kosten.

~

Emmaline sah zum grau verhangenen Himmel auf, als sie auf ihrem Weg zum Stanhope Gate war. Die Wolken schienen nicht dunkel genug für einen Sturm und sie hoffte, dass sie fernbleiben würden. Nachdem sie sich mit Mullens getroffen hatte, wollte sie mit Aquilla spazieren gehen.

Sie kam am Tor an und sah sich nach dem Gentleman um, mit dem sie verabredet war. Nach Geoffreys Tod hatte sie ihn bei verschiedenen Gelegenheiten getroffen, doch sie war sich nicht ganz sicher, ob sie ihn erkennen würde.

Ein makellos gekleideter Mann mit einer violetten Weste kam auf sie zu. »Lady Axbridge, es ist entzückend, Euch wiederzusehen.«

Emmaline entspannte sich, als sie den Mann tatsächlich wiedererkannte. »Guten Tag, Mr. Mullens.«

Sie schlenderten zu einer Seite des Tores.

Sein Lächeln hellte sein schmales, habichtartiges Gesicht auf. »Vielen Dank, dass Ihr Euch mit mir trefft. Ich bin für Eure rasche Antwort dankbarer, als ich mit Worten ausdrücken kann.«

Heute Morgen hatte sie ihm eine Nachricht zukommen lassen und erklärt, ihn um halb fünf hier zu treffen. »Natürlich. Es tut mir leid, dass Sie so lange auf das warten mussten, was Ihnen gehört.« Axbridges Frage schrillte ihn ihrem Kopf. »Ich muss Sie allerdings fragen, warum keine Rechnung vorgelegen hat. Der Sekretär meines verstorbenen Mannes hat alle Rechnungen aufgelistet, die dieser erhalten hatte, aber Ihre war nicht darunter.«

»Es tut mir leid, doch Euer Ehemann und ich unterhielten eine eher zwanglose Geschäftsbeziehung.« Er zuckte zusammen. »Wie ich in meiner Nachricht betont habe, waren wir Freunde und ich habe nie gedacht, dass er mich einmal nicht bezahlen könnte. Stets hat er gelobt, meine Rechnung als erste zu begleichen und ich habe ihm geglaubt. Ich gehe davon aus, dass er keine einzige beglichen hat?«

»Es hat den Anschein.« Sie hatte wirklich keine Ahnung, wie tief Geoffreys finanzielle Schwierigkeiten gereicht hatten. War er immer schon knapp an finanziellen Mitteln gewesen? Das hatte sie nicht gedacht, aber sie musste akzeptieren, dass sie es wahrscheinlich nie wissen würde.

»Ich wusste, dass er an den Spieltischen ein bisschen verloren hatte«, antwortete er. »Vermutlich war es weit mehr, als er zugeben würde, sogar mir gegenüber.«

Sogar mir gegenüber. Als ob er mehr über die Situation

wüsste als Geoffreys eigene Ehefrau. Sie sträubte sich – denn er *besaß* mehr Wissen. Bis nach seinem Tod hatte Emmaline nichts von Geoffreys Verlusten gewusst.

Der Schneider sah sie bestürzt an. Er hob die Hand an seine Brust. »Verzeiht mir. Ich habe Euch nicht zu nahe treten wollen. Euer Ehemann war sehr gütig zu mir gewesen. Als ich vor einigen Jahren begonnen habe, war er einer meiner ersten Kunden und derjenige mit dem höchsten Rang. Ich schulde ihm meinen Dank. Deshalb habe ich ihn auch nicht zu sehr gedrängt.«

»Doch jetzt finden Sie sich in finanziellen Nöten?« Er hatte in seinem Brief an sie darauf hingewiesen.

Er nickte und seine Wangen färbten sich rosa. »Wie Ihr sehen könnt, bin ich mit der Einforderung meiner Außenstände ein bisschen zu milde gewesen. Ich habe wirklich Angst gehabt, Euch zu fragen. Doch Lord Townsend hat immer so gut von Euch gesprochen … und da Ihr nun wieder verheiratet seid … nun, ich habe die Chance ergriffen, dass Ihr mir helfen würdet.«

»Das habe ich vor.« Sie zog die Banknote hervor, die Axbridge heute Morgen für sie hinterlassen hatte. »Mein Ehemann – der Marquess – bittet um eine Rechnung, also müssen Sie diese so bald wie möglich überstellen?«

»Oh ja, natürlich. Ich werde das unverzüglich erledigen.« Er nahm die Banknote von ihr und senkte den Blick darauf. Seine Augen füllten sich mit Tränen. »Vielen Dank, Mylady.«

Sie konnte mitansehen, wie überwältigt er war und sie war froh, dass sie ihm hatte helfen können. »Ich hoffe, dass Sie sich erholen werden.« Fünfzig Pfund waren eine große Summe, doch sie wusste nicht, ob er sich damit herumdrehen und seine eigenen Schulden begleichen musste.

»Ich danke Euch.« Er rieb sich über die Augen und

blinzelte. »Eure Güte hat mich ziemlich aus der Fassung gebracht.«

»Das ist sehr gern geschehen. Ich wünsche Ihnen alles Gute.« Sie lächelte ihn an und dann ging sie davon und betrat den Park, wo sie sich zu einem Spaziergang mit Aquilla treffen würde.

Emmaline lenkte ihre Schritte in Richtung des Fußwegs, wo Aquilla auf sie wartete. Beim Anblick der ernsthaften Besorgnis in Aquillas Blick starb das Lächeln, das sich auf ihren Lippen gebildet hatte, einen raschen Tod.

»Es scheint, als ob etwas nicht in Ordnung ist«, sagte Emmaline.

Als die beiden losliefen, hakte sich Aquilla bei Emmaline unter. »Ich schließe daraus, dass du die *Post* heute noch nicht gelesen hast?«

»Nein.« Emmaline hatte heute Morgen eine andere Zeitung durchgeblättert. Angesichts Aquillas offensichtlicher Aufregung gerieten ihre Eingeweide in Aufruhr. »Erzähle mir.«

Aquilla schluckte schwer und dann holte sie Luft. »Es stand ein Beitrag darüber drin, dass Axbridge beobachtet worden ist, wie er Lady Richland besucht hat. Er besagt weiter, dass eure Ehe eine Vernunftehe ist, und dass er und Lady Richland eine Affäre hätten, womit sie ihre Liebschaft fortsetzten, die vor mehreren Jahren ihren Anfang genommen hatte.«

Eine Affäre? Übelkeit stieg in Emmalines Magen auf. Es sollte sie nicht berühren. Schließlich führten sie und Axbridge keine echte Ehe. Mit wem er eine Affäre hatte – *wenn* er eine Affären hatte, ging sie nichts an. Nein, das sollte sie nicht beunruhigen und dennoch brannte sie innerlich.

Sie zuckte die Schultern und erzeugte damit eine Aura

von Nonchalance, die sie nicht verspürte. »Mir ist egal, was er tut.«

»Es tut mir so leid«, entgegnete Aquilla. »Zumindest könnte er diskret sein!«

Es ist mir egal. Es ist mir egal. Es ist mir egal.

Für ein paar Minuten gingen sie schweigend weiter. Aquilla beäugte sie unsicher. »Bist du sicher, dass es dir gut geht?«

Nein, aber das zu sagen würde bedeuten, dass sie etwas eingestand, was sie nicht einmal sich selbst eingestehen wollte – dass der Gedanke an Axbridge mit einer anderen Frau ihr unter die Haut ging. Es lag nicht an ihm, sagte sie sich. *Sie* selbst wünschte sich eine intime Beziehung – aber *nicht* mit ihm.

Anstatt ihre Gefühle zu offenbaren, erklärte sie: »Ich denke, ich gelange zu der Erkenntnis, dass diese Heirat ein Fehler war. Ich hätte eine andere Lösung finden sollen.«

Aquilla sah sie von der Seite an. »Du hast selbst gesagt, dass es keine gegeben hat. Du hattest keine Zeit.«

Es war leicht, zu vergessen, wie verzweifelt sie sich gefühlt hatte, wenn sie ihre damalige Situation mit der jetzigen verglich. Und welche wäre das? Abermals wollte sie sich auf diese Frage nicht antworten.

»Das ist wahr. Allerdings ändert das nichts an der Tatsache, dass diese Ehe eine Katastrophe ist.« Sie sah zu Aquilla und ihr wurde die Brust eng. »Wir haben uns nicht unsterblich ineinander verliebt und werden das auch nie tun.«

Aquilla legte eine Hand auf Emmalines. »Das tut mir so leid. Was kann ich tun?«

»Mich ablenken.« Emmaline zog sie eilig den Weg entlang, sodass sie nach rechts schwenken und den Serpentine-Teich hinter sich lassen konnten. »Erzähl mir von Peregrine. Was für einen Schabernack treibt er, jetzt da er laufen kann?«

Aquilla schien immer noch besorgt, aber dennoch überschüttete sie Emmaline mit Geschichten von ihrem Sohn. Emmaline war für die Ablenkung dankbar, obwohl sie nur von kurzer Dauer war. Später würde sie beschließen, was sie als Nächstes unternehmen würde, denn so konnten die Dinge nicht weitergehen.

CHAPTER 8

$\mathcal{D}$er Brook`s Club schien heute Abend geschäftiger als normal. Es war eine Ironie, denn keiner von Lionels Freunden war anwesend. Nun denn, trotzdem war der Club jedem anderen Ort vorzuziehen, wo er sich aufhalten könnte, vor allem zuhause.

Er trank sein erstes Glas Whiskey aus, ließ das leere Gefäß auf den Tisch poltern und signalisierte dem Bediensteten, ihm einen weiteren Whiskey zu bringen. Vielleicht würde er sich heute Abend betrinken. Nochmals. Als er gestern Abend über die morgendliche Meinungsverschiedenheit mit Emmaline nachgedacht hatte, hatte er sich betrunken.

Meinungsverschiedenheit? Was für eine vollkommen unzureichende Bezeichnung. Sie beide existierten auf vollkommen unterschiedlichen Ebenen.

Seine Wut und seine Enttäuschung waren sein eigener verdammter Fehler. Er hatte angefangen, etwas für sie zu empfinden und offensichtlich gehofft, dass auch sie ihren Weg in diese Richtung finden würde. Wie sehr er sich doch geirrt hatte, und dafür konnte er niemandem außer sich selbst die Schuld geben. Von Anfang an war sie so klar wie der Sommerhimmel in Cornwall gewesen – er gab ihr, was sie wollte und sie würde ihm nichts geben. Das war die Abmachung und das hatte er auch verdient, nachdem er ihren Ehemann getötet hatte.

In der Sekunde, in der ihm der Whiskey serviert wurde, musste er sich ermahnen, ihn nicht in einem Schluck hinunterzukippen.

»Axbridge! Stört es Sie, wenn ich mich zu Ihnen setze?« Lord Sandwell, der zusammen mit Lionel in Oxford gewesen war, setzte sich, ohne eine Antwort abzuwarten.

Einerseits wollte Lionel seine Trübsal in Einsamkeit ertränken, doch es stand ihm auch der Sinn nach Ablenkung – denn aus diesem Grund war er hier in den Gesellschaftsraum gekommen, und hatte nicht eines der privaten Zimmer im Obergeschoss aufgesucht.

»Was haben Sie heute Abend zu berichten, Sandwell?«

»Ich arbeite an meiner Tapferkeit, meiner Frau bei einem Musikabend Gesellschaft zu leisten.« Sandwell erschauderte. »Das könnte ein paar Gläschen erfordern.«

Lionel gab dem Bediensteten einen Wink und bedeutete ihm, Sandwell ein Glas Whiskey zu bringen. »Ich bin gern behilflich.«

Sandwell lachte leise. »Sie sind schon immer von der hilfreichen Sorte gewesen.«

Der Bedienstete servierte den Whiskey und Sandwell hob sein Glas. »Um unseren Frauen gefällig zu sein.«

Lionel verbiss sich ein Lachen. Er glaubte nicht, dass irgendetwas seiner Frau gefallen könnte. Zumindest nichts, was er tun könnte. Nichtsdestotrotz trank er darauf, weil es seinem Vorhaben entgegenkam, sich zu betrinken.

Sandwell schluckte und dann stellte er sein Glas auf den Tisch. »Wo wir schon von Ehefrauen sprechen. Ich habe Lady Axbridge heute im Hyde Park gesehen. Als ich hineinritt, stand sie seitlich des Eingangs in eine Unterhaltung mit einem Gentleman vertieft. Ich habe keine Ahnung, wer das war, aber er war ziemlich geschniegelt gekleidet. Dann sah ich sie mit Lady Sutton.«

Wer zum Teufel war der Gentleman?

»Axbridge, könnte ich Sie auf ein Wort sprechen?«

Lionel sah zu dem Neuankömmling auf und war sich der die Identität des Mannes nicht ganz sicher. Irgendwie schien er ihm vertraut, doch Lionel konnte ihn nicht zuordnen. »Verzeihen Sie mir bitte, aber ich kann Sie nicht einordnen.«

Der Mann, der vielleicht zwanzig Jahre älter als Lionel war, versteifte sich. Die Röte stieg in seinen Wangen auf und sein Mund zog sich zu einem geraden Strich zusammen. »Ich bin Sir Duncan Thayer. Ich sollte Lady Townsend heiraten, bis Sie sie mir gestohlen haben.«

Zum Teufel nochmal. Das war das Letzte, was Lionel heute Abend noch gefehlt hatte.

Lionel setze ein freundliches Lächeln auf. »Sie irren sich, aber ich kann Ihre Enttäuschung verstehen. Lady Axbridge ist entzückend.« *Und auch eine Nervensäge. Sie sollten mir dankbar sein.*

Ganz offensichtlich war der Whiskey bis in seine Gehirnzellen vorgedrungen. Gut. Es war ihm erheblich lieber, wütend auf sie zu sein, als Mitleid mit ihr zu haben. Oder schlimmer noch, sie zu begehren.

Sir Duncan hob die Hand und dann bildete er eine Faust. Lionel setzte sich gerade auf, plötzlich auf der Hut. Was führte der Mann im Schilde?

»Ich habe eine Frage an Sie, Axbridge. Ist sie glücklich?«

Er hätte keine ironischere Frage stellen können. Lionel

entschied, mit der Wahrheit zu antworten. »Glücklicher, als wenn sie mit Ihnen verheiratet gewesen wäre.«

Es hatten sich mehrere Gäste um sie versammelt, um die Unterhaltung zu verfolgen und nun keuchten einige unter ihnen auf.

Sir Duncan kniff die dunklen Augen zu schmalen Schlitzen zusammen. »Ich habe gehört, dass Ihre Ehe nur dem Namen nach besteht. Warum sollte sie Sie heiraten, wenn sie ein Angebot von mir hatte? Was haben Sie ihr angetan, um Sie vor den Altar zu bekommen?«

Lionel konnte voraussehen, dass diese Sache mit einer Katastrophe enden könnte, wenn er seine Worte nicht sorgfältig wählte. Der Mann war überaus erregt und sie hatten ein beachtliches Publikum. Er wollte Sir Duncan nicht beleidigen, also versuchte er, die Stimmung aufzuhellen. »Eigentlich hat es gar keinen Altar gegeben. Wir haben im Salon ihrer Eltern geheiratet. Ich hatte eine spezielle Erlaubnis.«

Sir Duncan kräuselte die Lippen. »Ich weiß, was Sie hatten, Sie Schurke. Ich muss davon ausgehen, dass Sie sich ihr aufgedrängt haben, und die Eheschließung damit unerlässlich wurde.«

»Was haben Sie da gesagt?« Lionel sprach so leise, dass er seine eigene Frage kaum hörte. Oder wenigstens schien das so. Vor lauter Wut fingen seine Ohren an zu klingeln.

»Ich glaube, Sie haben mich verstanden.«

»Ja, ich glaube, das habe ich.« Langsam erhob sich Lionel vom Tisch. »Sie haben meine Ehre befleckt.«

Das wurde von weiterem Aufkeuchen begleitet. Irgendjemand packte Sir Duncan am Arm. »Vorsichtig Mann, oder er fordert Sie zu einem Duell heraus.«

Lionel fiel beinahe auf seinen Stuhl zurück. *Nein, nein, nein.* Abgesehen von dem Versprechen, das er Emmaline gegeben hatte – und offensichtlich nahm er seine Versprechen ihr gegenüber ziemlich ernst, auch jetzt noch – konnte er nicht noch einmal tun. Er würde es nicht tun.

Und dennoch unterstellte der Mann, dass Lionel Emmaline ruiniert und sie zur Ehe gezwungen hatte.

Sir Duncan verengte die Augen zu schmalen Schlitzen, als er Lionel in die Augen sah. »Sie machen mir keine Angst. Sie müssen erst noch auf jemanden treffen, der Ihnen ebenbürtig ist oder dessen Talent dem Ihren *überlegen* ist.« Er rollte die Schultern und richtete sich damit weiter auf. »Ich bin im Gebrauch einer Pistole ziemlich geschickt und mit dem Schwert sogar noch besser.«

Der Mann, der Sir Duncan am Arm hielt, zog ihn zurück und zischte. »Seien Sie kein Dummkopf!«

West brach durch die versammelte Menge und bahnte sich einen Weg zu Lionel. »Lass uns gehen.«

Für einen Augenblick stand Lionel einfach da und war unfähig, sich zu bewegen.

»Vielleicht sollte ich Sie herausfordern«, schlug Sir Duncan mit kalter Stimme vor. »Lady Axbridge würde dies zu schätzen wissen, dessen bin ich sicher – zuerst haben Sie Ihren Ehemann umgebracht, dann haben Sie sie zu einer Heirat gezwungen und jetzt beschämen Sie sie, indem Sie Ihr Verhältnis mit Lady Richland fortsetzten. Sie ekeln mich an.«

Lionel war sich sicher, dass darauf die Herausforderung folgen würde. Doch dann packte West ihn am Arm und zog ihn vom Tisch fort. Als sie beide aus dem Club marschierten, wuchs die Lautstärke der Unterhaltung hinter ihnen auf das Zehnfache an.

West winkte eine Mietkutsche heran und schubste Lionel buchstäblich hinein. Nachdem er den Kutscher zu Lionels Haus dirigiert hatte, streckte West sich auf der Sitzbank aus, die gegen die Fahrtrichtung zeigte. »Was zum Teufel ist dort drin passiert?«

»Sir Duncan hatte die Absicht, Emmaline zu heiraten. Beim Versuch, eine Erklärung dafür zu finden, warum sie stattdessen mich geheiratet hat, kam er zu dem Schluss, dass ich etwas getan haben musste, was sie kompromittierte.« Lionel bebte vor Wut. »Mit Gewalt.«

West fluchte im Stillen. »Er hat versucht, dich zu provozieren. Beiß nicht auf diesen Köder an.«

Was wäre, wenn er eine Aufforderung zum Duell ausgesprochen *hätte*? Ein Schauer erfasste Lionels Körper. Darüber wollte er nicht nachdenken. Er konnte sich nicht überwinden, sich dieser Sache noch einmal zu stellen. Doch wie könnte er andererseits Sir Duncan erlauben, seinen Charakter zu beleidigen?

West beugte sich vor und kurz legte er mitfühlend die Hand auf Lionels Knie. »Versuche, nicht über die Vorfälle zu grübeln. Ich bin sicher, dass Sir Duncan seinen Verlust überwinden wird.«

»Er hat mich gefragt, ob Emmaline glücklich ist.« Lionel sah zu seinem Freund hinüber. »Ich glaube nicht, dass sie das ist. Ich weiß nicht, ob sie das jemals sein kann. Nicht mit mir.«

West runzelte die Stirn. »Ich dachte, die Dinge verbesserten sich.«

Lionel zuckte die Schulter. »An der Oberfläche vielleicht, doch tief in ihrem Inneren ist sie immer noch wütend auf mich. Sie hat mich nach dem Duell gefragt, und wissen wollen, warum ich Townsend herausgefordert habe.«

»Hast du es ihr erzählt?«

»Es steht mir nicht zu, diese Information preiszugeben. Du weißt das.«

»Und du bist nichts anderes als ein Ehrenmann.« Die Kutsche blieb vor Lionels Haus stehen. »Tu mir einen

Gefallen, Ax. Lass diese Ehre deinem Glück nicht im Wege stehen.«

Langsam wurde diese Ehre zu einer verdammten Last.

Lionel öffnete die Tür und stieg aus der Mietkutsche. »Ich werde dem Kutscher sagen, dich nach Hause zu fahren. Er schwenkte herum und blickte zurück ins Innere der Kutsche. »Und West – vielen Dank.«

Nachdem er die Tür der Mietkutsche geschlossen hatte, gab er dem Fahrer Wests Adresse. Lionel ging die Stufen zu seiner Eingangstür empor. Sie öffnete sich und er nickte dem Dienstboten zu, als er direkt in sein Arbeitszimmer strebte. Er hatte seinen Plan, sich zu betrinken, nicht beenden können, und die Absicht, dies nun zu tun.

Er zupfte an seiner Krawatte und lockerte den Stoff, als er über die Schwelle schritt. Er entledigte sich seines Fracks und warf ihn auf den Stuhl hinter seinem Schreibtisch. Als er zur Anrichte herumschwenkte, packte er die erste Flasche Whiskey, die ihm in die Finger kam und goss die bernsteinfarbene Flüssigkeit in ein Glas.

»Würde es dir etwas ausmachen, mir ebenfalls etwas einzuschenken?«

Er drehte sich um und ließ vor Überraschung beinahe seinen Whiskey fallen. Emmaline stand ein paar Meter entfernt. In ihrer Nachtwäsche gekleidet. Und sie bat ihn um Whisky. Was war das für eine Tortur?

Er überreichte ihr das Glas, das er eingeschenkt hatte. Dabei streiften sich ihre Finger und in jedem Winkel seines Körpers spürte er den Schock ihrer Berührung. Es war in der Tat eine Tortur.

»Mir war nicht bewusst, dass du Whiskey trinkst«, erklärte er.

»Das tue ich nicht.«

»Dann sei vorsichtig.«

Sie hob das Glas an die Lippen und nahm einen

Schluck, anstatt nur zu nippen. Er hätte wissen müssen, dass sie das Gegenteil dessen tun würde, wozu er ihr riet.

Wests Worte kamen ihm in den Sinn: »*Lass nicht zu, dass dir die Ehre im Wege steht.*«

Hör auf, sie zu beschützen, oder sie für dich zu gewinnen oder was verdammt nochmal auch immer du mit ihr zu tun versuchst.

Sie zeigte lediglich eine winzige Reaktion auf die starke Flüssigkeit, die sie gerade geschluckt hatte – es war ein leichtes Zusammenziehen ihrer Augen. Mit schiefgelegtem Kopf betrachtete sie ihn interessiert. »Du wirkst aufgebracht. Ist etwas passiert?«

Er starrte sie für einen Moment an. Und dann lachte er, womit er sich selbst überraschte. »Ob etwas passiert ist? Ich habe die Witwe des Mannes geheiratet, den ich als letztes umgebracht habe – den letzten wohlbemerkt, denn es gibt mehr als einen. Sie verabscheut mich und ich bin in einer lieblosen Ehe gebunden. Ja, ich würde sagen, dass etwas passiert ist, und ich will verdammt sein, wenn es etwas gibt, was ich deshalb unternehmen könnte.«

»Bist du sicher? Mir ist zu Ohren gekommen, dass du jede Menge in dieser Sache unternimmst. Mit Lady Richland.«

Sir Duncans Worte kamen ihm wieder in den Sinn. Irgendwie waren sie angesichts des drohenden Duells untergegangen. »Ich habe mit Lady Richland nichts zu tun.« Das entsprach nicht ganz der Wahrheit, aber er konnte ihr nichts von dem Duell mit Townsend berichten, ohne Mariannes Geheimnis zu enthüllen.

»Warum kursieren dann Gerüchte, dass ihr eine Affäre habt?«

Die Eiseskälte, die er in der Kutsche unter Kontrolle gehalten hatte, überflutete ihn erneut. Schaudernd lehnte er sich auf die Schreibtischkante und stützte die flache

Hand auf das Holz. »Weil wir vor langer Zeit einmal eine hatten, vermute ich.«

~

E mmaline stieß die Luft in einem einzigen Schwall aus ihren Lungen. Ein Anfall von Besorgnis kollidierte mit ihrer Wut. Noch nie hatte sie Axbridge so gesehen. Er wirkte blass und zerzaust.

Er hatte in der Vergangenheit gesprochen. Bedeutete das, dass er die Liebschaft mit Lady Richland jetzt nicht mehr weiterführte? »Leugnest du, dass sie deine Mätresse ist?«

»Das tue ich.«

Plötzlich stieg die Röte an seinem Nacken empor. Er wirkte immer noch zerzaust, aber sehr verführerisch. Sein Haar war in Unordnung, als ob er mit den Händen hindurchgefahren wäre. Seine Krawatte war gelockert und hing ihm um den Hals, sodass sein Hemd offenstand. Beim Betreten des Zimmers hatte er seinen Frack abgelegt. Sein Zustand der Entkleidung würde im Rahmen einer normalen Ehe nichts bedeuten. Doch dies war keine normale Ehe.

Sie nippte an ihrem Whiskey und nahm nun einen kleineren Schluck als beim ersten Mal. Die feurige Flüssigkeit hatte ihr den Rachen versengt, aber sie war nicht zusammengezuckt. Nicht vor ihm.

Ja, plötzlich sah er ein bisschen gefährlich aus. Sie drehte sich halb zur Tür. »Ich sollte gehen.«

»Tu es nicht.« Seine Augen waren dunkel und in Aufruhr. Kaum unter Kontrolle gehaltene Gefühle strahlten in bedrohlichen Wellen aus. »Wer war der Mann, mit dem du dich heute im Park getroffen hast?«

Sein Erscheinungsbild und seine Stimmung verärgerte

sie, doch bei seiner Frage drehte sie durch. »Ich muss dir nicht antworten.«

»Ehefrauen antworten ihren Ehemännern.«

Sie starrte ihn mit glühendem Blick an. »Wir tun das allerdings nicht. Sonst würdest du mir erzählen, warum du meinen Ehemann herausgefordert hast.«

Er schien ein bisschen größer zu werden. »*Ich* bin dein Ehemann.«

»Nur dem Namen nach.«

Er grinste, doch der Sturm tobte in seinen Augen. »Wie hätte ich das vergessen können? Vor allem jetzt, da alle darüber reden.«

Sie klammerte die Hand um das Glas und verabscheute den Umstand, dass ihre Heirat eine fortwährende Quelle für Klatsch war, während sie auch begriff, dass dies unvermeidlich sein musste. Indem sie den Mörder ihres Ehemannes geheiratet hatte, hatte sie etwas Unbegreifliches getan. »Alle?«

»Sir Duncan hat mich heute Abend im Club angesprochen. Er wusste, dass unsere Ehe nur auf dem Papier besteht und wunderte sich, warum du mich seinem perfekten Angebot vorgezogen hast. Er kam zu dem Schluss, dass ich dich mit wenig schmackhaften Methoden zu der Verbindung gezwungen haben muss.«

Allmählich erkannte sie, warum er so aufgebracht war. »Aber das hast du nicht getan.«

»Das weiß ich natürlich; allerdings kann ich niemandem die Wahrheit sagen, oder? Also ist es vermutlich nicht von Belang, ob du dich mit Männern im Park triffst, oder sogar mit ihnen schläfst.«

Scharf sog sie die Luft ein und ihre Hände fingen zu zittern an. Sie streckte den Arm an ihm vorbei, stellte ihr Glas auf dem Tisch ab, und nahm dann ihre Position vor ihm wieder ein. »Du wagst es, mich über ein unschuldiges

Treffen mit Geoffreys Schneider – über das du Bescheid wusstest – zu befragen, wenn alle Welt weiß, dass du eine Affäre mit Lady Richland hast?«

Er lehnte sich gegen die Schreibtischkante zurück, verschränkte die Arme vor der Brust und sah sie mit einem überheblichen Blick an. »Ich habe gesagt, dass ich das nicht tue, aber wenn es so wäre? Würde es dir wirklich etwas ausmachen? Du hast mir deutlich gemacht, dass diese Ehe frei von Sex sein würde. Du kannst nicht allen Ernstes von mir erwarten, mein gesamtes Leben im Zölibat zu verbringen.«

Laut hämmerte ihr Puls in ihren Ohren und sie wiederholte Aquillas Bemerkung von heute Nachmittag. »Du könntest wenigstens diskret sein!«

»Ich habe keine Affäre mit Marianne oder mit sonst irgendjemandem.« Er verzog die Lippen. »Aber ganz offensichtlich sollte ich das haben.«

»Vielleicht sollte ich das ebenfalls. Ein ganzes Leben im Zölibat klingt ziemlich trostlos, vor allem nachdem ich das Bett meines Mannes so genossen habe.«

Seine Nasenflügel flatterten und er ließ die Arme sinken. »Dann nimm dir ruhig einen Liebhaber.« Er stieß sich vom Schreibtisch ab und kam geschmeidig auf sie zu. »Ich werde es dir sogar leicht machen – wenn du interessiert bist. Ich bin hier, bereit und willig. Ich bin auch dein gesetzlich angetrauter Ehemann … und vielleicht wage ich sogar zu sagen, *zweckdienlich.*«

Er war ihr so nahe, dass sie seine Wärme spüren konnte und sie atmete seinen Duft ein. Er roch nach Kiefer und Sandelholz und unvermittelt wurde ihr bewusst, wie lange es her war, seit Geoffrey sie berührt hatte.

»Forderst du mich etwa auf, die Regeln zu ändern?« Sie starrte zu ihm auf und ihr Körper wechselte von Wut zu etwas weitaus Gefährlicherem. Sie konnte nicht leugnen,

was er gesagt hatte – er *war* zweckdienlich. Und sie wollte
… etwas.

Nein, sie wollte *ihn.*

Sein Blick wurde dunkel und für einen winzigen
Moment schien er auf sie zuzukommen. Doch dann drehte
er sich um und schritt auf die Tür zu.

Sie eilte an ihm vorbei, schloss die Tür und presste sich
mit dem Rücken an das Holz. Sie sah zu ihm auf und beim
Anblick des Schocks, der sich in seinen Augen spiegelte,
lächelte sie beinahe. Doch sie war zu überwältigt, zu
begierig.

»Wie es der Zufall will, *bist* du zweckdienlich.« Sie stieß
sich von der Tür ab und bewegte sich auf ihn zu, bis sie vor
ihm stand. Ohne den Augenkontakt abzubrechen, legte sie
die Hand an seine Brust. Seine Wärme drang durch das
Hemd und die Weste und heizte sie bis zur Verzweiflung
auf.

Sie bog die Finger um das Revers seiner Weste und zog
ihn zu sich heran, während sie sich an ihn schmiegte. Die
andere Hand legte sie seitlich an seinen Nacken, um seinen
Kopf zu sich herabzuziehen und ihre Lippen mit seinen zu
verschmelzen.

Der Kontakt rüttelte sie durch, wie nie zuvor. Ihr
gesamter Körper bebte vor Verlangen. Sie legte alles davon
in ihren Kuss und öffnete den Mund unter seinem … und
leckte ihn. Er tat nichts, sondern stand einfach nur in ihren
Armen dort, während das quälende Gefühl in ihrem
Inneren anschwoll.

Sie zog sich zurück, ihre Hand senkte sich auf seine
Schulter und sie sah zu ihm auf.

Der Ausdruck seiner Augen erschreckte sie. Er war
finster und desolat und gleichzeitig doch auch gefährlich.

»Möchtest du mich nicht küssen?«

Mit einem urtümlichen Knurren ließ er seine

Hemmung fallen – wenn er sich durch sie hatte zurückhalten lassen. Sie wusste es nicht und in diesem Moment
war es ihr egal. Er legte die Arme um sie und hob sie zu
sich heran, während sich sein Mund beinahe wild auf
ihren senkte.

Ihre Zungen verschlangen sich und entfesselten eine
Wollust, die tief aus ihrem Inneren aufstieg. Sie klammerte
sich an seinen Nacken, verschränkte beide Hände um sein
Genick und hing an ihm, als würde ein Sturm um sie
herum wüten.

Sein Kuss war tief und dunkel und anders als alle
Küsse, die sie je zuvor erlebt hatte. Er bestand aus einem
ursprünglichen Hunger und flammender Begierde. Und sie
würde unter diesem Angriff dahinschmelzen.

Ihre Füße berührten kaum den Boden, als er sie fest an
sich gepresst hielt. Er war hart und heiß, und sie konnte
nicht genug von ihm bekommen. Sie fuhr mit der Hand
durch sein Haar und packte seinen Hemdkragen, während
sie in einem Rausch aus sinnlichem Delirium schwelgte.
Sie musste nicht denken, sondern nur fühlen und es war
weit mehr als großartig. Der Druck der letzten Monate
schwand und wurde von einer Leidenschaft ersetzt, die
ihre Vorstellungskraft bei weitem überschritt.

Er führte die Hände an ihre Taille und band die
Schärpe auf, die ihren Morgenrock zusammenhielt. Er
schob den Stoff beiseite und legte die Finger um ihre
Hüften um sie näher an sich heranzuziehen. Sie fühlte
seine Männlichkeit an ihrer Mitte und presste sich gegen
ihn. Sie wollte alles von ihm.

Sie hob die Hände zu seinem Hosenbund und wild
entschlossen nestelte sie an den Knöpfen, um das Kleidungsstück abzustreifen. Er übernahm diese Aufgabe und
ließ es eifrig zu Boden sinken. Schwungvoll riss sie die
Krawatte von seinem Hals und zog sein Hemd aus seinem

Taillenbund. Die ganze Zeit über küsste er sie. Es waren kurze, scharfe Empfindungen und lange, seidenweiche Erkundungen.

Dann löste sich sein Mund von ihrem und wanderte an ihrem Kiefer entlang, während er seine Zunge und die Lippen mit geschickter Präzision einsetzte. Er wanderte an ihrem Nacken entlang, als sie seinen Kopf umklammerte und ihn weiter nach unten dirigierte. Sie schloss die Augen in Ekstase und bog den Nacken zurück, während sie sich ihm voll und ganz überließ.

Er schob eine Hand höher und durch ihr Nachthemd umschloss er ihre Brust. Aus ihrer Trance erwachend keuchte sie auf, obwohl sie sich gegen seine Handfläche drückte. Er schob ihr den Morgenrock von den Schultern, und ließ das seidige Kleidungsstück zu Boden fallen. Mit den Lippen und der Zunge folgte er dem Pfad seiner verführerischen Verheerung, der an ihrer Brust endete. Er leckte sie durch den Stoff und nahm ihre Brustspitze in den Mund, während er fest daran saugte.

Sie vergrub die Finger in seinem Haar und drängte ihn, seinen Angriff fortzusetzen. Noch nie hatte sie dies so sehr gewollt, noch nie hatte sie solch ein verzehrendes Bedürfnis verspürt, berührt und befriedigt zu werden.

Oder ihn im Gegenzug zu berühren und zu befriedigen.

Sie streckte die Hand über seinen Rücken aus und zog an seinem Hemd, das sie ihm über den Kopf stülpte. Er musste die Verbindung zu ihr unterbrechen und sie wimmerte, als er nicht sofort zurückkehrte.

Als sie die Augen mit Mühe aufriss, sah sie, dass er vor ihr kniete. Die kalte Luft traf auf ihr fiebriges Fleisch, als er den Saum ihres Nachthemdes hob und ihre Waden, Knie und Oberschenkel entblößte. Er drückte den gebauschten Stoff gegen ihre Taille und sah sie an. Sie beobachtete seinen blonden Kopf, als er sich vorbeugte und sie – direkt über ihrer Erhebung – mit unendlicher Zärtlichkeit küsste.

Beinahe wäre sie zu Boden gesunken.

»Emmaline.«

Der Klang ihres Namens auf seinen Lippen, seine heisere und zutiefst sinnliche Stimme, fachten ihre Erregung nur noch an.

»Emmaline.« Er sah zu ihr auf und sein Blick war nicht weniger gequält als zu Beginn.

Fragte er sie etwas? Sie war vollkommen berauscht. Sie wollte nicht, dass er aufhörte. Oder redete. Oder irgendetwas anderes als das tat, womit er gerade beschäftigt war. Unfähig, zusammenhängende Worte hervorzubringen, umklammerte sie seinen Kopf und zupfte in einer schweigenden Bitte an seinem Haar.

Sein Blick fiel auf ihre Weiblichkeit. Er streichelte ihren Oberschenkel und seine Berührung war sanft. Beinahe andächtig. Er stieß die Luft aus und sein Atem neckte ihr erhitztes Fleisch. Geoffrey hatte sie dort einmal geküsst, aber nur einmal und sehr kurz. Sie hatte erahnt, dass es dort weit mehr zu entdecken gab. Nie hatte sie gedacht, solche Geheimnisse zu enthüllen, aber jetzt …

»Berühre mich«, flüsterte sie, obwohl ihre Stimme für ihre Ohren laut klang. »Bitte.«

Seine Hände schoben sich zwischen ihre Beine und der Kontakt war noch immer irrsinnig zart. Sie wollte mehr. Sie wollte, was er ihr anbot. Sie wollte verzehrt werden.

Mit den Fingerspitzen streifte er leicht über ihre Schamlippen und fachte damit ein Verlangen an, das sie nicht mehr kontrollieren konnte. Sie sank auf ihre Knie und sah ihn an. Sie umklammerte seinen Kopf und umschloss sein Gesicht mit den Händen. »Warum zögerst du?«

Er sah ihr in die Augen. »Das tue ich nicht ... Bist du sicher, dass du das willst? Wenn du die Bedingungen änderst, werde ich, glaube ich nicht wieder dahin zurückkehren können, wie die Dinge einmal waren.«

Wenn sie dies jetzt taten, würden sie nicht mehr so tun können, als wäre dies eine Vernunftehe. Zumindest nicht im körperlichen Sinne.

Doch er hatte ein stichhaltiges Argument vorgebracht. Warum sollten sie sich zu einem Leben im Zölibat verschreiben, wenn sie *dies* teilen könnten? Und dennoch konnte sie ihm nicht mehr als das bieten. »Ich kann dir keine Versprechungen machen«, antwortete sie. »Ich will dich. Dessen bin ich mir sicher. Bitte erwarte sonst nichts von mir.«

Er sah sie unverwandt an und in seinem Blick änderte sich etwas. Der Anflug von Verzweiflung war vollständig verschwunden und durch sinnliche Leidenschaft ersetzt worden. Er stieß sie zurück, während er ihre Beine auseinanderschob, sodass sie rücklings auf dem Fußboden lag.

Keine Sekunde brach er den Augenkontakt ab, als er sich über sie beugte und den Kopf senkte, um sie heftig und schnell zu küssen, wobei er mit der Zunge über ihre glitt und seine Zähne ihre Lippe streiften, als er sich zurückzog. Er legte die Hände vorne an ihr Nachthemd. »Verzeih mir.« Er riss den Stoff direkt an der Vorderseite mitten entzwei und teilte ihn vom Halsansatz bis zum Saum.

»Ich werde dir hundert andere kaufen.« Er senkte den Mund auf ihre Brust herab und labte sich an ihrem, vor Begierde schmerzenden Fleisch. Sie bäumte sich auf, warf den Kopf zurück und schloss die Augen, während sie sich dieser wahnsinnigen Empfindung hingab.

Er umschloss ihre andere Brust mit der Hand, drückte sie und dann fand er ihre Brustwarze.

Durch abwechselndes weiches Reiben und harsches Zupfen fachte er ein Feuer in ihrem Inneren an. Genau das hatte sie sich gewünscht. Es war nicht zart oder sanft. Es war intensiv und wild und bewegte sie ganz tief in ihrem Inneren.

Sie ließ die Hände über seinen Rücken gleiten und genoss die glatte Oberfläche seiner festen Muskeln. Er war größer als Geoffrey und unerträglich maskulin. Und er weckte in ihr ein Gefühl sagenhafter Weiblichkeit.

Er senkte den Mund tiefer und leckte über ihren Bauch, während er ihren Oberschenkel mit der Hand massierte. Er hob ihr Bein und stieß es seitwärts, womit er sie öffnete, während sie spürte, wie er sich zwischen ihre Knie senkte. Er führte ihr Bein zu seiner Schulter und dann lagen seine Finger an ihrer Spalte.

Wo er vorhin zaghaft gewesen war, war er nun flink und sicher in seiner Berührung. Er streichelte sie und fand diese süße Stelle, welche die Lichter hinter ihren Augenlidern zum Tanzen brachte. Er stieß ihr anderes Bein weit zur Seite und öffnete sie weiter, ehe seine Finger in sie tauchten. Sie schrie auf, als sie seinen Kopf und die Schultern umklammerte. Immer wieder schob er einen Finger in sie und wurde dabei schneller. Dann war sein Mund auf ihr und alle Hemmungen fielen von ihr ab.

Er hielt ihr Bein und seine Finger gruben sich in das Fleisch ihres Oberschenkels, als sich ihre Muskeln um ihn herum zusammenzogen. Die Ekstase pulsierte in ihrer Mitte, als die Empfindung sie überwältigte. Sie schnappte nach Luft und mit den Fingern klammerte sie sich an ihn, während seine Lippen ihr Fleisch verschlangen.

Das war kein Kuss, sondern eine Inbesitznahme. Er beanspruchte ihren Körper und willig ergab sie sich ihm. Ganz leicht hob er den Kopf, gerade lange genug, um seine Finger abermals in sie zu schieben. Er berührte diese süße

Stelle mit dem Daumen und sie barst entzwei. Aber er war noch nicht fertig mit ihr. Sein Mund bedeckte den ihren und noch einmal driftete sie über den Abgrund von Vernunft und Verstand in eine selige Dunkelheit, die sie gänzlich zu verschlingen drohte.

Und es war ihr egal.

Immer weiter fuhr er fort, bis sie eine schlaffe, erschöpfte Masse war. Als sie endlich die Augen öffnete, zog er sich gerade zurück. Er erhob sich auf die Knie und sah auf sie herab – seine Augen waren dunkel mysteriös.

Dann wandte er den Blick ab und sie hatte das Gefühl, als ob er sie verlassen würde.

Von wegen.

»Nun, das war ein netter Auftakt.« Sie setzte sich auf und ihr Nachthemd hing ihr in Fetzen von den Schultern. Sie schüttelte es von ihren Armen und streckte die Hand nach seinem Hosenbund aus. »Es ist Zeit, die Sache zu vollenden.«

CHAPTER 9

*D*as seidige Gefühl ihres Oberschenkels würde für immer in seine Hand eingebrannt sein. Es hatte ihn eine unerwartete Willenskraft gekostet, sich von ihr zurückzuziehen. Doch nun saß sie aufrecht und starrte ihn praktisch mit lodernden Augen an, ihr Körper war herrlich nackt – so wunderschön und strahlend im Kerzenlicht.

Sie war die Personifizierung des Tumults in seinem Inneren. Teilweise Schönheit, teilweise Aufruhr und vollkommen bezaubernd. Er konnte sie jetzt nicht verlassen.

Er blieb still stehen, als sie die Knöpfe an seinem Schritt öffnete. Der Stoff klaffte auseinander und weil er keine Unterwäsche trug, war er vollkommen entblößt. Sie legte die Finger um seinen Schaft. Mit geschlossenen Augen schwelgte er in ihrer Berührung. Die Bewegung war langsam und dennoch fest und ihre Hand glitt vom Ansatz bis zur Spitze über ihn.

Sie fing an, sich schneller zu bewegen, und das Blut drang pulsierend in seinen Schaft. Er drängte sich in ihre

Hand und seine Hüften bewegten sich mit eigener Willenskraft.

»Emmaline, wenn du es vollenden willst ...«

Sie hielt die Hand still und öffnete die Augen. Ihr Blick war von Begierde gezeichnet und abermals geriet sein Körper vor Lust in Aufruhr.

Er schwang sie in seine Arme und erhob sich, ehe er sie zum Sofa trug, wo er sie auf die Kissen bettete. Sie war so wunderschön von ihren zierlichen Zehen über die wohlgeformten Oberschenkel und die lieblichen Rundungen ihrer Brüste bis zum goldenen Blond ihres Haars. Doch es war in einem Zopf gefangen und sehnsüchtig wollte er es offen sehen.

Er kniete neben dem Sofa und zupfte an ihrem Haar. Sie hob die Hand und löste den Zopf.

Er zog die Strähnen auseinander und ließ die Finger durch die seidigen Locken gleiten. Als das Haar bis kurz über ihre Brüste hing, ergötzte er sich des Anblicks. Dann strich er es ihr aus dem Gesicht und küsste sie, wobei er mit der Zunge tief in ihren Mund drang.

Sie öffnete sich für ihn und ihre Arme legten sich um seinen Nacken, als sie seinen Kuss mit einer Wildheit erwiderte, die ihn erbeben ließ und seine Haut erhitzte. Stoß für Stoß kam sie ihm entgegen und er zitterte praktisch angesichts des Wunders, das sie für ihn war.

Nach einer langen Minute, des Hin- und Her mit ihr, ließ er von ihrem Mund ab und fand abermals zu ihren Brüsten zurück. Ihre Fülle schmiegte sich perfekt in seine gewölbten Hände und sie war so wundervoll empfänglich, wenn er dort freigiebig seine Aufmerksamkeit schenkte.

Er drückte eine Brustspitze zwischen seinen Fingerspitzen, während er an der anderen saugte. Sie stöhnte und er konnte kaum abwarten, die Feuchtigkeit zu fühlen, die ihre Mitte wohl bestimmt überflutet hatte.

Er glitt mit der Hand über die glatte Fläche ihres Bauches tiefer und fand den Schopf von Locken, der die süßeste Perfektion beschützte, die er je gekostet hatte. Er berührte sie und ja, sie war feucht. Als er sie dort streichelte, stöhnte sie und grub die Finger in seinen Rücken.

»Bitte.« Sie zog ihn an sich.

Er schob sich auf das Sofa zwischen ihre Beine, doch er war zufrieden – für den Augenblick – seine Liebkosungen fortzusetzten. Sein Schaft pochte vor Begierde und bald würde er in sie sinken. Doch eine Stimme in seinem Kopf drückte noch immer Überraschung über diese Wendung der Dinge aus. Ganz offensichtlich wollte sie ihn, aber würde sie es bedauern?

»Emmaline.«

Sie schlug die Augen auf und sah ihn an. Für einen Moment war ihr Ausdruck verschleiert, bis sie blinkte.

»Ich weiß, du willst das jetzt, aber wirst du es morgen bedauern?«

Sie antwortete nicht sofort. Er sah zu, wie ein Dutzend undefinierbarer Emotionen in ihren Augen aufblitzten. »Das werde ich nicht. Bitte … ich brauche dies.« Sie wand sich unter ihm und ihre Hüften stießen gegen seine Hand, während er sich zwischen ihren Oberschenkeln still verhielt.

Dies. Nicht ihn. Sondern dies. Doch nein, vorhin hatte sie gesagt, dass sie ihn wollte. Er musste sicher sein.

»Sag meinen Namen.«

Sie fuhr sich mit der Zunge über die Unterlippe und veranlasste seinen Schaft damit, zu zucken. »Axbridge.«

»Nein, meinen Namen. Meinen *Vornamen*. Sag ihn.«

Sie sah zu ihm auf und ihr Blick war dunkel vor Begierde. »Lionel.«

»Sag mir, dass du mich willst.«

»Ich will dich, Lionel.« Abermals streckte sie die Hand

nach seinem Schaft aus und ihre Finger umschlossen ihn
mit köstlicher Sanftheit und Erregung. »*Lionel.*«

Er schob sich nach vorn und legte eine Hand über ihre,
als er sich ihrer feuchten Spalte näherte. Sie zog ihn zu sich
heran und er glitt in sie hinein, während er die Augen
schloss, als eine Lust ihn überkam, die beinahe an Schmerz
grenzte.

Sie ließ die Hand sinken und schlang die Beine um
seine Hüften, wobei sie ihn noch tiefer in sich hineinzog.
In dieser Haltung hielt er für einen winzigen Moment
inne, und kostete das Gefühl ihrer festen Hitze aus, das ihn
umgab. Dann gruben sich ihre Fersen in seinen Rücken
und er gab seinem Urinstinkt nach.

Vor Begierde beinahe von Sinnen drang er in sie. Ihr
Keuchen und Schreien füllten seine Sinne zusammen mit
ihrem Duft und dem verlockenden Gefühl ihres Körpers,
der um seinen geschlungen war.

Sie zog seinen Kopf herab, nahm seinen Mund in Besitz
und fügte zu diesem Fest der Sinne noch den Geschmack
hinzu. Der Kuss war wild und leidenschaftlich, doch nur
kurz, da sie beide um Atem rangen. Er bewegte sich nun
mit schnellen Stößen seiner Hüften gegen die ihren. Er
blickte auf ihren Körper herab, als sie sich erhob, um
seinen Stößen zu begegnen. Er beugte sich vor und nahm
ihre Brustwarze in seinen Mund, denn er war unersättlich
hungrig nach jedem Teil von ihr.

Zur Antwort sog sie scharf die Luft ein, vergrub die
Hände in seinem Haar und hielt ihn an ihre Brust gepresst.
Ihre Muskeln um seinen Schaft spannten sich an und
signalisierten ihren Orgasmus. Sie schrie auf, umspannte
ihn fest und es war um ihn geschehen.

Er erlöste sich in einem Rausch aus blendender Lust
und sein Körper versteifte sich einen Moment, als sein
Samen hervorschoss. Er warf den Kopf in den Nacken und

stieß ein gutturales Stöhnen aus, unfähig die Verzückung zurückzuhalten, die seinen Körper befehligte. Dann nahm er seine Bewegungen wieder auf, drang in sie und schwelgte in ihrer Erwiderung.

Nach und nach wurden sie langsamer und ihre Atemgeräusche erfüllten das Zimmer. Er wollte sie nicht mit seinem Gewicht erdrücken, also zog er sich zurück und erhob sich vom Sofa.

Er ging, um seine Krawatte zu nehmen und als er zurückkehrte hatte sie sich aufgesetzt. Er übergab ihr das Kleidungsstück. »Das ist nicht das beste Hilfsmittel, aber ich dachte, dass du dich vielleicht säubern willst.«

»Danke.«

Er wandte ihr den Rücken zu, um ihr ein Mindestmaß an Privatsphäre zu bieten und knöpfte seinen Schritt zu, ehe er sich wieder zu ihr umwandte.

Sie hatte sich vom Sofa erhoben und strebte nach vorn – und ihre Blöße war unbeschreiblich schön. Er bückte sich nach ihrem Morgenrock und dann übergab er ihn ihr. »Ich entschuldige mich wegen deines Nachthemds.«

Sie sah ihn mit hochgezogener Augenbraue an. »Du willst mir hundert andere kaufen.« Sie bog die Lippen zu einem halben Lächeln und er erkannte, dass sie Spaß hatte.

Spaß?

Könnten die Dinge tatsächlich anders zwischen ihnen sein?

Sie nahm das Kleidungsstück, zog es über und schirmte sich vor ihm ab. Die Enttäuschung schoss ihm wie ein Pfeil in die Eingeweide.

Ihr Blick schweifte zu seiner linken Schulter. Sie trat näher, streckte die Hand aus und strich mit den Fingern über seine Haut. »Was ist das?«

Zur Hölle und dem Teufel nochmal. Er sah auf die Stelle

herab, wo sie ihn berührt hatte, aber natürlich wusste er bereits, worauf sie sich bezog.

»Es ist eine Narbe.«

Ihr Mund zuckte und sie warf ihm einen frustrierten Blick zu. »Das kann ich sehen. Woher stammt sie? Es sieht aus, als wurdest du angeschossen.«

Er wandte sich von ihr ab und machte sich auf die Suche nach seinem Hemd. »Ja.«

»Wann?« Sie folgte ihm. »Es sieht auch so aus, als wäre sie relativ neu.«

Er bückte sich nach seinem Hemd, und mit dem Rücken zu ihr zog er es über seinen Kopf.

Als er nicht antwortete, packte sie ihn am Oberarm und zog ihn zu sich herum, damit er sie ansah. »Hat Geoffrey das getan?«

Er bewahrte einen unbeweglichen Gesichtsausdruck. »Ja.«

»Warum hast du mir das nicht gesagt?«

Er wandte den Blick von der Eindringlichkeit ihrer Augen ab. »Ich habe keinen Grund darin gesehen.«

Sie trat auf ihn zu und zupfte an seinem offenen Hemd, damit sie die Narbe noch einmal betrachten konnte. »Das ist von Belang. Er hat auf dich geschossen. Das hätte ich gern gewusst.«

»Warum? Würde das etwas ändern? Ich habe ihn trotzdem umgebracht.«

Sie fuhr zusammen und ließ die Hand sinken. Aber sie wich nicht zurück.

Er tat es stattdessen für sie und trat zur Seite. »Er hat auf mich geschossen. Ich habe auf ihn geschossen. Er ist gestorben. Ich nicht.« Er betete, dass sie keine weiteren Fragen stellen würde. Er wollte ihr die Wahrheit nicht sagen …, dass ihr geliebter Geoffrey zu früh geschossen hatte. Er wollte ihr Gedenken an ihn nicht zerstören. Und er würde auch nicht versuchen, sich in einem besseren Licht darzustellen, indem er es ihr erzählte. Er konnte sich nichts verabscheuungswürdigeres vorstellen, vor allem, wenn es nicht von Belang war. Also hatte Townsend zuerst geschossen? Das entschuldigte den Umstand nicht, dass Lionel ihn umgebracht hatte.

Sie drehte sich von ihm weg und hob ihr zerfetztes Nachthemd auf. »Morgen werde ich mehr bestellen – aber keine hundert.«

»Emmaline.«

Sie schwenkte herum, doch sie entgegnete seinen Blick nicht. Die feurige Frau, die nach seiner Aufmerksamkeit verlangt hatte, war fort.

»Was wird morgen außerdem passieren?«, fragte er.

»Ich bin nicht sicher.« Sie hob den Blick zu ihm. »Aber Bedauern wird nicht beteiligt sein.«

Sie ging aus dem Zimmer und schloss die Tür hinter sich.

Er nahm das Whiskeyglas in die Hand, das sie auf dem Schreibtisch abgestellt hatte und trank den Inhalt in einem Zug aus. Noch immer war sein Körper von ihren Ausschweifungen warm und pochte vor Befriedigung. Er konnte kaum glauben, was gerade passiert war, und sie sagen zu hören, dass sie nichts bedauern würde … Hoffnung füllte seine Brust, doch rasch wurde sie von einer Welle eisiger Kälte ersetzt.

Es stand noch immer so viel zwischen ihnen. Der Genuss körperlichen Vergnügens bildete nur einen Teil einer echten Ehe. Aus erster Hand hatte er eine erlebt und den Austausch von Liebe und Zuneigung frei und ungehindert zwischen seinen Eltern mitangesehen.

Wünschte er sich das? Natürlich.

Wollte er dies mit Emmaline?

Sie war seine Frau. Wenn er es nicht mit ihr fände,

würde er es nie finden. Denn er hatte sich ihr für immer verpflichtet.

Sie war seine einzige Chance für das Leben, das er sich wünschte, obwohl er es vielleicht nicht verdiente.

~

*L*ark beendete das Aufstecken von Emmalines Haar und trat zurück. »Jetzt ist alles fertig.«

Emmaline betrachtete sich im Spiegel. Zum ersten Mal seit Monaten sah wie wirklich gut erholt aus. Eigentlich wirkte sie sogar … glücklich? Wenigstens befriedigt. Ja, *ganz bestimmt* befriedigt.

Die Ereignisse in Lionels Arbeitszimmer gestern Abend waren vollkommen ungeplant gewesen und dennoch genau das, was sie gebraucht hat. Die Frage war, ob sie es wieder tun würden.

Lark holte ein paar Handschuhe und übergab sie Emmaline. Ihr Blick war zaghaft, aber neugierig.

»Wollen Sie mich etwas fragen?«, erkundigte Emmaline sich.

»Heute Morgen habe ich Euer Nachthemd gefunden.«

Emmaline kämpfte, um nicht zu erröten. Sie hatte es mit nach oben genommen und auf einen Stuhl fallen gelassen, bevor sie erschöpft ins Bett gesunken war. »Oh, ich werde ein paar neue bestellen.«

Lark bog die Lippen zu einem kleinen Lächeln. »Darf ich zu hoffen wagen, dass sich die Umstände Eurer Ehe geändert haben?«

»Hoffen? Ich habe nicht bemerkt, dass Sie in die eine oder die andere Richtung eine Meinung hatten.« Lark war Emmaline eine Stütze gewesen – nach ihrer anfänglichen Überraschung, dass sie den Mann heiratete, der ihren Geoffrey umgebracht hatte. Sie verstand, warum Emma-

line einer Vernunftehe der erzwungenen Verbindung mit
Sir Duncan den Vorzug gab.

»Ich habe natürlich keine Zeit mit seiner Lordschaft
verbracht, aber alles, was ich von ihm gehört habe, spricht
für seinen guten Charakter«, erklärte Lark. »Sein Personal
ist ihm sehr ergeben.«

Ja, das hatte Emmaline ebenfalls bemerkt. »Man könnte
sagen, die Dinge sind ... vorangeschritten«, antwortete sie.
»Aber wir sind noch weit davon entfernt, glücklich verheiratet zu sein.« Sie war nicht sicher, ob das überhaupt je
möglich wäre.

»Das wird die Bediensteten sehr freuen, und vor allem
Mrs. Wells. Von Tag zu Tag hat sie der Umstand, dass Ihr
und seine Lordschaft nicht einmal gemeinsam essen,
immer mehr betrübt.«

Emmaline zog ihre Handschuhe an. »Ich hoffe, dass sie
nicht zu sehr über uns klatschen.«

Lark nahm Emmalines Haube und setzte sie ihr auf den
Kopf. »Ich würde es nicht Klatsch nennen. Sie sind seiner
Lordschaft – und Euch – wirklich zugetan, und möchten
Euch nur glücklich sehen.« Sie knüpfte die Bänder unter
Emmalines Kinn zu einer Schleife.

»Mrs. Wells ist sehr erpicht auf Kinder.« Und jetzt wäre
es möglich, dass sie sie haben würde. Gestern Abend hatte
Emmaline das nicht bedacht. Abgesehen davon, welche
wundervollen Gefühle er ihr bescherte und wie fabelhaft
es war, sich einfach *gehen* zu lassen, hatte sie nicht viel an
anderes gedacht.

»Ja.« Lark war mit der Haube fertig und trat zurück.
»Seid Ihr?«

Nein, sie versuchte noch immer, sich daran zu gewöhnen, was gestern Abend passiert war. Die Dinge *hatten* sich
gewandelt. Sie war sich nur nicht sicher, wie sehr. Wenn
da ein Kind wäre ... Nun, sie wollte Kinder, also gab es

bestimmt Schlimmeres, was passieren konnte. Sie wusste auch, dass er sich Kinder wünschte. Er hatte sich darüber erkundigt, als sie ihm ihr Arrangement vorgeschlagen hatte. Wahrscheinlich wäre er erfreut.

Bestand die Möglichkeit, dass er die Aktivitäten des gestrigen Abends inszeniert hatte, um dieses Ziel zu erreichen? Höhnisch lachte sie über sich selbst. Das war absurd. *Sie hatte ihn* überreden müssen, den Akt mit ihr zu vollziehen. Für sie beide hatte der Abend eine überraschende Wendung der Ereignisse bedeutet.

»Ich denke, es ist ein bisschen voreilig, über Kinder zu sprechen«, erklärte Emmaline, gewillt, dieser Unterhaltung ein Ende zu bereiten.

Lark nickte und Emmaline verließ das Zimmer. Unten angekommen, öffnete Tulk ihr die Tür, wie er es normalerweise tat. Hatte sie etwas anderes erwartet? Nur weil sie sich anders fühlte, bedeutete das nicht, dass alle anderen dies bemerken würden. Lark hatte den Vorteil, dass sie ihr zerrissenes Nachthemd gefunden hatte. Hätte sie ohne diesen Beweis den leichten Schwung in Emmalines Gang bemerkt?

Emmaline stieg in die wartende Kutsche. Es brauchte eine Weile, das Waisenhaus zu erreichen, und das gab ihr reichlich Zeit, jeden Augenblick des gestrigen Abends in ihrer Erinnerung aufleben zu lassen. Als sie ankam, war sie froh, die warme Enge der Kutsche zu verlassen.

Sie ging hinein und fand Ivy in der Eingangshalle vor, die dort auf sie wartete. Sie umarmten sich kurz.

»Ich bin so froh, dass du heute gekommen bist«, erklärte Ivy.

Emmaline lächelte zur Antwort. »Ich bin so froh, dass du mich eingeladen hast. Was werden wir tun?«

»Ich wollte dich mit der Vorsteherin bekannt machen und dann werden wir mit einigen der Kinder zusammenkommen. Mit manchen von ihnen werde ich das Lesen üben. Ich dachte, du könntest den kleineren ein paar Geschichten vorlesen.«

»Das würde mir sehr gefallen.«

Ivy führe sie in ein großes Zimmer mit Tischen und Sitzbereichen, wo kleine Kinder lasen oder malten oder sogar schrieben. Im Alter variierten sie vielleicht von zwei bis acht Jahren. Es waren so viele – vielleicht ein paar Dutzende – und zu glauben, dass sie keine Eltern hatten, niemanden, der sich um sie kümmerte … In einem plötzlichen Gefühlsausbruch brannte Emmaline die Kehle.

»Guten Morgen, ich bin Mrs. Templeton.« Die Vorsteherin begrüßte Emmaline mit einem breiten Lächeln. Wir freuen uns immer so sehr, wenn Lady Clare eine Freundin – oder zwei – zur Unterstützung mitbringt.«

Emmaline bereute, nicht schon früher gekommen zu sein. »Ich bin sehr erfreut, hier zu sein.«

»Kommen Sie, ich werde Sie den Kindern vorstellen.« Mrs. Templeton führte sie im Zimmer umher und Emmaline trat auf einen kleinen, runden Gegenstand.

Sie bückte sich und hob eine Murmel aus Ton auf.

Mit einem Seufzen drehte sich Mrs. Templeton zu einem der Tische um, wo ein Junge saß. »Cecil, eine deiner Murmeln ist schon wieder abhandengekommen.«

Cecil, ein Junge mit großen Augen von etwa sechs Jahren, kam heran. »Es tut mir leid, Mrs. Templeton.«

»Du musst sehr vorsichtig sein. Du willst doch nicht, dass dadurch jemand zu Fall kommt.«

Er nickte und seine Schultern sanken herab.

Emmaline ging zu ihm hinüber. »Hier ist deine Murmel.« Sie wollte ihm echte Murmeln bringen – aus echtem Marmor gemacht – und machte sich gedanklich eine Notiz, bei ihrem nächsten Besuch daran zu denken. Denn sie hatte ganz sicher vor, wiederzukommen. »Vielleicht können wir später spielen.« Sie sah zu Ivy und Mrs. Templeton hinüber, in der Hoffnung nichts Falsches gesagt zu haben. »Natürlich«, entgegnete Ivy. »In einer Weile haben sie Zeit zum Spielen.«

Emmaline lernte die restlichen Kinder kennen und dann machte sie es sich mit einer Handvoll Bücher in einem Sessel bequem, um den jüngsten Kindern vorzulesen, die sich in einem Halbkreis um sie versammelten. Während sie las, rückten die Kinder immer näher und sie beschloss, ihren Sessel zu verlassen und sich zu ihnen auf den Boden zu setzen. Bald schon hatten sich alle Kinder um sie geschart und das jüngste saß auf ihrem Schoß.

Ja, Kinder wären schön.

Ehe sie sich versah, wurden die Kinder zum Spielen entlassen. Emmaline fand Cecil und er schaffte es mehrere Male, sie im Murmelspiel zu schlagen.

»Du hast heute Spaß gehabt«, bemerkte Ivy, die sich zu Emmaline gesellte, als die Kinder zum Essen im Speisesaal das Zimmer verließen.

Emmaline erhob sich vom Fußboden und strich über den Rock ihres Kleides. »Ja, mehr als ich erwartet hatte. Ich kann es kaum erwarten, wiederzukommen.«

Ivy strahlte. »Ich bin so froh, dass es dir gefallen hat. Cecil hat dich wirklich ins Herz geschlossen. Manchmal kann er schwierig sein.«

»Nächstes Mal werde ich ihm einige echte Murmeln mitbringen.«

Ivy schmunzelte. »Damit wirst du ihn wahrscheinlich ein Leben lang auf deiner Seite haben.«

Emmaline verspürte eine Welle der Traurigkeit. »Der Gedanke, dass etwas so Einfaches so viel bedeutet … erfüllt mich mit Demut.«

»In der Tat. Deine Anteilnahme ist sehr lieb.« Ivy legte den Kopf schief und musterte sie einen Moment. »Du wirkst anders heute – heiterer. Ist etwas passiert oder bringen dich einfach nur die Kinder zum Strahlen?«

Strahlen? Instinktiv hob Emmaline die Hand an ihr Gesicht. Sie überlegte, zu behaupten, dass es bloß die Kinder *wären,* aber sie wollte es außer ihrer Kammerzofe noch jemandem anderen erzählen. »Gestern Abend hatten Lionel und ich, ähm, Geschlechtsverkehr.« Ivy starrte sie an. »Das ist unerwartet. Bist du glücklich darüber?«

Ihr kamen die Worte in den Sinn, die sie gestern Abend bei Lionel benutzt hatte. »Ganz bestimmt bedauere ich es nicht.«

Ivy grinste. »Nun, das ist schön zu hören.«

»Ich bin sehr in der Zwickmühle. Es würde mir nichts ausmachen, es noch einmal zu tun – und ich bin sicher, dass er das Gleiche empfindet … wenigstens in dieser Hinsicht. Aber alles andere darüber hinaus … Ich glaube nicht, dass ich das schon in Erwägung ziehen kann.« Sie war einfach nicht sicher, ob sie sich mehr wünschte. Und vielleicht würde sie das auch nie tun.

»Dann solltest du die Dinge vielleicht sehr langsam angehen lassen. Du hast ein ganzes Leben vor dir, das herauszufinden.« Emmaline stieß ein leises, ironisches Lachen aus. »Ja, das habe ich.«

»Es tut gut, dich lachen zu hören. Und dich lächeln zu sehen. Du wirkst entspannter und das muss ein gutes Gefühl sein, oder?« Ivy hakte sich bei Emmaline unter und führte sie zu dem Tisch, wo sie zuvor ihre Kopfbedeckungen und Handschuhe abgelegt hatten.

»Das nehme ich an.« Emmaline hörte den Zweifel in ihrer Stimme.

»Wenn du einen Ratschlag von jemandem annehmen möchtest, der eine beachtliche Zeit mit Reue und Selbsthass gelebt hat, würde ich sagen, dass du versuchen solltest, die Vergangenheit loszulassen. Wenn dies das Einzige ist, was dir eine glückliche Zukunft mit Axbridge erschwert, ist es vielleicht am besten, dies hinter dir zu lassen und nach vorn zu schauen.«

Emmaline ließ die Worte ihrer Freundin nachhallen. »Danke. Ich werde darüber nachdenken.«

Als sie später nach Hause zurückfuhr, dachte sie über Ivys Ratschlag nach. Als diese das Wort Selbsthass ausgesprochen hatte, war ein Geistesblitz in Emmalines Verstand aufgeflackert. Sie war so wütend gewesen – auf Lionel, auf Geoffrey und ja, sogar auf sich selbst. Wenn sie sich nicht Hals über Kopf in ihre Ehe mit Geoffrey gestürzt hätte, würde sie sich jetzt gar nicht erst in diesem Dilemma befinden. Ganz zu schweigen von ihrer eigenen Schuld, die sie sich an Geoffreys Tod gab. Sie schob diese Gedanken beiseite und klammerte sich an den Frohsinn, den Ivy bemerkt hatte.

Wer konnte schon wissen, wie lange er anhalten würde.

CHAPTER 10

»Guten Tag, Tulk«, begrüßte Lionel seinen Butler, als er nach einer Besprechung nach Hause kam. »Ist meine Frau zu Hause?«

»Nein, Mylord. Sie ist mit Lady Clare im Waisenhaus.«

Lionel hatte nicht mitbekommen, dass sie diesen Ausflug geplant hatten, aber warum sollte er auch davon erfahren haben? Nur weil sie Sex miteinander hatten, bedeutete das nicht, dass sie Informationen über ihren Tagesablauf austauschten.

Tulk schloss die Tür und sah Lionel an. »Darf ich Euch vielleicht einmal sprechen?«

»Natürlich. Kommen Sie in mein Büro.« Er ging durch den Salon voran und stellte sich hinter seinen Schreibtisch.

»Hier ist Eure Post.« Tulk neigte den Kopf in Richtung des Schreibtischs. »Ich möchte Euch nicht zu nahe treten, aber da Ihr mich über die wahre Natur Eurer Ehe aufgeklärt habt, dachte ich, dass ich Euch fragen könnte, ob sich die Dinge geändert haben?«

Lionel hatte auf die Schreiben herabgesehen, die auf

seinem Schreibtisch aufgestapelt waren und riss nun den Kopf hoch. »Was meinen Sie?«

»Ich, ähm, kam nicht umhin, zu bemerken, dass Ihr mit Lady Axbridge gestern Abend hier zusammen gewesen seid. Es war nicht meine Absicht zu spionieren ...«

Lionel schnaubte: »Und dennoch haben Sie genau das getan.«

Tulk zog eine Augenbraue hoch und setzte einen angemessen betretenen Blick auf. »Es ist einfach so passiert. Bin ich zu früh, Euch meine Glückwünsche auszusprechen?«

»Ja, aber danke für diesen Segenswunsch.«

Tulk nickte und dann verließ er das Zimmer.

Lionel starrte für einen Moment hinter ihm her, ehe er den Kopf schüttelte. Tulk war nicht der Einzige, der die Veränderung bemerkt hatte – auch Hennings hatte heute Morgen etwas gesagt. Sein Beweis war Lionels lächerlich fröhliche Stimmung gewesen. Wie Hennings es ausgedrückt hatte: »Es ist nicht so schwierig, zu erkennen, wann Ihr mit einer Frau zusammen gewesen seid, vor allem wenn das letzte Mal so lang zurückliegt.«

Lionel hatte Hennings gedankt, dass er ihn an diesen Umstand erinnerte, und ihn dann gefragt, wie er gewusst hatte, dass es Emmaline war. Vielleicht wäre es eine andere gewesen.

Hennings hatte ihm geradewegs ins Gesicht gesehen und erklärt, ihn besser als jeder andere zu kennen und die einzige Frau, mit der Lionel schlafen würde, wäre seine Frau.

Damit hatte er natürlich absolut recht.

Und Lionel konnte kaum abwarten, dies zu wiederholen. Doch würden sie das tun? Sie würde nichts versprechen, hatte sie ihm ebenso erklärt, wie sie gelobt hatte, ihre

Taten nicht zu bedauern. Er hoffte, dass sie heute immer noch so empfand.

Er nahm Platz und ging seine Post durch, die auch eine Rechnung von Townsends Schneider – Mullens – enthielt. Lionel sah sie mit Interesse durch. Townsend hatte sich gern gut gekleidet, so schien es. *Teuer* gekleidet. Mullens Arbeitspreise schienen der Marktlage zu entsprechen, doch die Stoffe waren von erstklassiger Qualität.

Was war mit Townsends Garderobe passiert? Lionel war nicht sicher, ob er den Nerv hatte, Emmaline zu fragen. War das wirklich wichtig? Warum sollte er solch ein Thema aufbringen, wenn es das Potential hatte, sie daran zu erinnern, warum und wie sehr sie Lionel hasste?

Zum Teufel. War er verdammt, alles was mit ihr zu tun hatte, ein zweites Mal zu bedenken, aus Furcht, dass sie beide auf direktem Wege zu ihren Anfängen zurückkehrten?

Das ist weit mehr als du verdient hast, vernahm er die hochmütige Stimme seines Selbsthasses in den Tiefen seines Verstandes.

Abermals wandte er seine Aufmerksamkeit der Rechnung zu und war neugierig auf die Fähigkeiten des Schneiders, und ob dieser wirklich solch teures Material besaß und benutzte. Er würde Mullens einen Besuch abstatten und vielleicht sogar einen neuen Anzug in Auftrag geben.

Abermals erschien Tulk an der Tür. »Mr. Forth-Hodges ist hier, um Euch zu sprechen.«

Auf der Stelle sträubte sich Lionel. Er konnte sich keinen Grund erdenken, warum er mit dem Mann sprechen sollte. »Bitten Sie ihn herein.«

Eine Minute später trat Mr. Forth-Hodges mit einem breiten Grinsen ein. Der Mann war korpulent mit schütterem Haar. Emmaline hatte ihre Schönheit einzig von ihrer Mutter geerbt.

»Guten Tag, Axbridge. Wie stehen die Dinge mit meiner Tochter? Sie hat sich seit eurer Heirat ziemlich rar gemacht. Meine Frau hat sie nur einmal getroffen und ich habe sie seither überhaupt nicht gesehen.«

Lionel war sehr erfreut, das zu hören. Ebenso, wie er sich fragte, was Emmaline ihrer Mutter zu sagen haben könnte. Wieder vermisste er die Intimität, die damit einhergehen würde, seine Frau zu *kennen,* mit ihr zu sprechen und sich ihr anzuvertrauen.

»Ich kann nicht behaupten, dass mich das überrascht«, entgegnete Lionel gedehnt.

»Oh, nun. Ja, dann ist das wohl so.« Mr. Forth-Hodges wirkte leicht unbehaglich. »Darf ich mich setzen?«

Lionel zeigte auf einen Stuhl auf der anderen Seite des Schreibtischs, der dicht an der Ecke stand.

Emmalines Vater nahm Platz und zog seine Weste zurecht. Lionel saß ihm gegenüber. Er hatte die Hände mit aneinanderstoßenden Fingerkuppen unterhalb seines Kinns verschränkt, als er darauf wartete, dass der Mann weiterredete.

»Wir sind über eure Heirat natürlich sehr erfreut. Eigentlich würde ich behaupten, Sie haben ihr einen großen Gefallen getan, indem Sie Townsend aus dem Weg geschafft haben.«

»Ich dachte, Sie machten vielleicht einen Scherz, als Sie an unserem Hochzeitstag einen ähnlichen Kommentar abgegeben haben.«

Lionel focht eine Welle der Übelkeit zurück. »Sie sind doch nicht *wirklich* froh darüber, dass ich ihn umgebracht habe?«

Mr. Forth-Hodges blinzelte. »Froh? Nein, nein. Erleichtert ist vielleicht eine bessere Art, die Dinge auszudrücken.«

Lionel starrte ihn an. Ehe er seinen Abscheu in Worte

fassen konnte, fuhr Mr. Forth-Hodges fort. »Wir sind auch für Ihre finanzielle Unterstützung sehr dankbar. Wir, ähm, hatten einige Schwierigkeiten, Townsends Gläubiger abzuweisen.«

»Das ist mir bekannt.« Die Gläubiger waren hocherfreut gewesen, eine Zahlung von Lionel zu erhalten.

»In der Tat haben die Dinge, die wir geregelt haben, uns in eine gewisse Notlage gebracht.« Mr. Forth-Hodges Nacken lief rot an und er wandte den Blick ab. »Mrs. Forth-Hodges und ich hatten gehofft, dass Sie vielleicht bereit wären, uns für diese Auslagen zu entschädigen.« Endlich lenkte er den erwartungsvollen Blick auf Lionel. Winzige Schweißtropfen überzogen die Stirn des Mannes.

Lionel wollte sicherstellen, ihn richtig verstanden zu haben. »Sie bitten mich, Sie für sämtliche, von Townsend verschuldeten Außenstände zu entschädigen, die Sie beglichen haben? Und wieviel wäre das?«

»Mehrere hundert Pfund – ich kann eine Aufstellung schicken.« Mr. Forth-Hodges fuhr sich mit einem Taschentuch über die Stirn.

»Das würde ich verlangen. Was nicht bedeutet, dass ich zustimme.« Lionel genoss es, den Mann schwitzen zu sehen. Buchstäblich. »Sind sie also mittellos?«

»Oh nein, nein. Aber ich habe ... andere Dinge, für die ich das Geld hatte ausgeben wollen.« Natürlich hatte er das.

»Und Sie glauben, ich hätte das nicht?« Lionel machte sich nicht die Mühe, eine Antwort abzuwarten – er wollte eigentlich gar keine. »War Sir Duncan bereit, dies zu tun?«

Mr. Forth-Hodges stand der Mund offen. »Ähm, nein.«

»Und hätten Sie ihn darum gebeten?«

Wieder wischte er sich mit seinem Taschentuch über die Stirn. »Vielleicht?« Das Wort kam wie ein Piepsen heraus.

»Oh, dann ist es wirklich ein Glücksfall, dass Emmaline mich geheiratet hat.« Er sah den Mann mit einem trügerisch ruhigen Lächeln an. Innerlich kochte er vor Wut. »Sie müssen wissen, Mr. Forth-Hodges, dass ich ein Ehrenmann bin. Ich würdige Ihre Tochter auch mehr, als Sie vermutlich je getan haben. Aus diesen Gründen – und nur aus diesen Gründen – werde ich Sie entschädigen. Nachdem ich eine Aufstellung erhalten habe.«

Er erhob sich, umrundete den Schreibtisch und blieb in bedrohlicher Haltung vor dem Stuhl des Mannes stehen, der mit wachsender Furcht zu Lionel aufsah. »Glauben Sie auch nicht für eine Sekunde, dass mir etwas daran liegt, was mit Ihnen oder Mrs. Forth-Hodges geschieht. Soweit ich das sehen kann, sind Sie ihren elterlichen Verpflichtungen nur sehr nachlässig nachgekommen.«

»Wie bitte«, stotterte Mr. Forth-Hodges, als er den Kopf in den Nacken legte, um zu Lionel aufzusehen. »Wir lieben Emmaline. Wir haben hart daran gearbeitet, sie gut versorgt zu wissen. Das Mädchen hat einen kolossalen Fehler begangen und wir haben unser Bestes gegeben, ihn wieder in Ordnung zu bringen.«

»Ihr Bestes lässt zu wünschen übrig. Vater zu sein geht weit darüber hinaus, eine Heirat zu arrangieren, die *Ihnen* zugutekommt. Sie können das vielleicht für Liebe halten, aber das ist es nicht.« Lionel konnte nicht verhindern, an seine Mutter und seinen Vater zu denken, an die Träume, die sie hatten, ihn glücklich und geliebt aufwachsen zu sehen – durch sie und eines Tages durch seine eigene Frau. »Schicken Sie mir die Aufstellung zu.«

Mr. Forth-Hodges schob sich zur Stuhlkante vor, stand auf und wich dann schnell einen Schritt zurück. Und noch zwei weitere Schritte. »Das werde ich. Vielen Dank.«

»Sie können mir danken, indem Sie Ihrer Tochter ein wenig Zuneigung entgegenbringen. Vielleicht können Sie ihr sagen, dass Sie sie lieben und sich freuen, sie als Tochter zu haben. Ja, tun Sie das. Darüber hinaus wird Emmaline von dieser Sache hier nichts erfahren.« Sie musste nicht erfahren, dass ihr Vater kein Schamgefühl besaß. »Haben Sie mich verstanden?«

Mr. Forth-Hodges nickte. Lionel konnte erkennen, dass er ein bisschen Angst hatte, und das bedeutete, dass seine einschüchternden Taktiken funktionierten. Oder war es mehr als das? Letztendlich war er *der gefährliche Herzog* und die meisten Gentlemen waren darauf bedacht, ihn mit Hochachtung zu behandeln.

Kummer nagte innerlich an Lionel. Nie hatte er jemand sein wollen, der anderen Angst einflößte.

»Warum sind Sie immer noch hier?«, fragte Lionel.

Mr. Forth-Hodges wippte mit dem Kopf. »Ich werde die Aufstellung schicken.« Eilig lief er zur Tür, doch ehe er das Zimmer verließ, pausierte er. Er sah über eine Schulter zurück. »Ich liebe meine Tochter. Und ich kann erkennen, dass sie dieses Mal eine gute Wahl getroffen hat. Diese Einschätzung hat nichts mit Ihrem Titel oder Wohlstand zu tun. Sie hat einen Mann wie Sie verdient.« Für einen Moment starrte er Lionel an, ehe er den Blick niederschlug. Dann ging er.

Lionel wollte Mr. Forth-Hodges Meinung zu seiner Person keine Beachtung schenken, aber er konnte nicht verhindern, seine Worte wertzuschätzen. Ein Mann wie er.

Akkurater wäre es allerdings zu sagen: ein Mann, wie er *gern wäre*. Lionel ließ den Blick zu dem Portrait seines Vaters schweifen. *Ich gebe mir Mühe.*

Und jetzt hatte er einen greifbaren Grund – Emmaline. Zumindest hatte sie jemanden verdient, der sie liebte. Er begann zu glauben, dass er doch dieser Mann sein konnte.

*A*ls Emmaline an diesem Abend das Speisezimmer betrat, wartete Lionel auf sie. Er stand neben dem Tisch und trug einen feschen braunen Frack über einer Weste in einem dunklen Goldton. Seine breiten Schultern füllten die Kleidungsstücke auf attraktive Weise aus und seine Hose schmiegte sich perfekt um seine Beine. Sie stellte fest, dass sie ihn nun, da sie ihn nackt gesehen hatte, mit anderen Augen ansah. Oder fast nackt. Sie rief sich in Erinnerung, dass er seine Hose gestern Abend nicht wirklich ausgezogen hatte.

»Guten Abend, Mylady.« Sein verführerischer Ton schwappte über sie hinweg und verursachte an ihren Armen und im Nacken eine Gänsehaut. »Du bist eine Augenweide.« Er betrachtete sie sehr gründlich und sein Verlangen verlieh seinem Blick Wärme.

Vielleicht war das gemeinsame Abendessen keine so gute Idee. Sie wollte die Dinge langsam angehen, doch die Aktivitäten von gestern Abend hatten nichts dazu beigetragen, ihre Anziehung zu ihm zu befriedigen. Wenn überhaupt, wollte sie ihn jetzt nur noch mehr.

»Guten Abend.« Sie trat zu ihrem Stuhl, der er für sie bereithielt.

»Ich war sehr erfreut über deine Nachricht in Bezug auf das Abendessen. Darf ich zu hoffen wagen, dass sich dies zu einem regelmäßig wiederkehrenden Ereignis entwickeln wird?« Er nahm auf seinem Stuhl Platz und nickte dem Dienstboten zu, mit dem Auftragen des ersten Ganges zu beginnen.

»Können wir das nach dem Essen besprechen?« Sie warf einen Blick auf den Dienstboten.

In Lionels Augen trat ein Schimmer der Kenntnisnahme. »Natürlich.« Er wartete, bis der Dienstbote ihre

Gläser mit Wein gefüllt hatte und hob dann seines zu einem Toast. »Auf einen angenehmen Abend.«

Was meinte er damit? Hoffte er auf eine Wiederholung der Ereignisse des gestrigen Abends?

Im Stillen schalt sie sich dafür, etwas in diesen, letztendlich harmlosen Kommentar hineinzulesen. Sie hob ihr Glas und trank.

»Ich habe erfahren, dass du heute das Waisenhaus mit Ivy besucht hast?« Er schnitt in seine Ente und nahm einen Bissen.

Emmaline nahm ihr Besteck auf. »Ja, es war sehr aufschlussreich. Die Kinder sind entzückend.« Sie dachte an Cecil und all die anderen. »Sie sind so klein und hilflos. Ich habe vor, wieder hinzugehen. Ich werde einige Bücher und Spielzeuge mitnehmen.«

»Wie wundervoll. Vielleicht könnte ich dich begleiten?«

Das würde er wollen? »Wenn du möchtest.«

»Das würde ich. Der Gedanke, dass sie keine richtige Familie haben, bricht mir das Herz.« Er runzelte die Stirn und sie wusste, dass er mit dieser Empfindung mehr ausdrückte als nur einen freundlichen Kommentar.

Sie schluckte einen Bissen Ente herunter. »Die Familie ist dir sehr wichtig, habe ich recht?«

»Das ist sie. Ich würde alles geben, um meinen Vater – und meine Mutter – zurückzubekommen.«

»Ich würde meine gegen deine eintauschen.« Sie sprach diese Worte aus, ohne sie wirklich durchdacht zu haben. »Das klingt vielleicht sehr kalt. Ich wünsche mir nicht, dass meine Eltern tot wären. Ich meinte lediglich, dass ich mir ebenfalls wünsche, dass du deine Eltern noch hättest.« Sie machte den Mund zu, ehe sie sich noch weiter wie eine herzlose Tochter anhörte.

Seine Lippen wurden von einem kleinen Lächeln

umspielt. »Es war nicht kalt und du musst dich überhaupt nicht schlecht fühlen. Ich bin für diese Empfindung dankbarer, als ich in Worte fassen kann.«

Da sie schon über Familie redeten, wollte sie ihn auch gern nach Kindern fragen. Allerdings war ihr nicht wohl dabei, dies vor dem Dienstboten zu tun. Stattdessen wechselte sie das Thema. Während sie ihren Gang beendeten, sprachen sie über das warme Frühlingswetter, ihr Pferd und das Reiten im Allgemeinen und ob sie gern ins Theater gingen, was ihnen, wie sie feststellten, beiden gefiel und Lionel versprach, eine Vorstellung mit ihr zu besuchen.

Nachdem der Diener die Teller abgeräumt und den zweiten Gang aufgetragen hatte, entließ Lionel ihn aus dem Esszimmer. Er sah zu ihr hinüber. »Jetzt können wir frei sprechen. Obwohl ich dir jedoch sagen muss, dass mein Personal sowohl diskret als auch vertrauenswürdig ist.«

»Das bezweifele ich nicht. Allerdings weiß ich, dass sie über uns spekuliert haben. Mrs. Wells ist offensichtlich ziemlich besorgt, weil wir unsere Mahlzeiten nicht gemeinsam einnehmen.«

»Ja, das ist mir auch zu Ohren gekommen«, entgegnete er. Aber jetzt *speisen* wir zusammen – wenigstens heute Abend – also sollte dies Mrs. Wells ziemlich glücklich machen.«

Emmaline nahm einen Bissen von den Salzkartoffeln und spülte sie mit einem Schluck Wein herunter. »Ich dachte, wir sollten uns darüber unterhalten, was gestern Abend passiert ist.«

Ein Funkeln tanzte in seinem Blick. »Ich habe es außerordentlich genossen. Ich hoffe, du hast das ebenfalls getan.«

»Ja.« *Außerordentlich.* So gut hatte sie seit einer langen

Zeit, die bis vor Geoffreys Tod zurückreichte, nicht mehr geschlafen. »Vor allem wollte ich über die Möglichkeit von … Kindern sprechen. Ich konnte nicht verhindern, heute im Waisenhaus daran zu denken. Und ob ich vielleicht mit einem Kind schwanger bin.«

Er legte sein Besteck nieder. »Das würde mich unermesslich glücklich machen«, bemerkte er leise.

Bei seinen Worten wurde ihr innerlich ganz warm. Sie war ziemlich sicher gewesen, dass er das sagen würde, doch es freute sie dennoch, es zu hören. »Es besteht jede Möglichkeit, dass ich es nicht bin. Ich war mit Geoffrey beinahe ein Jahr verheiratet und habe nicht empfangen.«

»Ich bin sicher, dass es einen guten Grund dafür gab.«

Für die letzten Monate ja – er hatte aufgehört, ihr Bett zu teilen. Er war dazu übergangen, auf dem Sofa in seinem Arbeitszimmer zu schlafen. In den ersten sechs Monaten hatten sie allerdings eine sexuelle Beziehung unterhalten. Sie hatte angefangen, sich Sorgen zu machen, dass sie nicht empfangen *konnte* und diese Befürchtung Ivy anvertraut, die ihr versichert hatte, dass es manchmal Zeit brauchte.

»Wir haben das Bett geteilt.«

»Ja, ich erinnere mich, dass du gesagt hast, dies genossen zu haben.« Sein Tonfall war trocken.

Sie *hatte* das gesagt, doch nun, da sie Lionels Aufmerksamkeiten genossen hatte … Nun, sie waren nicht zu vergleichen.

»Dieses ganze Gerede von Kindern und Sex … Du weckst meine Hoffnungen.« Er bedachte sie mit einem durch und durch provokativen Blick. »Es gibt so viele Dinge, die ich gern tun würde.«

Die Hitze flammte in ihr auf. »Ich verstehe. Wie ich gesagt habe, bevorzuge ich es, die Dinge langsam angehen zu lassen.«

»Ich verstehe. Ich bin sehr geduldig.« Er drehte sich zu ihr und ließ die Augen über den Teil ihrer Figur wandern, die seinem Blick nicht – von der Taille abwärts – durch den Tisch vorenthalten war. »Wie auch immer, wenn du geneigt wärst ... rascher voranzuschreiten, würde ich unsere augenblickliche Intimsphäre zu unserem Vorteil nutzen.« Sein Tonfall hatte sich zu einem verführerischen, heiseren Raunen gesenkt.

»Und was würdest du tun?« Sie sollte nicht fragen. Sie war sich ihres Entschlusses unsicher. Warum hielt sie sich zurück?

Er nippte an seinem Wein, doch er antwortete nicht sofort. Er schien seine Antwort erst zu formulieren. »Ich habe es sehr genossen, dich zu küssen, also würde ich wohl damit beginnen.« Für einen Augenblick zog er die Augen zusammen. »Ehrlich gesagt, würde ich das vielleicht nicht. Ich denke, ich würde dich einfach gern berühren und ... beobachten.«

Ihr stockte der Atem. »Was bedeutet das?« Sie wollte, dass er es in allen Einzelheiten beschrieb.

»Es bedeutet, dass ich meinen Stuhl ein bisschen herumrücken würde. In etwa so.« Er schob seinen Stuhl näher zu ihr heran. Plötzlich runzelte er die Stirn. »Das wird schwierig. Du bist überhaupt nicht in der richtigen Position. Oder ich bin es nicht.« Er erhob sich und stellte den Stuhl zu ihrer rechten ab. Er setze sich so, dass die Rückenlehne seines Stuhls links von ihm war und sah sie an.

Langsam wandte sie sich zu ihm um.

»Nein, bleib, wo du bist. Ich werde dies gedanklich lösen.« Er berührte sie am Knie. Zart. Durch die Schichten ihres Kleides und Unterrocks konnte sie ihn kaum spüren, aber es reichte, um ihre Körpertemperatur in die Höhe schießen zu lassen. Seit dem Tag, als er ihr Haus betreten hatte, um ihr seine Hilfe anzubieten, hatte er etwas in ihr aufgerührt – Wut, Verzweiflung, Begierde.

Sie schob die Erinnerung an jenen Tag beiseite. Sie wollte nicht über ihre Anfänge nachdenken. Und sie wollte auch nicht über irgendetwas nachdenken, das mit Geoffrey zu tun hatte. Nicht jetzt.

»Lass mich mal sehen, ich denke, ich würde deinen Rock anheben.« Er streckte die Hand an ihrem Bein aus, und zog an der Seide, bis er den Saum fand. Mit akribischer Präzision entblößte er ihr Bein Zentimeter für Zentimeter.

Ihr Herz hämmerte erbarmungslos, als ihr Atem sich beschleunigte. Seine Hand fuhr an ihrem Oberschenkel entlang. »Als Nächstes würde ich mich durch diesen lästigen Unterrock vorantasten, bis ich diese federweichen Locken erreicht hätte.«

Er tat nicht, was er sagte, sondern streichelte weiterhin ihre Haut.

»Und?« Sie konnte kaum genügend Feuchtigkeit in ihrem Mund sammeln, um dieses Wort zu bilden.

»Ich würde dich berühren, und meine Finger über deinen süßen Schoß gleiten lassen.« Er streifte sie leicht mit den Fingern und sie keuchte sanft.

»Aber du musst mich anschauen. Ich möchte sehen, wie deine Augen dunkel werden, bis sie fast die Farbe von Kobalt haben, wenn ich meine Finger in dich einführe.«

Auf der Suche nach dem, was er dort beschrieb, beugte sie sich ein wenig vor. Doch er bot ihr das Gewünschte nicht. Seine Berührung war zum Verrücktwerden zart und … ungenügend. Die Frustration stieg in ihrem Innern auf – zusammen mit einer leidenschaftlichen Begierde.

»Lionel.«

Seine Augen waren heiß vor Leidenschaft. »Wie ich es liebe, meinen Namen von deinen Lippen zu hören.«

»Lionel«, wiederholte sie. »Soll das eine Veranschaulichung sein?«

Er zwinkerte sie mit großen Augen an. »Oh, du wünschst dir, dass ich tue, was ich sage? Ich dachte, du wolltest verzichten.«

»Ich habe gesagt, wir sollten langsam vorgehen. Verzichten habe ich nie gesagt.«

»Verzeihung. Ich dachte, das wäre darin inbegriffen. Das ist mein Fehler.« Er hielt die Hand still. »Bittest du mich etwa, dich zu befriedigen?«

Nie hatte sie sich vorgestellt, dass dieses Wort so erregend sein könnte. Ja, er berührte sie, aber es geschah ohne Dringlichkeit oder Hitze. Auch das kleinste bisschen ihrer Erregung war auf die Dinge zurückzuführen, die er sagte. Und die Art, wie er sie sagte. Er schaute sie an, als sei sie jemand, den es zu verehren galt.

Mit meinem Körper verehre ich Euch.

Diese Worte hatte er an ihrem Hochzeitstag gesagt. Offensichtlich hatte er sie so gemeint. Plötzlich fühlte sie sich ziemlich demütig. Und unsicher. Wieder gab er ihr so viel, während sie …

Abrupt erhob sie sich und brachte damit das Tischtuch und ihr Gedeck in Unordnung. »Ich werde zu Bett gehen.«

Er erhob sich langsam und ihr Blick senkte sich auf die festen Umrisse seines harten Schafts. Sie zog kurz in Erwägung, seinen Schritt aufzuknöpfen und ohne ein Wort ihre eigene Verführung durchzuführen, aber letztlich brachte sie es nicht fertig.

Sie *wollte* die Dinge langsam angehen – Impulsivität war nie ihr Freund gewesen.

»Gute Nacht.« Sie wandte sich von ihm ab und rasch verließ sie das Speisezimmer, ehe sie noch ihre Meinung ändern konnte.

CHAPTER 11

Zwei Tage später ging Lionel die Savile Row entlang, bis er auf den kleinen Laden stieß, der Mullens, dem Schneider, gehörte. Es war ein bescheidener Ort, doch die Auslagen im Fenster machten diese Schlichtheit mehr als wett. Lionel trat ein und studierte die Kleidungsstücke im Fenster genauer. Mullens war tatsächlich recht talentiert.

»Guten Tag, kann ich Euch behilflich sein?«

Beim Klang der Stimme, die vermutlich dem Schneider gehörte, wandte Lionel sich um. »Guten Tag.«

Mullens riss kurz die Augen auf. »Mylord. Es ist eine Ehre, Euch in meinem Laden zu haben.«

»Nachdem ich neulich Ihre Rechnung erhalten habe, musste ich einfach herkommen und mich mit eigenen Augen von Ihrer Arbeit überzeugen.« Lionel betrachtete die Aufmachung des Mannes, der einen dunkelblauen Frack mit einer lebhaft goldenen Weste samt einer tadellos geknüpften Krawatte und einer Stiefelhose in Umbrabraun trug, die so gut geschnitten war, dass Lionel sich fragte, wie der Mann sie angezogen hatte.

»Gibt es etwas, worin ich Euch behilflich sein kann?«

Lionel schlenderte zu einem ausgestellten Stoff hinüber. Er zog seinen rechten Handschuh aus und strich über die dunkelgraue Wolle. »Sie haben ein gutes Auge für Stoffe. Ihr Aufzug ist ziemlich bemerkenswert.«

Mullens sah an sich herab und errötete leicht. »Ich danke Ihnen.«

»Ich kann mir nur vorstellen, wie exzellent Townsends Garderobe gewesen sein muss. Haben Sie eine Vorstellung, was mit ihr passiert ist?«

»Das habe ich nicht.«

»Was für ein Jammer. Ach, was für ein Unsinn, dass ich den Kleidern eines toten Mannes nachhänge.« Lionel zuckte innerlich zusammen.

Mullens betrachtete ihn mit einem taktvollen Lächeln, doch es erreichte seine Augen nicht ganz. »Ich habe mich das Gleiche gefragt. Es war solch ein Vergnügen, die Garderobe für Lord Townsend anzufertigen. Er war ein guter Freund.«

»War er das?« Lionel erinnerte sich, dass Emmaline die Freundschaft zwischen dem Schneider und Townsend erwähnt hatte. »Wie ist es dazu gekommen?«

Mullens verzog den Mund zu einem schiefen Lächeln. »Die Geschichte ist ein bisschen skrupellos, fürchte ich. Ich hatte meinen Laden gerade eröffnet, aber ich hatte noch nicht viele Kunden. Also lungerte ich vor anderen Schneidereien herum und spitzte die Ohren bei enttäuschten Kunden.« Er lächelte kleinlaut »So habe ich Lord Townsend kennengelernt.«

»Was ist daran skrupellos? Es war geschäftstüchtig, würde ich sagen.«

Mullens schien zu wachsen. »Ich habe ihm angeboten, ihm kostenlos einen Anzug zu schneidern, unter der Voraussetzung, dass er jedem erzählen würde, woher er ihn hatte – wenn er mit dem Ergebnis zufrieden wäre, natürlich.«

Lionel wandte sich einem weiteren Stoffballen zu, einer satten blauen Seide, die sich unter seinen Fingerspitzen unglaublich weich anfühlte. »Ich kann mir nicht vorstellen, dass Sie damals solche erlesenen Stoffe hatten.«

»Oh nein. Ich habe sehr hart gearbeitet, um mir leisten zu können, sie auf Lager zu haben. Townsend machte sich nicht allzu viel aus Stoffen. In der Tat war sein Interesse für seine Kleidung bei unserem Kennenlernen kaum vorhanden. Das ist bei vielen Männern der Fall, habe ich festgestellt – bis sie die richtige Garderobe haben. Sobald man einmal ein Hemd aus dem feinsten Stoff, genäht mit der größten Sorgfalt, getragen hat ... Dann wird alles klar.« Mullens Tonfall war wehmütig geworden. Es war offensichtlich, dass er seine Arbeit liebte.

Lionel musste eingestehen, dass er nicht allzu viele Gedanken an seine Garderobe verschwendete, aber dafür hatte er Hennings. Sein Kammerdiener hatte ein exzellentes Auge für Schnitt und Farbe. »Nun denn, ich nehme an, ich muss mir von Ihnen wenigstens ein Hemd schneidern lassen.«

»Es wäre mir eine Ehre, Sir. Wenn es Euch nichts ausmacht, mir in den Ankleidebereich zu folgen. Ich werde Eure Maße nehmen.« Mullens wandte sich um und steuerte auf den rückwärtigen Teil des Ladens zu, während Lionel ihm nachfolgte.

»Sie sagen, Sie und Townsend seien Freunde gewesen. Hat er Ihnen vertraut?« Lionel war neugierig, ob Mullens über Townsends unmäßige Schulden und auch seinen Erpressungsversuch Bescheid wusste.

»Er hat mir keine Geheimnisse anvertraut, wenn Ihr das meint«, entgegnete Mullens.

Lionel zog seinen anderen Handschuh aus und legte

das Paar auf einen Stuhl. Das Gleiche tat er mit seinem Frack und der Weste. Dann knüpfte er den Krawattenknoten auf und zog sein Hemd aus, woraufhin er nun von der Taille aufwärts nackt war. »Seine Schulden waren immens. Es scheint, das hätte jemand wissen sollen und ihm keinen Kredit mehr eingeräumt.«

Mullens kritzelte ein paar Zahlen auf ein Stück Papier. »Ich wusste, dass er verschuldet war, aber ich habe nichts über das Ausmaß seiner Schulden gewusst. Er hat gern gespielt.« Mullens ging dazu über, einige Maße zu nehmen.

»Ja, das habe ich von ihm gehört.« Er hatte versucht, alles über Townsend herauszufinden, bevor er seine Herausforderung zum Duell ausgesprochen hatte. »Ich weiß auch, dass er wohl sehr aufbrausend war.« Das hatte er bei der Hausparty, von der Townsend mit Emmaline durchgebrannt war, hautnah miterlebt.

Lionel versuchte, sich Emmaline in einen anderen Mann verliebt vorzustellen – wie sie aus diesen herrlichen blauen Augen begierig zu ihm aufsah. Lionel drehte sich der Magen um.

Gestern hatte sie Abstand zu ihm gehalten und heute war er fast den ganzen Tag außer Haus gewesen. Es wäre verständlich für ihn, zu glauben, dass er sie vorgestern Abend vertrieben hatte. Weil er sich in einer verbalen Verführung versucht – und versagt – hatte? Nein, sie hatte mit irgendeinem Konflikt gekämpft, und er war nicht sicher, ob es etwas war, bei dessen Lösung er ihr helfen konnte.

»Diese Seite habe ich nicht an ihm kennengelernt«, erklärte Mullens. »Sein Temperament war in meiner Gegenwart immer ausgeglichen. Er war ein leidenschaftlicher und großzügiger Unterstützer. Großzügig in dem Sinne, dass er mir viele Kunden empfohlen hat. Ihm schulde ich meinen Erfolg.« Sein Blick schweifte ab und sein Tonfall wurde traurig.

Lionel wurde es langsam unbehaglich. Er zog sein Hemd an und schob es in seinen Taillenbund.

»Vergebt mir, Mylord«, bat Mullens. »Ich hoffe, Ihr findet mich nicht zu vorlaut. Ist er in Frieden gestorben?«

Oh, zum Teufel. Lionel band gerade seine Krawatte fertig, als seine Hände zu zittern begannen. Schnell zog er seine Weste über und drehte sich ein bisschen von Mullens weg, damit dieser nicht sehen konnte, wie seine Finger bebten, während er die Knöpfe befestigte.

»Ich war nicht bei ihm, als er gestorben ist.« Lionel kämpfte mit dem letzten Knopf, doch endlich konnte er ihn durch das Knopfloch schieben. Er streckte die Hand nach seinem Frack aus und zog ihn über, und sein gesamter Körper begann zu beben.

Mullens nickte. »Ich habe mir vorgestellt, dass er in Frieden starb. Er war ein guter Mann.« Er sah Lionel an und sein Blick war von Mitleid getrübt. »Ihr müsst Euch schrecklich fühlen, ihn umgebracht zu haben.«

Oh Gott. Das Zimmer schwankte und Lionel kämpfte, um das Gleichgewicht zu halten. Er musste gehen. Jetzt.

»Es ist ein Jammer.« *Und ich bedauere es. So sehr.*

Townsend war ein Mistkerl und ein Lügner, aber den Tod hatte er nicht verdient. Und dennoch, wäre er hier, wäre Lionel nicht mit Emmaline verheiratet. Er hätte nicht den Rausch verspürt, in ihren Armen zu liegen, würde nicht gegen die Verlockung ankämpfen, sich in sie zu verlieben.

Und er konnte sich nicht vorstellen, diese Dinge nicht zu haben. Schon jetzt waren sie für jeden seiner Atemzüge unerlässlich.

»Ich muss mich auf den Weg machen. Schicken Sie das Hemd und die Rechnung, sobald es fertig ist.« Lionels

Körper fühlte sich wie Eis an und seine Stimme klang, als würde sie jemand anderem gehören.

»Mit dem größten Vergnügen, Mylord.« Mullens lächelte strahlend und schien sich des Aufruhrs unbewusst, der Lionel von innen nach außen kehrte.

Gut.

Lionel wandte sich um, und steifen Schrittes verließ er den Laden so schnell wie möglich. Er bewegte sich so geschwind, dass er beinahe mit einer Frau zusammengestoßen wäre, die durch die Tür trat.

»Meine Güte!« Fast wäre sie rücklings hingefallen, doch Lionel streckte die Hände nach ihr aus und hielt sie fest.

Sein Blick konzentrierte sich auf ihr Gesicht und er bemerkte ihre scharfe Hakennase. Sie schien ihm vage bekannt, aber im Augenblick traute er seinem Verstand nicht. »Bitte entschuldigen Sie mich.«

Er vergewisserte sich, dass sie gut auf ihren Füßen stand, ehe er an ihr vorbeieilte und seinen Weg fortsetzte. Er ging schnell und seine langen Schritte verschlangen seine Strecke an den Häuserblocks vorbei zur Brook Street. Weniger als zehn Minuten später öffnete ihm Tulk die Tür.

Sofort bemerkte der Butler, dass etwas nicht in Ordnung war. »Werdet Ihr direkt nach oben gehen, Mylord?«

»Ja. Falls Hennings nicht oben ist, schicken Sie ihn bitte hinauf.«

Tulk nickte und Lionel fing an, die Stufen zu erklimmen, mit der Absicht ein warmes Bad zu nehmen und sich einen von Hennings speziellen Grogs zu genehmigen, der die Geister vertreiben würde, die seinen Verstand heimsuchten. Hennings hatte diese Fürsorge nach Lionels zweitem Duell, als er Addison getötet hatte, eingeführt.

Über seine Taten am Boden zerstört, war Lionel beinahe untröstlich gewesen. Wäre nicht Hennings dauerhafte Fürsorge – und später der Trost von Deirdre MacBride – gewesen, würde Lionel sich noch immer in diesem dunklen Nebel befinden. Die schmerzliche Ironie bestand in dem Umstand, dass er niemals genau das gleiche Verbrechen ein zweites Mal begangen hätte, wenn er tatsächlich noch dort weilen würde.

Als Lionel um den oberen Treppenabsatz bog, fand er sich Emmaline von Angesicht zu Angesicht gegenüber. Sie jetzt, in seinem augenblicklichen Zustand, zu sehen, zog ihm die Brust zusammen, bis er kaum noch atmen konnte.

Sie starrte ihn an und ihr Blick war sorgenerfüllt. »Lionel, geht es dir gut?«

»In Wahrheit fühle ich mich ein bisschen krank. Bitte entschuldige mich.« Sein Zittern verstärkte sich noch und kalter Schweiß brach in seinem Nacken aus. Er betete, dass sie es nicht bemerkte.

Endlich begab er sich in sein Zimmer und hatte sich beinahe vollständig entkleidet, als Hennings eintraf. »Das Wasser für Euer Bad ist auf dem Weg. Benötigt Ihr einen Grog?«

Dankbar für Hennings praktische Hilfe, nickte Lionel. Er erkannte das Problem, machte sich an die Lösung, und Fragen waren überflüssig. Wie ein Vater, der Hennings nach dem plötzlichen Tod von Lionels Vater irgendwie für ihn geworden war. Obwohl Lionel ein erwachsener Mann war, empfand er den Verlust sehr deutlich und Hennings hatte das erkannt. Ebenso, wie er jetzt wusste, dass Lionel auf der Schwelle stand, sich seinen Dämonen zu ergeben.

»Ich werde gleich zurück sein.« Hennings ging davon und Lionel versuchte, sich auf etwas anderes, als die Dunkelheit in seinem Verstand zu konzentrieren.

Emmaline. Denk an sie.

Für einen Augenblick beruhigte er sich. Er schloss die Augen und stellte sie sich unter ihm vor, während sie ihre Lippen in Ekstase teilte. Doch dann veränderte sich ihr Ausdruck. Ihr Blick spuckte Feuer und höhnisch kräuselte sie die Lippen.

»Ich werde dir nichts geben, außer meinem unsterblichen Hass.«

Beinahe könnte er vergessen, dass sie dies einmal zu ihm gesagt hatte. Aber er sollte es nicht. Sogar wenn sie es fertigbrachte, ihm zu vergeben, konnte er seine Taten niemals auslöschen.

Er dachte an die Wut, die er nach dem Tod seines Vaters empfunden hatte, an die Rage, die ihn getrieben hatte, Babcock herauszufordern und anzuschießen. Obwohl er dem Mann die Gebrauchsfähigkeit seines Arms geraubt hatte, wünschte sich Lionel noch immer, dass er ihn umgebracht hätte. Das wäre nur gerecht gewesen, da dieser den Tod seines Vaters auf dem Gewissen hatte.

Lionel fragte sich oft, ob er diesen Zorn in sich trug, und ob er deshalb zuerst Addison und dann Townsend umgebracht hatte. Er hatte sich selbst zu einem Monster gemacht.

Abermals setzte das Zittern ein und er fragte sich, ob es jemals aufhören würde.

~

*E*mmaline stieg in die Kutsche und ließ sich in die Polster sinken, wobei sie ihre Röcke zurechtschob, damit sie nicht zu sehr knittern würden. Einen Augenblick später nahm Lionel neben ihr Platz. Sie hatte ihn seit zwei Tagen nicht gesehen, nicht seit er krank geworden war. Bis heute Morgen war er – laut Mrs. Wells

– nicht aus seinem Zimmer aufgetaucht und dann war er für einen Großteil des Tages ausgegangen.

Das Gefährt machte einen Satz vorwärts, als sie sich auf den Weg zum Stadthaus der Clares machten, wo der Benefiz-Musikabend zugunsten des Waisenhauses stattfand.

Emmaline hatte der Haushälterin gegenüber ihre Bedenken ausgedrückt, doch diese hatte ihr entgegnet, dass sie sich keine Sorgen machen müsse, da seine Lordschaft gelegentlich von solch kleinen Perioden heimgesucht würde. Das hatte Emmaline überrascht. Lionel schien von der robusten und gesunden Sorte. Sie wollte ihn diesbezüglich fragen, doch es herrschte eine Aura von Unbehaglichkeit zwischen ihnen – eine Unbeholfenheit, die aus der Neuartigkeit ihrer Beziehung geboren war.

Beziehung? War sie bereit, ihre Ehe etwas anderes sein zu lassen als ein formelles Arrangement?

»Ich freue mich zu sehen, dass du dich besser fühlst«, bemerkte sie, weil sie nicht *nichts* sagen konnte.

»Das tue ich, danke.«

Es verging ein Moment und Emmaline entschied sich, dass sie nicht ignorieren wollte, was die Haushälterin verraten hatte. »Mrs. Wells hat mir erzählt, dass dies gelegentlich vorkommt. Hast du ein Leiden, über das ich Bescheid wissen sollte?«

Er sah kurz zu ihr herüber, doch sein Blick verweilte nicht auf ihr. Was merkwürdig war. Normalerweise nahm er jede Gelegenheit wahr, sie anzuschauen. »Nein.«

Das war alles? Emmaline war überrascht, wie frustriert sie sich fühlte. Wann hatte sie angefangen, sich so viele Gedanken über ihn zu machen?

Sie probierte einen anderen Kurs. »Habe ich dich neulich beim Abendessen beleidigt?«

Noch einmal drehte er den Kopf zu ihr, doch dieses Mal wandte er den Blick nicht ab. »Nein. Du hast dich klar über deine Wünsche ausgedrückt, langsam vorzugehen und ich respektiere das.« Sein Blick erwärmte sich. »Wirklich.«

Als sie vor Clares Haus ankamen, fühlte sie sich ein bisschen besser. Doch dann flammte ein Ausbruch von Besorgnis in ihr auf. Dies war das erste Mal, dass Lionel und sie gemeinsam bei einer Veranstaltung erschienen. Würde eine Reaktion darauf stattfinden oder hatte sich die Aufregung um ihre Heirat nach zwei Wochen inzwischen gelegt?

Ivy stand in der Eingangshalle, um die Gäste bei ihrem Eintreffen zu begrüßen – und ihre Spenden in Empfang zu nehmen. Lionel übergab ihr eine Banknote und drückte ihr einen Kuss auf die Wange.

»Zweihundert Pfund?« Ivy schnappte nach Luft. Sie sah zu Lionel auf und lächelte breit. »Ich danke dir so sehr.«

Als Lionel weiterging, um sich mit West zu unterhalten, trat Emmailine zu ihrer Freundin. »Soll ich morgen immer noch mit dir zum Waisenhaus fahren, um dir zu helfen, die Spenden von heute zuzuordnen?«

»Ja, bitte. Ich weiß, wie sehr dich der Besuch im Waisenhaus bewegt hat und ich bin so froh, dass du helfen möchtest.«

»Ich freue mich, dies zu tun. Ich muss noch die Spielsachen und Bücher einkaufen, die ich mitbringen möchte – Axbridge möchte mich begleiten, wenn ich sie hinbringe.«

Ivy zog die Augenbrauen hoch. »Tatsächlich? Dann sollte ich vermutlich nicht überrascht sein, dass er so viel gegeben hat. Hast du das gewusst?«

»Das habe ich nicht.« Ihr Blick schweifte zu ihm. Er stand dort im Profil und seine attraktiven Züge waren nur zum Teil sichtbar, aber nicht weniger überwältigend. Beim Gedanken, mit solch einem wundervollen Mann verhei-

ratet zu sein, wallte Stolz in ihrer Brust auf – und das hatte
nichts mit seinem guten Aussehen zu tun.

Moment! Noch vor wenigen Wochen hatte sie ihn für
einen schrecklichen Menschen gehalten. Doch das war,
bevor sie ihn kennengelernt hatte. Wenigstens ein bisschen. Da waren so viele Dinge, die sie noch lernen musste.
Ihr wurde bewusst, dass sie das wollte.

»Er ist wirklich ganz wundervoll«, erklärte Ivy leise.

Emmaline konnte nicht antworten, da die Menschen-
schlange hinter ihnen immer größer wurde. Sie ging
weiter, um West zu begrüßen und dann nahm sie den Arm
ihres Ehemanns und zusammen schritten sie die Treppe
hinauf, dahin wo die musikalische Darbietung stattfinden
würde.

»Du warst sehr großzügig«, sagte sie, als sie die Stufen
emporschritten. Sie war sich der Stelle, an der sie ihn
berührte, intensiv bewusst. Und der Tatsache, dass es nicht
annähernd die Begierde befriedigte, die in ihr aufstieg.

»Deine leidenschaftliche Beschreibung von deinem
Besuch neulich hat einen bleibenden Eindruck hinterlassen.« Sobald sie den oberen Treppenabsatz erreicht hatten,
sah er auf sie herab. »Du besitzt ein mitfühlendes Herz.«

Tat sie das? Sie würde ihr Herz eher als geschwärzte
Hülle beschreiben, von unerwiderter Liebe und Zuneigung
missbraucht und zerstört. Zuerst durch ihre Familie und
dann durch Geoffrey. Bis zu diesem Moment hatte sie
nicht erkannt, dass er sie nicht wirklich geliebt hatte. Bei
mehr als einer Gelegenheit hatte er gesagt, dass er wegen
des Geldes anstatt der Schönheit hätte heiraten sollen.
Nach solchen Bemerkungen hatte er sich entschuldigt und
sie um Verzeihung gebeten. Im Rückblick konnte sie
zwischen seinen Worten und Handlungen erkennen, wie
er tatsächlich empfand.

»Was stimmt nicht?« Lionels plötzliche Frage zeigte,

dass sie ihre innere Beunruhigung irgendwie nach außen hin reflektiert hatte.

Sie zwang sich zu einem Lächeln. Es hatte den Anschein, als wären sie noch nicht an dem Punkt angelangt, an dem sie Persönliches austauschten, wie beispielsweise, was ihn plagte. Abgesehen davon war dies nicht der richtige Ort. »Nichts. Wollen wir hineingehen?«

Er führte sie in einen großen Salon. Er nahm einen guten Teil der gesamten Etage ein. Stühle waren vor einem Podium aufgestellt, wo eine Opernsängerin sie unterhalten würde. Ein paar Dutzend Gäste waren bereits anwesend und sie nahmen die Neuankömmlinge zur Kenntnis. Es war nicht die gleiche Reaktion, wie auf dem Colne-Ball, doch sie war bemerkbar. Aquilla und ihr Ehemann Lord Sutton und auch Lucy und ihr Ehemann Lord Dartford eilten zu ihrer Begrüßung herbei.

»Ich bin so froh, dass ihr hier seid«, sprudelte Aquilla hervor.

Dartford sah zu Emmaline hinüber. »Würde es Ihnen etwas ausmachen, wenn wir Ihnen Ihren Ehemann stehlen? Wir brauchen eine kleine Stärkung in Form eines Whiskeys, wenn wir den Abend überstehen wollen.«

Lucy versetze ihm einen Klaps auf den Arm. »Sie ist eine zauberhafte Sängerin.«

Dartford zog ein Gesicht. »Du weißt, was ich über Opern denke.«

Lucy rollte die Augen. »Das weiß ich in der Tat. Benehmt euch.«

Mit einem Schmunzeln führte er die Männer – man konnte sich denken, wohin – davon.

»Wie stehen die Dinge?«, fragte Lucy in einem gedämpften Tonfall, als sie sich zum Rande des Raumes bewegten, wo sie sich vertraulicher unterhalten konnten.

»Sie machen … Fortschritte.«

Lucys Augen leuchteten auf. »In der Tat? Das ist wundervoll.«

Aquilla nickte. »Ich bin recht zuversichtlich, dass du eine Lösung finden wirst, um mit Axbridge glücklich zu werden. Ich weiß, dass die Dinge nicht auf die beste Weise angefangen haben –« Sie zuckte zusammen. »Unwichtig.«

Emmaline war im Begriff, ihre Freundin zu beruhigen, als die Viscountess Dunn, eine zierliche Frau in ihren Sechzigern mit wachen braunen Augen, auf sie zu gehumpelt kam.

Lady Dunn blieb vor ihnen stehen und stützte sich auf ihren Gehstock. »Ah, ich wusste, dass ich euch Damen hier finden würde – deshalb habe ich meiner Gesellschafterin den Abend frei gegeben.«

Lucy und Aquilla begrüßten sie herzlich. »Du kennst Lady Axbridge, oder?«, fragte Lucy.

»Ich kenne sie als Ms. Forth-Hodges.« Lady Dunn musterte Emmaline und nickte dann, als würde sie gutheißen, was sie dort sah. »Ich muss allerdings noch die Bekanntschaft von Lady Axbridge machen.« Ihre Augen funkelten vor Unbeschwertheit. »Ich bin erfreut, Sie kennenzulernen.«

Emmaline versuchte, sich in Erinnerung zu rufen, wann sie das letzte Mal mit Lady Dunn gesprochen hatte und gelangte zu der Erkenntnis, dass dies wohl schon eine Weile her war. In der Tat *war* sie damals – es war bei der Hausparty, als sie Geoffrey kennengelernt hatte – Miss Forth-Hodges gewesen. »Guten Abend, Lady Dunn. Es ist so wundervoll, Sie wiederzutreffen.«

»Ich habe Ihren Verlust bedauert, aber ich bin erfreut zu sehen, dass sie noch einmal das Glück gefunden haben. Wenigstens hoffe ich, dass Sie von Herzen glücklich sind.« Sie trat näher und beäugte Emmaline voller Absicht. »Der Klatsch besagt, dass es eine Vernunftehe ist, was für mich keinen Sinn ergibt. Wer würde solch ein Gerücht überhaupt in die Welt setzen?«

Emmaline sah ihre Freundinnen an, deren Gesichter eine Mischung aus Schock und Zustimmung zeigten. In der Tat, wer hatte dieses Gerücht überhaupt in die Welt gesetzt? Emmaline hatte sich einzig ihren Freundinnen anvertraut und diese würden nichts verraten haben. Hatte Lionel irgendetwas verlauten lassen? Das bezweifelte sie eher. Wahrscheinlich hatte er von Beginn an eine echte Ehe vorgezogen und er hätte den Leuten nichts anderes erzählt.

Lady Dunn fuhr fort. »Warum um alles in der Welt sollten Sie ausgerechnet Axbridge heiraten – wenn man einmal bedenkt, was er getan hat?« Sie schüttelte den Kopf. »Sehr viel mehr bevorzuge ich den ursprünglichen Klatsch, dass Sie sich unsterblich in Axbridge verliebt haben, trotz allem, was zwischen ihm und Townsend passiert war.«

Emmaline war nicht sicher, wie sie darauf antworten sollte. Die Viscountess hatte ihr eigentlich keine Frage gestellt, also sollte sie vielleicht einfach nicken und lächeln.

»Nun, was ist es, Mädchen?«, fragte Lady Dunn.

Emmaline zwinkerte, als die Panik sie ergriff. Wie um alles in der Welt sollte sie darauf antworten?

Lady Dunn lachte. »Ich ziehe Sie nur auf, meine Liebe. Bitte entschuldigen Sie, wenn ich Ihnen Unbehagen bereitet habe. Wie ich schon sagte, hoffe ich, dass es eine glückliche Verbindung ist. Sie beide haben das verdient. Ich kannte Axbridges Eltern ziemlich gut und sie waren beide wundervoll. Er ist ein guter Junge.«

Erleichtert stieß Emmaline die Luft aus und sagte. »Vielen Dank für ihre gütige Gesinnung. Es ist schön, etwas von seinen Eltern zu hören. Ich weiß, dass er ihnen sehr nahestand.«

»Der Tod seines Vaters war solch eine Tragödie.«

Emmaline nickte. »Ja, so plötzlich dahinzuscheiden …«

»Und auf solch eine dramatische Weise.« Lady Dunn schnalzte mit der Zunge. »Dies hat natürlich den Ruf provoziert, mit dem sich Ihr Ehemann den Namen *Der gefährliche Herzog* verdient hatte. Allerdings ist es auch wichtig, Axbridge zugute zu halten, ein Mann von ausgesprochenem Ehrgefühl zu sein, auch wenn es mit unglücklichen Ereignissen im Zusammenhang steht.«

Emmalines Interesse war geweckt. Nun wandte sie sich direkt an Lady Dunn. »Auf welche Weise hat dies seinen Ruf provoziert?«

»Weil er diesen schrecklichen Mann herausgefordert hat. Wie war nochmal sein Name?« Lady Dunn sah zur Seite und ihr Mund formte einen leichten Flunsch. »Oh, ich kann mich nicht erinnern, aber er hat Lord Axbridge – den Vater Ihres Ehemannes – beschuldigt, beim Kartenspiel betrogen zu haben. Der arme Marquess erlitt einen Schlaganfall und fiel tot um. Axbridge – Ihr Ehemann – hat den Mann herausgefordert.«

Mit pochendem Herzen versuchte Emmaline, nicht zu verraten, dass sie davon nicht die mindeste Ahnung hatte. Unvermittelt wünschte sie sich, dass alle glaubten, ihre Ehe sei tatsächlich echt und dass sie ihren Ehemann weit besser kannte, als das tatsächlich der Fall war. »Das ist ein alberner Spitzname. Er sollte *der ehrenvolle Herzog* genannt werden.«

Aquilla und Lucy tauschten einen bedeutungsvollen Blick aus. Dann schienen beide zusammenzuzucken. Lady Dunn sah Emmaline zustimmend an. »Vielleicht haben Sie recht. Ich bin sehr froh, dass er Sie gefunden hat, meine Liebe. Ich bin sicher, das hat seinen Ruf gerettet. Trotz seiner Ehre würden viele Menschen ihn für das, was er getan hat, bemängeln. Wenn nicht wegen Ihnen, glaube ich, dass er geächtet würde.«

Emmaline suchte die anwachsende Menge nach ihrem Ehemann ab, doch sie konnte ihn nicht entdecken. Ihr Herz tat ihr vor Kummer für den Mann weh, dessen Vater auf diese Weise gestorben war. Er muss am Boden zerstört gewesen sein. Und jetzt wusste sie, warum er nicht darüber sprach.

»Ist das wahr?«, fragte Aquilla. »Ich kann mir nicht vorstellen, dass irgendjemand einen Unberührbaren ächtet.«

»Oh, das kommt vor, meine Liebe«, entgegnete Lady Dunn. »Du bist vielleicht zu jung, um dich an den Herzog von Rockcliffe zu erinnern. Er war aus der Gesellschaft ausgestoßen worden, weil … nun, das ist jetzt kaum von Belang. Du musst nur wissen, dass dies vorkommen kann und auch passiert. Ich bin froh, dass Sie Axbridge vor einem ähnlichen Schicksal bewahrt haben. Ich wage zu sagen, dass er etwaige zukünftige Duelle vermeiden muss.« Ihr Blick schweifte ab. »Oh, da kommt Lady Meacham. Bitte entschuldigt mich.« Sie setze ein strahlendes Lächeln auf, als hätte sie nicht gerade gesagt, dass sich Lionel nur noch ein einziges Duell davon entfernt befände, ein auf ewig Ausgestoßener zu sein.

Emmaline wandte sich zu Aquilla und Lucy, als die Viscountess davonhumpelte. »Ist es wahr, was sie gesagt hat? Habe ich Axbridges Ruf gerettet?«

Lucy hob eine Schulter. »Frag mich nicht. Ich schenke dem Tratsch nicht viel Beachtung. Aquilla ist darin weit besser.«

Aquilla schürzte die Lippen. »Nicht absichtlich. Die Menschen reden mit mir. Sie finden mich freundlicher als dich.«

Lucy lachte. »*Das* ist wahr.«

Emmaline sah Aquilla an. »Wenn du etwas gehört hast, würde ich es gern wissen.« Ein Anflug von Unbehagen stahl sich in Aquillas Blick. »Es ist bloß Tratsch. Du musst nichts darauf geben.«

»Ich will es trotzdem wissen.« Sie musste es wissen. Wie konnte sie ihn schützen, wenn sie nicht wusste, was die Leute sich erzählten?

Jetzt wollte sie ihn *schützen*? Ja, weil er ihr erzählt hat, dass ihm etwas daran lag, was die Leute dachten. Die Vorstellung, dass er beinahe geächtet worden wäre, würde ihn verletzen. Vor allem, weil er nur versuchte, nach einem strikten Ehrenkodex zu leben. Sie sehnte sich danach, zu erfahren, was das für ihn bedeutete. Was hatte ihn provoziert, sich zu duellieren und das mehr als einmal? Im ersten Fall schien es klar. Er hatte gekämpft, um die Ehre seines Vaters zu verteidigen, nachdem dieser dazu nicht mehr imstande war. Wieder krampfte sich ihr Herz zusammen.

»Mir ist nur der Ratschlag zu Ohren gekommen, dass es am besten wäre, einen Weg zu seiner guten Seite zu suchen. Sich ihm als Gegner gegenüber zu finden, würde eine Herausforderung von Gefahr bedeuten. Um dieses Wort von seinem Spitznahmen zu entleihen«, fügte sie hastig hinzu und ihre Stimme verlor immer mehr an Lautstärke.

Emmaline berührte ihre Freundin am Arm. »Es tut mir leid Aquilla. Ich wollte dich nicht in eine peinliche Situation bringen. Ich beschuldige dich nicht, weil du dir den Klatsch anhörst.«

Lucy trat näher und senkte ihre Stimme. »Und wir schulden dir eine riesige Entschuldigung. Ich fürchte, er hat seinen Spitznamen uns zu verdanken. *Wir sind* diejenigen, die angefangen haben den Unberührbaren Spitznamen zu geben.«

Um Emmalines Mund zuckte ein schwaches Lächeln. »Ach ja, Ich erinnere mich, dass Ivy mir davon erzählt hat.« Damals, als sie sich bei der Hausparty kennengelernt hatten. Der gleichen Hausparty, wo sie auch Geoffrey kennengelernt hatte. »Ihr müsst euch keinen Vorwurf machen. Und es ist nicht nur schlecht. Axbridge hat mir erzählt, dass einige seinen Beinamen ziemlich verführerisch finden.«

Ihre Unterhaltung wurde durch die Geschäftigkeit der Anwesenden um sie herum unterbrochen, die ihre Plätze einnahmen. Offenbar sollte die musikalische Darbietung beginnen.

Emmaline sah in die Menge hinüber und dieses Mal machte sie ihren Mann ausfindig. Er war hochgewachsen und damit größer als die meisten und mit seinem hellblonden Haar war er leicht zu entdecken. Von Dartford und Sutton flankiert, kam er direkt auf sie zu.

Er bot Emmaline seinen Arm. »Sollen wir unsere Plätze einnehmen?«

Sie klammerte sich an ihn, begierig, ihn zu berühren, um ihm zu zeigen, dass sie für ihn da war, dass sie ihn beschützen würde. »Ja, bitte.« Sie schmiegte sich eng an ihn, enger als je zuvor, wenn sie zusammen ausgegangen waren.

Er sah auf sie herab und Überraschung spiegelte sich in seinem Blick.

Ja, sie war für ihn da und später würde sie ihn wissen lassen, wie sehr.

CHAPTER 12

Als einer der großzügigsten Spender für das Waisenhaus wurden Lionel und Emmaline die Plätze in der ersten Reihe zugewiesen. Das bedeutete, dass die meisten Menschen im Raum sie wenigstens teilweise sehen konnten. Er hatte den Platz am Ende der Stuhlreihe gewählt und Emmaline hatte sich neben ihm niedergelassen. Sie saß so nahe, dass er ihre Wärme durch seine Garderobe spüren konnte und hatte die Hand noch immer um seinen Arm gelegt, was ihn zu der Frage veranlasste: *warum?*

Zwei Abende zuvor hatte sie das Speisezimmer abrupt verlassen, ehe sie beide sich hatten gehen lassen. Er war sicher, dass er sie erschreckt hatte, aber er war nicht sicher, wie. Er hatte nichts getan – oder gesagt – das sie schockieren sollte. Und sie *hatte* ihn ermuntert. Bis sie ging.

Er war schrecklich verwirrt. Was nicht bedeutete, dass er nicht auch erfreut war. Wenn sie sehr dicht bei ihm sitzen und seinen Arm nehmen wollte, würde er sich nicht beschweren.

Die Stimme der Sopranistin war wundervoll, erhaben und bewegend, doch Lionel hatte Schwierigkeiten, sich zu konzentrieren. Das lag nicht nur daran, dass sie auf Italienisch sang, sondern er war durch die Nähe seiner Frau einfach zu abgelenkt. Er konnte nicht aufhören, darüber nachzudenken, warum sie ihm so viel Aufmerksamkeit schenkte.

Als das Konzert sich dem Ende neigte, war Lionel mehr als bereit, von seinem Sitz aufzuspringen. Stattdessen applaudierte er mit den restlichen Zuhörern und wartete geduldig, bis sie sich in Bewegung setzen und den Auftritt enthusiastisch lobten.

Lionel sah auf Emmaline herab, die noch immer seinen Arm umklammert hielt. »Würdest du Mrs. Pascale gern kennenlernen?«

»Vielleicht später«, antwortete sie. »Es hat sich eine ziemliche Menschenmenge um sie angesammelt. Lass uns stattdessen ein wenig spazieren gehen.«

Sie wollte spazieren gehen? Als er sie das letzte Mal – es war beim Colne-Ball – zu einem Spaziergang einlud, hatte ihre Antwort ihm den Eindruck vermittelt, als würde er sie in die Schlacht führen.

Abermals würde er gegen diesen Wandel keine Einwände erheben. »Lass uns gehen.«

Er führte sie um die Stühle herum und durch die Menge. Die Leute neigten die Köpfe, lächelten grüßend, und hier und da wurden ein paar Worte gewechselt. Lionel kannte beinahe jeden, obwohl er sich ihre Namen nicht in Erinnerung rufen konnte. Bis sie in der Nähe der Terassentür auf eine Frau trafen. Sie besaß ein charmantes Lächeln und eine eher lange Nase. Irgendetwas an ihr rührte an Lionels Erinnerung.

Als sie nach draußen in die milde Nachtluft traten, fiel

es ihm ein. Sie sah wie die Frau aus, der er neulich in
Mullens Laden begegnet war. Aber es war nicht sie, an die
er sich erinnerte. Jetzt kam ihm in den Sinn, wer diese
Frau gewesen war – es war das Kindermädchen von Mariannes Sohn. Sie schien vertraut und jetzt fragte er sich,
warum sie ausgerechnet in Mullens Laden gewesen war.
Es konnte ein Zufall gewesen sein – was sonst sollte es
sein? Dennoch war es merkwürdig, dass zwei Menschen,
die er eher am Rande kannte, miteinander zu tun hatten.
Und was würde ein Kindermädchen wohl mit einem
Besuch bei einem Schneider bezwecken?

»Diese Frau erinnert mich an jemanden«, erklärte
Emmaline und überraschte ihn.

»An wen?«

Sie blieb stehen, als sie den Rand der Terrasse erreicht
hatten. »Geoffreys Schneider – Mullens. Es ist die Nase,
glaube ich.« Sie drehte sich zu ihm, legte den Kopf in den
Nacken und sah zu ihm auf. »Du hast ihn nicht kennengelernt, aber er hat eine leichte Hakennase. Sie könnte seine
Schwester sein, würde ich sagen, aber angesichts der
Tatsache, dass sie hier ist und er ein Schneider, ist das
absurd.«

Lionels Puls beschleunigte sich. »Ich habe ihn tatsächlich kennengelernt und du hast recht.« Seine Gedanken
überschlugen sich. Konnten Mullens und Mariannes
Kindermädchen verwandt sein?

»Du hast ihn kennengelernt?«, fragte Emmaline interessiert.

»Neulich habe ich ihn in seinem Laden aufgesucht. Ich
war auf seine Talente neugierig, nachdem ich seine Rechnung erhalten hatte. Townsend hat einen ziemlichen
Batzen Geld an Mullens ausgegeben.«

»Du wolltest dich überzeugen, ob er das wert war.«

»Das habe ich.« Stattdessen war er allerdings in den

Abgrund der Verzweiflung gestürzt, nachdem Mullens das verdammte Duell zur Sprache gebracht hatte. Er schob diesen Gedanken beiseite und konzentrierte sich stattdessen auf Emmalines ihm zugewandten Gesicht. Das Licht der Laternen auf der Terrasse warf einen Schimmer, der ihre Haut leuchten und ihre Augen funkeln ließ. »Du bist heute Abend sehr … aufmerksam.«

Sie zuckte mit den Schultern, doch sie sagte nichts.

»Welchem Umstand habe ich dieses Vergnügen zu verdanken?«

Sie legte den Kopf schief und nahm sich einen Augenblick für ihre Antwort Zeit. »Ich habe mich mit Lady Dunn unterhalten und … nun es kursieren zu viele Gerüchte über uns. Über unsere Ehe. Ich möchte nicht, dass die Leute denken, sie sei nur vorgetäuscht – ich weiß gar nicht, wie das angefangen hat. Die einzigen Menschen, die davon wussten, waren meine engsten Freunde und sie würden nichts verraten.«

Lionel wusste es auch nicht. Sein Butler, sein Kammerdiener und West waren die einzigen Menschen, von denen er wusste, dass sie über die Umstände im Bilde waren. Und Sir Duncan, der es im Club erwähnt hatte. Hatte er dies von jemandem gehört oder bestand die Möglichkeit, dass er das Gerücht in die Welt gesetzt hatte? Lionel würde ihm das schon zutrauen.

»Ich denke, dass die Leute bloß Vermutungen angestellt haben – sie wollen einen Sinn in unserer Verbindung sehen.« Es sei denn, man war ein abgewiesener ehemaliger Verehrer. »Und du musst zugeben, dass es nicht viel Sinn ergibt.«

Für Lionel allerdings fing die ganze Sache an, jeden Sinn der Welt zu ergeben, wenn er an die Gefühle dachte, die sie in ihm wachzurufen begann.

»Nein, das tut es nicht.« Sie sagte dies in einem eher

nüchternen Ton und dämpfte damit seine Stimmung ein wenig. »Trotzdem geht es niemanden etwas an und es wäre mir wohl lieber, solange sie nicht glauben, dass es vorgetäuscht ist.« Sie rückte näher an ihn heran, sodass ihre Oberkörper sich beinahe berührten. Sie hatte den Arm noch immer mit seinem verschlungen und ihr Blick war klar und intensiv. »Und in Wirklichkeit ist es das nicht mehr. Wenigstens nicht ganz.«

Die momentane Ernüchterung, die er gespürt hatte, schwand unter einem Rausch der Leidenschaft dahin. Meinte sie das wirklich?

Sei vorsichtig, Mann. Sie sagte nicht ganz. *Greife den Dingen nicht vor.*

»Was bedeutet das?«

»Es bedeutet, dass ich dir gern nahe bin.« Sie nahm die Hand von seinem Arm und legte sie mit gespreizten Fingern an seine Brust. »Und ich sehe keinen Grund, das zu verstecken.«

Sie stellte sich auf die Zehenspitzen und drückte ihren Mund auf seinen. Es war nur der Anflug eines Kusses. Nur ein flüchtiges Streichen ihrer Lippen über seine und dann war sie fort. Verzweifelt sehnte er sich nach mehr, doch wahrscheinlich waren sie für alle sichtbar, die sich die Mühe machten, in ihre Richtung zu schauen.

Er warf einen Blick zur Tür zurück und entdeckte zwei Frauen, die sie anstarrten. Tief in seiner Brust, brodelte ein Lachen auf, als er Emmaline die linke Hand um die Taille legte. »Gut, weil ich glaube, dass es jetzt nichts mehr zu verstecken gibt.«

Sie drehte den Kopf, stieß die Luft aus und dann sah sie noch einmal zu ihm auf. »Können wir gehen?«

Zum Teufel ja, sie konnten gehen. »Ich bin überglücklich, dass du fragst.« Er wandte sich um und bot ihr seinen

Arm an, den sie freudig ergriff. Sein Puls raste und sein Schaft begann zu zucken.

Sie brauchten mehrere Minuten, um Ivy und West ausfindig zu machen und sich zu verabschieden und noch einmal mehrere Minuten, bis die Kutsche vor dem Eingang vorfuhr. Als sie das Gefährt bestiegen, war er vor Begierde fest angespannt. Aber er würde sie nicht wie ein wildes Tier anfallen.

Weil er sich selbst nicht traute, setzte er sich ihr gegenüber. Die Kutsche rumpelte ein Stück voran und dann blieb sie stehen. Sie steckten in einer Schlange fest und es würde wenigstens ein paar Minuten dauern, bis sie auf ihrem Weg wären. Vor lauter Frustration wollte er heulen.

Er sah zu Emmaline hinüber. Sie zog ihre Handschuhe aus. Nachdem sie sie auf den Platz neben sich gelegt hatte, zog sie die Gardinen an den Fenstern zu. Was tat sie dort?

Sie erhob sich von ihrer Bank, und sein Herz begann zu pochen. Sie kniete sich auf dem Boden der Kutsche vor ihm hin und schob seine Beine auseinander. Er atmete schneller und seine Brust hob und senkte sich mit zunehmender Geschwindigkeit. Sie ging einen Schritt weiter und als ihre Finger seinen Schritt aufknöpften, sah sie zu ihm auf.

»Emmaline.« Ihr Name entschlüpfte seinem Mund mit einem Knurren.

Sie sah ihn mit hochgezogener Augenbraue an, doch sie sagte nichts. Kalte Luft strich über seinen Schaft, doch dies senkte seine Temperatur nicht im Mindesten. Er war für sie entflammt.

Sie hielt ihren Blick mit seinem verbunden, liebkoste sein Fleisch und schloss die Hand um den Ansatz, bevor sie dann langsam, unerträglich zärtlich über die gesamte Länge strich. Das Blut rauschte in ihm, als die Begierde sich in seinem Inneren anstaute. Halb schloss er die Augen, beobachtete sie jedoch noch immer, unter ihrer Berührung schwelgend.

Die Bewegungen ihrer Hand wurden etwas schneller. Sein Körper spannte sich an und er sog die Luft ein. Mit den Händen umklammerte er die Kante des Sitzpolsters.

Sie ließ ihren Daumen um die Spitze kreisen, verstrich die Feuchtigkeit, die sie dort vorfand und benutzte sie, als sie seinen Schaft streichelte. Jäh schloss sich ihre andere Hand um seine Hoden und massierte sie. Er stöhnte und schloss die Augen, als er den Kopf nach hinten an die Rückenlehne fallen ließ.

Dann fühlte er, wie sich ihr Mund dicht um ihn schloss. Süß, heiß und köstlich feucht, saugte sie ihn kurz, bevor sie ihre Lippen und die Zunge einsetzte, um ihn tiefer in sich aufzunehmen.

Er kippte den Kopf nach vorn und öffnete die Augen ein winziges Stück, sodass er sie beobachten konnte. Er konnte nur ihren blonden Kopf sehen, der sich über ihm bewegte.

Sich ergebend ließ er sich abermals zurückfallen und begrüßte die Dunkelheit. Nur sie war von Bedeutung – ihre Hände, ihr Mund, ihre unbeschreibliche Leidenschaft.

Er fing an, die Hüften zu bewegen und hob sich von seinem Platz. Er konnte es nicht verhindern. Er wollte in sie dringen und sich vollkommen in ihr verlieren.

Er ließ das Polster los und legte die Hand um ihren Hinterkopf. Sie wurde schneller, nahm ihn tiefer auf und trieb ihn zu unmöglichen Höhen der Wonne. Er war kurz vor dem Ausbruch.

Er zupfte an ihrem Haar. »Emmaline.« Sie saugte ihn fest. »Bitte. *Hör auf.*«

Sie legte eine Hand mit festem Griff um seinen Ober-schenkel und ihre Finger gruben sich in sein Fleisch. »Warum?«, raunte sie heiser.

Er schlug die Augen auf und streckte die Hände nach ihr aus. »Weil ich dich spüren muss.«

Sie zog eine Augenbraue hoch und bedachte ihn mit einem anzüglichen Grinsen. »Aber das *tust* du.«

Wie er seine Frau anbetete. »Heb deine Röcke und reite mich.«

Sie tastete nach dem Saum und hob sie an, womit sie ihre köstlichen Schenkel entblößte. Er half ihr auf die Füße, doch wegen der Höhe der Kabine, musste sie sich vorbeugen. Er legte eine Hand um ihren Nacken und küsste sie, wobei seine Zunge tief in ihren Mund eindrang und über ihre samtige Weichheit strich. Er konnte sich nicht an das letzte Mal erinnern, als er so unbeschreiblich erregt gewesen war, und eines anderen Menschen so verzweifelt bedurft hatte.

Als sie ihn umspannte, spürte er ihre Knie an seinen Oberschenkeln. Ihre Röcke waren sperrig und hinderlich und er mühte sich, sie mit der anderen Hand beiseite zu schieben. Er streichelte ihren entblößten Schenkel, als sie sich über ihm in Position brachte.

Während er nach ihrer Weiblichkeit tastete, klammerte sie sich an seine Schultern. Sie war so heiß und so feucht und mit Leichtigkeit ließ er die Finger in sie gleiten. Ihr Keuchen füllte seinen Mund.

Mit einem Zucken ihrer Hüften forderte sie mehr. Und er gab es ihr. Er umfasste seinen Schaft und führte ihn zu ihrer Spalte. Sie spürte ihn und senkte sich herab, wobei sie seinen Schaft mit ihrer süßen Scheide umschloss.

Sie löste ihren Mund von seinem und holte tief Luft. Er zog seine Hand unter ihren Röcken hervor und benutzte beide Hände, um ihre Taille zu umfassen.

Er küsste ihren Nacken und neckte ihr Fleisch unter Einsatz seiner Lippen und der Zunge. Er wanderte tiefer bis zum Saum ihres Mieders, das ihn daran hinderte, noch weiter vorzudringen.

Sie tat genau, worum er sie gebeten hatte und ritt ihn mit zunehmender Geschwindigkeit. Von ihren früheren Liebkosungen bereits kurz vor dem Höhepunkt, war er fast so weit, sich vollständig zu erlösen. Er wollte sie allerdings nicht hinter sich lassen.

Er grub die Finger in ihre Hüften und hielt sie harsch fest, als er die Hüften hob und in sie drang. Sie schrie auf, als er sie ausfüllte. Wieder und wieder stieß er in sie hinein und ihre Körper arbeiteten zusammen, um Erlösung zu finden. Er war so kurz davor …

Noch einmal schob er eine Hand unter ihre Röcke und tastete nach ihrer Klitoris, die er mit dem Daumen streichelte, bis ihre Muskeln sich beinahe unerträglich um ihn anspannten. Er konnte sich keinen Augenblick mehr zurückhalten. Sein Orgasmus brach über ihn herein und löste einen Schrei aus, der aus seiner Kehle drang.

Während er sich erlöste, bewegte sie sich weiter über ihm. Ihre Schreie erfüllten die Kutsche, bis er sie erneut küsste und ihre Ekstase in sich aufnahm, sodass sie diese als eine gemeinsame erleben konnten.

Als die Welt langsam wieder in die richtige Position rückte, wurde Lionel sich einmal mehr ihrer Umgebung bewusst. Er griff hinüber und schob einen Zipfel der Vorhänge beiseite, sodass er ihren Standort ermitteln konnte. »Wir sind beinahe zu Hause.«

Sie löste sich von ihm und fiel halb auf ihren Platz zurück.

Er taumelte nach vorn, um ihr zu helfen, und packte sie an den Oberschenkeln. »Ist alles in Ordnung?«

Das Lächeln, das sie ihm zur Antwort gab, war weich und durch und durch befriedigt. »Mir geht es ausgezeichnet, vielen Dank.«

Männlicher Stolz schwoll in seiner Brust. »Gut.«

Er lehnte sich zurück und schloss seine Knöpfe. Er war ein bisschen durcheinander, aber das war ihm egal. Nie hatte er solch eine erotische, erfüllende Begegnung erlebt. Und verdammt, sie war seine Frau.

Nie hatte er sich glücklicher gefühlt.

Mit diesem Gefühl ging ein Anflug von Unbehagen einher. Er hatte solchen Reichtum nicht verdient. Oder erinnerte er sich nicht? Hatte er die Verbrechen bereits vergessen, die er begangen hatte?

Die Kutsche blieb stehen und er zwang sich, seine Gedanken von solcher Düsternis abzuwenden. Vielleicht hatte er genügend für seine Verbrechen bezahlt. Wenn Emmaline eine echte Ehe wollte, warum sollte er sich dann zurückhalten?

Sie will mit dir schlafen. Das bedeutet nicht, dass sie dich je lieben wird.

Die Tür öffnete sich und Lionel sprang auf. Er drehte sich zu ihr und bot ihr helfend seine Hand. Sie ergriff sie und stieg aus, während ihr Mund noch immer dieses wundervolle, verzückte Lächeln barg.

Gott, daran könnte er sich ein Leben lang erfreuen.

Zusammen traten sie ins Haus, wo Tulk sie begrüßte.

Emmaline zog ihren Arm zurück und sah zu Lionel auf. »Ich werde zu Bett gehen.«

»Ich werde dich nach oben begleiten«, erklärte er und hoffte, dass sie ein Bett teilen würden, obwohl diese quälende Stimme in seinem Kopf ihm versicherte, dass dies nie passieren wird.

»Das ist nicht notwendig.« Wieder lächelte sie und verdammt, er könnte sich daran gewöhnen. »Ich werde Ivy morgen im Waisenhaus treffen und wir werden herausfinden, wie die Spenden am besten verwendet werden, die sie heute Abend gesammelt hat. Ich denke, ich werde für den größten Teil des Tages fort sein.«

Enttäuschung wallte in ihm auf. »Ich habe ebenfalls Termine und geschäftlich im House of Lords zu tun, was bis in die Nacht dauern kann.« Die Enttäuschung wurde zu Frustration.

Sie nickte. »Vielen Dank, dass du mich informiert hast. Gute Nacht.« Ihr Blick senkte sich über ihn und brachte seinen Körper abermals zum Pochen und dann schwenkte sie herum und stieg die Treppe hinauf.

»Hattet Ihr einen schönen Abend, Mylord?«, fragte Tulk und klang ein bisschen süffisant.

»Ja. Und jetzt werde ich ebenfalls zu Bett gehen.« Ehe sein Butler ihm noch weitere unverschämte Fragen stellen konnte.

»Ich wünsche Euch einen guten Schlaf, aber das wird vermutlich kein Problem sein.«

Lionel ignorierte das Feixen in Tulks Tonfall, obwohl er sich eigentlich über die Erkenntnis freute, dass Tulk recht hatte.

Er stieg die Treppe hinauf und stufte den Abend als vollen Erfolg ein. Sie hatten vielleicht keine Liebesbeziehung, aber wenn sie ihre gegenseitige Gesellschaft genießen und ihr Leben teilen konnten, würde er sich mehr als glücklich schätzen.

Und verdammt seien die Stimmen in seinem Verstand.

※

*D*er gestrige Tag im Waisenhaus war wie im Flug vergangen, als Emmaline und Ivy zusammen mit der Vorsteherin Pläne geschmiedet hatten, wie sie die Spenden verwenden wollten. Langfristig würden sie ein neues Waisenhaus bauen, aber im Augenblick mussten verschiedene Reparaturen vorgenommen werden.

Erschöpft war Emmaline eingeschlafen, während sie auf Lionels Ankunft gewartet hatte. Aber er war nicht gekommen. Stattdessen hatte sie sich mit ihren Träumereien von ihm zufriedengeben müssen. Obwohl erregend, waren sie mit ihrem Ehemann in Fleisch und Blut nicht zu vergleichen.

Sie band ihren Morgenrock fertig zu und sah sich im Spiegel an. Was tat sie? Sie war vollkommen schamlos geworden. Welchen anderen Grund konnte es sonst geben, sich Lionel gänzlich hinzugeben?

Na und? Es war nichts falsch daran, das Ehebett zu genießen. Ihre Freundinnen hatten sie ermuntert, das zu tun und nach allem, was sie mit Geoffrey erlebt hatte, konnte sie sich nicht dazu durchringen, damit aufzuhören.

»Lark, ich werde mein Frühstück im Wohnzimmer einnehmen.«

Ihre Kammerzofe, die sich gerade um Emmalines Nachtwäsche kümmerte, hob den Blick. »Ich werde Ihnen Ihr Tablett in ein paar Minuten bringen.«

»Vielen Dank.« Emmaline ging in das Wohnzimmer hinüber und ihre Nerven waren plötzlich wachgerüttelt. Wäre Lionel dort oder war er bereits zu seinem Morgenritt aufgebrochen? Sie wusste, dass er recht früh aufstand, aber auch sie war heute schon früh auf den Beinen.

Die Enttäuschung warf ihren Schatten, als sie erkannte, dass das Zimmer leer war. Mit einem Seufzen trat sie an das Fenster, denn sie war neugierig zu sehen, ob er das Haus verließ.

Das Geräusch einer Tür ließ sie herumschwenken. Lionel trat in das Wohnzimmer und ihr Körper reagierte unmittelbar mit Wahrnehmung. In Reitausstattung gekleidet kam er auf sie zu und sein Blick zeigte eine Mischung aus Überraschung und Bewunderung.

»Guten Morgen.« Sein tiefer Bariton tanzte über ihre Haut. »Welch ein erfreulicher Glücksfall.«

»Ich dachte, ich würde hier frühstücken, weil ich dich gestern nicht gesehen habe.«

Die Tür zum Korridor öffnete sich und Lionels Kammerdiener trat mit einem Tablett in der Hand ein. Sein Blick flackerte ebenfalls ein bisschen vor Überraschung, doch rasch verbarg er diese hinter einem Nicken. »Guten Morgen Mylady. Soll ich ein Tablett für Euch bringen?«

»Meine Kammerzofe erledigt das, vielen Dank.«

Der Kammerdiener stellte das Tablett auf einem runden Tisch mit zwei Stühlen ab und richtete die Mahlzeit für Lionel her. Er legte auch einen Stapel Zeitungen auf den Tisch, ehe er ging.

»Bitte, setzen wir uns«, sagte Emmaline. »Warte nicht mit dem Essen, bis ich meins bekomme.«

Er wirkte unsicher, doch er hielt ihr den Stuhl, während sie Platz nahm. »Wenn du darauf bestehst.«

»Das tue ich.« Sie nahm eine der Zeitungen – die *Post* – in die Hand und sah sie durch, während sie auf Lark wartete, die ihr Schokolade und Toast bringen würde. Der Geruch seiner Bücklinge und Eier machten sie hungrig.

»Was hast du für heute geplant?«, fragte er.

»Ich habe vor, heute Nachmittag auszureiten«, antwortete sie und ihr Blick hielt inne, als sie das Wort Marquess in der Zeitung sah. Sie las die kurze Einleitung:

Vielleicht haben ein gewisser Marquess und seine neue Frau letztendlich doch eine Liebesbeziehung. Es schien unwahrscheinlich, dass sie sich ineinander verlieben würden, denn er hatte ihren früheren Ehemann umgebracht. Allerdings kursieren Gerüchte, dass sie seit geraumer Zeit ineinander verliebt seien und ein Komplott geschmiedet hatten, um ihren Ehemann umzubringen. Ganz sicher ist dies eine Offenbarung, aber von dem Marquess unter dem Deckmantel der Ehre gut gespielt ...

»*W*as ist das?« Lionels scharfe Frage veranlasste sie, den Kopf zu heben.

Er sah sie sehr besorgt an und ihr wurde bewusst, dass sie laut nach Luft geschnappt hatte.

»Das –« Angestrengt rang sie nach den richtigen Worten und schaffte es nicht, also übergab sie ihm die Zeitung.

Sein Blick schweifte über das Gedruckte. Sie beobachtete ihn, als sein Mund sich anspannte und die Farbe aus seinem Gesicht wich.

In diesem Moment trat Lark ein und sie blieben still, während sie Emmalines Frühstück servierte und dann wieder ging.

»Wer würde so etwas schreiben?«, wisperte Emmaline.

Angewidert schleuderte er die Zeitung auf den Tisch. »Irgend so ein klatscherfindender, vulgärer, vollkommen beleidigender Wichtigtuer. Und es wird ihn seinen Kopf kosten.«

»Was meinst du?«

Er starrte sie an, dann fuhr er zusammen und setzte sich auf seinem Stuhl zurecht. »Ich meinte, dafür zu sorgen, dass dieser Person in dieser Zeitung in Zukunft keine Stimme mehr gegeben wird.« Er sah auf seinen Teller herab und nahm seine Gabel mit langsamen und gemäßigten Bewegungen in die Hand.

Er schien außer sich und ihr Verstand wirbelte, als sie

über seine Worte, ihre Antwort – und seine Reaktion nachdachte. »Hast du gedacht ...« Sie holte Luft. »Ich dachte nicht, dass du irgendetwas Bedrohendes meinst. Ich glaube nicht, dass du ihn herausfordern würdest. Du hast das Duellieren hinter dir.«

Er nahm einen Bissen von seinen Bücklingen und trank dann einen Schluck Kaffee. Als er den Blick einmal mehr zu ihrem hob, war dort eine Kluft in den Tiefen seiner Augen zu erkennen. »Das bin ich. Der Klatsch ist bitter, aber es ist nur Tratsch.«

»Heißt das, dass du nicht zur Zeitung gehen wirst?«

»Nein, das werde ich tun.« Sein Blick gewann ein bisschen seiner Wärme zurück. »Ich möchte nur nicht, dass du davon beeinträchtigt wirst.«

Es war schwer, das nicht zu sein. Zu denken, dass die Leute so eine schreckliche Sache von ihr – und von ihm glauben würden. Und dennoch, sollte sie dies bei seinem Ruf eigentlich überraschen? Ja, es war hässlicher Klatsch, aber für ihn war es weit schlimmer. Die Leute dachten bereits schlecht von ihm, wie Lady Dunn neulich Abend angedeutet hatte.

Sie verschränkte die Hände im Schoß. »Vielleicht sollten wir kundtun, was wirklich passiert ist. Dass ich dich gebeten habe, mich zu heiraten, um mich vor einer Ehe zu retten, die ich nicht gewollt hatte.«

Er stieß ein dunkles Lachen aus. »Und du glaubst, das wird für dich sprechen?«

»Es wäre bestimmt besser für deinen Ruf«, erklärte sie. »Ich weiß, dass er dir wichtig ist.«

»Nicht so sehr wie deiner.« Er lehnte sich in seinem Stuhl zurück. »Ich bewundere deine Besorgnis. Ich werde nicht zulassen, dass dein Gedenken an ihn oder eure Ehe verunglimpft werden. Ich weiß, dass du ihn geliebt hast.«

Ja, das hatte sie. Oder zumindest dachte sie das. Sie

wusste es wirklich nicht mehr. Sie fing an, ihre Entscheidungen in Frage zu stellen – ihre Gefühle und einfach alles, was mit Geoffrey zu tun hatte. Der Druck ihrer Eltern zu heiraten war so groß gewesen, vor allem, nachdem eine Verlobung mit Sutton nie Früchte getragen hatte. Als sie Geoffrey kennengelernt hatte, war er charmant und gutaussehend gewesen, und er hatte ihr das Gefühl gegeben, der wichtigste Mensch auf Erden zu sein. Er schenkte ihr alle Aufmerksamkeit, erzählte ihr, wie schön und intelligent sie sei, und wer immer das Glück hatte, sie zu heiraten, wäre der reichste Mann dieser Welt.

Das war für sie mehr als genug gewesen, sich Hals über Kopf in ihn zu verlieben und mit ihm durchzubrennen, nachdem ihr Vater seinen Antrag abgelehnt hatte. Rückblickend war es eine schrecklich impulsive Entscheidung gewesen, beinahe ebenso, wie Lionel zu bitten, sie zu heiraten.

Es war nicht so, dass sich diese Ehe wie ein Fehler anfühlte. Nun anfangs war das vielleicht so, aber mit jedem Tag erkannte sie die Unterschiede zwischen ihm und Geoffrey mehr und mehr. Als ihre Flucht aus Liebe für eine Weile die Skandalblätter geziert hatte, hatte er gelacht und den Ruhm genossen, während sie ihre Scham versteckte.

Wohingegen Lionel tat, was in seiner Macht stand, um dafür zu sorgen, dass niemand ihre Ehe mit Geoffrey herabwürdigte. Sie könnte dies seiner Schuld zuschreiben, derer sie von Zeit zu Zeit flüchtig ansichtig wurde, aber könnte es mehr als das sein?

Sie ließ den Blick zu ihm hinüber schweifen. Er hatte sich wieder seinem Essen zugewandt, während sie in ihren Träumereien verstrickt war. »Du bist sehr gütig.«

Er nahm seine Kaffeetasse, doch dann hielt er kurz inne. »Ich schulde dir eine ganze Menge.« Er trank einen

Schluck und dann stellte er die Tasse wieder auf dem Tisch ab.

Vielleicht *war* es dann einfach seine Schuld. Sehnlichst wollte sie den Grund erfahren, der hinter dem Duell steckte. Was hatte Geoffrey getan, das so schrecklich war, um diesen unbeschreiblich ehrenhaften Mann herauszufordern?

Sie faltete die Hände im Schoß. »Als Geoffrey nach dem Duell nach Hause kam, war er ziemlich fahl. Er hat mir erzählt, du wärst ein abscheulicher Krimineller und ein Mörder, weil du bereits einen anderen Mann getötet hattest. Ich habe ihm gesagt, dass er nicht sterben würde, und der Arzt sich gut um ihn kümmere. Der Arzt hat die Wunde zugenäht, und mir erklärt, dass Geoffrey einige Zeit schlafen würde, und dass er – der Arzt – am selben Abend wiederkäme. »Ich habe nach Geoffrey gesehen, während er schlief. Er war noch immer blass, aber ich habe mich in den Salon zurückgezogen. Ein paar Leute sind zu Besuch vorbeigekommen und als der Arzt zurückkehrte, erklärte er mir, dass Geoffrey gestorben war.« Sie konzentrierte sich auf Lionels aschfahles Gesicht. »Während ich in einem anderen Zimmer gesessen habe, ist Geoffrey einfach so aus dieser Welt geschieden. Wenn ich vielleicht bei ihm geblieben wäre … Aber ich war so wütend auf ihn, aufgrund seiner Tat.«

Lionel kam so schnell um den Tisch, dass sie seine Bewegungen noch nicht einmal wahrnahm. Er kniete neben ihrem Stuhl nieder und nahm ihre Hände in seine. Sie wandte sich um und sah ihn an, als er ihre Fingerknöchel küsste. »Dich trifft keine Schuld. Die habe *ich*. Ich habe sein Leben genommen.«

»Warum? Was hat er getan?« Die Emotion schnürte ihr beinahe die Kehle zu und die Worte kamen gepresst und angespannt hervor.

Waren das Tränen, die dort in Lionels Augen schimmerten? Er zwinkerte und sie war sich nicht sicher. »Er hat gedroht, eine Freundin von mir bloßzustellen. Ich konnte das nicht zulassen. Ich hatte die Absicht, ihn zu überzeugen, sich einfach zu entschuldigen und damit aufzuhören, doch er weigerte sich.« Rasch erhob er sich und wich von ihr zurück. »Es tut mir so leid.«

Dann ging er.

Eine Träne fand den Weg über ihre Wange hinab und sie tat nichts, um ihren Lauf zu stoppen.

CHAPTER 13

*E*s schien, als gäbe es jede Menge Schuldgefühle. Lionel übergab dem Knecht sein Pferd und ging auf das Haus zu. Sein Ritt hatte ihm geholfen, die Düsternis zum Teil zu bannen, die seine Unterhaltung mit Emmaline hervorgerufen hatte. Aber nicht gänzlich.

Aber dann schien diese Düsternis – das Bedauern, die Schuld, die Verzweiflung – ihn für immer zu begleiten. Er musste nur einen Weg finden, mit ihr zu leben. Das hatte er früher schon getan, nach dem letzten Duell mit Addison, aber dieses Mal war es so anders.

Dieses Mal hatte er in Form seiner Frau eine ständige Erinnerung daran, wie falsch er sich verhalten hatte. Wie lernte man, mit so etwas zu leben?

Er betrat das Haus und ging nach oben, um sich umzukleiden, in der Absicht, dem Herausgeber der *Post* einen Besuch abzustatten. Hennings wartete auf ihn und hatte seine Kleidung bereits für ihn zurechtgelegt. »Hattet Ihr einen schönen Ritt Mylord?«

Lionel zog seinen Frack aus und übergab ihn seinem Kammerdiener. »Ja.« Er knöpfte seine Weste auf.

»Darf ich sagen, wie erfreut ich war, zu sehen, dass Ihr heute Morgen mit Lady Axbridge gefrühstückt habt?«

Lionel, der Hennings gerade seine Weste überreichte, knurrte: »Es hat nicht gerade besonders gut geendet.« Er knüpfte seine Krawatte auf und zog sie vom Hals und dann setzte er sich auf einen Stuhl, damit ihm Hennings die Stiefel ausziehen konnte.

»Es tut mir sehr leid, das zu hören. Möchtet Ihr darüber sprechen?«

Stets war Hennings gern bereit, ihm zuzuhören und seinen Ratschlag anzubieten, wenn erforderlich – ob Lionel nun wollte oder nicht. Wenn er zustimmte, diese Information zu teilen, stimmte er auch zu, sich Hennings Meinung anzuhören. Bislang hatte ihm das gute Dienste geleistet, obwohl der Mann bisweilen frustrierend war. Doch andererseits nahm er an, dass auch die besten Eltern – oder ihre Stellvertreter – das waren.

»Sie hat mir von Townsends Tod berichtet. Der Arzt hat die Wunde genäht und ihn dann zum Schlafen zurück-gelassen. Sie hat nicht bei ihm gesessen und als der Arzt zurückkehrte, stellte er fest, dass Townsend gestorben war.«

Hennings zog Lionel die Strümpfe aus und fuhr dabei zusammen. »Wie schrecklich für sie.«

»Sie macht sich Vorwürfe.«

»Ich kann den Grund verstehen, aber dieser Weg führt in den Wahnsinn.« Er schielte zu Lionel hinüber, der sich vom Stuhl erhoben hatte und sich das Hemd über den Kopf zog. »Ich weiß, dass Ihr müde seid, das zu hören, aber Ihr müsst Euch für Addison oder Townsend nicht die Schuld geben.«

Lionel *war* müde, das zu hören, aber nur, weil er nicht einer Meinung war. Emmalines Schuld zu sehen und zu wissen, dass sie fehlgeleitet war, veranlasste ihn, sich zu fragen, ob er sich bei seiner eigenen Schuld vielleicht auch irrte. »Es ist schwer, das nicht zu tun«, entgegnete er leise.

»Ja, aber die Tatsache, dass Ihr mir nicht sagt, mich zum Teufel zu scheren, gibt mir Hoffnung.« Hennings zwinkerte, als er ein frisches Hemd nahm und es Lionel übergab.

Lionel zog den weißen Stoff über den Kopf und schälte sich aus seiner Reithose. Er tauschte sie mit Hennings gegen eine frische Hose ein.

»Es war auch aus einem anderen Grund ein beunruhigendes Frühstück«, sagte Lionel. »Sie hat einen Artikel in der Zeitung gelesen, in dem unterstellt wurde, dass wir ein Komplott für Townsends Tod geschmiedet hatten, damit wir heiraten konnten.«

Hennings sog die Luft ein. »Abscheulich.«

»Ziemlich. Ich habe die Absicht, dem Herausgeber der Zeitung gleich jetzt einen Besuch abzustatten.« Er schob das Hemd in seinen Taillenbund und setzte sich, um Strümpfe und Stiefel anzuziehen.

»Es war nicht die *Post,* oder?«, fragte Hennings.

»In der Tat, das war es. Warum?« Lionel kam mit seinem Strumpf zum Ende und nahm einen Stiefel von Hennings.

Hennings zog eine Grimasse. »Der Herausgeber ist eher skrupellos. Er bezahlt für Informationen – manche entsprechen der Wahrheit, andere nicht. Ich glaube, dass er sich gelegentlich auch auf Erpressung einlässt, wenn die Information besonders anzüglich ist und der Betreffende über Vermögen verfügt.«

Lionel dachte sofort an Marianne und Townsend. War Townsend irgendwie mit diesem Herausgeber verwickelt gewesen? Es schien unwahrscheinlich. Es war eher plausibel, dass er ähnliche Taktiken anwendete. Dennoch fand Lionel diese Ähnlichkeit beunruhigend.

»Wie haben Sie davon erfahren?«, fragte Lionel, während er seinen zweiten Stiefel anzog.

»Dienstboten reden, Mylord«, entgegnete Hennings kleinlaut. »Das wisst Ihr.«

Lionel erhob sich. »Ja, aber *meine* tun das nicht. Ist das immer noch der Fall?«

Hennings richtete sich auf und riss beleidigt die Augen auf.

»Nicht Sie Hennings«, beruhigte Lionel ihn. »Und auch nicht Tulk. Euch beiden vertraue ich bedingungslos.«

Hennings Schultern entspannten sich. »Ich glaube nicht, dass jemand in Eurem Haushalt so etwas tun würde.«

Nein, natürlich würden sie das nicht. Die meisten von ihnen waren bereits seit der Zeit im Dienst, bevor sein Vater gestorben war. Sie waren unerschütterlich loyal.

Lionel stand auf, um seine Krawatte zu nehmen, die er dann um den Hals legte. Als Nächstes bot Hennings ihm seinen Frack an, den er sich über die Schultern zog und zuzuknöpfen begann. »Also sollte ich vor diesem Herausgeber auf der Hut sein, weil er korrupt ist.«

»Das würde ich so sagen. Ich bezweifele auch, dass er seine Quellen preisgibt. Wie ich gehört habe, haben andere das bereits versucht. Allerdings seid Ihr *Der gefährliche Herzog.* Vielleicht habt Ihr mehr Glück.« Auf Lionels Zusammenzucken entschuldigte Hennings sich. »Ich habe Euch nicht beleidigen wollen. Allerdings besitzt Ihr einen gewissen Ruf und wenn er zu dem Ergebnis beiträgt, das Ihr wünscht, warum solltet Ihr Euch ihn dann nicht zunutze machen?«

Lionel rückte die Krawatte um seinen Hemdkragen zurecht. Hennings trat vor und band sie, wobei er einen kunstvollen Knoten zustande brachte, den Lionel nie selbst hinbekommen hätte.

»Ich werde Ihren Ratschlag erwägen«, antwortete Lionel.

Hennings neigte den Kopf und trat zurück, um seinen Frack zu holen. Er hielt das Kleidungsstück für Lionel hin, der sich umdrehte und dann zog er es ihm über die Schultern und glättete den Stoff.

Lionel trat vor den Spiegel und nahm ein paar Korrekturen vor. »Es ist schwer, meinen Ruf zu nutzen, wenn ich ihn gleichzeitig begraben will. Heute Morgen habe ich – fälschlicherweise – geglaubt, dass Emmaline zu dem Schluss gekommen war, ich würde den Herausgeber bedrohen wollen. Angesichts dessen, was sie weiß, schien es nur natürlich, dass sie so denken würde.«

»Und was weiß sie?«, fragte Hennings leise. »Weiß Sie, dass Ihr ein Ehrenmann seid? Dass Ihr die Duelle ausgefochten habt, um den Namen Eures Vaters, das Geheimnis einer Freundin und ein Kind zu verteidigen? Ist sie sich des Ausmaßes Eurer Großzügigkeit und Güte bewusst? Das muss sie sein. Ihr habt ihr Pferd gefunden und es ihr zurückgegeben. Ihr habt die Schulden ihres Ehemanns beglichen und ihr Euren Namen gegeben. Ihr seid hilfsbereit und geduldig gewesen. Euer Vater wäre überaus stolz auf Euch.«

Lionel wandte sich vom Spiegel ab. »Wie können Sie dessen so sicher sein?«

»Ich kannte ihn sehr gut, ebenso wie ich Euch gut kenne. Ihr seid ein Mann mit einem erlesenen Ehrgefühl und tiefer Nächstenliebe. Ihr habt einen tiefsitzenden Moralbegriff und könnt nicht tatenlos zusehen, wenn andere leiden, vor allem nicht diejenigen, die Euch am Herzen liegen. Und ich kann sehen, dass Ihr Lady Axbridge sehr gern habt.«

Das tat er. »Vielen Dank, Hennings.« Er drehte sich um und machte sich auf den Weg nach unten, wo die Kutsche auf ihn wartete, um ihn zu den Redaktionsräumen der *Post* im Strand zu befördern.

Eine kurze Weile später stolzierte er durch die Tür. Er brauchte ein paar Minuten, um den Herausgeber zu finden, der in einem Büro an einem großen Schreibtisch saß, auf dem Papiere vor ihm ausgebreitet waren. Als Lionel eintrat, sah er auf.

»Guten Tag«, sagte Lionel geschmeidig. »Sind Sie der Herausgeber?«

Der Mann erhob sich. »Das bin ich. Mein Name ist Hodge.«

»Ich bin Axbridge.« Die Nasenflügel des Mannes flatterten. »Natürlich werden Sie wissen, wer ich bin, weil Sie heute Morgen diesen abscheulichen Artikel voller Unsinn gedruckt haben.«

»Ich weiß nicht, worauf Sie sich beziehen, Mylord.«

Jetzt *waren* die Ähnlichkeiten zwischen ihm und Townsend zu offensichtlich. Der Viscount hatte mit beinahe genau der gleichen Behauptung geantwortet. »Ich bin sicher, dass Sie das wissen, aber ich bin nicht hier, um darüber zu streiten. Ich bin hier, um Sie zu fragen, warum Sie so etwas Hässliches drucken. Meine Frau ist außer sich. Es gefällt mir nicht, sie dermaßen außer sich zu sehen.«

Hodges Blick wurde misstrauisch. »Das nehme ich an. Wir veröffentlichen Dinge von Interesse. Ich entschuldige mich, wenn Sie sich angegriffen fühlten.«

»Ich könnte Sie vielleicht der Verleumdung verklagen.«

Angstvoll riss Hodges die Augen weit auf. »Ich habe Ihren Namen nicht gedruckt.«

Lionel zog die Nase kraus. »Es ist dennoch hässlich. Haben Sie sich diesen Unsinn selbst ausgedacht, oder haben Sie sich diese Information von einem Ihrer Informanten verschafft?«

Der Herausgeber erbleichte. »Ich weiß nicht, worüber Sie sprechen.«

Lionel stieß die Luft aus und ging langsam um den Schreibtisch herum, bis zu der Stelle, wo der Mann stand. Hodge reichte Lionel kaum bis zur Schulter.

»Ich denke, wir sind uns einig darüber, dass Sie lügen, wenn Sie das sagen«, sagte Lionel. »Zumindest *bin ich* zu diesem Schluss gekommen, und ich glaube, dass ich recht habe. Ich weiß, dass Sie Leute, wie Dienstboten, für Skandale und Geheimnisse bezahlen.« Er beugte sich ein wenig nach vorn, wobei er den kleineren Mann überragte. »Wen haben Sie dafür bezahlt?«, brachte er mit gepresster Stimme hervor.

»Eine Dame versorgt mich regelmäßig mit Neuigkeiten.«, quiekte der Mann.

»Wie ist ihr Name?«

»Ich weiß es nicht.« Auf seiner Stirn bildeten sich Schweißtropfen und er wischte sich mit der Hand über das Gesicht. »Sie ist eine Gouvernante, glaube ich. Sie ist ein bisschen kräftig um die Mitte herum und hat dunkles Haar. Oh! Und eine Nase, die wie der Schnabel eines Rabens aussieht.«

Lionels Herz setzte einen Schlag aus. Er wandte sich von dem Mann ab und ging um den Schreibtisch zurück. »Wenn Sie noch etwas über mich oder meine Frau drucken – auch ohne unsere Namen – werde ich Sie der Verleumdung verklagen.«

»Das können Sie nicht, wenn es stimmt. Sie hat mir erzählt, dass diese Information – über Sie und Ihre Frau – der Wahrheit entspricht.«

Lionel gestattete sich, die Lippen zu einem eisigen Hohnlächeln zu verziehen. »Sie ist eindeutig falsch. Sollte ich meine Anklage wegen Verleumdung in diesem Fall noch einmal überdenken?«

Abermals machte Hodges große Augen und schüttelte den Kopf. »Nein, Mylord.«

»Ich bin schon gespannt, was Sie morgen drucken werden – irgendetwas in der Richtung, wie glücklich Lady Axbridge und ich sind, einander inmitten solch außergewöhnlicher Umstände gefunden zu haben.« Er marschierte zur Tür, doch bevor er ging, hielt er noch einmal inne. »Sie sagten, diese Frau besucht Sie regelmäßig. Welche anderen Informationen hat Sie ihnen noch gegeben?«

Hodges Gesichtsfarbe wurde ein bisschen gräulich. »Dass Sie eine Affäre mit Lady Richland haben.«

»Und trotzdem war ich so in meine Frau verliebt, dass ich einen Komplott für einen Mord geschmiedet habe. Was von beidem ist es denn nun? Guter Gott, Mann, wenn Sie Lügen drucken, sollten Sie wenigstens dafür sorgen, dass sie einen Sinn ergeben.« Lionel sah ihn mit einem eindringlichen, langen und finsteren Blick an, ehe er ging.

Er stolzierte aus dem Gebäude und instruierte seinen Kutscher, ihn zu Marianne zu fahren. Er bestieg die Kutsche und sah grübelnd aus dem Fenster. Als er sein Ziel erreichte, überschlugen sich die Fragen in seinem Verstand.

Mariannes Butler Arnold führte ihn den Salon. Während er wartete, ging er im Zimmer auf und ab und war dankbar, dass es nicht zu lange dauerte.

Marianne rauschte in das Zimmer und die lavendelfarbenen Röcke strichen um ihre Knöchel. »Lionel, wie entzückend, dich zu sehen.«

Er runzelte die Stirn. »Ich wünschte, ich wäre unter glücklicheren Umständen hier.«

Sie wich zurück. »Oh nein, was ist denn passiert?«

»Setzen wir uns.« Er zeigte auf das Sofa und wartete, bis sie sich auf dem Polster niederließ, ehe er sich zu ihr setzte. »Ich habe erfahren, dass Freddys Kindermädchen

Informationen an die *Post* verkauft hat. Ich frage mich, wenn sie das getan hat, ob sie vielleicht auch an Townsend Informationen für eine Erpressung verraten – oder verkauft – hat.«

Marianne keuchte und hob eine Hand an den Mund. »Das ist … Ich kann mir kaum vorstellen, wie sie zu so etwas imstande sein soll. Sie ist mit Freddy so wundervoll.« Sie ließ die Hand in den Schoß fallen. »Ich weiß nicht, wie sie davon erfahren hat. Sie ist erst im letzten Frühjahr in unseren Haushalt gekommen und ich habe ihr das nie erzählt. Meine Kammerzofe ist die Einzige, die Bescheid weiß, und das auch nur, weil sie damals bei mir in Stellung war.«

»Ist es möglich, dass sie es dem Kindermädchen erzählt hat?«, fragte Lionel.

»Ich wäre schockiert, aber ich muss sie wohl fragen, denke ich. Ich werde Arnold bitten, sie zu holen.« Sie erhob sich und ging für einen Augenblick aus dem Salon. Bei ihrer Rückkehr kam sie zum Sofa zurück. »Das ist eine Katastrophe.«

Er berührte sie kurz am Arm. »Wir werden der Sache auf den Grund gehen.«

Sie nickte und lächelte. Einen Moment später sah sie ihn besorgt an. »Ich habe die *Post* heute Morgen gelesen.«

»Ich gehe davon aus, dass du dich auf diesen furchtbaren Artikel über Emmaline und mich beziehst?«

»Niemand wird das glauben. Sie ist mit ihrem Ehemann durchgebrannt – die beiden waren ziemlich verliebt.«

Ihre Worte schnitten tief ein. Aber er konnte die Tatsachen nicht ausradieren, egal, wie sehr sie an ihm fraßen. »Ich habe mit dem Herausgeber gesprochen – auf diese Weise habe ich die Sache mit dem Kindermädchen erfahren. Sie hat ihm diese Information verkauft und versichert, dass sie wahr wäre.«

Zorn blitzte in Mariannes Augen auf. »Warum sollte sie das tun?«

»Ich würde einmal vermuten, des Geldes wegen. Manchmal sind die einfachsten Motive die richtigen.«

Mariannes Zofe trat ein. Sie sank in einen Knicks. »Mylord.« Sie war vielleicht Mitte zwanzig und ziemlich attraktiv.

»Clarkson, haben Sie das Geheimnis über Freddys Vater irgendjemandem anvertraut?«

Die Gesichtsfarbe der Zofe verblasste zu einem dumpfen Grau. »Nein, Mylady.« Ihre Antwort war so leise, dass Lionel sich anstrengen musste, sie zu hören.

»Verzeihen Sie, Clarkson.« Lionel versuchte, seinem Tonfall Wärme zu verleihen, um sie nicht zu ängstigen. »Es scheint, als ob Sie möglicherweise nicht die ganze Wahrheit sagen. Bitte, wir müssen es wissen.«

Sie brach in Tränen aus und Marianne sprang auf und eilte an ihre Seite. Sie legte der jungen Dienerin einen Arm um die Schultern und drückte sie fest. »Es ist alles in Ordnung, Clarkson. Ich bin nicht böse auf Sie.«

Die Zofe brauchte eine Minute, um ihre Gefühle wieder unter Kontrolle zu bringen. Sie wischte sich über die Wangen, doch ihre Lippen bebten noch immer. »Manchmal trinke ich etwas mit Deborah – dem Kindermädchen. Sie trinkt gern und dann fragt sie mich Dinge. Ich glaube, ich könnte etwas gesagt haben, was ich nicht hätte sagen sollen.«

»Wie die Frage nach Freddys Vater und die Natur meiner Ehe«, schlug Lionel vor.

Wieder begannen Clarksons Tränen heftig zu fließen. Ihre Wangen liefen feuerrot an, während ihre Schultern bebten. Sie versuchte zu sprechen, aber Lionel hatte keine Ahnung, was sie da überhaupt von sich gab.

Nachdem sie ein paarmal tief Luft geholt hatte, riss sie sich abermals zusammen. »Sie hat mich nach Ihnen gefragt, Mylord und ob irgendetwas zwischen Euch und Mylady wäre.« Sie drehte den Kopf zu Marianne. »Ich antwortete, dass da einmal etwas gewesen ist.« Sie sah ihre Herrin mit einem entschuldigenden Blick aus den tränennassen Augen an. »Bitte verzeiht mir.«

»Es ist in Ordnung«, beruhigte Marianne sie. »Warum gehen Sie nicht in die Küche und lassen sich von der Köchin etwas warme Milch geben. Das wird Sie beruhigen.«

»Bin ich –« Clarkson bekam einen Schluckauf. »Werde ich von meinem Posten entlassen?«

»Nein.« Marianne sah sie mit einem freundlichen Lächeln an und drängte sie zur Tür.

Clarksons Wimmern wurde schwächer, als sie aus dem Zimmer schlich.

»Du bist zu gütig, sie in Stellung zu behalten.«

»Weißt du, wie schwer es ist, eine gute Zofe zu finden? Sie hat einen Fehler gemacht. Ich wage zu sagen, dass sie das nicht wieder tun wird, und dafür werde ich Sorge tragen.« Mariannes Brauen bildeten ein V über ihren zusammengezogenen Augen. »Sie ist nicht der wahre Feind hier. Ich werde nach dem Kindermädchen schicken lassen.« Wieder ging sie hinaus und Lionel erhob sich vom Sofa, um die Unruhe zu lindern, die seinen Körper anspannte.

Er trat an das Fenster und starrte hinaus. Marianne kehrte zurück und bot ihm einen Whiskey an, doch er lehnte ab. Sie erklärte, dass sie vorhatte, ein Glas zu trinken, sobald sie fertig wären.

Ein paar Minuten später trat das Kindermädchen ein. Lionel musterte eingehend ihre Züge, um festzustellen, ob sie vielleicht mit Mullens, dem Schneider, verwandt war. Sie hatten die gleiche Nasenform, aber das hatte auch die Frau neulich bei dem Musikabend.

Ebenso wie die Zofe sank das Kindermädchen vor Lionel in einen Knicks. Sie war ein bisschen älter als die Zofe und nichtssagender. Sie besaß gütige Augen und eine Sanftheit in ihrem Ausdruck, der sie – wie Lionel vermutete – als Kindermädchen attraktiv machte. Ganz bestimmt sah sie nicht wie die Sorte Frau aus, die Geheimnisse für Geld verkaufte. Nicht, dass Lionel eine Vorstellung hatte, wie eine solche Frau wohl aussehen *sollte*.

Marianne sah das Kindermädchen an. »Mir ist zu Ohren gekommen, dass Sie Informationen über mich und meinen Freund« – sie sah zu Lionel hinüber - »an die *Post* zur Veröffentlichung verkauft haben. Ich frage Sie nicht, ob das wahr ist, denn das weiß ich. Haben Sie etwas dazu zu sagen?«

Das Kindermädchen begann zu zittern, doch sie verfiel nicht in einen hysterischen Anfall wie die Zofe. »Es scheint, als wärt Ihr bereits zu Eurer Schlussfolgerung gekommen. Ich kann nur sagen, dass ich Euch nie hintergehen würde, Mylady.«

»Und dennoch haben Sie das getan«, bemerkte Lionel, der auf sie zuging und ein paar Schritte vor ihr stehenblieb. »Machen Sie sich nicht die Mühe, es zu leugnen. Sie haben Informationen über meine Ehe – falsche Informationen, die als Verleumdung gelten – an Mr. Hodge verkauft. Ihre einzige Möglichkeit, sich hier zu retten, besteht darin, uns zu erzählen, was Sie noch preisgegeben haben und an wen.«

Ihre Lippe bebte, doch ihre Augen waren trocken. Sie

wandte ihre Aufmerksamkeit Marianne zu. »Es tut mir leid, Mylady. Ich wusste, dass Mr. Hodge Informationen kaufte und ich brauchte das Geld, um meiner Mutter zu helfen. Sie ist sehr krank.«

»Ich wusste nicht, dass Sie eine Mutter haben«, sagte Marianne. »Ich wünschte, Sie wären zu mir gekommen.«

Lionel war nicht überzeugt. »Also haben Sie das erfunden?«

Sie nickte. »Ich hatte am Tag zuvor gelesen, dass Ihr und die Marchionness einander beim Musikabend der Clares recht zugetan wart.« Sie schlug den Blick nieder und sah auf den Teppich. »Ich hatte auch über die Spekulationen bezüglich Eurer Heirat gelesen und wie sonderbar es war, dass sie Euch geheiratet hat, den Mann, der ihren Ehemann umgebracht hat.« Dann sah sie ihn an und er schwor, tief in ihren Augen Eis zu sehen.

»Sie sind eine ganz schöne Geschichtenerzählerin«, bemerkte Marianne und klang angeekelt. »Haben Sie auch Informationen über meinen Sohn verkauft?«

»Das habe ich nicht, Mylady. Das schwöre ich.« Sie blickte Marianne direkt in die Augen und beinahe hätte Lionel ihr geglaubt.

»Ich werde Sie aus Ihrer Stellung entlassen und ich fürchte, dass ich Ihnen keine Empfehlung ausstellen kann.«

Das Kindermädchen klappte den Mund auf. »Das würdet Ihr nicht tun.«

Marianne presste die Lippen zusammen. »Leider muss ich das.«

»Aber meine Mutter –«

»Es tut mir leid, von Ihren Schwierigkeiten zu hören, aber Sie hätten mit mir reden sollen. Unter diesen Umständen kann ich Sie niemand anderem empfehlen.« Sie begab sich zur Tür und bedeutete Arnold, in den Salon zu kommen. »Bitte sorgen Sie dafür, dass das Kindermädchen ihre Sachen packt und innerhalb einer Stunde gegangen ist. Und stellen Sie sicher, dass sie nicht mehr mit Freddy spricht.«

Das Kindermädchen drehte sich um und ihre Schultern sackten zusammen.

»Noch eine Sache«, sagte Lionel.

Sie wandte sich um, aber nur zum Teil und sie sagte nichts. Ihr stierer Blick bohrte sich in Lionel und verursachte ihm eine leichte Unbehaglichkeit.

»Ich habe gesehen, wie Sie kürzlich den Laden eines Schneiders in der Savile Row betreten haben. Was hatten sie dort zu tun?«

Sie blinkte. »Sie haben sich geirrt, Mylord.« Sie schwenkte herum und verließ das Zimmer mit Arnold, der direkt hinter ihr nachfolgte.

Lionel runzelte die Stirn, als er zusah, wie sie davonging. Er glaubte ihr nicht und es schien, als würde sie ihm nicht die Wahrheit sagen. »Aber wenn sie es gewesen *ist* und sie eine Verbindung zu Mullens hatte, der wiederrum eine Verbindung zu Townsend hatte ... Es war einfach ein zu großer Zufall, um es zu ignorieren.

Und dennoch wusste er nicht, wie er diese Angelegenheit weiter verfolgen könnte. Und warum er das außerdem tun sollte?

Weil es gut wäre, diese ganze Angelegenheit, die mit dem Duell verknüpft war, zu begraben. Warum? Damit er glücklich mit Emmaline weiterleben konnte, als hätte er ihren Ehemann nicht umgebracht?

Marianne kam auf ihn zu und überraschte ihn mit einer Umarmung. Sie glitt mit den Armen um seine Taille und legte den Kopf an seine Brust. »Vielen Dank. Der Gedanke, dass diese Frau meinem Sohn so nahe gewesen ist …« Sie erschauderte und er strich ihr mit einer Hand über den Rücken.

»Ich hoffe, du wirst eine ausführliche Unterhaltung mit deiner Kammerzofe führen oder dir überlegen, sie zu ersetzen.«

»Das werde ich.« Sie legte den Kopf in den Nacken und sah zu ihm auf. »Du bist so ein gütiger Mann.« Sie streckte die Hand nach oben und streichelte seinen Kiefer. Ihre Finger legten sich seitlich um seinen Nacken und sie erhob sich auf die Zehenspitzen …

Er trat von ihr zurück, bis sie sich nicht länger berührten. »Marianne.«

»Was stimmt nicht?« Sie bewegte sich auf ihn zu, die Lippen geteilt.

»Ich bin ein verheirateter Mann.«

»Ich war eine verheiratete Frau, als wir unsere Affäre hatten.«

Die Wahrheit schnitt ihm in die Eingeweide und er verspürte ein überwältigendes Bedauern. Nun, da er verheiratet war, fühlte sich Untreue wie eine schreckliche Übertretung an. Was für ein selbstgerechter Heuchler er doch geworden war. »Nichtsdestotrotz nehme ich mein Gelübde ziemlich ernst und werde meiner Frau treu bleiben.«

Mariannes Blick verdunkelte sich vor Verwirrung. »Aber sie ist nur zum Schein.«

Er schüttelte den Kopf. »Das ist sie nicht. Nicht für mich. Emmaline hat meine vollkommene Hingabe verdient.«

»Das ist deine Schuld, die dort spricht.«

Vielleicht, aber es waren auch seine Gefühle. Er verliebte sich in seine Frau. »Vielleicht wird sie mich nie lieben, aber ich werde mein Leben damit verbringen, zu versuchen, dies verdient zu haben. Möglicherweise ist das meine Strafe.« Eine Frau zu lieben, die seine Liebe niemals erwidern würde.

Sie schüttelte den Kopf. »Du hast dich verändert.«

Das Töten von zwei Männern bewirkte so etwas.

Dann erkannte er, dass seine Freundschaft mit Marianne zu einem Ende gekommen war. »Ich werde dir stets helfen, wenn du mich brauchst, aber ich muss Auf Wiedersehen sagen.«

Er trat auf sie zu und küsste sie auf die Stirn. Sie neigte sich zu ihm hin und er gestattete ihr, sich für einen Augenblick an ihn zu schmiegen. Dann ging er davon.

»Und ich werde immer für dich hier sein, Lionel. Immer.«

Er antwortete nicht, sondern ging schneller, als er das Haus verließ, begierig, das nächste Kapitel seines Lebens zu beginnen.

*D*ie Ladentür schlug krachend auf, was dazu führte, dass sich Adam Mullens seinen Tee über die Weste kippte. Er fluchte. Nichts machte ihn wütender als eine nachteilige Beeinträchtigung seiner Kleidung. Nun nichts abgesehen von Plänen, die durchkreuzt wurden. Das brachte ihn ganz bestimmt in Rage.

Er stellte seine Tasse ab und trat in den Hauptraum. Seine ältere Schwester, Deborah, ließ ihre Kleidertasche auf den Boden fallen. Ihre Augen waren dunkel und zornig und die Lippen in ihrer Wut praktisch nicht sichtbar.

Er holte tief Luft und trat vor. »Es ist anscheinend etwas passiert?«

Sie versetzte der Kleidertasche einen Tritt. »Ist das nicht offensichtlich? Ich bin entlassen worden.«

Nun, verdammt. »Komm und erzähl mir alles.« Er

nahm ihr Gepäck und führte sie zum hinteren Bereich. »Ich werde dir etwas Tee bringen.«

»Tee?«, kreischte sie hinter ihm. »Wie kannst du so ruhig bleiben?«

Er stieß den Vorhang zum hinteren Raum beiseite und stellte ihre Kleidertasche neben die enge Treppe, die in die darüberliegende Wohnung führte, welche sie nun offensichtlich mit ihm teilen würde – wenigstens, bis sie eine neue Anstellung gefunden hatte. »Du wirst eine andere Stellung finden. Du bist ein ausgezeichnetes Kindermädchen. Oder Gouvernante. Was immer notwendig ist.« Er trat an die Anrichte und schenkte ihr eine Tasse Tee ein. »Das ist in der Tat ein Glücksfall. Du kannst jemanden mit einem größeren Haushalt finden, der in der Gesellschaft bekannter ist, jemanden mit Zugang zu mehr Informationen, die wir nutzen können.«

Sie nahm die Teetasse von ihm und sah ihn mit einem übermäßig süßen Lächeln an, das ihn nervös machte. »Du verstehst nicht. Es gibt keine Referenzen. Ich werde nicht in der Lage sein, eine andere Stellung zu finden. Nicht so eine, wie ich sie bei Lady Richland hatte.«

Keine Referenz. Die Wut rührte sich in seinem Inneren, doch er hielt sie unter Kontrolle. Für den Augenblick. »Dann erzähl mir, was passiert ist.« Er bedeutete ihr, sich zu setzen und nahm seinen eigenen Platz nahe der verhangenen Türöffnung zum Laden ein.

»Lord Axbridge hat irgendwie erfahren, dass ich Informationen an Hodge verkauft habe.«

Adams Lippen kräuselten sich. Er hatte den Herausgeber der Zeitung nicht kennengelernt, doch alles, was Deborah ihm erzählt hatte, deutete darauf hin, dass er von der wankelmütigen Sorte war. »Ich gehe davon aus, dass Hodge dem Marquess diese Information ausgeplaudert hat?«

Deb nickte. »Axbridge informierte Ihre Ladyschaft und irgendwie haben die beiden herausgefunden, dass ihre Kammerzofe mir Dinge erzählt. Es war kein besonders großer Schritt für sie, zu kombinieren, dass ich diejenige war, die das Geheimnis über ihren Sohn verraten hat.« Deb biss sich auf die Lippe, trank einen Schluck Tee und für einen Augenblick schien sie nachzudenken. »Ich hatte diesen Jungen ins Herz geschlossen.«

»Als ob das von Bedeutung wäre«, gab Adam zurück und wurde langsam wütend auf sie. Er erhob sich und durchmaß das Zimmer ein paarmal mit seinen Schritten. »Also wissen sie, dass du Informationen an die *Post* verkauft hast.« Deborah hatte eine anständige Summe mit dem Verkauf von Informationen über Axbridges Heirat erwirtschaftet, die sie durch ihre Stellung gesammelt hatte. Zusammen hatten sie die Gerüchte ausgekocht – zuerst, dass Axbridge eine Vernunftehe eingegangen war und eine Liaison mit Lady Richland unterhielt und dann ein zweites Mal, dass seine Heirat in Wahrheit eine Liebesheirat zwischen ihm und Lady Townsend war, mit der zusammen er den Mord an ihrem Ehemann geplant hatte. Tatsächlich war diese Version Adam selbst eingefallen und sogar noch jetzt brachte ihn dies zum Lächeln.

»Warum grinst du so?«, fragte Deb mürrisch. »Wir sind ruiniert.«

»*Das sind* wir nicht. Aber du bist es offensichtlich. Bis wir deinen Namen ändern und ein paar Referenzen von irgendjemandem von weit entfernt fabrizieren.«

Deborah schien sich ein wenig zu entspannen. »Ja.« Wieder trank sie einen Schluck ihres Tees. »Was wirst du wegen Axbridge unternehmen?«

»Nichts.« Noch nicht. Was nicht bedeutete, dass er ihn nicht im Auge behielt. Adam war bereits ziemlich wütend auf ihn, weil er seine Intrige mit Townsend ruiniert hatte, doch dann war Lady Axbridge so freundlich gewesen, ihm das Geld zu geben, das er von Townsend mit der Erpressung von Lady Richland verdient hätte.

»Er wird uns weiterhin Schwierigkeiten machen«, meckerte Deb. »Ich kann nicht glauben, dass du keinen Plan hast. Du hast immer einen Plan. Seit wir Kinder waren, hast du die Menschen und Situationen zu deinem Vorteil manipuliert.«

»Ich habe nicht gesagt, dass ich keinen Plan habe. Ich muss ihn einfach noch nicht durchführen.« Aber er war in Gang gesetzt. Vor kurzem war Sir Duncan Thayer dank Adams sorgfältiger Werbung sein Kunde geworden und er hasste Axbridge sogar noch mehr als Adam. Sir Duncan hatte bereits erwogen, Axbridge zu einem Duell herauszufordern. Adam wusste, dass es leicht sein würde, ihn in diese Richtung zu dirigieren. Und da Sir Duncan ein exzellenter Schwertkämpfer war – aber Axbridge nicht – hatte Adam jede Hoffnung, dass der Baronet die Sache in die Hand nehmen würde. »Der Marquess wird wahrscheinlich nicht viel länger ein Problem sein, liebste Schwester.«

Ein Lächeln umspielte ihre Lippen. »Du versetzt mich immer wieder in Erstaunen, Adam. Wie ich schon oft gesagt habe, bin ich froh, nicht deine Feindin zu sein.«

Auch Adam war froh darüber, denn wenn sie es wäre, würde er sich nicht einmal von ihrem gemeinsamen Blut abhalten lassen, sie beiseite zu schaffen, falls dies notwendig wäre. Er war auf dem besten Weg, sich sowohl einen Namen zu machen als auch seinen Reichtum zu etablieren, und nichts konnte ihn abhalten auf seinem Weg nach ganz oben.

∾

Selbst ein ausgedehnter, belebender Ritt auf Pearl hatte Emmalines Verstand noch nicht beruhigt. Ihre Unterhaltung mit Lionel heute Morgen lastete schwer auf ihr. Das Gerücht, das sie in der Zeitung gelesen hatte, machte sie krank. Doch die Verzweiflung, die sie in seinen Augen erblickt hatte, bevor er das Wohnzimmer verließ, hatte sie am Boden zerstört.

Sie hatte ihm nicht von Geoffreys Tod erzählen wollen, aber die Worte waren aus ihr herausgeströmt, und es hatte sich gut angefühlt, sie auszusprechen. Seine Reaktion hatte sie jedoch wünschen lassen, dass sie ihre Seele nicht offenbart hätte.

Natürlich würde er sich schuldig fühlen. Hatte sie ihm nicht die Schuld für Geoffreys Tod gegeben, obwohl sie wusste, dass sie dies möglicherweise hätte verhindern können?

Ihre Eingeweide krampften sich zusammen und sie versuchte, sich erneut auf den Brief zu konzentrieren, den sie an ihre Schwester in Northumberland schrieb. Einmal im Monat schrieb sie ihren Geschwistern pflichtschuldig Briefe, und sie antworteten pflichtbewusst. Im Laufe der Jahre hatten sie einander wenigstens auf dem Papier kennengelernt und Emmaline war für die Verbindung dankbar, wenn sie auch schwach war.

»Mylady, Ihr habt einen Besucher.«

Tulks Stimme unterbrach sie, als sie gerade im Begriff war, ihre Feder auf das Pergament zu senken.

Sie schwenkte auf ihrem Stuhl herum. »Wer ist es?«

»Lady Richland. Sie ist im Salon. Soll ich ihr sagen, dass Ihr keine Besucher empfangt?«

Lionels ehemalige Geliebte. Was um alles in der Welt würde sie hier wollen? Das wollte Emmaline herausfinden.

»Nein, ich werde sie empfangen, vielen Dank.« Emmaline erhob sich und strich ihren Rock glatt.

Tulk trat zur Seite und ließ sie vorangehen. Als sie die Treppe hinabschritt, stählte sie ihre Nerven und fragte sich, was diese Frau wohl wollen könnte.

Mit einem nicht ganz echten Lächeln trat sie in den Salon. »Guten Tag, Lady Richland.«

Die Frau wandte sich vom Fenster ab, wo sie auf die Straße hinausgeblickt hatte. Sie war recht hübsch, mit goldbraunen Augen und einem weichen, ruhigen Lächeln. Ihr dunkles Haar besaß einen Anflug von Rot und war in einen eleganten Stil zusammengenommen. Sie hielt ihre Haube in ihren behandschuhten Händen.

»Guten Tag, Lady Axbridge. Ich bin eine Freundin Ihres Mannes.«

Die Eifersucht durchzuckte Emmaline, obwohl sie sich in Erinnerung rief, dass sie und Lionel kein Liebespaar waren. Aber das waren sie gewesen. Der Gedanke drehte ihr den Magen um. »Welchem Umstand habe ich das Vergnügen Ihres Besuchs zu verdanken?« Sie setzte sich weder hin, noch lud sie die Frau ein, es sich bequem zu machen. Sie wollte diese Sache nicht mehr in die Länge ziehen, als unbedingt nötig war.

»Ich ziehe es vor, direkt zu sein, also hoffe ich, dass Sie mir verzeihen werden. Ich bin eine gute Freundin von Lionel.« Die Art, wie sie seinen christlichen Namen gebrauchte, ließ Emmaline die Zähne zusammenbeißen. »Wir kennen uns schon eine ganze Weile. Ich verstehe, dass die Umstände Ihrer Ehe ziemlich ... seltsam sind.«

Er hat ihr von ihrer Ehe erzählt? Der Zorn flammte in ihrer Brust auf, und sie ließ die Hände sinken. »Auf diese Weise würde ich sie nicht charakterisieren. Ich würde sogar sagen, dass unsere Ehe ziemlich gut voranschreitet. Ich würde sogar so weit gehen zu behaupten, dass sie für beide Seiten *befriedigend* ist.« Sie betonte das vorletzte Wort in der Hoffnung, seine Bedeutung zu vermitteln – dass sie beide die körperliche Seite ihrer Ehe genossen.

Lady Richland presste die Lippen fester aufeinander. »Ich bin erfreut, das zu hören. Wie auch immer, Sie foltern ihn. Mit Ihnen verheiratet zu sein, bedeutet für ihn eine ständige Erinnerung an die Duelle, die er ausgefochten hat … und an die Leben, die er genommen hat. Verstehen Sie, was das in ihm bewirkt hat, wie er jeden Tag kämpfen muss?«

Jeden Tag? Heute Morgen hatte er sie mit dem Ausmaß seiner Reaktion erschreckt.

»Vielleicht kennen Sie ihn noch nicht lange genug, um dies wahrzunehmen.« Ihr herablassender Ton brannte sich in Emmaline ein. »Er verfällt in Melancholie und gelegentlich hütet er sein Bett.«

War das neulich passiert, als er »krank« war? Unter der Last ihrer Unwissenheit wäre sie am liebsten eingeknickt.

»Aus irgendeinem Grund glaubt er, eine Chance auf eine glückliche Ehe mit Ihnen zu haben. Ich bin heute hergekommen, um Sie zu bitten, ihm die Wahrheit zu sagen. Lassen Sie ihn los, damit er Liebe finden kann.«

Emmaline schluckte an dem Kloß in ihrer Kehle vorbei und mit erstickter Stimme stieß sie hervor: »Mit Ihnen, nehme ich an?«

»Ja. Ich liebe ihn. Wir haben eine Vergangenheit, und ich kann ihm helfen. Ich habe ihm geholfen. Zu wem ist er wohl nach der Sache mit Addison gegangen?«

Wer war Addison? Emmaline konnte sich nicht durchringen, danach zu fragen. »Erwarten Sie, dass ich mich von ihm scheiden lasse?«

Lady Richland zuckte mit den Achseln. »Das wäre schwierig, aber nicht unmöglich. Entlassen Sie ihn einfach aus seiner Pflicht. Erlauben Sie ihm, frei zu sein.«

»Woher weiß ich, dass er das überhaupt will?«

Kurz schürzte Lady Richland die Lippen und ihre Wangen erblühten in einem zarten Rosa. »Weil er mich gern hat. Wir haben viel zusammen durchgemacht. Wegen mir hat er sich mit Ihrem Mann duelliert.«

Nichts hätte Emmaline mehr verletzen können. Emmaline wünschte, sie *hätte* sich gesetzt. Ihre Knie verwandelten sich in Gelee, und sie kämpfte um ihr Gleichgewicht.

»Das hat er Ihnen nicht erzählt.« Lady Richlands befriedigter Tonfall war wie Säure auf Emmalines Wunden.

»Das hat er nicht«, entgegnete Emmaline angespannt. »Er wollte Sie beschützen – seine Ehre ist ihm unbeschreiblich wichtig.«

»Ja, das ist sie und deshalb kann er nicht wirklich glücklich sein, es sei denn, Sie entlassen ihn aus seinen ehelichen Pflichten.« Sie trat einen Schritt auf Emmaline zu und ihr Blick war mitfühlend. »Es tut mir wirklich leid für Ihren Verlust und dass Ihr Ehemann in so etwas Schreckliches verwickelt war. Oh, aber das können Sie nicht wissen, denn Lionel hat Ihnen nichts davon erzählt. Wegen seiner Ehre.« Sie lächelte sanft. »Ihr Ehemann hat versucht, Geld von mir zu erpressen. Er sagte, er würde die Tatsache publik machen, dass mein Ehemann nicht der Vater meines Sohnes sei und dass Lionel ihn gezeugt habe.«

Emmaline hatte sich geirrt. Es *gab* etwas, das noch mehr weh tun konnte. »Ist er das?« Die Frage kam ihr leise und gepresst über die Lippen. Es klang, als hätte jemand anderer sie gestellt.

Lady Richlands Zögern sprach Bände. Endlich wandte sie den Blick von Emmaline ab und antwortete: »Nein.«

Emmaline, die erkannte, dass sie die Luft angehalten hatte, atmete scharf aus.

Lady Richland konzentrierte sich abermals mit Triumpf im Blick auf sie. »Aber das hat ihn nicht davon abgehalten, mir zu helfen, als ich ihn gebraucht habe, und dafür zu sorgen, dass mein Ehemann, der krank war, nicht die Wahrheit über den Jungen erfuhr, den er für seinen Sohn hielt.« Sie blickte zurück auf Emmaline, ihre Augen weit geöffnet und voll von Gefühlen. »Verstehen Sie jetzt, warum ich ihn liebe? Warum ich für ihn sorgen will?«

Das tat sie. So sehr. »Ich verstehe. Allerdings ist er mein Ehemann und ich werde für ihn sorgen. Ich weiß Ihre Besorgnis sehr zu schätzen. Guten Tag.«

Emmaline drehte sich um, verließ das Zimmer und kam an Tulk in der Eingangshalle vorbei. »Bitte, führen Sie Lady Richland hinaus.« Sie stieg die Stufen hinauf und ihre Beine zitterten von dieser Begegnung.

Anstatt in ihr Wohnzimmer zurückzukehren, ging sie direkt in ihr Schlafzimmer. Sie ließ sich auf der Bettkante nieder und starrte vor sich hin, doch sie sah nichts. Jetzt wusste sie, warum Lionel Geoffrey herausgefordert hatte. Und jetzt wusste sie auch, wie abscheulich Geoffrey sich benommen hatte. Sie zweifelte nicht, dass er Lady Richland bedroht hatte. Mit seinem unberechenbaren Benehmen und der Schuldenmenge, die, wie sie wusste, auf ihm gelastet hatte, war er verzweifelt genug gewesen, so etwas zu tun. Ihr Herz tat ihr weh, als sie daran dachte, wie gefoltert – um Lady Richlands Worte zu benutzen – Lionel war.

Die anderen Dinge, die sie gesagt hatte, wiederholten sich in Emmalines Verstand wieder und wieder, bis sie nicht mehr denken konnte. Wollte er Marianne? Er hatte Emmaline gesagt, dass dem nicht so wäre, aber wenn sie ihn nicht lieben könnte, wäre es dann nicht gütiger, ihm dies zu sagen?

Wenn sie ihn nicht lieben könnte.

Ganz bestimmt hatten sich ihre Gefühle für ihn geändert. Aber Liebe? Das hatte sie bereits einmal getan, mit großem Misserfolg. Sie war nicht sicher, ob sie sich gestatten würde, dieses Risiko noch einmal einzugehen.

Dann müsste sie ihm dies gestehen und ihm die Entscheidung überlassen, ob das, was sie ihm anzubieten hatte, genügen würde.

CHAPTER 14

*L*ionel rieb sich mit der Hand über das Gesicht und riss sich die Krawatte herunter, als er den oberen Treppenabsatz erreichte. Seine Besprechung heute Abend hatte bis spät gedauert und er war erschöpft. Er warf einen Blick auf die Tür zum Wohnzimmer. Hatte er wirklich heute Morgen dort mit Emmaline gesessen? Es schien ein anderes Leben gewesen zu sein.

Er öffnete die Tür zu seinem Schlafzimmer. Hennings begrüßte ihn und half ihm, sich auf das Bett vorzubereiten. Lionel sank auf die Matratze und erwartete, sofort in den Schlaf zu fallen. Stattdessen starrte er an den Betthimmel.

Er sehnte sich danach, seine Frau zu sehen. Sie zu halten. Sich zu entschuldigen – noch einmal – für den Schmerz durch die drastische Wendung, die er ihrem Leben zugefügt hatte.

Er drehte sich auf die Seite und hörte das Klicken der Tür zum Wohnzimmer. Beim Aufsetzen zwinkerte er, als ob ihm das helfen würde, in der beinahe vollständigen Dunkelheit etwas zu sehen. Das einzige Licht rührte von den Kohlen im Kamin her und es reichte gerade, dass er erkennen konnte, wie sich ein Schatten durch das Zimmer bewegte.

Ein schlanker, weiblicher Schatten.

»Emmaline?«

Sie trat an sein Bett. »Ja. Es tut mir leid, dich zu belästigen.«

»Du könntest mich nie belästigen.«

Nun, da sie dichter bei ihm stand, konnte er ihre Züge erkennen. Sie war angespannt.

»Lady Richland hat mich heute besucht. Ich weiß, ihr wart einmal … Ihr wart ein Liebespaar.« Ihr Tonfall war ausdruckslos und schlug eine Kerbe in sein Herz. »Begehrst du sie?«

»Gott, nein.« Er wandte sich zu ihr um, doch er hütete sich, aus dem Bett zu steigen, denn er war nackt.

Sie schien sich ein wenig zu entspannen. »Sie hat mir erzählt, warum du Geoffrey herausgefordert hast, dass du ihr Geheimnis geschützt hast.« Ihr Blick bohrte sich in seinen. »Deine Güte ist … Ich kann es kaum beschreiben.«

»Manch einer würden dem entgegenhalten, dass meine Taten nicht gerade freundlicher Natur waren.«

»Du hast mir heute Morgen erzählt, du hättest Geoffrey zu überzeugen versucht, das Problem fallenzulassen.« Ihre Stimmlage stieg an. »Ich bin überhaupt nicht überrascht, dass er das nicht getan hat. Schon immer hatte er ein aufbrausendes Temperament besessen.«

Sie holte tief Luft. »Die Wahrheit ist, dass er im Laufe unserer Ehe immer schwieriger wurde. Er ist wütend geworden und grausam und das war, nachdem er aufgehört hatte, in mein Bett zu kommen.«

Lionels Puls beschleunigte sich. Er wollte sie berühren und sie trösten, aber er war nicht sicher, ob sie das überhaupt wollte. »Ich dachte, du wärst glücklich.«

Sie ließ den Kopf sinken. »Das war ich zuerst. Bis ich es

nicht mehr war. Ich habe impulsiv geheiratet und ich habe dies bedauern müssen.« Sie hob ihren Blick zu ihm. »Und dann habe ich ein zweites Mal aus einer Laune heraus geheiratet.«

Er konnte es nicht aushalten, sich eine weitere Minute von ihr fernzuhalten. Er schwang die Beine unter der Bettdecke hervor und setzte sich auf die Bettkante. Zaghaft streckte er die Hand nach ihr aus und fasste sie mit leichtem Griff um die Taille.

»Ich bin nicht er. Ich werde alles in meiner Macht Stehende tun, damit du nichts bedauerst. Bis zu meinem letzten Atemzug.«

»Lady Richland behauptete, dass du jemanden verdient hast, der dich lieben wird. Lionel, ich weiß nicht, ob ich dir das geben kann. Ich fürchte, ich bin … zerbrochen.«

Er stieß ein Geräusch aus, das halb ein Lachen und halb ein Schluchzen war. Er zog sie zu sich heran und lehnte die Stirn an ihre. »Oh, mein Liebling, wenn du zerbrochen bist, bin ich vollkommen zerschmettert.«

Sie berührte sein Gesicht, und mit den Fingerspitzen strich sie leicht von seiner Schläfe bis zu seinem Kiefer. »Also willst du Lady Richland nicht?«

»Nein, ich will sie nicht.« Er schloss Emmalines Gesicht in seine Hände und sah ihr in die Augen. »Die einzige Frau, die ich will, bist du.« Gefühle übermannten ihn. »Ich lie –«

Sie hielt seinen Kopf mit beiden Händen und küsste ihn. Ihre süße Berührung, die sie ihm rückhaltlos darbot, überwältigte ihn. Er schloss die Augen und schwelgte einfach in ihrem Duft und ihrer Weichheit.

Sie legte den Mund auf seinen, vertiefte ihren Kuss und fachte sein Verlangen an. Er umklammerte ihre Taille und zog sie zu sich heran, bis sie zwischen seinen Beinen stand. Die Hand um ihr Nachthemd geschlossen zog er es bis zu ihrer Taille hoch. Dann packte er den Saum und unterbrach ihren Kuss lange genug, um es ihr über den Kopf zu ziehen.

Ihr Haar war gelöst und fiel ihr kaskadenartig über das Gesicht und die Schultern, als er das Kleidungsstück fortschleuderte. Er strich die seidigen Strähnen von ihren Wangen, streichelte ihr samtiges Fleisch als er den Kuss wiederaufnahm, ihre Lippen in Besitz nahm und mit der Zunge tief in ihren Mund drängte. Er wollte sie verehren, sie besitzen, sie lieben.

Der Kuss überwältigte sie beide, und fachte eine Hitze zwischen ihnen an, die sie ganz sicher in Flammen aufgehen lassen würde. Sie presste sich an ihn und ihre Brüste trafen warm und weich und überaus aufreizend auf seinen Oberkörper. Er glitt vom Bett herunter und hob sie in seine Arme. Dann drehte er sich mit ihr herum und bettete sie auf der Matratze.

Er hob den Kopf und starrte auf sie herab, außer sich vor Freude, sie endlich in seinem Bett zu haben. Wieder küsste er sie und ließ keinen Teil von ihrem Mund unberührt, bevor er sich zu ihrem Hals hinab bewegte. Sie warf den Kopf in den Nacken und bot sich seinen Lippen und seiner Zunge dar. Es war süß und erotisch, und alle erdenklichen Facetten dazwischen.

Er legte die Hände um ihre Brüste und neckte sie, womit er ihrer Kehle ein tiefes Stöhnen entlockte. Er beugte sich vor und folterte sie mit einem zarten Lecken seiner Zunge. Dann kniff er ihre Brustwarze und sie bäumte sich mit einem scharfen Keuchen vom Bett auf. Er ließ eine Hand über ihren Bauch wandern, bis er ihre Weiblichkeit erreichte. Auf der Suche nach seiner Berührung öffnete sie die Schenkel und hob die Hüften.

Er sog ihre Brustwarze tief in seinen Mund und dann ließ er sie los. Sanft neckte er sie mit den Lippen und

Zähnen, ehe er sie wieder um die zarte Knospe schloss. Als er mit den Fingern in ihre Mitte glitt, kreiste sie mit dem Becken. Ihr Körper war wie eine Landkarte, die zu studieren er nie müde würde, und jeder Abend, den er mit ihr verbrachte, war eine Reise – ein Abenteuer – anders als alles, was er je zuvor unternommen hatte.

Sein Schaft pochte an der Bettkante, doch er nahm sich zurück. Er löste seinen Mund von ihrer Brust und küsste ihren Bauch. Dann fand er ihre Klitoris, leckte sie leicht und sog heftig an ihr, als er mit den Fingern in sie hineinstieß.

Sie explodierte, ihre Muskeln spannten sich um ihn und ihre leisen Schreie füllten das Zimmer. Er rückte sie ein Stück weiter auf das Bett und kroch kurz neben sie, ehe er sich zwischen ihre Beine kniete und seinen Schaft in ihre feuchte Spalte führte.

Unmittelbar schlang sie die Beine um ihn und zog ihn tiefer in sich. Ihre Fersen gruben sich in sein Hinterteil und sie klammerte sich an seinen Rücken. Mit den Händen zu beiden Seiten ihres Kopfes aufgestützt, stieß er in sie hinein und schloss die Augen in Ekstase. Sie kam ihm begierig entgegen und sie bewegten sich im Einklang, während ihre Körper einen ureigenen Rhythmus fanden und zusammenpassten, als wären sie eigens füreinander geschaffen.

Er öffnete die Augen, sah auf sie herab und verlangsamte das Tempo für einen Moment. Sie war so wunderschön, so außerordentlich. Und er war so glücklich, sie zu haben. Zumindest in diesem Augenblick. Doch er hoffte, es würde für immer sein.

Sie zog seinen Kopf zu sich hinab und küsste ihn, wobei sie seine Zunge in wilder Hingabe mit der ihren umschlang. Wieder drang er in sie ein und noch einmal legte er an Tempo zu.

Sie brach ihren Kuss ab, warf den Kopf in den Nacken und schrie auf, während sie die Augen fest geschlossen hatte. Er beobachtete das Minenspiel der Verzückung auf ihrem Gesicht und gab sich vollkommen hin.

Sobald er seine Sinne wieder beisammenhatte, küsste er sie auf die Stirn, die Wangen und die Lippen, und liebkoste ihr Gesicht mit unendlicher Zärtlichkeit. »Wirst du bleiben?«, fragte er sie sanft.

Sie nickte. »Ja.«

Er drehte sich, glitt von ihr herab und ließ sich auf den Rücken fallen, während er sie mit sich zog, sodass sie sich an seine Brust schmiegte. Er streichelte ihre Schulter, als sie die Handfläche an seine Brust drückte.

Nie hatte er sich so wunderbar, so … vollständig gefühlt. Ihr Atem wurde gleichmäßiger und er fuhr fort, mit den Fingern über ihre seidenweiche Haut zu streicheln.

Seine Gedanken wanderten zu den Ereignissen des Tages zurück, von ihren Enthüllungen über Townsend bis zu ihrer Sorge, dass er Marianne an ihrer statt haben wollte. *Niemals.* Er wollte Emmaline. Doch es ging weit darüber hinaus. Er beabsichtigte, sie zu beschützen, sie glücklich zu machen und ihr alles zu geben, was sie verdient hatte. Er liebte sie.

Und er hatte versucht, ihr das zu sagen, aber sie hatte ihn geküsst. Hatte sie gewusst, dass er das sagen wollte und ihn stoppen wollen? Es hatte sich so angefühlt.

Es war ihm egal. Ihre Beziehung hatte seine Erwartungen bereits bei weitem überschritten. Er wartete geduldig, dass sie seine Liebe akzeptieren würde.

Und wenn sie das nicht tun würde?

Er würde sich diesem Hindernis stellen, falls es – überhaupt – auftauchte.

Noch einmal küsste er ihre Stirn und flüsterte: »Ich liebe dich.« Dann gab er sich endlich dem Schlaf hin.

~

*E*mmaline war nicht sicher, ob sie döste, aber es hatte den Anschein, als hätte sie geschlafen, da das Morgengrauen unter dem Saum der Vorhänge vor dem Fenster hervorkroch. Sie lag an Lionel gekuschelt und schmiegte sich mit dem Rücken an seine Seite.

Sie drehte sich um und sah ihn an, doch in den Schatten war sie kaum in der Lage, seine Züge auszumachen.

Er liebte sie.

Sie hatte geglaubt, dass er das hatte sagen wollen, und seine Worte mit einem Kuss gestoppt. Sie wollte sie nicht hören. Nicht von ihm. Nicht jetzt. Und vielleicht niemals.

Sie sollte nicht mit ihm zusammen sein. Diese Ehe *war* nur zum Schein. Oder sie war es gewesen, bis sie zu etwas anderem wurde.

Sanft und kraftvoll erfüllte seine gleichmäßige Atmung das Zimmer. Wie er. Beinahe hätte sie bei diesem Gedanken aufgelacht. Die Leute würden sich niemals vorstellen können, dass der berüchtigte *gefährliche Herzog* sanft sein konnte, aber das war er. Es lag ihm so viel an den Menschen und der Ehre. Nicht nur seiner Ehre, sondern der Ehre der Menschen, die er mochte. Er würde alles tun, um sie zu schützen, dessen war sie sich sicher.

Sie konnte sehen, wie viel das Duell mit Geoffrey ihm abverlangt hatte. Es hatte nicht den Ausgang genommen, den er sich gewünscht hatte. Das machte sie in Hinsicht auf die anderen Duelle noch neugieriger. War das Gleiche passiert? Hatte jedes einzelne ein kleines Stück seiner Seele ausgemerzt?

Wie sehr sie sich wünschte, ihm seine Schmerzen zu nehmen und ihn zu beschützen, wie er es für andere tat. Sie legte den Kopf auf seinen Bizeps. Bedeutete dies, dass sie ihn liebte?

Vielleicht. Das Gefühl war der Liebe sicherlich ähnlich, aber es war anders als jede Liebe, die sie je zuvor erlebt hatte. Die Liebe, die sie für ihre Familie empfand, war aus Pflichtgefühl und Verantwortung geboren. Mit Geoffrey war es die Aufregung und der Wunsch nach Unabhängigkeit gewesen. Dies war etwas vollkommen anderes. Es war wild und unkontrollierbar und sie schien in dieser Sache nichts zu sagen zu haben.

Nein, sie weigerte sich, das zu akzeptieren. Sie hatte ihr Leben damit zugebracht, nichts zu sagen zu haben, und sie würde nicht dahin zurückkehren, das zu tun. Einer der Hauptgründe für ihre Ehe war sein Einverständnis gewesen, ihr Handlungsfreiheit zu gewähren.

Und wahrscheinlich war dies einer der Hauptgründe, warum sie ihn liebte.

Innerlich krampfte sie sich zusammen. Jemanden zu lieben bedeutete, demjenigen Macht zu verleihen. Es bedeutete auch, die Wahrscheinlichkeit von Schmerzen zu akzeptieren. Sie wusste nicht, ob sie das noch einmal tun konnte.

Lionels Arm zuckte und verschob damit ihren Kopf. Ehe sie sich wieder an ihn schmiegen konnte, erbebte sein Körper in einem heftigen Krampf. Sie wahrte den Abstand zu ihm und beobachtete ihn, doch er lag still dort.

Als sie anfing, sich zu entspannen, fuhr er erneut zusammen, trat mit den Beinen um sich und schlug sie mit dem Arm flach auf den Bauch. Sie wich ein wenig zurück und erwartete, dass er sich wieder beruhigen würde, doch das tat er nicht. Tatsächlich hielten die Bewegungen an. Er brummte, seine Arme und Beine krachten auf das Bett und zerwühlten die Bettdecke. Er schien sich seiner Handlungen vollkommen unbewusst.

»Lionel?« Sanft berührte sie ihn an der Schulter, doch er schlug nach ihr, und fuchtelte mit dem Arm herum. Sie versuchte es noch einmal und packte seinen Bizeps fester. »Lionel!« Sie schrie seinen Namen heraus und wiederholte ihn mehrere Male.

Er erwachte mit einem lauten Schnaufen und sein Körper schoss vom Bett hoch. Als er sich aufsetzte, war sein Atem ein tiefes Keuchen.

Sanft berührte sie ihn am Oberschenkel. »Geht es dir gut?«

Er antwortete nicht sofort, sondern holte ein paarmal tief Luft. Mit der Hand wischte er über seine Stirn und nach einem Augenblick wandte er den Kopf zu ihr um.

Unter den Vorhängen stahl sich genügend Licht ins Zimmer, sodass sie den Aufruhr in seinem Blick wahrnehmen konnte.

»Oh, Lionel. War das ein Albtraum?«

Er schüttelte den Kopf. »Vielleicht. Ich nehme es an. Können Erinnerungen Albträume sein?«

Die Frage brach ihr das Herz. Sie rutschte näher an ihn heran, nahm ihn in die Arme und hielt ihn fest an sich gedrückt. Sie rieb seinen Rücken und küsste ihn auf den Scheitel. »Ich denke, das ist möglich . Wenn du mir davon erzählen willst, höre ich gern zu.«

Er holte tief Luft und erschauderte in ihren Armen. Sie drehte ihren Körper und schob sich im Bett nach oben, bis sie gegen den Kopfteil des Bettes lehnte. Er bewegte sich mit ihr und legte den Kopf an ihre Brust. Und dann fing er an zu reden.

»Es fängt immer mit dem Tod meines Vaters an. Wir waren in einer Spielhölle. Ich war jung – zweiundzwanzig – und dies war etwas, was wir von Zeit zu Zeit gern taten.

Meine Freunde fanden es merkwürdig, dass ich mit meinem Vater ging, aber ich liebte es. Wir hatten so eine großartige Zeit zusammen. Und er war ein exzellenter Spieler an den Tischen.« Seine Worte waren warm und schwermütig. »Einfach exzellent.«

»Er war tatsächlich so gut, dass die Leute sich von Zeit zu Zeit fragten, ob er betrog, doch dies passierte nur im Scherz. Jeder, der meinen Vater kannte, wusste, was für ein integrer und ehrenhafter Mann er war. Alle, mit Ausnahme von Lord Babcock. An jenem Abend in der Spielhölle hatte Babcock bereits ziemlich viel Geld verloren. Er war wütend und frustriert. Er warf meinem Vater vor, zu betrügen. Zuerst lachten wir darüber, doch dann wurde es offensichtlich, dass Babcock es ernst meinte. Er erhob sich mit rotem Gesicht und forderte meinen Vater heraus.«

Emmaline fühlte, wie sein Puls sich beschleunigte, als er diese Geschichte enthüllte. Sie streichelte seinen Kopf, seine Schultern, seinen Rücken.

»Mein Vater erhob sich ebenfalls und sämtliche Farbe war ihm aus dem Gesicht gewichen. Ich dachte, er wäre entsetzt – und das war er wahrscheinlich auch – aber er war auch krank. Sein Körper verkrampfte sich und er sackte zu Boden. Ein paar Minuten später war er tot. Ich habe Babcock erklärt, ihn am folgenden Morgen auf dem Feld zum Duell zu erwarten.«

»Es tut mir so leid«, flüsterte sie und küsste seine Stirn.

Er strich mit seiner Hand über ihren Körper und seine Finger gruben sich in ihr Fleisch. »Ich hatte ihn töten wollen. Er hat meinen Vater getötet.«

Die Tränen verstopften ihr die Kehle, doch sie wollte sie nicht vergießen. Es ging um ihn, nicht um sie.

»Keiner von uns hat beim ersten Schuss getroffen. Ich erinnere mich deutlich daran. Ich war so wütend und meine Hand bebte. Ich schoss weit daneben und ich war wütend auf mich selbst. Ich erklärte, nicht zufrieden zu sein und verlangte eine Wiederholung.«

Emmaline verstand die Feinheiten des Duellierens nicht und wollte das auch gar nicht. Sie hatte keine Vorstellung, dass man so etwas überhaupt tun konnte.

»Beim nächsten Mal schoss ich nicht daneben, aber ich hatte ihn trotzdem nicht dort getroffen, wo ich ihn hatte treffen wollen. Ich schoss ihm in den Arm. Er hat ihn nie wieder benutzen können.« Er hob den Kopf und sah sie an. »Ich habe bedauert, dass er nicht gestorben ist.«

»Tust du das immer noch?« Sie hatte nichts sagen wollen, doch die Worte platzten aus ihr heraus.

»Nein.« Er ließ den Kopf wieder sinken. »Die Ironie ist, dass er der Einzige war, den ich hatte töten wollen, und er als Einziger nicht gestorben ist.«

Er holte tief Luft, seine Brust blähte sich rasch auf und fiel dann langsam wieder zusammen. »Ich habe mir nie vorgestellt, dass ich mich noch einmal duellieren würde. Ganz sicher gehörte es nicht zu den Dingen, die ich hatte tun wollen. Wie auch immer fand ich mich vier Jahre später in einer unhaltbaren Situation. Ich war im Park und ein Vater misshandelte seinen Sohn – sowohl verbal als auch physisch. Ich konnte nicht einfach zuschauen und das geschehen lassen, also habe ich eingegriffen. Der Mann, Addison war sein Name, wurde auf aggressive Weise wütend auf mich. Ich war zu der Zeit mit West zusammen und er vermittelte. Addison forderte mich heraus. Trotz unserer Bemühungen, die Situation zu zerstreuen, traf ich am nächsten Morgen mit ihm zusammen. Wieder versuchten wir, das Problem zu lösen, aber Addison war unerbittlich. Er hatte die Absicht, mich umzubringen. Glücklicherweise war er ein erbärmlicher Schütze und traf mich noch nicht einmal annähernd. Ich hatte nicht die

Absicht gehabt, zu schießen, aber er kam auf mich zu gerannt und schrie, dass er mich mit bloßen Händen töten würde, wenn er müsste. Ich schoss auf ihn und traf ihn an der Schulter. Es war eine kleinere Wunde, doch fünf Tage später starb er an einer Infektion.«

Lionels Herzschlag beschleunigte sich wieder, während er die Geschichte des zweiten Duells erzählte. Sie wartete, dass er noch mehr sagen würde, oder dass sein Puls sich beruhigte, doch nichts geschah.

Sie spürte, dass er in Aufruhr war, und Qualen litt. »Was kann ich tun?«

»Nichts. Dies sind *meine* Verbrechen.«

»Wie können dies Verbrechen sein. Du hast diesen Jungen verteidigt und hast versucht, ein Duell mit seinem Vater zu umgehen. Du kannst nicht für sein gewalttätiges Temperament beschuldigt werden.«

»Ich habe sie nach seinem Tod besucht – den Jungen und seine Mutter. Sie leben in Suffolk. Ich habe ihnen Geld angeboten oder jegliche andere Hilfe, die sie sich wünschten. Der Junge hat mich angeschrien und geweint. Trotz der Misshandlung liebte er seinen Vater immer noch. Er sagte mir, ich sei ein Teufel, weil ich ihm seinen Vater gestohlen habe. In dem Moment wusste ich, dass er mich umbringen würde, wenn er könnte – ebenso wie ich Babcock hatte umbringen wollen. Ich habe dem Jungen seinen Vater genommen, so wie Babcock mir den meinen genommen hat.«

Emmaline konnte nicht atmen. Die Tränen brannten in ihren Augen und sie kämpfte gegen das Gefühl in ihrer Kehle an, darin zu ertrinken. Sie brachte einen grässlichen, erstickten Laut hervor.

Lionel setzte sich auf und umschloss ihr Gesicht. Sein Blick war ergriffen, seine Züge gezeichnet.

Sie legte die Hand auf seine und konnte nicht verhindern, dass ihr die Tränen aus den Augen flossen. »Oh, Lionel.« Sie schlang die Arme um ihn und drückte ihn fest an sich.

Es tropften noch einige weitere Tränen auf seine Schulter und sie bemühte sich, ihre Gefühle wieder unter Kontrolle zu bekommen. Es ging nicht um sie. Aber bei der Vorstellung, mit welchen Qualen dieser Mann tagtäglich zu leben hatte, brach ihr Herz erneut für ihn.

Nach ein paar Minuten zog sie sich zurück, wischte sich mit den Händen über die Augen und holte tief Luft, als sie sich gegen das Bett zurücklehnte. »Es tut mir leid.«

»Das muss es nicht. Ich bin überrascht, dass du immer noch hier bist.«

»Warum sollte ich das nicht?«

In darbietender Geste, mit den Handflächen nach oben, hielt er die Hände vor sich. »Jetzt siehst du mich, wie ich wirklich bin. Ein Mann der Ehre, ja, aber auch ein Mörder.«

»Das bist du nicht. Du hast dich selbst gegen diesen Mann verteidigt.«

Er ließ die Hände an sinken und wandte sich von ihr ab, zur anderen Seite des Bettes hin. »Das ändert nichts am Endresultat – nichts vermag das. Und vergiss deinen Ehemann nicht. Auch ihn habe ich umgebracht. Aber nie wieder werde ich eine Waffe gegen einen anderen Menschen heben. Ich kann es nicht.«

Sie folgte ihm und krabbelte über die Matratze. Mit einem Griff um den Bizeps hielt sie ihn auf, bevor er aufstehen konnte. »Geh nicht.«

Er sah sie nicht an. »Du kannst mich nicht immer noch wollen.«

»Aber das tue ich.« Der Herr steh ihr bei, das tat sie. Sie sollte das nicht wollen und sie wusste immer noch nicht, ob sie sich gestatten konnte, ihn zu lieben – offen zumindest.

Er drehte sich um und sein Blick war freudlos und gequält. »Was habe ich getan, um dich zu verdienen?«

»Ist das wichtig? Ich verstehe nicht, warum wir zusammen sind, warum dies … *funktioniert.* Es ergibt keinen Sinn und vielleicht muss es das auch nicht.«

»Ich bin nicht sicher, ob ich das kann. Die Todesfälle, die ich verursacht habe – waren sinnlos. Es ist wichtig, dass der Rest meines Lebens einen Sinn ergibt.« Er erhob sich und dieses Mal hielt sie ihn nicht zurück. Er griff nach seinem Hausmantel und legte ihn sich um. »Schlaf noch ein wenig, wenn du kannst. Ich werde nach unten gehen.«

Sie sah ihm nach, als er ging und ihre Gefühle waren zerrissen. Er war wirklich zerstört. Und sie war nicht sicher, ob er wiederhergestellt werden wollte.

CHAPTER 15

*D*ie Kutsche rumpelte dahin und jede Bodenerhebung schien Lionels Sinne zu schinden. Noch immer fühlte er sich erschüttert und entblößt, weil er sich Emmaline gestern mitten in der Nacht offenbart hatte. Er war in sein Arbeitszimmer gegangen und hatte versucht, auf dem Sofa zu schlafen. Doch das hatte ihn an sie erinnert. Zum Teufel, alles erinnerte ihn an sie. Und sie erinnerte ihn an die Verbrechen seiner Vergangenheit.

Er konnte immer noch nicht ganz glauben, dass er sich ihr auf diese Weise anvertraut hatte. Nie hatte er auch nur mit einem einzigen Menschen über diese Dinge gesprochen. Hennings, Tulk und West wussten alle Verschiedenes, aber nicht die gesamte Geschichte. Dass sie verstehen würde, was er getan hatte und ihm ihre Unterstützung und Verständnis anbot, zwang ihn in die Knie. Ihre Güte führte zu einer heftigen Erleichterung und auch zu der Erkenntnis, wie wenig er sie verdiente.

Er liebte sie, aber er verdiente sie nicht. Außerdem war es möglich, dass sie ihn im Gegenzug nicht wirklich liebte. Sie hatte ihr Zögern ausgedrückt … und sobald sie im hellen Tageslicht über alles nachgedacht hätte, was er ihr erzählt hatte, würde sie erkennen, dass ihre gemeinsame Zukunft vorbei wäre, ehe sie auch nur begonnen hatte.

Die Kutsche rollte langsam aus, bis sie gänzlich zum Stillstand kam, und Lionel wartete nicht, bis sein Kutscher ihm die Tür öffnete. Er wollte der Enge des Gefährts entkommen. Nein, er wollte seinem gottverdammten Verstand entkommen.

Er betrat die Polizeidienststelle in der Bow Street, stellte sich vor und dann bat er darum, einen Konstabler zu sprechen. Nachdem er mehrere Minuten gewartet hatte, wurde er in ein Büro gebeten, das von der Haupthalle abzweigte, wo ein recht großer Mann sich hinter seinem Schreibtisch erhob.

Der Konstabler musterte ihn kurz. »Guten Tag, Mylord.«

War es schon so spät? Gerade so, vielleicht. Lionel nahm die Zeit heute nicht unbedingt bewusst wahr.

»Ich würde mit Ihnen gern über eine Nachforschung sprechen.«

»Bitte, nehmen Sie Platz.« Der Mann zeigte auf einen Stuhl auf der anderen Seite des Schreibtischs. Seine Hand war breit und kräftig und Lionel konnte sich vorstellen, dass er jemandem damit die Seele aus dem Leib prügeln konnte. »Ich bin Teague.«

»Ich bin erfreut, Sie kennenzulernen, Teague. Ich bin hier, um einen Fall von Erpressung zu melden.«

Teagues Schädel war beinahe kahl, doch seine Brauen waren dick und dunkel. Eine davon hob sich nun. »Erpresst Sie jemand?«

»Nicht mich und in der Tat ist dies in der Vergangenheit passiert. Tatsächlich war es letzten Sommer. Lord

Townsend hat versucht, Geld von einer Freundin zu erpressen.«

»Und Sie haben ihn herausgefordert. Ich erinnere mich an das Duell.« Der Konstabler besaß dunkle, prüfende Augen, denen wahrscheinlich niemals eine Einzelheit entging. Mit großer Wirksamkeit kniff er sie zusammen – und Lionel war nicht sicher, ob er je zuvor so gründlich gemustert worden war. »Ich finde an Duellen keinen Gefallen. Sie sind illegal.«

Lionel rutschte auf seinem Stuhl umher. »Ich mag sie auch nicht.«

Teague stieß ein leises Grunzen aus. »Was Sie nicht sagen.«

Vielleicht war es ein Fehler gewesen, hierherzukommen.

»Bitte fahren Sie fort. Ich bin erfreut, dass Sie sich entschieden haben, uns zu erlauben, dies in die Hand zu nehmen, anstatt das Gesetz zu missachten.« Der Sarkasmus des Konstablers hieb auf Lionels Nerven ein. Er machte die Sache nicht leicht und genau das hatte Lionel verdient.

Nichtsdestotrotz war er mit einer Absicht hierhergekommen. »Kürzlich habe ich erfahren, dass eine Bedienstete meiner Freundin Informationen verkauft oder verraten hatte, die damals als Grundlage für die Erpressung benutzt worden waren.«

»Lord Axbridge, ich würde es sehr begrüßen, wenn Sie sich deutlich ausdrücken würden. Ich werde die Fakten dieser Angelegenheit nicht offenlegen, es sei denn, dass dies in einer Gerichtsverhandlung erforderlich wird. Wer ist Ihre Freundin und was für Informationen sind das?«

Es bestand kein Grund, sie vor dem Konstabler geheim zu halten, nicht im Namen der Gerechtigkeit, wenn sie erlangt werden könnte. »Lady Richland hat einen Sohn.

Ihr Ehemann, der kürzlich verstarb, ist nicht der Vater und er war sich dieser Tatsache nicht bewusst. Townsend drohte, diese Information publik zu machen, es sei denn, sie zahlte ihm eine große Geldsumme.«

»Wieviel?«

»Fünfzig Pfund.« Die Summe schrillte in Lionels Verstand wie eine Alarmglocke. *Fünfzig Pfund.* Es war der gleiche Betrag, um den Mullens gebeten hatte. Wahrscheinlich handelte es sich um einen Zufall. Nichtsdestotrotz begann Lionels Puls zu rasen.

»Hat sich die Erpressung fortgesetzt?«, fragte Teague.

»Nein.«

»Weil Townsend tot ist«, knurrte Teague. »Warum glauben Sie, dass jemand anderer in diese Sache verwickelt ist?«

»Townsend kannte die Richlands nicht und Lady Richland ist in der Lage, die Menschen, die ihr Geheimnis kannten, an einer Hand abzuzählen. Wir haben herausgefunden, dass ihre Kammerzofe Informationen an das Kindermädchen ihres Sohnes weitergegeben hat, von der ich glaube, dass sie vielleicht mit einem Schneider verwandt ist, der behauptet, dass Townsend ihm Geld schuldete.«

Kurz schloss Teague die Augen. »Verzeihen Sie mir, aber das ist keine besonders überzeugende Geschichte. Warum ist es merkwürdig für Townsend, einem Schneider Geld zu schulden?«

»Das ist es nicht. Merkwürdig ist allerdings die Verbindung zwischen all diesen Menschen und die Tatsache, dass Lady Richland der Fokus dieses erpresserischen Komplotts war. Mullens – er ist der Schneider – ist das Bindeglied zwischen den Informationen, die von dem Kindermädchen beschafft wurden und der Person, welche die eigentliche Erpressung durchgeführt hatte: Townsend.«

Der Konstabler setzte sich in seinem Stuhl zurück und presste die Kiefer aufeinander. Seine Augen verengten sich kurz, während er an Lionel vorbei sah. Als er sich einen Augenblick später wieder auf Lionel konzentrierte, setzte er sich auf und verschränkte die Hände auf dem Tisch vor ihm. »Sie bitten mich, über diesen Schneider, Mullens, und das Kindermädchen Nachforschungen anzustellen? Wie ist ihr Name?«

Lionels Zunge kam ins Stolpern, als er feststellte, dass er ihren Namen nicht kannte. Wenn er ihn gekannt hätte, hätte er vielleicht mit Sicherheit gewusst, ob sie mit Mullens verwandt gewesen wäre. Er fühlte sich ziemlich dumm, nicht danach gefragt zu haben, doch sein letzter Besuch bei Marianne hatte eher abrupt geendet und er wollte sie kein weiteres Mal aufsuchen. »Ich weiß ihren Namen nicht. Es tut mir leid. Aber Sie können Lady Richland aufsuchen, um ihn herauszufinden.«

»Das werde ich vermutlich tun müssen.« Teague klang wegen der gesamten Affäre ein wenig belästigt.

»Ist das nicht Ihre Aufgabe?«, fragte Lionel.

»Das ist sie in der Tat. Wo kann ich diesen Mullens finden?«

Lionel gab ihm die Adresse und Teague schrieb sie auf ein Blatt Papier. »Als ein recht neuer Schneider hat er ziemlichen Erfolg, wie ich sehen kann«, erklärte Lionel.

»Vielleicht ist er einfach sehr gut auf seinem Gebiet.«

Er *war* gut, doch Lionel war nicht überzeugt. »Ich habe ein Hemd bei ihm bestellt, also werde ich es Sie wissen lassen.« Tatsächlich würde Lionel vielleicht gleich hingehen und es abholen.

»Also gut, Lord Axbridge, ich werde mir diese Sache vornehmen. Aber machen Sie sich nicht zu viele Hoffnungen. Ich neige zu der Annahme, dass Townsend das Problem war, da die Erpressung nicht fortgesetzt wurde.«

»Soweit mir das bekannt ist«, entgegnete Lionel. »Vielleicht *wurde* sie fortgesetzt und die Opfer zahlen die geforderte Summe.«

Teague erhob sich. »Nun, Sie haben Ihren Teil getan. Und wieder begrüße ich es sehr, dass Sie uns dieses Mal handeln lassen. Vielen Dank.«

Lionel erhob sich und versuchte, sich von der spöttischen Bemerkung des Konstablers nicht reizen zu lassen. Er verabschiedete sich und instruierte seinen Kutscher, ihn in die Savile Row zu fahren.

Eine Viertelstunde später trat Lionel in Mullens Laden. Der Mann kam gerade mit der Bedienung eines anderen Kunden zum Ende und als er seine Aufmerksamkeit endlich Lionel zuwandte, schien sein Blick ziemlich kühl.

»Guten Tag, Mullens«, begrüßte Lionel ihn mit einem Lächeln. »Ich bin gekommen, um mein Hemd abzuholen, wenn es fertig ist.«

»Das ist es. Ich werde es schnell holen.« Er drehte sich um und steuerte auf den rückwärtigen Teil des Ladens zu, wo er im Hinterzimmer verschwand.

Lionel fragte sich, welche Rolle Mullens in dieser Erpressungsintrige spielte. Hatte er Townsend bloß die Informationen weitergegeben, der dann das Komplott in die Tat umsetzte? Er überlegte, den Mann einfach zu fragen, doch falls dieser immer noch in solche Aktivitäten verwickelt wäre, würde er erkennen, dass Lionel über sein Verhalten Bescheid wusste.

Mullens kehrte mit einem Paket zurück. »Wenn Sie es jetzt anprobieren wollen, können Sie dies gern tun. Oder Sie können es mit nach Hause nehmen und mich informieren, falls es irgendwelche Probleme gibt. Ich bin sicher, dass dem nicht so ist.«

»So wie ich auch. Vielen Dank.« Er nahm das Päckchen und schob es sich unter den Arm. »Sind Sie gerade schrecklich beschäftigt oder darf ich Sie meinen Freunden empfehlen?«

»Ich bin nie zu beschäftigt, um neue Kunden anzunehmen.« Noch immer war der Blick des Mannes kalt und er erzeugte Lionel ein unbehagliches Gefühl. »Lassen Sie mich wissen, wie Ihnen das Hemd gefällt, Mylord. Es wäre mir eine Ehre, etwas anderes für Sie zu entwerfen.«

»Das werde ich«, entgegnete Lionel. »Guten Tag.«

Sobald er draußen war, überquerte Lionel die Straße, wo seine Kutsche stand. Er hielt inne und sah zum Laden zurück. Mullens war mit ziemlicher Sicherheit in Townsends Intrige verwickelt, Lady Richland zu schröpfen. Diese fünfzig Pfund waren ein zu großer Zufall – und warum hatte Lionel nicht schon vorher daran gedacht? Es war der gleiche Grund, aus dem er nicht daran gedacht hatte, sich nach dem Namen des Kindermädchens zu erkundigen. Er war kein verdammter Bow Street Konstabler.

Er konnte nur hoffen, dass Teague ihn ernst genommen hatte und die Sache verfolgte. Denn Lionel hatte eine Ahnung, dass Mullens nicht einfach nur ein Mittelsmann war. Und wenn Teague den Dingen nicht auf den Grund ginge, würde Lionel es tun.

»Nach Hause, Mylord?«, fragte der Kutscher, als er Lionel die Tür aufhielt.

Nach Hause. Emmaline.

»Nein, zu meinem Club.« Er stieg ein und ließ sich gegen die Rückenlehne sacken.

Letztendlich würde er ihr gegenübertreten müssen, aber nicht jetzt. Er brauchte Zeit, um herauszufinden, wie er ihr erklären könnte, dass sie nicht zusammen sein konnten, weil sie jemanden weitaus besseres als ihn verdient hatte.

～

*D*as Geräusch einer Kutsche auf der Straße zog Emmaline an das Fenster im Wohnzimmer. Sie blickte hinab und jäh sackten ihre Schultern zusammen. Es war nicht er.

Eigentlich war es noch schlimmer, als dass es nicht er war – es war ihre Mutter.

Sie wappnete sich für die bevorstehende Befragung und beabsichtigte, sie kurz zu halten. Sie war nicht in der Stimmung, das Geplauder ihrer Mutter über ihre Geschwister zu ertragen oder über die Renovierungen, die sie und ihr Vater an ihrem Landhaus geplant hatten.

Anstatt zu warten, dass Tulk sie über das Eintreffen ihrer Mutter informierte, begab sich Emmaline nach unten. Der Butler kam gerade die Treppe herauf.

Sie blieb auf der letzten Stufe stehen, doch noch immer musste sie zu dem Butler aufschauen. »Tulk, ist mein Ehemann schon nach Hause zurückgekehrt?« Sie hoffte, dass sie seine Ankunft einfach verpasst hatte.

»Ich fürchte nein, Mylady. Möchtet Ihr gern von mir unterrichtet werden, wenn er eintrifft?«

»Ja, bitte.«

»Mrs. Forth-Hodges ist im Salon. Wünscht Ihr Tee?«

»Vielen Dank, Tulk, und nein.«

Tulk trat beiseite, als Emmaline durch die Halle auf den Salon zustrebte. Ihre Mutter hatte bereits auf einem dunkelgrünen Sofa Platz genommen.

»Hallo, meine Liebe«, flötete ihre Mutter heiter. »Ich wage zu behaupten, dass die Ehe dir gut steht. *Diese* Ehe«, korrigierte sie mit einem schwachen Lächeln.

Emmaline wollte über die Wertung ihre Mutter lachen. Sie war bereits vor dem Morgengrauen aufgestanden, wie die lila Schatten unter ihren Augen bewiesen. »Ich hatte dich heute nicht erwartet.« Sie ließ sich auf der Kante eines Sessels nieder, der in einem Winkel dicht beim Sofa stand.

»Kann eine Mutter nicht ihre Tochter besuchen?«

»Das hast du selten getan, als ich mit Geoffrey verheiratet war.«

Ihre Mutter zuckte zusammen. »Ich weiß. Und das tut mir leid.« Sie nahm ihre Haube ab und legte sie neben sich auf das Sofa. Emmaline wollte sie anfahren, sie auf dem Kopf zu behalten, denn sie würde nicht lange bleiben. »Tatsächlich bedauern dein Vater und ich so manche Dinge«, sagte sie leise.

Taten sie das? »Das müsst ihr nicht.«

Ihre Mutter runzelte die Stirn. »Sag das nicht. Es *sollte* uns leidtun. Wir waren erpicht darauf, dich zu verheiraten und das hätten wir nicht sein sollen. Ich weiß, wie wichtig es für dich war, aus Liebe zu heiraten.«

Emmaline war nicht sicher, was sie darauf antworten sollte. »Irgendwann hast du das für mich gewollt.« Und dann hatte sie ihren Wunsch fallengelassen, als dies nicht schnell genug geschah.

»Das tat ich und ich hätte geduldig sein sollen. Nicht alle von uns haben das Glück, ihre Liebe bei der ersten Veranstaltung zu finden, an der wir teilnehmen.« Sie bezog sich damit auf das Kennenlernen ihres Vaters. Wie oft hatte Emmaline diese Geschichte gehört und auch, wie einfach es war, einen Ehemann zu finden. Und all ihre Schwestern hatten dies im Laufe ihrer ersten Saison geschafft.

»Es hat den Anschein, als ob du es dieses Mal richtig getroffen hast, unabhängig von den Umständen, die dazu geführt haben.«

»Weil er ein Marquess ist?«, fragte Emmaline sardonisch.

Ihre Mutter blinkte. »Nein, weil er dich offensichtlich liebt.«

Das hatte Emmaline nicht erwartet. »Wie kannst du das überhaupt wissen?« Hatte er ihnen dies erzählt? Nein, das wäre absurd. Er war noch weniger interessiert, ihre Eltern zu treffen, als sie es war.

»Dein Vater hat Axbridge neulich besucht. Er hat ihn um Geld gebeten.«

Emmaline fiel praktisch von ihrem Sessel. Sie rutschte in eine gesichertere Position auf das Polster zurück. »*Was?*«

»Um einige von Townsends Schulden zu übernehmen, welche die Renovierungen beeinträchtigt hatten, die wir am Landhaus hatten vornehmen wollen. Dein Vater hatte beschlossen, Axbridge zu bitten, ihn zu entschädigen, und —«

Emmaline schnitt ihr das Wort ab. »Ich kann nicht glauben, dass er die Unverschämtheit besitzt, so etwas zu tun oder dass du ihm so etwas erlauben würdest.«

Die Haut um die grauen Augen ihrer Mutter knitterte, als sie zurückwich. »Es war vielleicht nicht unsere beste Stunde.«

Emmaline lachte höhnisch auf. »Ich hoffe, er hat nein gesagt.«

»Tatsächlich hat er das nicht getan. Er war nicht glücklich, aber es ging ihm nicht um das Geld. Er hat deinen Vater für seine Art, dich zu behandeln, gerügt.« Sie sah auf ihren Schoß herab und ihre Lippen begannen zu zittern. »Es tut mir so leid, Emmaline. Du hast etwas Besseres verdient. Du hast einen Ehemann verdient, der dich liebt und eine glückliche Ehe.« Sie hob den Blick zu Emmaline und fuhr sich mit der Hand über die Augen. Ich glaube, das hast du mit Axbridge, und ich könnte mich nicht mehr für dich freuen.«

Wenn sie nur die Wahrheit in dieser Sache kennen würde. Beim zweiten Nachdenken war sie allerdings froh, dass sie sie nicht kannte.

»Vielen Dank.« Emmaline war nicht sicher, was sie denken sollte. Sie hasste ihre Eltern nicht. Sie empfand sie nur als eine Art Ärgernis.

»Du bedeutest alles in der Welt für uns – wirklich. Ich weiß, dass du wütend auf uns warst, und zu Recht. Was kann ich tun, um die Dinge wieder gut zu machen? Ich wäre sehr gern ein Teil deines Lebens, vor allem, wenn du Kinder hast.«

Kinder. Heute Morgen hatte Emmaline wieder daran gedacht. Sie wollte sie und sie wollte sie mit Lionel.

»Als ich Debütantin war, haben wir zusammen Dinge unternommen, viele darunter waren wohltätig. Wenn du dich erinnerst, haben wir kurz im Westminster Waisenheim geholfen.«

»Ich erinnere mich.« Sie bog die Lippen zu einem Lächeln. »Das habe ich genossen.«

Emmaline war leicht überrascht. Sie hatte angenommen, ihre Mutter hätte das nur getan, um Emmaline in die Umgebung der »richtigen« Leute zu bringen. »Ich bin froh, das zu hören. Ich habe angefangen, im St. James Waisenhaus zu helfen. Es gibt so viele Waisen, die dort leben und sie brauchen so viel, vor allem Zeit von fürsorglichen Menschen wie mir – und dir. Vielleicht möchtest du bei meinem nächsten Besuch mitkommen. Und vielleicht möchtest du ihrer Sache eine kleine Menge der Summe spenden, die Axbridge euch gegeben hat.«

Ihre Mutter legte den Kopf schief. »Ich denke, das würde mir gefallen. Besonders, weil ich es mit dir zusammen tun werde.«

Emmaline war nicht sicher, was sie erwartet hatte, aber sicher nicht das. »Ich bin … hocherfreut.«

»Das bin ich auch.« Sie lächelte herzlich. »Nun, ich werde dich jetzt deinem Nachmittag überlassen.« Sie setzte sich ihre Haube wieder auf den Kopf und band die Bänder unter ihrem Kinn zu einer Schleife. »Vielleicht wollen Axbridge und du eines Abends zum Essen kommen.«

Emmaline erhob sich. Im Augenblick war sie nicht sicher, ob Lionel jemals wieder mit *ihr* zu Abend essen würde. »Vielleicht.«

Nachdem ihre Mutter gegangen war, begab Emmaline sich in Lionels Arbeitszimmer. Jade schlief vor dem Kamin, doch sie wachte auf, sobald Emmaline das Zimmer betrat. Sie streckte sich und gähnte, wobei sie ihre winzigen Raubtierzähne entblößte. Emmaline hob sie hoch und streichelte ihr weiches Fell, woraufhin sie schnurrte.

»Was soll ich nur tun?«, fragte sie die Katze. »Er ist so tief in seine Schuld versunken, dass ich nicht sicher bin, ob ich ihn retten kann.« Emmaline sah zum Portrait seines Vaters auf. »Was ist mit Ihnen, welchen Rat haben Sie für mich?«

Das Bildnis von Lionels Vater starrte zu ihr zurück und die blauen Augen entbehrten jede Lebendigkeit. Sie rief sich Lionels Qual in Erinnerung, die auf den Tod seines Vaters gefolgt war. Sie versuchte, sich das Gefühl vorzustellen, einem anderen Menschen den Tod zu wünschen. So wütend sie auch nach Geoffreys Tod auf Lionel gewesen war, hatte sie ihm dennoch nicht den Tod gewünscht.

Was war Geoffrey durch den Kopf gegangen, als er sich geweigert hatte, einzulenken? Er hatte sich dessen schuldig gemacht, was Lionel ihm vorgeworfen hatte, und doch hatte er aus freien Stücken gekämpft ... wofür? Um seine eigene Ehre zu verteidigen? Er hatte keine besessen – oder nur sehr wenig. Vielleicht war er einfach nur nicht in der Lage gewesen, sich seinen Fehler einzugestehen.

Das glaubte sie.

Ebenso wie sie glaubte, dass er wegen des Geldes mehr als verzweifelt war. *Oh, Geoffrey, warum hast du das getan? Es war nicht dein Leben wert.*

Aber wenn er es nicht getan hätte, wäre sie immer noch mit ihm verheiratet. Unglücklich. Sie würde Lionel niemals kennengelernt haben. Ihre Brust krampfte sich zusammen und sie musste sich eingestehen, dass sie das nicht wollte. Und das hieß auch, dass sie sich eingestehen musste, für Geoffreys Tod dankbar zu sein.

Oh Gott. Wie verzwickt und schrecklich ihre Ehe doch war? Die Schuld und das Bedauern würden sie bei lebendigem Leib auffressen.

Die Katze sprang ihr aus den Armen und trottete zur Tür.

Vielleicht hatte Lionel recht. Möglicherweise war ihre Ehe keine Antwort. Vielleicht war sie das Problem.

*L*ionel hatte den gesamten Nachmittag in einem Privatzimmer im Brook's verbracht. Er hatte zu Mittag gegessen, wenn man das Herumschieben von Essen auf dem Teller als essen bezeichnen konnte und er hatte mehrere Gläser Ale getrunken. Er hatte gerade einen Whiskey bestellt, als West eintraf.

»Worüber brütest du?« West ließ sich in einen Sessel mit hoher Rückenlehne fallen und schwang ein Bein über die Armlehne.

In einem anderen Sessel ausgestreckt, die Beine an den Fußgelenken überkreuzt und die Hände über dem Bauch gefaltet, zuckte Lionel mit den Schultern.

West schnaubte, als der Bedienstete den Whiskey für Lionel brachte. »Ich werde ein Glas nehmen, bitte.«

Der Bedienstete nickte und verließ das Zimmer.

Lionel drehte das Glas mit der bernsteinfarbenen Flüssigkeit in der Hand, doch er trank nicht. »Ich bin wirklich nicht in Stimmung für Gesellschaft.«

»Was ist passiert?«

Lionel sah ihn finster an. »Kannst du nicht hören?«

»Na schön. Wir werden schweigend hier sitzen.«

Die Bodendielen knackten und kündigten einmal mehr das Herannahen des Bediensteten an. Lionel sah nicht von der Betrachtung seines Whiskeys auf. Es war ein besonders wohlriechender Tropfen.

»Axbridge, ich habe meine Toleranzgrenze erreicht.«

Lionel wandte den Kopf und sah Sir Duncan im Türrahmen stehen.

West sprang von seinem Sessel auf. »Sie haben hier nichts verloren, Sir Duncan.«

Der Mann höhnte. »Ich habe hier jede Menge zu tun.« Er trat vor und blieb neben Lionels Sessel stehen. »Ich verlange Genugtuung.«

Verdammt.

Lionel ließ sein Glas fallen. Es polterte auf den Boden und der ganze Whiskey spritzte Sir Duncan über die Stiefel.

Sir Duncan sah nach unten. »Sie sind wirklich ein Arsch.«

»Oder einfach nur tollpatschig«, entgegnete West. »Außer mit einer Pistole. Sie wollen ihn nicht wirklich herausfordern?«

Sir Duncan richtete sich gerade auf. »Ganz bestimmt werde ich das.«

West bewegte sich geschmeidig auf ihn zu und blieb

einen Schritt vor dem Mann stehen. »Haben Sie keinen Verstand? *Er wird Sie erschießen.*«

»Nein, das wird er nicht, weil ich den Degen wähle. Außerdem verlange ich, dass das Duell in einer Stunde stattfindet. Ich nehme an, dass Sie sein Sekundant sein werden?« Sir Duncan hielt inne, um die Lippen zu kräuseln. »Wieder einmal?«

West wandte sich zu Lionel um und schüttelte den Kopf.

Langsam erhob Lionel sich auf die Füße und sah Sir Duncan an. »Warum?«

»Ich sollte wohl denken, dass es offensichtlich ist. Sie haben meine Braut gestohlen.«

»Sie hat Sie nicht heiraten wollen«, spie West hervor.

Sir Duncans Blick glühte, als er West einen Blick zuwarf. »Natürlich würden Sie das einfach so behaupten, vor allem wenn die Dame nicht anwesend ist, um die Wahrheit zu sagen.« Er lenkte seinen glühenden Blick auf Lionel. »So oder so haben Sie mich über die Maßen hinaus beleidigt. Ihre Ehre verlangt, dass Sie diese Herausforderung annehmen, allerdings bin ich sicher, dass Sie das wissen. Werden Sie sich mit mir messen, Axbridge?«

Ja, er wusste das und sein Inneres sank wie die HMS *Queen Charlotte.* »Gibt es denn keine Möglichkeit, wie wir das lösen könnten?«

»Keine. Ich verlange Genugtuung auf dem Feld der Ehre. In einer Stunde im Hyde Park.«

Lionel nickte, doch er entgegnete nichts. Das Versprechen, das er Emmaline gegeben hatte, flammte im hinteren Winkel seines Verstandes auf und drängte auf seine Weigerung. Aber wie könnte er das tun, ohne weitere Aufmerksamkeit auf die Kontroverse seiner Ehe zu lenken und am allerwichtigsten, auf Emmaline?

Sir Duncan drehte sich auf dem Absatz herum und ging.

West trat auf ihn zu, die Augen dunkel und wild. »Das kannst du nicht tun. Ich werde dich nicht gehen lassen.«

Lionel zog eine Augenbraue hoch. »Willst du mich fesseln?«

»Versuche nicht, jetzt auch noch witzig zu sein«, knurrte West. »Du hast mir gesagt, du könntest so etwas nie wieder tun.«

Ein hohles Gefühl nistete sich in Lionels Eingeweiden ein und breitete sich langsam aus. »Ich will nicht, aber du hast ihn gehört. Er verlangt Genugtuung und weigert sich, eine andere Lösung, als die auf dem Feld der Ehre anzunehmen.«

West grunzte, während er die Hände in die Luft warf. »Na und? Dann geh nicht!«

Sutton kam in das Zimmer und unterbrach sie. »Ich bin gerade angekommen und habe unten Gerüchte gehört, dass Sir Duncan dich zu einem Duell herausgefordert hat. Das kann nicht wahr sein.«

»Das ist es«, entgegnete Lionel kleinlaut. »In einer Stunde. West versucht, es mir auszureden, aber ich kann die Herausforderung des Mannes nicht umgehen. Er behauptet, ich hätte seine Braut gestohlen. Sie ist *meine* Frau.« Bei Gott, er hatte sie vielleicht nicht verdient, aber sie war sein. Vielleicht *wollte* ein Teil von ihm dieses Duell ausfechten, um der Welt zu zeigen, dass Emmaline zu ihm gehörte.

Nein. Er hatte ihr versprochen, sich nicht wieder zu duellieren und sollte ein Ehrenmann nicht dieses Versprechen halten? Ja, aber wenn er versäumte, auf diese Herausforderung zu reagieren, würde Sir Duncan seine Gerüchte und Anspielungen fortsetzen. Dies würde den Spekulationen über ihre Ehe ein Ende setzen.

Worauf es wirklich hinauslief, war allerdings, dass sein Ehrgefühl ihm niemals erlauben würde, sich abzuwenden. Sein Versprechen hätte vielleicht darin bestehen sollen, niemanden zu einem Duell herauszufordern – *das* hatte er unter Kontrolle. Diese Situation hier unterlag nicht seiner Kontrolle und er würde es tun.

Das hohle Gefühl durchdrang nun jeden einzelnen Teil von Lionels Körper. Er fühlte sich schwerelos und fremd. »Wir sollten uns auf den Weg machen, vermute ich. Vielleicht sollte ich ein bisschen üben. Es ist Ewigkeiten her, seit ich einen Degen in die Hand genommen habe. Glaubst du, Angelo könnte mich heute für eine Unterrichtsstunde einschieben?« Er lachte, doch Sutton und West starrten ihn bloß an.

»Ich werde nicht hingehen«, erklärte West.

»Bist du nicht sein Sekundant?«, fragte Sutton und sah zwischen West und Lionel hin und her.

West starrte Lionel an. »Ich weigere mich. Bitte tu es nicht. Ich bitte dich inständig.«

»Meine Ehre verlangt es. Ich habe Emmaline nicht *gestohlen.*«

»Deine Ehre wird dich das Leben kosten.« West sah zu Sutton. »Mach du es. Ich habe nicht mehr den Nerv dazu.« Steifen Schrittes verließ er das Zimmer.

Für einen Augenblick starrte Sutton hinter ihm her, ehe er sich zu Lionel umdrehte. »Du bist ein Idiot.«

»Ja, das bin ich.« Lionel trat vor und schlug Sutton auf die Schulter. »Komm, finden wir einen Degen für mich, damit ich mich wenigstens daran erinnere, wie es sich anfühlt, einen in der Hand zu halten.«

Sutton schüttelte den Kopf. »Ich hoffe, du wirst das nicht bedauern.«

Was machte es schon aus, wenn dem so wäre? Die Liste der Dinge, die er bedauerte, war lang und schrecklich. Es schien sich zu fügen, dass er dies tun *sollte*, nach allem, was er bereits getan hatte. Und weil er ein lausiger Fechter war, stand es um seine Chancen ziemlich schlecht. Vielleicht würde er sogar sterben.

Vor allem, weil er bezweifelte, überhaupt imstande zu sein, seinen Degen gegen seinen Opponenten zu erheben. Er hatte ernst gemeint, was er zu Emmaline gesagt hatte. Er glaubte nicht, dass er noch einmal eine Waffe gegen jemanden erheben könnte, und dennoch schien es, als wäre er dazu gezwungen.

CHAPTER 16

Schatten flatterten durch Emmalines Fantasie und formten sich zu den Umrissen eines Tisches. Eines Spieltisches. Daneben lag auf dem Boden ausgestreckt ein Mann, die Augen aufgerissen und die Lippen geteilt. Es war Lionels Vater.

Sie kniete neben ihm und versuchte verzweifelt, ihn aufzuwecken. Doch das Gesicht wandelte sich und es war Lionel, seine blauen Augen leer und seine Haut kalt.

»Emmaline.«

Sie setzte sich auf und war vollkommen orientierungslos. Die Katze sprang ihr von den Beinen und sie sah sich im Zimmer um. Lionels Arbeitszimmer. Richtig. Sie war auf dem Sofa eingeschlafen.

»Emmaline, kannst du mich hören?«

Sie wandte den Kopf in die Richtung, aus der die Stimme zu hören war. »West?«

Er stand neben dem Sofa und sein Gesicht war eine Maske aus Angst und Besorgnis.

»Du musst mit mir kommen. Ich bete, dass du ihn zur Vernunft bringen kannst.«

Wovon zum Teufel sprach er? Sie schwang die Beine auf den Boden und rieb sich die Augen. »Wohin soll ich mit dir gehen? Wen zur Vernunft bringen?«

»Lionel.« West nannte ihn nie so. Er war immer Ax gewesen. »Sir Duncan hat ihn zu einem Duell herausgefordert.«

Sie sprang auf die Füße und ihr Blut rauschte. »Nein, das würde er nicht tun. Er hat es mir versprochen.« Er hatte es sich selbst versprochen.

»Sag das seinem lächerlichen Ehrgefühl. Sir Duncan behauptet, er hätte dich von ihm gestohlen und verlangt Genugtuung.«

»Sir Duncan kann sich zum Teufel scheren. Wo ist Lionel?«

West atmete erleichtert auf. »Gott sei Dank. Ich war nicht sicher, ob du kommen würdest.«

»Warum nicht?«

Eine kurze Pause entstand, bevor West antwortete. »Ich bin nie ganz sicher gewesen, wie die Dinge zwischen euch stehen. Heute, als ich Ax traf, befand er sich in keiner guten Verfassung.«

»Ja, das war er.« Sie würde eine Möglichkeit finden müssen, ihn davon zu heilen. Gott, sie hoffte, sie würde dazu in der Lage sein.

»Komm, wir müssen uns beeilen. Das Duell wird bald beginnen.«

Ihr war bewusst, dass sie nicht viel über Duelle wusste, aber sie war ziemlich sicher, dass sie nicht so schnell stattfanden. »Trifft man sich nicht eigentlich im Morgengrauen?«

»Du wirst die Frage, warum er in solch einer gottverdammten Eile ist, an Sir Duncan richten müssen.«

Sie strebte auf die Tür zu. »Oh, ich habe vor, viele

Dinge auf Sir Duncan zu richten, aber nichts davon hat etwas mit Reden zu tun.«

West grinste trotz der düsteren Situation. »Ich könnte mir keine bessere Frau für Ax vorstellen. Ich hoffe, er weiß dich zu schätzen.«

»Das tut er.« *Das* war nicht ihr Problem. »Du hast deine Kutsche hier, vermute ich?«

»Ja.« Als sie in die Eingangshalle traten, wandte West sich an den Butler. »Tulk, bitte bereiten Sie sich auf einen Verletzten vor. Seine Lordschaft duelliert sich schon wieder.«

Tulk schürzte die Lippen. »Er wird nicht verletzt.«

»Der Herausforderer hat den Degen als Waffe gewählt.«

»Ich verstehe.« Eine Grimasse ziehend zog Tulk sich zurück, um zu tun, worum West ihn gebeten hatte.

Emmaline packte West am Arm. »Warum ist das so schlimm?«

West wich zurück. »Ax ist ein erbärmlicher Fechter.«

»Und deshalb hat Sir Duncan den Degen als Waffe gewählt.« Der Zorn brannte in Emmalines Kehle, während ihr die Angst auf den Magen schlug.

West hielt ihr die Tür auf. »Wahrscheinlich.«

Sie trat ins Freie und sah auf, als ein Regentropfen ihre Nase traf.

Als sie sich in der Kutsche niedergelassen hatten, fragte sie, ob der Regen das Duell verzögern oder verschieben könnte.

»Das liegt an Sir Duncan und ich bezweifele, dass er das tun wird«, erklärte West.

»Kann er gut mit dem Degen umgehen?« Die Kutsche bewegte sich vorwärts und die Aufregung wallte in ihr auf, ihre Muskeln verkrampften sich und ihr drehte sich der Magen um.

»Auf jeden Fall besser als Ax.«

Plötzlich wünschte sie, dass sie das Fechten anstatt des Schießens geübt hätte. »Hast du eine Pistole?«

»Die habe ich.« Er klopfte auf das Polster neben sich. »Unter der Sitzbank.«

»Nimm sie mit.«

Er schüttelte den Kopf. »Das kann ich nicht. Es gibt Regeln. Nur die Ehrlosen brechen sie und Ax würde das nie erlauben. Du weißt das nicht, aber Geoffrey hat die Regeln verletzt. Wenn er das nicht getan hätte, wäre er wahrscheinlich noch am Leben.«

Sie konnte noch nicht einmal einen Deut Überraschung aufbringen. »Was hat er getan?«

»Er schoss, bevor bis zwanzig gezählt war. Ax hat als Reaktion geschossen und beabsichtigt, ihm eine oberflächliche Verletzung zuzufügen, für den Fall, dass Townsend beschloss, auf ihn zuzukommen. Townsend bewegte sich und die Kugel fand ein schwerwiegenderes Ziel.«

»Ich fange langsam an zu glauben, dass er sterben wollte«, bemerkte sie kopfschüttelnd. Plötzlich hatte sie genug davon, sich wegen seines Todes schlecht oder schuldig zu fühlen oder dass sie sich aufgrund dessen, was er getan hatte, irgendwie kein Glück mit Lionel gestatten konnte. In Wahrheit hatte er nichts anderes getan, als einer Freundin zu helfen. *Geoffrey* hatte die Angelegenheit in eine Katastrophe verwandelt.

Sie schielte zu West hinüber. »Lionel hat dir befohlen, mir nichts davon zu sagen.« Natürlich hatte er das.

West nickte.

»Ehre«, sagten sie beide gleichzeitig.

»Hoffen wir, dass sie nicht zu seinem Tode führt«, bemerkte West düster. Der Regen prasselte nun ernsthaft auf die Kutsche und verbreitete sogar ein noch größeres Gefühl von Düsternis.

Ihr Magen krampfte sich zusammen, als die Kutsche in den Park einbog. Sie durfte ihn nicht verlieren. Nicht jetzt. Nicht so. Und ganz bestimmt nicht, bevor sie ihm gesagt hat, wie sehr sie ihn liebte.

~

*L*ionel faltete das Pergament und legte es auf die Sitzbank in seiner Kutsche. Er öffnete die Tür und sprang hinaus, während er wegen des Regens, der ihm in die Augen lief, zwinkern musste.

Er hatte seinen Frack in der Kutsche mit dem Brief darin zurückgelassen, den er Emmaline geschrieben hatte. Wenn er sie nicht wiedersehen würde, so wollte er sie doch wenigstens wissen lassen, wie sehr er sie liebte und wie leid es ihm tat, sich wieder einmal in dieser Situation zu befinden.

Der Kummer schnitt tief in ihn hinein und er krümmte sich vornüber. Mehrere Male atmete er tief ein und versuchte, sein pochendes Herz zu besänftigen.

Sutton kam auf ihn zu. »Er ist immer noch nicht an einer friedlichen Lösung interessiert.«

»Nein, ich bin davon ausgegangen, dass er das nicht ist.« Lionel streckte sich, straffte die Schultern, während der Tumult in ihm tobte. »Lass uns die Sache angehen.«

Sie gingen auf das Feld zu, wo das Duell ausgetragen werden sollte und dort stand Sir Duncan mit seinem Sekundanten und einem Arzt.

Zufälligerweise war es der gleiche Mann, der auch bei seinem Duell mit Townsend assistiert hatte. Das schien kein gutes Vorzeichen zu sein.

Zum Teufel, er duellierte sich mitten im Regen mit einer Waffe, die er seit Jahren nicht mehr benutzt hatte, und war ziemlich sicher, dass er nicht imstande wäre, sich auf eine angemessene Weise zu verteidigen. *Nichts* davon verhieß Gutes.

Ein kleines Publikum – vielleicht zehn Mann – hatten sich versammelt. Lionel zog es vor, keine Zuschauer zuzulassen, doch dies war nicht sein Duell.

Lionel und Sutton traten an den Tisch, der aufgestellt worden war. Darauf lagen die Degen.

Sir Duncan und sein Sekundant traten zu ihnen heran.

»Ziehen Sie ihre Hemden aus«, gebot Sir Duncans Sekundant.

Lionel band seine Krawatte auf, zog sie aus, und ließ sie auf den Tisch fallen. Als Nächstes knöpfte er seine Weste auf und legte sie ab. Er ließ das durchtränkte Kleidungsstück neben seine Krawatte fallen. Zuletzt zog er sein Hemd über den Kopf und entblößte seinen Oberkörper, sodass sie sehen konnten, dass er kein Kettenhemd oder irgendeine andere Art Schutz trug.

Sir Duncan tat es ihm gleich und für einen Mann seines Alters bewegte er sich sehr schnell. »Sie wissen, dass ich beim Militär gedient habe?«, provozierte er ihn.

»Das weiß ich.«

Die Sekundanten nahmen jeweils einen Degen aus seiner Scheide und verglichen ihre Länge. Sie stellten ihre Gleichheit fest und übergaben die Waffen an die Opponenten.

»Dieses Duell findet zur Genugtuung Sir Duncans statt, welche der erste Treffer sein kann, oder auch nicht«, verkündete sein Sekundant.

»Also könnte es auch bis zum Tode gehen?«, fragte Sutton in einem ironischen Tonfall, der Lionel bei der Absurdität der ganzen Sache beinahe auflachen ließ.

Sir Duncans Sekundant grinste, bevor er sich abwandte und bis zum Ende des für das Duell abgemessenen Feldes stelzte. Lionel wog den Degen in seiner Hand. Er war schwer und ein bisschen unhandlich, wenn er ehrlich war. Er hielt ihn hoch und blinzelte durch den Regen zu Sir Duncan, der damit beschäftigt war, mit seiner Klinge die Regentropfen zu durchschneiden, die die Luft füllten.

»Nehmen Sie Ihre Plätze ein«, rief Sir Duncans Sekundant.

Sutton schob sich dicht an Lionel heran. »Es ist nicht zu spät, dich zu weigern.«

Lionel machte sich nicht die Mühe, zu antworten. Die Gedanken an Emmaline trübten seinen Verstand. Er wollte die Tatsache nicht anerkennen, dass er sie vielleicht nie wiedersehen würde, aber das musste er. Und vielleicht war es zum Besten. Vielleicht sollte alles für ihn auf diese Weise enden.

Sobald sie auf ihren markierten Plätzen angelangt waren, verkündete Sir Duncans Sekundant den Beginn des Duells.

Lionel konnte sich nicht bewegen. Er musste sich verteidigen, aber wenn er daran dachte, angreifen zu müssen ... Was wäre, wenn er auch Sir Duncan unbeabsichtigt umbrachte? Dieses Risiko konnte er nicht eingehen.

Sir Duncan stieß zu und versetzte Lionel endlich in Bewegung. Er brachte eine schwache Parade zustande, als er zur Seite sprang, um dem Angriff auszuweichen. Erneut griff Sir Duncan an und Lionel entging knapp einer Verletzung. Dies passierte mehrere Male, bevor Sir Duncan heulte: »Warum greifen Sie nicht an?« Weil er einfach versuchte, seinen Stand zu finden, und sich an den Degen zu gewöhnen. Lionel antwortete nicht, sondern hieb mit seiner Klinge durch die Luft, um seine Schulter zu lockern. Vielleicht könnte er diesen Mann entwaffnen. Ja, das würde er versuchen. Und er würde zu Gott beten, dass er ihn bei diesem Prozess nicht verletzen würde.

Lionel tänzelte nach vorn und Sir Duncan empfing ihn mit erhobenem Degen.

»Lionel!«

Der Klang ihrer Stimme lenkte ihn gerade genug ab. Sir Duncans Klinge senkte sich herab und drang in Lionels Seite. Er taumelte zurück und fragte sich, warum er nicht blutete. Er verspürte einen scharfen Schmerz. Sollte da nicht Blut sein?

Er sah hinab und fuhr sich mit der linken Hand an die Wunde. Rot befleckte seine Haut. Da war tatsächlich Blut. Und jede Menge davon. Wegen des Regens hatte er es nicht gefühlt.

Er stolperte ein paar Schritte und dann fiel er auf die Knie. Schlamm umgab ihn und als er zur Seite sackte, sah er Emmaline auf sich zu rennen. Sie warf sich neben ihm auf die Erde, ihr Gesicht war blass, aber so wunderschön.

Sie nahm ihm den Degen aus der Hand, erhob sich, und schwang den Degen gegen Sir Duncan, der sich auf sie zu bewegte. »Wenn Sie näherkommen, werde ich Sie umbringen. Axbridge hat mich nicht gestohlen. Ich wollte Sie nicht. Ich habe ihn gewählt. Ich *liebe* ihn. Sie sind ein elender Dummkopf und alle wissen das jetzt.«

Lionel konnte Sir Duncans Gesicht nicht sehen. Der Regen raubte ihm wirkungsvoll die Sicht, während er auf dem Boden lag und der Schmerz sich in seiner Seite ausbreitete. Verschwommen nahm er wahr, dass sich noch jemand näherte. Die Dunkelheit drohte, ihn zu übermannen, aber er wollte nicht gehen. Noch nicht.

»Emmaline.« Er kämpfte, um das Wort über die Lippen zu bringen und fürchtete, dass sie ihn nicht hören würde.

Aber sie war bei ihm und kniete neben ihm. Glücklicherweise konnte er sie wenigstens sehen.

»Ich bin hier, mein Geliebter.« Sie streichelte sein Gesicht und wischte den Regen fort. Es war ein sinnloses

Unterfangen, da er einfach weiterfiel und ihn abermals durchtränkte.

»Ich habe dir einen Brief geschrieben. Er ist in meiner Kutsche.«

Der Arzt – wenigstens hoffte er, dass es der Arzt war – fing an, seine Wunde abzutasten. Er zuckte zusammen und dann entfuhr ihm ein lautes Stöhnen.

Emmaline legte die Hände um seine Wangen. »Du wirst gesund werden.«

Er versuchte, den Kopf zu schütteln, aber er wusste nicht, ob er damit erfolgreich war. »Es ist egal. Zu wissen, dass du mich liebst, bedeutet für mich, dass ich glücklich sterben kann.«

Sie sah auf ihn herab und ihre Augen loderten in aller Herrlichkeit. »Wage es nicht zu sterben!«

»Ich liebe dich, Emmaline.« Er schloss die Augen und gab sich der Leere hin.

CHAPTER 17

$\mathcal{D}$er Arzt bedeckte Lionels Wunde mit einer weißen Kompresse. Emmaline beobachtete, wie sich das Material langsam rot färbte.

»Wir müssen ihn in die Kutsche schaffen«, sagte West, der aus dem Nichts aufgetaucht zu sein schien, um neben ihr niederzuknien.

»Hebt ihn vorsichtig hoch«, warnte der Arzt und trat zurück.

West und Sutton hoben Lionel vom Boden und trugen ihn über das schlammige Feld.

Emmaline marschierte zu der Stelle, wo Sir Duncan mit einem anderen Mann stand, bei dem es sich wahrscheinlich um seinen Sekundanten handelte. Ihre Gesichter waren niedergeschlagen und sie sprachen in einem gedämpften Ton.

»Ich hoffe, Sie haben Ihre Genugtuung«, spie sie. »Aber seien Sie gewarnt. Wenn er stirbt, werden Sie nie wieder in der Lage sein, mit sich selbst zu leben. Ich habe erlebt, was dies bei einem Menschen bewirkt – was dies mit ihm gemacht hat.« Ruckartig wandte sie den Kopf zu Lionels

Kutsche. »Das würde ich niemandem wünschen, nicht einmal Ihnen.«

Sie wandte sich um und rannte zur Kutsche, doch sie war leer. Nicht einmal der Kutscher war zu finden.

»Hier entlang.« Wests Kutscher berührte sie am Arm und führte sie schnell ein paar Meter weiter, wo Lionel auf der Ladefläche eines Karrens lag. Ja, das war sinnvoll. Sie hatte keine Ahnung, wie sie ihn in seinem augenblicklichen Zustand in seine Kutsche befördert hätten.

West kletterte hinten auf den Karren und hielt ihr seine ausgestreckte Hand entgegen. »Kommst du auf diesem Gefährt mit oder nimmst du die Kutsche?«

»Ich werde ihn nicht allein lassen.« Sie legte eine Hand in Wests und er zog sie auf den Karren.

Der Arzt setzte sich an Lionels Seite, die Hand unter der Decke verborgen, die man über Lionels Körper gebreitet hatte. Vermutlich hielt der Arzt noch immer den Blutfluss auf. Er lehnte sich zum Fahrer – es war Lionels Kutscher, wie sie erkennen konnte – und schrie: »Beeilen Sie sich!«

Emmaline hatte sich kaum gesetzt und sich dabei dicht bei Lionels Kopf positioniert, ehe der Karren vorwärts ruckelte. Sie betrachtete die Totenblässe seines Gesichts und fühlte sich, als ob sie sich übergeben müsse. Sie konnte ihn nicht verlieren.

»Wird er wieder gesund werden?«, fragte Emmaline den Arzt. Die Worte klangen sonderbar und sie erkannte, dass sie mit den Zähnen klapperte.

»Wenn ich ihn gleich zusammennähen kann und die Infektion unter Kontrolle bleibt, hat er eine gute Chance.«

Der Mann hob den Kopf zu Emmaline und der Schock der Erkenntnis durchzuckte sie. Es war der gleiche Arzt, der sich um Geoffrey gekümmert hatte.

Der Arzt schien sie ebenfalls zu erkennen. Seine

Gesichtsfarbe verblasste ein wenig. »Sie sind jetzt Lady Axbridge?«

Sie nickte. »Er darf nicht sterben«, flüsterte sie. Sie hatte auch nie gewollt, dass Geoffrey starb, doch dies war irgendwie noch lebenswichtiger. Sie wusste wirklich nicht, wie sie weitermachen sollte, wenn sie Lionel verlieren würde. Er hatte so lange gelitten. Er hatte eine Chance auf Glück verdient und sie würde sie ihm gewähren.

Der Arzt nickte ernst. »Ich weiß nicht, was mit Lord Townsend geschehen ist. Er hätte auch nicht sterben sollen. Ich werde die Seite des Marquess nicht verlassen, bis ich überzeugt bin, dass er überleben wird.«

Sie sah auf Lionels Gesicht herab und wischte den Regen fort. »Das werde ich auch nicht.«

Der Karren gelangte an ihrem Stadthaus an und rasch nahmen die Dinge ihren Lauf. Der Arzt unterrichtete Emmaline, welches Material er benötigte. Sie nickte, als sie aufstand – begierig, seine Forderungen zu erfüllen.

Tulk kam nach draußen gestürmt und hatte die Situation schnell erfasst. Er half Emmaline vom Karren.

»Ich werde das Personal informieren«, erklärte sie.

Der Butler nickte und sein Gesicht war ganz knittrig vor Kummer. Er ging dazu über, West zu helfen, Lionel vom Karren zu laden.

Emmaline eilte nach drinnen und rief um Hilfe. Mrs. Wells kam herbeigerannt und Emmaline instruierte sie, was sie in Lionels Zimmer bringen sollte. Dann wies sie einen Dienstboten an, das Feuer in Lionels Schlafzimmer zu schüren. Die Diener rannten, um ihre Aufträge auszuführen, während Emmaline nach oben raste.

Sie riss die Bettdecke vom Bett und fand eine Decke, die sie darüber warf, um hoffentlich die Nässe aufzusaugen - und das Blut.

Denke nicht daran.

Hennings tauchte mit einigen der Utensilien auf, die Emmaline von Mrs. Wells erbeten hatte – ein Eimer mit heißem Wasser und Handtücher. Im Zimmer war es geschäftig wie in einem Bienenstock, als der Arzt in den Raum trat, gefolgt von West und Tulk, die Lionel trugen. Sie legten ihn auf das Bett und Hennings zog ihm die Stiefel aus.

Der Arzt stelle seine Tasche auf dem Nachttisch ab und nahm Nadel und Faden heraus. Emmaline starrte auf seine Hände – aus Angst um Lionel.

»Mylady, Sie sollten ein heißes Bad nehmen oder wenigstens ihre nassen Kleider ausziehen.« Lark hatte sich irgendwie in das Zimmer geschlichen.

Emmaline war nicht überrascht, dass sie ihr Eintreffen nicht bemerkt hatte. »In einer Weile. Ich kann ihn nicht allein lassen.«

»Sie werden ihm nichts nützen, wenn Sie sich erkälten.«

In dem Wissen, dass ihre Zofe recht hatte, wandte Emmaline sich widerstrebend zum Wohnzimmer um. »Wir müssen schnell sein.« Eilig durchquerte sie den Raum, um zu ihrem Schlafzimmer zu gelangen.

Es war frustrierend, wie lange Lark brauchte, um ihr aus den durchweichten Kleidern zu helfen. Es war sehr schwierig – und zeitraubend – die Schleifen zu lösen, die kalt und so nass waren, dass es noch schlimmer war, als wären sie verknotet.

»Schneid sie einfach durch!«, schrie Emmaline verzweifelt.

Als sie endlich aus ihren Kleidern befreit war, fing sie an, unkontrolliert zu beben. Lark wickelte sie in eine Decke und schob sie vor das Feuer, das ebenfalls geschürt worden war. Dann löste sie Emmalines Frisur und tat ihr Möglichstes, das Haar wenigstens teilweise mit einem Handtuch zu trocknen. »Ich werde gleich zurück sein.«

»Beeile dich.« Emmaline wandte den Kopf zu Lionels Schlafzimmer und betete.

Ein paar Minuten später hatte Lark ihr ein einfaches Tageskleid angezogen. Sie bürstete ihr das Haar und ging dabei schnell vor, wobei sie an den Knoten zerrte, die sich im Regen gebildet hatten. Sie entschuldigte sich für jedes Ziepen, doch Emmaline drängte sie, weiterzumachen. Über solche Bagatellen machte sie sich keine Sorgen. Sie musste zu Lionel zurückkehren.

Endlich war Lark fertig und Emmaline kehrte eilig in Lionels Zimmer zurück.

»*Gottverdammt!*«

Lionels Stimme erfüllte sie sowohl mit Erleichterung als auch mit Schrecken. Sie war so froh, dass er noch bei ihr war, aber sie konnte die Agonie heraushören, die seine Stimme unterlegte.

»Es ist beinahe geschafft«, erklang die ruhige Antwort des Arztes.

Es hatte sich ein ansehnliches Publikum um das Bett versammelt – Hennings, Tulk, West, Sutton, Mrs. Wells und auch ein paar Dienstboten.

Hennings wich zur Seite, um Emmaline das Eintreten zu ermöglichen. Er legte den Arm um sie und drückte sie. Die Tränen brannten ihr in den Augen, doch sie hielt sie unter Kontrolle. Sie würde nicht weinen. Nicht jetzt.

»Noch etwas mehr Whiskey, vielleicht?«, schlug der Arzt vor.

Hennings nahm den Arm von Emmaline, aber sie drehte sich zu ihm um. »Ich werde ihn holen. Wo?«

Mit einem Nicken deutete er auf den Nachttisch.

Sie ging um den Arzt herum, der unter dem hellen Licht einer Laterne arbeitete, die von Tulk hochgehalten wurde. Den Blick von der Wunde abgewandt, fand sie die Whiskeykaraffe und ein leeres Glas daneben. Ehe sie es allerdings einschenken konnte, hatte Lionel die Hand um ihr Handgelenk gelegt und hielt sie fest.

»Wo bist du gewesen?«

Sie drehte sich zu ihm um und ihr Herz tat ihr weh. »Ich habe mir nur trockene Kleider angezogen. Jetzt bin ich hier. Und ich werde dich nie wieder verlassen.«

Entspannt lehnte er sich in die Kissen zurück, doch nur für eine Sekunde. Sein Gesicht verzog sich schmerzerfüllt und er stieß ein ächzendes Stöhnen aus.

»Er braucht mehr Whiskey«, drängte der Arzt.

Schnell goss Emmaline etwas in das Glas und half Lionel dann beim Trinken. Sie warf einen kurzen Blick zum Arzt. »Sollte er nicht Laudanum bekommen?«

»Ja, aber er hat sich geweigert, weil Sie nicht hier gewesen sind.«

Kopfschüttelnd sah sie Lionel an. »Du bist ein törichter Mann.«

Lionel sah zu ihr auf und sein Blick war getrübt. »Unglücklicherweise ja. Ich hatte mich der Bewusstlosigkeit nicht hingeben wollen, bevor ich dich gesehen habe. Jetzt werde ich es nehmen.«

»Da ich fertig bin«, bemerkte der Arzt mit zusammengepressten Zähnen. »Beinahe geschafft.«

Abermals fluchte Lionel und sein Körper spannte sich an. Sie hätte alles getan, um ihm das zu ersparen.

Er schien ihre Gedanken zu lesen, denn er warf ihr ein schwaches Lächeln zu, und sagte: »Es ist nicht weniger, als ich verdient habe.«

»Hör auf, das zu sagen.« Sie klang erzürnt, doch das war ihr egal. Sie hatte einfach genug von seinem Selbsthass.

»Fertig.« Der Arzt trat zurück und betrachtete sein

Werk. »Eine saubere Wunde – Gott sei Dank von einer rasiermesserscharfen Klinge – aber sie war recht groß. Ich glaube nicht, dass sie irgendwelche Organe getroffen hat. Mit viel Ruhe und Pflege werden Sie wieder gesund werden.« Er zuckte zusammen, als er Emmaline ansah. »Nichtsdestotrotz werde ich für eine Weile hierbleiben.«

»Sie werden frische Kleider zum Wechseln brauchen«, stellte Mrs. Wells fest. »Kommen Sie, ich werde Sie zu einem Zimmer führen.«

»Nur einen Augenblick noch.« Der Arzt ging zu seiner Tasche und goss etwas in das inzwischen geleerte Whiskeyglas. Er stellte es auf den Tisch und sah Emmaline an. »Das ist Laudanum. Geben Sie es ihm sofort. Er wird schlafen und im Augenblick ist dies das Beste für ihn. Ich werde unverzüglich zurück sein, um die Wunde zu verbinden.«

Emmaline nickte und der Arzt folgte Mrs. Wells aus dem Zimmer.

Tulk stellte die Laterne an einer Wand des Zimmers ab. »Nun gut, es ist nun für alle Zeit, seine Lordschaft ruhen zu lassen.«

Emmaline streichelte Lionels Gesicht, als die Anwesenden anfingen, hinauszugehen.

Hennings berührte sie sanft am Arm. »Ich werde Euch etwas zu essen besorgen.« Er sah auf Lionel hinab und Emmaline hätte schwören können, dass sie Tränen in seinen Augen erblickte. »Ihr habt mir einen gehörigen Schrecken eingejagt. Wieder einmal.« Er tätschelte Lionels Schulter und dann wandte er sich um und ging hinaus.

West und Sutton traten vor und die beiden sahen wie ersäufte Ratten aus. Emmaline trat zurück, damit sie mit Lionel sprechen konnten.

»Wenn ihr nicht nach Hause fahrt und trockene Kleider

anzieht, werden eure Frauen mich umbringen«, krächzte Lionel.

»Das wäre ein schmachvolles Ende, angesichts dessen, was wir gerade durchgemacht haben«, bemerkte Sutton ironisch. »Aber wahrscheinlich hast du recht. Ich werde morgen wiederkommen, um zu sehen, wie du dich machst.« Er wandte sich zu Emmaline und ergriff ihre Hand. »Er kann von Glück sagen, dich zu haben. Es erfreut mich über die Maßen, euch zusammen zu sehen und zu erkennen, wie glücklich ihr einander macht.«

Nun, das hatten sie *noch* nicht getan, aber sie hoffte fieberhaft, dass sie das tun würden.

Sutton küsste sie auf die Wange und seine Lippen fühlten sich kalt an. Sie begegnete ihm mit ernstem Blick. »Geh schnell nach Hause. Du bist eiskalt.« Er nickte und dann ging er davon.

West sagte nichts zu Lionel, doch sein finsterer Blick sprach Bände.

»Beim nächsten Mal werde ich auf dich hören«, brachte Lionel heiser hervor. »In der Zwischenzeit bist du herzlichst eingeladen, mich herunterzuputzen«

»Ich werde dich in den fähigen Händen deiner Frau zurücklassen. Wenn irgendjemand dich zu angemessener Reue bewegen kann, ist sie es.« West sah auf seinen Freund hinab. »Ich bin froh, dass es dir gut geht.«

West wandte sich an Emmaline und küsste sie, wie Sutton, auf die Wange. »Ich gehe. Schick nach uns, wenn du uns brauchst. Ich bin sicher, dass Ivy morgen früh hier sein wird.«

»Vielen Dank.« Emmaline sah ihm nach, als er das Zimmer verließ und dann nahm sie das Glas mit dem Laudanum. Sie hielt Lionel den Kopf, während er die Flüssigkeit hinunterschluckte.

Er zog eine Grimasse. »Das schmeckt furchtbar.«

Sie stellte das Glas ab – und zwischen dem Wunsch, ihn zu schütteln oder ihn zu küssen hin und her gerissen, liebkoste sie sein Gesicht. »Du hast mich angelogen.«

»Ich habe nicht gelogen … Ich habe mich wirklich nicht duellieren wollen.« Blinzelnd sah er zu ihr auf. »Und in Wahrheit habe ich das auch nicht getan. Ich weiß nicht, ob du zugeschaut hast, aber ich habe mein Schwert nur zur Verteidigung gehoben. Meistens.«

»Soll ich mich damit besser fühlen, du Dummkopf? Natürlich habe ich nicht zugeschaut. Als ich angekommen bin, habe ich versucht, dem Ganzen ein Ende zu bereiten. Aber das war genau in dem Moment, als Sir Duncan dich getroffen hat.«

Vorsichtig berührte Lionel seine verwundete Seite und zuckte zusammen. »Was ist mit ihm passiert? Ich glaube, mich erinnern zu können, dass du einen Degen geschwungen hast.«

»Ich habe ihn am Leben gelassen.« Für einen Augenblick hatte sie erwogen, damit zuzustechen.

»Natürlich hast du das. Du hättest ihn nicht verletzen können – oder irgendjemanden sonst.«

Sie lachte spöttisch. »Sei dir da nicht so sicher. Ich war außer mir vor Zorn, über jede Rage hinaus. Ich kann verstehen, wie jemand zu solch verzweifelten Maßnahmen motiviert wird.« Sie senkte die Stimme, als ein Gefühl der Liebe sie durchflutete. »Besonders, wenn es um diejenigen Menschen geht, die uns am liebsten sind.« Sie legte die Hand in seine und drückte seine Finger.

»Du verstehst, wie ich mich gefühlt habe, als mein Vater gestorben ist«, sagte er leise.

»Ja, ich weiß, dass du ihn geliebt hast, doch als ich dachte, du würdest mir genommen, habe ich eine tiefe Emotion empfunden, derer ich mich nie für fähig gehalten habe. Es hat mich, ehrlich gesagt, zu Tode erschreckt.«

»Jemanden zu lieben, kann so etwas bewirken. Kannst du ... Bist du bereit, das zu fühlen?«

Sie stieß ein kurzes Lachen aus. »Ich glaube nicht, dass ich da etwas zu entscheiden bekomme. Wie gesagt. Ich liebe dich. Über alle Maßen.

Er wandte den Blick von ihr ab und seine Stirn legte sich in Falten. »Ich habe das nicht verdient.«

Sie ließ seine Hand fallen, umschloss sein Gesicht, und lenkte seine Aufmerksamkeit damit einmal mehr auf sich. »Hör auf, so etwas zu sagen! Ich habe genug von deiner Melancholie. Ich verstehe, warum du dich so lange bestraft hast, aber musst du mich auch bestrafen?« Ihre Stimme war lauter geworden und ihre Brust hob und senkte sich.

Er zwinkerte und dann brachte er ein Gähnen zustande. »Nein, ich muss vermutlich lernen, zu akzeptieren, dass die wundervollste Frau auf dieser Welt sich auf mysteriöse Weise entschieden hat, mich zu lieben. Und ich werde den ganzen Tag lang für meinen Segen dankbar sein – jeden Tag – bis ich sterbe.« Er lehnte sich in die Kissen zurück und fuhr noch einmal zusammen. »Hoffentlich wird von jetzt an noch einige Zeit bis dahin vergehen.« Seine Augenlider flatterten und fielen zu.

Sie steckte die Decke um seine Schultern fest. »Du solltest jetzt schlafen.« Sie ging, um eine weitere Decke zu holen, doch dann drehte sie sich nochmals um und küsste ihn auf die Wange. »Und vielen Dank, was du in Hinsicht auf meine Eltern getan hast.«

Er riss die Augen auf. »Er hat dir davon erzählt?«

»Nein, meine Mutter hat mich heute besucht. Es war eigentlich recht nett.«

Er blickte finster drein. »Sie hatten dir nichts davon sagen sollen.«

»Können wir bitte mit der Geheimnistuerei aufhören? Gibt es etwas, was du mir gern erzählen möchtest?«

Sein Blick wurde weich und er streckte die Hand aus, um ihre Wange zu berühren. »Ich liebe dich.«

»Ich liebe dich auch.«

»Küss mich.«

Sie beugte sich zu ihm hinab, bedeckte seine Lippen mit den ihren, und bewegte sich sanft, zärtlich und oh, so vorsichtig.

Er ließ die Hand auf das Bett sinken und schloss die Augen einmal mehr. »Ich freue mich darauf, dies auszudehnen, wenn es mir wieder gut geht.«

Sie beobachtete ihn einen Augenblick und hätte schwören können, dass er sofort einschlief. Schließlich drehte sie sich um und machte sich auf die Suche nach einer weiteren Decke. Sie probierte es bei einer Truhe, die in einer Ecke stand und war erfolgreich. Als sie den wollenen Stoff heraushob, fiel ihr Blick auf eine Schatulle. Neugierig nahm sie sie zusammen mit der Decke heraus.

Nachdem sie ihn zugedeckt und sich vergewissert hatte, dass ihm warm war, kehrte sie zu der Schatulle zurück. Sie nahm sie vom Boden auf, trug sie mit zur anderen Seite des Bettes und öffnete sie, wobei sie sich des Inhalts ziemlich sicher war.

Duellpistolen.

Waren dies die Waffen, die er bei seinen vorherigen Duellen benutzt hatte? Sie wollte sie loswerden. Aber wäre er damit einverstanden? Irgendwie dachte sie, dass er zustimmen würde.

Genau in dem Augenblick kehrte der Arzt zurück und sie stellte die Schatulle auf dem Nachttisch ab, die sie aus ihren Gedanken verbannte, während sie dem Arzt beim Verbinden der Wunde assistierte.

Dann brachte Hennings etwas zu Essen und warf das Thema eines Zeitplans für die Krankenwache bei Lionel auf. Emmaline war unerbittlich, dass sie ihn nicht verlassen würde, nicht einmal für einen Augenblick, doch alle anderen wären willkommen, nach Belieben zu kommen und zu gehen. Letztendlich beschloss der Arzt, in einem der Gästezimmer zu nächtigen, doch er plante, in regelmäßigen Abständen nach dem Kranken zu sehen. Hennings beschloss, dass er über ihn wachen würde, solange er sich dazu imstande fühlte, aber wenigstens, bis die Erschöpfung ihn zu einem Nickerchen zwang. Allerdings wäre es nur ein Nickerchen, versicherte er Emmaline.

Er gab Emmaline auch den Brief, den Lionel vorhin erwähnt hatte. Er war vor dem Duell verfasst worden, und Lionel hatte geschrieben:

Liebste Emmaline,

obwohl unsere Ehe nicht so begonnen hat, wie es zu hoffen gewesen wäre, bedaure ich die kurze Zeit nicht, die wir zusammen verbracht haben. Bei näherem Nachdenken werde ich, falls mein Leben heute endet, die Kürze unserer Verbindung bedauern. Ich würde alles geben, dich auch nur noch eine einzige weitere Minute lieben zu dürfen.

Nicht, dass ich damit aufhören werde, selbst wenn ich dahingeschieden bin. Ich bin Dein für die Ewigkeit, ob du mich nun willst oder nicht. Es ist meine ehrfürchtige Hoffnung, dass du das tust und dass wir den Rest unserer Lebenszeit als die Familie verleben, von der ich geträumt habe.

Sollte ich allerdings nicht überleben, bitte ich dich in aller Demut um Verzeihung. Wieder einmal. Ich bin, häufig bedauerlicherweise, ein Mann mit einem extremen Ehrgefühl und Überzeugung. Ich duelliere mich heute, weil ich das Gefühl habe, dies tun zu müssen. Es ist eine Ehrensache als dein rechtmäßiger und ergebener Ehemann jeder Spekulation über unsere Ehe ein Ende zu bereiten. Wie du mir erzählt hast, möchtest du nicht, dass irgendjemand sie für vorgetäuscht hält und ich auch nicht.

Ich möchte alle wissen lassen, wie sehr ich dich liebe und wie verpflichtet ich mich zu unserer Verbindung fühle. Nichts ist wichtiger für mich als dein Glück.

Für immer Dein,

Lionel

Bevor Emmaline diese wunderschönen Worte zu Ende gelesen hatte, war das Pergament von ihren Tränen durchnässt.

Es war nach Mitternacht, als sie neben ihn ins Bett stieg. Er hatte sich kaum bewegt, seit er mehrere Stunden zuvor in tiefen Schlaf gefallen war. Aber seine Gesichtsfarbe war gut, er fühlte sich angenehm warm an, als sie in berührte und er atmete gleichmäßig. Sie sagte sich, dass sie sich keine Sorgen zu machen brauchte, selbst als die Erinnerung an Geoffreys Tod sich in ihre Gedanken stahl.

Sie rollte sich an Lionels Seite zusammen und legte ihm die Hand auf die Brust. Sie hob und senkte sich, was sie besänftigte. Und endlich schlief sie ein.

～

Das Knarren klang wie ein Schuss für Lionel und ließ ihn zusammenzucken. Der Schmerz flammte in seiner Seite auf und erinnerte ihn daran, wo er war und was passiert war. Wieder hörte er das Knarren und er öffnete die Augen und versuchte angestrengt in der beinahe vollständigen Dunkelheit zu sehen. Eine schemenhafte Figur schlich am Kamin vorbei.

War es Emmaline, die sich wie neulich Nacht in sein Zimmer stahl? Er hoffte es. Selbst wenn sie diese Aktivitäten jetzt nicht gerade wiederholen konnten, konnte er sie trotzdem noch halten.

Aber einen Moment. Da war etwas Warmes an seiner Seite. *Das* war Emmaline.

Wer zum Teufel schlich dann in seinem Zimmer umher?

Er strecke die Hand aus und stieß Emmaline an, um sie auf die mögliche Gefahr aufmerksam zu machen. »Wer ist dort?«, rief er laut aus und hoffte, sie zu warnen und vielleicht auch andere, die in der Nähe waren. Wo war Hennings? Tulk? Sie schliefen, wie auch er und Emmaline geschlafen hatten. Es war verdammt nochmal mitten in der Nacht.

Der Schatten bewegte sich nun neben das Bett und endlich konnte Lionel seine Züge ausmachen. »Mullens. Wie zum Teufel sind Sie hier hereingekommen?«

Er zuckte die Schultern. »Ich bin ziemlich gut, mich in Situationen einzufügen. Townsend hätte Ihnen das sagen können. Ihr Diener wird eine hässliche Beule haben, wenn er erwacht, aber er wird schon wieder. Es ist zu dumm, dass ich nicht das Gleiche über Sie sagen kann.«

Lionel hatte nicht bemerkt, dass Emmaline sich bewegt hatte, doch er stellte fest, dass sie nicht mehr an seiner Seite war. Wohin war sie verschwunden?

Er sah zu Mullens auf und der Schmerz in seiner Seite nahm zu, als die Wirkung des Laudanums nachließ. »Sind Sie hier, um mir Schaden zuzufügen?«

»Um Sie mir aus dem Weg zu schaffen.« Mullens Tonfall war dunkel und gedämpft. »Und denken Sie nicht einmal daran, um Hilfe zu rufen – ich habe eine Pistole in meinem Taillenbund und ich werde nicht zögern, sie zu benutzen. Allerdings bevorzuge ich, die Abwicklung so unaufdringlich wie möglich zu erledigen.«

Die Abwicklung? »Warum sind Sie hier?«

»Sie haben mein Vorhaben ruiniert.« Seine Stimme schwoll leicht an.

Lionel zweifelte nicht länger an der Rolle des Mannes bei alldem. »Sie meinen Ihre erpresserische Intrige?«

»Zuerst haben Sie Lord Townsend herausgefordert, bevor er die Zahlung der geforderten Summe von Lady Richland annehmen konnte und noch nicht einmal den Anstand besessen, ihn umzubringen. *Ich* habe das tun müssen, um ihn davon abzuhalten, sich gegen mich zu wenden. Dann haben Sie dafür gesorgt, dass meine Schwester aus ihrer strategisch ziemlich guten Stellung *ohne eine gottverdammte Referenz* entlassen wird.«

Mullens dünne Lippen kräuselten sich. »Sie sind wirklich eine Plage. Dann haben Sie Bow Street informiert. Die Schnüffler sind heute vorbeigekommen, aber glücklicherweise war ich nicht da. Offensichtlich hat Sir Duncan – ich glaube, Sie kennen ihn – den Herren alles darüber erzählt, wie ich ihn ermuntert habe, Sie zu einem Duell herauszufordern, nicht dass dazu viel Überzeugungsarbeit nötig gewesen wäre. Er war bereits ziemlich wütend auf Sie und es brauchte lediglich ein paar vertrauenerweckende Worte, um ihn noch ein wenig mehr in Richtung dessen zu schubsen, was er ohnehin schon hatte tun wollen. Es ist ein Jammer, dass er sich beinahe als ebenso nutzlos in einem Duell erwiesen hat, wie Townsend.«

Lionels Verstand war durch das Laudanum immer noch ein bisschen benebelt. Er mühte sich, alles zu verstehen, was Mullens sagte. »Haben Sie gerade gesagt, dass Sie Townsend umgebracht haben?«

»Ich musste es tun. Ich hatte ihn nach dem Duell besucht und er hat behauptet, dass er nicht weitermachen könnte und vorhätte, Ihnen zu erzählen, dass ich ihn zu der Erpressung bewogen hatte. Der Schuft schuldete mir Geld!« Mullens Stimme nahm an Intensität aber nicht an Lautstärke zu. »Also wartete ich, bis er wieder eingeschlafen war und legte einfach ein Kissen über sein

Gesicht. Dank der Verletzung, die Sie ihm beigebracht hatten, fand keine Untersuchung zur Todesursache statt.«

Mullens klang so selbstgefällig, so ... stolz. »Ich hatte gehofft, dass Sir Duncan Sie umbringen würde, aber es scheint, als müsse ich alles selbst tun. Wenn Sie einverstanden sind, keinen Kampf anzufangen, werde ich verschwinden, ohne jemand anderem Schaden zuzufügen ... sagen wir, Ihrer entzückenden Ehefrau.«

Lionel kämpfte, um sich aufzurichten, aber er schaffte es nicht. Er war nicht sicher, ob er sich zur Wehr setzen *konnte.* »Berühren Sie meine Frau und Sie werden sterben.«

Das Spannen einer Pistole ließ Lionel das Blut in den Adern gefrieren. Er sah auf die Hände des Mannes. Sie hielten ein Kissen, keine Pistole.

»Vielleicht kann ich helfen.« Emmaline trat vor und ihre Hand war um eine von Lionels Duell-Pistolen geschlossen.

Mullens drehte sich zu ihr um. Sie war so leise um das Bett herumgekommen, dass weder Lionel noch Mullens sie bemerkt hatten. »Wollen Sie ihn für mich umbringen?«, fragte Mullens. »Vermutlich ergibt das einen Sinn. Er *hat* Ihren Ehemann umgebracht. Und er hat eine Liebesbeziehung mit Lady Richland.«

»Tatsächlich hat er das nicht, zumindest nicht *in letzter Zeit.* Und ich glaube, gerade gehört zu haben, wie Sie zugaben, dass Sie Geoffrey umgebracht haben«, sagte sie leise und hob die Pistole, um damit auf Mullens zu zielen. Plötzlich glühten ihre Augen bedrohlich. »Ich würde Lionel niemals töten. Eher würde ich Sie töten.«

»Emmaline, tu es nicht.« Lionel konnte sie das nicht tun lassen. Sie verstand die Folgen nicht. Nun, möglicherweise tat sie das – ganz bestimmt verstand sie ihn.

»Mach dir keine Sorgen, Liebling«, sagte sie. »Ich glaube, ich werde heute Nacht ziemlich gut schlafen.«

Mullens streckte die Hand aus und ließ die Gegenstände auf Lionels Nachttisch durch die Luft fliegen. Lionel wandte sich ab, um den Bruchstücken auszuweichen und die Bewegung ließ ihn vor Schmerz beinahe ohnmächtig werden. Weißes Licht blendete ihn und dann hörte er einen Schuss.

»Emmaline!«, schrie Lionel.

Das Geräusch eines männlichen Schreis erfüllte das Zimmer. Einen Augenblick später öffnete sich die Tür und Hennings kam herbeigeeilt.

Lionel kämpfte, um sich aufzusetzen, damit er sehen konnte, was passiert war, aber der Schmerz war zu überwältigend. Keuchend fiel er in die Kissen zurück und sein Blick verschwamm.

»Lionel, du darfst dich nicht bewegen«, mahnte Emmaline. Er wandte den Kopf und fokussierte seinen Blick zur Genüge, um sie mit sorgenvollem Gesicht neben dem Bett stehen zu sehen. Er blinkte und versuchte, sein Gleichgewicht wiederherzustellen. »Was ist passiert?«

Sie zog eine Grimasse, während sie einen Blick zur Tür warf. »Hennings, haben Sie die Situation unter Kontrolle?«

»In der Tat, das habe ich Mylady.«

Sie wandte sich zu Lionel um und sagte einfach: »Ich habe auf ihn geschossen.«

»Das hast du nicht.«

»Er hat versucht, davonzulaufen. Das konnte ich nicht zulassen. Ich habe ihn nur am Bein verletzt. Glaube ich. Es war ein bisschen dunkel.«

»Ja, es ist das Bein«, bestätigte Hennings, als Mullens stöhnte.

Der Arzt kam herein, gefolgt von Tulk, dessen Nachtkleider hinter ihm her wehten. »Es tut mir so leid,

Mylord«, jammerte der Butler. »Ich habe Pratt bewusstlos gefunden, aber ich glaube, es geht ihm gut.«

»Jemand soll einen Dienstboten in die Bow Street schicken und einen Mann namens Teague holen«, gebot Lionel und keuchte, als der Schmerz in seiner Seite ihn zu verzehren schien.

»Ich werde mich darum kümmern«, antwortete Tulk und verließ das Zimmer ebenso schnell, wie er eingetreten war.

»Doktor, ich glaube, seine Lordschaft braucht mehr Laudanum. Aber ich fürchte, dass die Flasche beim Herunterfallen vielleicht zerbrochen ist.« Sie drückte Lionels Hand, ehe sie sich zu Boden sinken ließ, wo sie vermutlich nach der Medizin suchte.

Im Augenblick kümmerte ihn das nicht. Er wollte sie einfach nur halten und dafür sorgen, dass sie in Sicherheit war und er wollte herausfinden, wo zum Teufel sie schießen gelernt hatte.

Aber die hektische Betriebsamkeit war einfach zu groß, während Mullens in das Wohnzimmer befördert wurde und der Arzt feststellte, dass die Flasche mit dem Laudanum dank Mullens tatsächlich zerbrochen war. Er schickte einen weiteren Dienstboten los, um Ersatz zu beschaffen, und in der Zwischenzeit kümmerte er sich um Mullens.

Emmaline hatte ihn ermutigt, den Mann leiden zu lassen. Lionel konnte nicht anders, als zu lachen, aber als sie zum Bett zurückkehrte, ernüchterte er rasch.

»Du willst nicht, dass er stirbt«, bemerkte Lionel und nahm abermals ihre Hand in seine. »Das ist etwas, wovon ich mir wünsche, dass du es nie erleiden musst.«

Ihr warmer Blick war Balsam für seine schmerzende Seele. »Ich weiß und es tut mir leid, dass du das hast tun müssen. Doch die Schuld und der Kummer darüber haben jetzt ein Ende. Du bist natürlich berechtigt, ein schlechtes Gewissen zu haben, aber du *musst* dir selbst vergeben.«

»Das werde ich.«

Sie drückte seine Finger und sah ihn eindringlich an. »Versprich es mir. Besonders, weil du Geoffrey tatsächlich nicht umgebracht hast. Das muss dir eine gewisse Erleichterung verschaffen, oder?«

War dem so? Er musste zugeben, dass er sich ein bisschen leichter fühlte. Trotzdem hatte er eine Rolle beim Tode des Mannes gespielt. *Nein, tu das nicht. Geoffrey hat seine eigene Entscheidung getroffen, sich mit einem Schurken wie Mullens einzulassen.*

»Ich muss zugeben, dass es mir jetzt leichter fällt, mir zu vergeben. Wenigstens in dieser Sache.«

»Nun, i*ch habe* dir vergeben – und wenn ich das kann, kannst du das auch.« Sie bog die Lippen zu einem Lächeln und sah ihn erwartungsvoll an. »Ich warte immer noch auf dein Versprechen.«

»Ich *verspreche* es. Wie hast du schießen gelernt?«

Sie lachte: »Lucy hat es mich gelehrt. Ehrlich gesagt, war es dank dir. Wie du dich erinnerst, war ich ziemlich wütend, nachdem wir geheiratet hatten. Ich dachte, ich würde mich besser fühlen.«

Das konnte er sich kaum vorstellen, doch dann hatte er es mit eigenen Augen miterlebt. »Und hat es das bewirkt?«

Sie zog die Augenbrauen zusammen, als sie auf ihn herabsah und ihre Hand die seine streichelte. »Nein, ich fürchte, du hattest dir bereits einen Weg in mein Herz erarbeitet, indem du Pearl für mich gefunden hast und mir generell einfach ein guter Ehemann warst.« Sie beugte sich hinab und küsste seine Hand. »Ich habe noch nie zuvor einen gehabt.«

Er lächelte und fühlte sich auf eine absurde Weise glücklich.

Sie runzelte die Stirn ein wenig. »Macht mich dies nun zur gefährlichen Herzogin? Es ist unwichtig, das bin ich schon geworden, als ich dich geheiratet habe.«

»Es macht dich zur Herzogin meines Herzens. Küss mich jetzt noch einmal, denn dadurch fühlt sich meine Seite besser an.«

Sie hob eine Augenbraue und war ganz offensichtlich skeptisch, aber sie beugte sich hinab und drückte die Lippen dennoch auf die seinen. Nichts in ihrem Leben war mit diesem Mann vergleichbar und das wollte sie auch nicht.

EPILOGUE

Axbridge Hall, Juli 1818

ade hüpfte über das Gras und jagte den Schmetterling, der gerade außerhalb ihrer Reichweite war. Sie wölbte den Rücken und sprang höher als je zuvor und fing beinahe ihre Beute ein. Als sie wieder auf dem Boden landete, gab sie ihre Absicht auf und machte sich daran, sich wie verrückt das Fell zu säubern.

Emmaline schmunzelte, als sie sich abwandte und zum Haus zurückging. Der Garten gedieh unter ihrer Aufsicht recht gut und wäre in ein paar Wochen, wenn Gäste zu ihrer Hausparty eintrafen, ein Spektakel aus Farben und Düften.

Sie konnte es kaum abwarten, ihre Freunde und ihre Familien zu sehen. Instinktiv bewegte sich ihre Hand zu ihrem Bauch. Sie war nicht sicher, aber sie hatte den

Verdacht, dass Lionel und sie, sich ihnen allen als Eltern im nächsten Jahr anschließen würden.

Jade folgte ihr nach drinnen, wo es kühler war, ohne dass die Sommersonne herabbrannte. Emmaline war einige Zeit draußen gewesen und beschloss, dass ein erfrischendes Bad angebracht sei.

Auf ihrem Weg die Treppe hinauf betrachtete Emmaline die Portraits, die an den Wänden hingen. Ihr Lieblingsportrait hing in der Mitte der Galerie auf dem oberen Treppenabsatz. Sie trat darauf zu und stand für einen Moment dort, während sie Lionel mit seinen Eltern betrachtete.

Er war vielleicht fünf Jahre alt und hatte jeweils eine Hand in die seiner Eltern gelegt. Sein Vater hatte sich zu seiner Linken gehockt und es bestand eine weit größere, reizende Ähnlichkeit, als auf dem Bild in Lionels Londoner Arbeitszimmer. Hier sah der frühere Lord Axbridge seinem Sohn so ähnlich, dass Emmaline das Herz davon weh tat. Seine blauen Augen tanzten vor Vergnügen und Liebe, als er Lionel anlächelte.

Lionel hatte sich ihm zugewandt und lachte ganz eindeutig. Doch es war die Freude in Lady Axbridges Gesicht, die Emmaline am meisten beeindruckte. Sie war ganz bestimmt ein Teil des Trios, aber das war ein Moment zwischen Vater und Sohn, der ihre enge Bindung perfekt festhielt. Sie sah auf die beiden herab und ihre Züge waren von einer Glückseligkeit erhellt, die Emmaline erst vor kurzem selbst kennengelernt hatte.

Der Grund, warum das Portrait so einzigartig und wundervoll war, bestand darin, dass Lionels Mutter es gemalt hatte. Sie hatte sich bemüht, die Liebe ihrer Familie darzustellen und dies mit einer absoluten Perfektion vollbracht.

Als Emmaline zu ihrem Schlafzimmer weiterging, dachte sie daran, wie ihre eigene Familie vielleicht nicht zustande gekommen wäre, wenn Mullens bei seinem Vorhaben, Lionel zu töten, Erfolg gehabt hätte. Manchmal verspürte sie einen Stich des Bedauerns für Geoffrey. Darauf folgte stets eine Welle der Schuldgefühle, weil sie so unglaublich dankbar für ihr augenblickliches Glück war.

Dann rief sie sich wieder in Erinnerung, dass Geoffrey eine sehr schlechte Entscheidung getroffen hatte, indem er dem falschen Menschen vertraut hatte. Mullens war ein hinterhältiger Krimineller und anders als Geoffrey hatte Mullens seine Wunde überlebt, nur um zu einer Strafkolonie am anderen Ende der Welt geschafft zu werden. Allerdings war er nicht allein, denn seine Schwester hatte sich entschieden, ihn zu begleiten. Emmaline war froh, sie nie wiedersehen zu müssen.

Sobald sie in ihrem Zimmer war, läutete sie nach Lark, die das Bad in ihrem Ankleidezimmer für sie richtete.

Einige Zeit später faulenzte Emmaline im lauwarmen Wasser und versuchte, ihre Energie zu wecken.

Ja, sie musste schwanger sein. Ivy hatte sie vor dem unablässigen Bedürfnis gewarnt, sich ausruhen zu müssen – vor allem zu Anfang.

Gähnend setzte Emmaline sich auf.

»Was hast du im Sinn?« Lionels tiefe Stimme ließ sie innehalten.

»Wie lange stehst du schon dort?«

Er stieß sich vom Türrahmen ab, an den er sich gelehnt hatte. »Lange genug, dass mein Schaft vollkommen und unabänderlich hart geworden ist.«

»Unabänderlich?«

Er kniete sich neben der Badewanne nieder. »Ich fürchte, es gibt keine Abhilfe dagegen. Wenn du mir nicht helfen kannst, das Problem zu entschärfen, werde ich die Sache wohl selbst in die Hand nehmen müssen.«

Emmaline lachte und nie wurde sie der witzigen Art ihres Mannes müde, sogar wenn es schmerzlich albern war. »Vermutlich könnte ich mich überzeugen lassen.« In der Tat pulsierte das Verlangen bereits in ihr.

Lionel tauchte die Hand in das Badewasser und streichelte ihre Brust. Die Empfindung tanzte über ihre Haut. Er war auf eine rücksichtslose Weise sanft und seine Finger streiften kaum ihre Brustwarzen, ehe sie sich über ihren Bauch bewegten und zwischen ihren Schenkeln hinabtauchten. Er streichelte ihre Scham und scharf sog sie die Luft ein, als die Begierde sich in ihrer Mitte anstaute.

Sie nahm seinen halb angekleideten Zustand zur Kenntnis. Er hatte seine sämtlichen Kleidungsstücke außer seinem Hemd und seiner Hose abgelegt. »Dein Hemd ist feucht.«

»Wie auch dein Geschlecht.«

Sie sah ihn mit schmalen Augen an, und zwar hauptsächlich, weil seine Neckerei sie an den Rand der Frustration brachte. »Ich bin in der *Badewanne.*«

Er schüttelte den Kopf. »Innen drin.« Mit dem Finger drang er in sie und füllte sie aus. Sie schloss die Augen und unter einem Aufkeuchen lehnte sie den Kopf an die Badewanne zurück.

Dann hob er sie aus dem Wasser. Schockiert öffnete sie die Augen und schlang die Arme um seinen Nacken. Das Wasser rann von ihrem Körper und nun war er vollkommen durchnässt.

»Wohin bringst du mich?«, fragte sie, obwohl sie sicher war, dass sie es wusste.

»Ins Paradies.«

Sie biss in sein Ohrläppchen und dann fuhr sie mit der Zunge über das malträtierte Fleisch.

»Hör nicht auf«, flehte er, während er sie in ihr Schlafzimmer trug.

Neben dem Bett hielt er inne und runzelte die Stirn.
»Wir werden das Bettzeug ziemlich durchweichen.«

Sie sah ihn mit hochgezogener Augenbraue an. »Ist das
wirklich ein Problem?«

Er ließ sie auf das Bett fallen und ihre Hand ergriff
ihren Bauch.

Er hatte angefangen, sein Hemd abzulegen, doch er
erstarrte und sah auf sie herab. »Erwartest du ein Kind?«

»Ich glaube ja. Ich bin noch nicht ganz sicher.«

Er stützte das Knie auf das Bett und umschloss ihre
Brüste mit seinen Händen. »Du musst es sein. Sie fühlen
sich anders an.« Er neigte seinen Kopf und saugte erst an
einer und dann an der anderen.

Sie verflocht die Finger mit seinem Haar und stöhnte
vor Vergnügen. Dann zog sie an seinem Hemd, weil er es
nicht ausgezogen hatte und schob es an seinem Rücken
hinauf. Er zog es über seinen Kopf und streifte mit großer
Eile seine Hose ab.

Er kam zu ihr auf das Bett und streckte sich neben ihr
aus. Mit dem Finger zog er die Konturen ihrer Brüste nach
und wanderte zu ihrem Bauchnabel hinab, wo er erneut in
ihren Locken versank. »Bist du glücklich?«, fragte er.

»Über das Kind?«

Er nickte und schien ein bisschen unsicher. Sein Blick
schweifte zu ihrem Bauch.

»Ekstatisch.« Sie schlang die Hand um seinen Nacken
und wandte ein bisschen Druck an, um ihn zu provozieren, sie anzuschauen. »Lionel, bist du nicht glücklich?«

Mit Tränen in den Augen starrte er sie an. »Ich bin
überwältigt.«

Sie zog ihn zu sich herab, damit er sie küsste und sie
ließ ihre Liebe und Leidenschaft für diesen Mann hinein-

fließen, um ihn spüren zu lassen, wie viel er ihr bedeutete. Ihre Zungen trafen aufeinander und verschlangen sich, während er sie mit den Fingern bis an die Grenze ihrer Erregung drängte. Ehe sie sie allerdings erreichte, rollte er sich zwischen ihre Beine und ersetzte die Hand durch seinen Schaft.

Mit einem langen harten Stoß füllte er sie aus. Sie stöhnte in seinen Mund, als ihre Körper sich anspannten, um einander zu befriedigen. Sie schlang die Beine um ihn und hielt ihn fest, als er in sie stieß.

Ihr Orgasmus war heftig und schnell. Sie schrie auf und umklammerte ihn mit ihren Armen und Beinen, bis auch er Erlösung erreichte. Noch einmal rief er ihren Namen aus und dann wiederholte er ihn wieder und wieder, wobei er immer leiser wurde, bis er ihn an ihren Lippen flüsterte.

Abermals küsste sie ihn, vollkommen von der Macht der Liebe, die sie teilten, in Bann gezogen.

Er wurde langsamer, aber er zog sich nicht aus ihr zurück. Er strich ihr feuchtes Haar aus dem Gesicht und sah ihr in die Augen. »Ich hoffe, es ist ein Mädchen und ebenso schön wie du.«

»Ich hoffe, es ist ein Junge, damit du ihn ebenso lieben kannst, wie dein Vater dich geliebt hat. Und wir werden ihn Benedict nennen.«

»Dass du unseren Sohn nach meinem Vater nennen willst, erfüllt mich mit Freude und unermesslicher Liebe.« Wieder küsste er sie. »Und Dankbarkeit. Ich bin es nicht wert.«

Stirnrunzelnd sah sie zu ihm auf und zupfte an seinem Haar. »Wir haben das besprochen. Dir ist nicht gestattet, so zu reden.«

Er grinste. »Ich tue das nur, damit du mich rügst. Ich mag es, wenn du mir sagst, was ich zu tun habe.«

Sie schlug die Augen zu ihm auf, während sie eine

Hand liebkosend an seinem Rücken hinabgleiten ließ. »Dann befriedige mich noch einmal.«

Sein Blick wurde dunkel vor Verlangen. »Jederzeit.«

Verpassen Sie nicht die anderen Bücher aus der Reihe der Unberührbaren, in denen Emmaline erscheint: Der Herzog der Täuschung und Der Herzog der Begierde (Lionel taucht in diesem Buch ebenfalls auf)! Und versäumen Sie nicht das nächste Buch in der Serie Der eisige Herzog, in dem Sie einer Menge neuer Charaktere begegnen werden, die Sie zu lieben (oder hassen) lernen!

Ich danke Ihnen sehr, dass Sie den **Der gefährliche Herzog** gelesen haben. Ich hoffe, es hat Ihnen gefallen!

Möchten Sie erfahren, wann mein nächstes Buch verfügbar ist? Sie können sich für meinen Deutscher Newsletter anmelden, mir auf Amazon.de folgen und meine Facebook-Seite liken. Alle Newsletter-Abonnenten erhalten exklusive Bonus-Geschichten, die sonst nirgends erhältlich sind, unter anderem auch die einleitende Vorgeschichte zur Buchreihe *Der Phönix Club*.

Rezensionen helfen anderen, Bücher zu finden, die für sie geeignet sind. Ich schätze alle Bewertungen, ob positiv oder negativ. Ich hoffe, dass Sie erwägen werden, eine Bewertung bei Ihrem bevorzugten der Seite Ihres bevorzugten Internet-Netzwerkes abzugeben.

Ich mag meine Leser so sehr. Danke!

Sind Sie an weiterer Regency-Romantik interessiert? Schauen Sie sich meine anderen historischen Serien an:

Die Unberührbaren: Die Prätendenten

In der faszinierenden Welt der Unberührbaren spielend, handelt die Saga von einem Geschwistertrio, die sich darin auszeichnen, sich als jemand auszugeben, der sie nicht sind. Werden ein unerschrockene Bow Street Ermittler, ein niedergeschmetterter Viscount und eine desillusionierte Dame der feinen Gesellschaft es schaffen, ihre Geheimnisse zu lüften?

Regeln für Halunken

Als eine junge Lady ruiniert wird, schwören ihre Freundinnen, dass keine von ihnen sich jemals wieder von einem Herzensbrecher umgarnen lässt. Sie werden dem Charme eines jeden Gentleman widerstehen, selbst – und vor allem – wenn dies bedeutet, sich damit den Ruf zu erwerben, unmöglich zu erobern zu sein. Es braucht schon außergewöhnliche Herzensbrecher, um ihre Regeln zu brechen ...

Der Phönix Club

Die exklusivste Einladung der feinen Gesellschaft ...

Willkommen im Phönix Club, in dem Londons waghalsigste, anrüchigste und intriganteste Ladys und Gentlemen Skandale, Erlösung und eine zweite Chance finden.

Die Bräute von Marrywell

Kommen Sie nach Marrywell, im schönen England, denn hier findet schon seit Hunderten von Jahren alljährlich das Maifest zur Partnerfindung statt, bei dem hoffnungsvolle Romantiker zusammenkommen. Die Herzöge und Halunken des Regency-Zeitalters begegnen hier temperamentvollen und bezaubernden Ladys, die ihnen ihre Herzen stehlen könnten.

Chroniken der Ehestiftung
Der Pfad der wahren Liebe verläuft niemals geradlinig. Manchmal ist eine Hausparty zur Ehestiftung vonnöten. Wenn Paare sich auf einer Hausparty kennenlernen, ereignen sich provokative Flirts, heimliche Rendezvous und Verliebtheit im Überfluss.

Ruchlose Geheimnisse und Skandale
Sechs unglaubliche Geschichten, die sich in den glamourösen Ballsälen Londons und den herrlichen Landschaften Englands abspielen.

Die Liebe ist überall
Herzerwärmende Nacherzählungen klassischer Weihnachtsgeschichten im Regency-Stil, die in einem gemütlichen Dorf spielen und von drei Geschwistern und dem besten Geschenk von allen handeln: der Liebe.

Der Club der verruchten Herzöge
Sechs Bücher, geschrieben von meiner besten Freundin, der New York Times Bestseller-Autorin Erica Ridley, und mir. Lernen Sie die unvergesslichen Männer von Londons berüchtigtster Taverne, dem Verruchten Herzog, kennen. Verführerisch attraktiv, mit Charme und Witz im Überfluss, wird eine Nacht mit diesen Wüstlingen und Filous nie genug sein ...

BÜCHER VON DARCY BURKE

Historische Romantik

Die Unberührbaren

Ein Earl als Junggeselle (prequel)

Der verbotene Herzog

Der wagemutige Herzog

Der Herzog der Täuschung

Der Herzog der Begierde

Der trotzige Herzog

Der gefährliche Herzog

Der eisige Herzog

Der ruinierte Herzog

Der verlogene Herzog

Der betörende Herzog

Der Herzog der Küsse

Der Herzog der Zerstreuung

Der unverhoffte Herzog

Der charmante Marquess

Der verwundete Viscount

Die Unberührbaren: Die Prätendenten

Geheimnisvolle Kapitulation

Ein skandalöser Pakt

Des Gauners Rettung

Der Phönix Club

Der Earl mit dem flammendroten Haar

Das Geschenk des Marquess

Eine Freude für den Herzog

Ruchlose Geheimnisse und Skandale

Ihr ruchloses Temperament

Sein ruchloses Herz

Die Verführung des Halunken

Verliebt in eine Diebin

Die Schöne und der Halunke

Einmal Halunke, immer Halunke

Der Club der verruchten Herzöge

Eine Nacht zum Verführen by Erica Ridley

Eine Nacht der Hingabe by Darcy Burke

Eine Nacht aus Leidenschaft by Erica Ridley

Eine Nacht des Skandals by Darcy Burke

Eine Nacht zum Erinnern by Erica Ridley

Eine Nacht der Versuchung by Darcy Burke

ÜBER DIE AUTORIN

Darcy Burke ist die USA Today Bestsellerautorin für sexy, emotionale, historische und zeitgenössische Romantik. Darcy schrieb ihr erstes Buch im Alter von 11 Jahren – mit einem Happy End – über einen männlichen Schwan, der von der Magie abhängig war, und einen weiblichen Schwan, der ihn liebte, mit nicht sehr gelungenen Illustrationen. Schließen Sie sich ihr an newsletter!

Darcy, die in Oregon an der Westküste der Vereinigten Staaten geboren wurde, lebt am Rande des Wine Country mit ihrem auf der Gitarre spielenden Ehemann und ihren beiden ausgelassenen Kindern, die das Schreiben geerbt zu haben scheinen. Sie sind eine nach Katzen verrückte Familie mit zwei bengalischen Katzen, einer kleinen, familienfreundlichen Katze, die nach einer Frucht benannt ist, und einer älteren, geretteten Maine Coon, die der Meister der Kühle und der fünf-Uhr-morgens-Serenade ist. In ihrer ›Freizeit‹ ist Darcy eine regelmäßige ehrenamtliche Mitarbeiterin, die in einem 12-stufigen Programm eingeschrieben ist, in dem man lernt, ›Nein‹ zu sagen, aber sie muss immer wieder von vorne anfangen. Ihre Lieblingsplätze sind Disneyland und das Labor Day Wochenende in The Gorge. Besuchen Sie Darcy online unter https://www.darcyburke.de.

facebook.com/darcyburkefans

instagram.com/darcyburkeauthor

pinterest.com/darcyburkewrites

goodreads.com/darcyburke

IMPRESSUM

Deutsche Erstausgabe von:
Darcy E. Burke Publishing
Zealous Quill Press
13500 SW Pacific Hwy., Ste. 58-419
Tigard, OR, 97223
USA

Für die Originalausgabe:

Redaktion: Nicole Wszalek
Umschlaggestaltung: Dar Albert, Wicked Smart Designs.

ISBN: 9781637261521

www.darcyburke.de

www.ingramcontent.com/pod-product-compliance
Lightning Source LLC
Chambersburg PA
CBHW050520110726
47899CB00005B/1533